UN JOUR TU VERRAS

Grande dame du suspense, Mary Higgins Clark règne sur le thriller anglo-saxon. Elle est traduite dans le monde entier; tous ses livres sont d'énormes succès de librairie et plusieurs de ses romans sont adaptés pour la télévision.

Parmi ses titres, on retiendra : *La Nuit du renard, Un cri dans la nuit, Ne pleure pas, ma belle,* et, plus récemment, *Nous n'irons plus au bois, Souviens-toi, Ce que vivent les roses.*

MARY HIGGINS CLARK

Un jour tu verras...

ROMAN TRADUIT DE L'ANGLAIS
PAR ANNE DAMOUR

ALBIN MICHEL

Titre original :

I'LL BE SEEING YOU

Pour mon nouveau petit-fils
Jerome Warren Derenzo « Scoochie »

Avec toute ma joie
et ma tendresse.

PREMIÈRE PARTIE

1

Meghan Collins se tenait un peu à l'écart des journalistes agglutinés devant le service des urgences de l'hôpital Roosevelt à Manhattan. On venait d'y transporter un sénateur à la retraite, victime d'une agression dans Central Park Ouest. La foule des médias tournait en rond, dans l'attente d'informations sur son état de santé.

Meghan posa son fourre-tout par terre. Le micro portable, le téléphone portatif et ses cahiers de notes pesaient si lourd que la courroie lui sciait l'épaule. Les reporters étaient tous exténués. Ils avaient passé l'après-midi entier au tribunal, attendant que soit rendu le verdict dans un procès pour fraude. A neuf heures du soir, au moment où ils s'apprêtaient à rentrer chez eux, ils avaient reçu l'ordre d'aller couvrir l'agression. Il était près de onze heures maintenant. Le jour maussade d'octobre avait fait place à la nuit et le ciel couvert promettait un hiver précoce.

La soirée était chargée à l'hôpital. A la réception, de jeunes parents accompagnant un bambin ensanglanté étaient dirigés vers la salle d'examen. Commotionnées et couvertes de bleus, les victimes d'un accident de voiture se réconfortaient mutuellement en attendant qu'on prenne soin d'elles.

Dehors, les sirènes lancinantes qui accompagnaient l'incessant ballet des ambulances s'ajoutaient à l'habituelle cacophonie du trafic new-yorkais.

Une main effleura le bras de Meg. « Comment va, belle avocate ? »

C'était Jack Murphy de Channel 5. Sa femme avait fait son droit à l'université de New York en même temps que Meghan. Mais contrairement à elle, Liz était restée dans la branche juridique. Meghan Collins, docteur en droit, avait travaillé dans un cabinet d'avocats de Park Avenue pendant six mois, puis elle avait quitté son poste pour entrer au service de l'information de la station de radio WPCD. Elle y travaillait depuis trois ans maintenant et, au cours des trois derniers mois, elle avait régulièrement collaboré à PCD Channel 3, la chaîne de télévision associée.

« Ça va plutôt bien, je crois », lui dit Meghan. Le bip de son téléphone retentit.

« Viens dîner un de ces soirs avec nous, dit Jack. Ça fait longtemps qu'on ne t'a pas vue. » Il rejoignit son cameraman tandis qu'elle sortait le téléphone de son sac.

L'appel venait de Ken Simon, le responsable du service de l'information. « Meg, le scanner vient de repérer une ambulance qui se dirige vers Roosevelt. On a retrouvé une femme poignardée au coin de la 56ᵉ et de la 10ᵉ Avenue. Va te renseigner. »

Le lugubre hurlement d'une ambulance coïncida avec le martèlement d'une course précipitée. L'équipe de traumatologie se ruait vers l'entrée des urgences. Meg coupa la communication, fourra le téléphone dans son sac et suivit la civière vide que les infirmiers faisaient rouler dans l'allée semi-circulaire.

L'ambulance stoppa avec un crissement de pneus. Des mains expérimentées se tendirent pour aider à transporter la victime sur la civière. Un masque à oxygène fut appliqué sur son visage. Le drap qui recouvrait la mince silhouette était maculé de sang. Les cheveux châtains emmêlés accentuaient la pâleur livide de son cou.

Meg se précipita à la portière du conducteur. « Aucun témoin ? demanda-t-elle d'un ton bref.

— Personne ne s'est présenté. » Le visage de l'homme était las et marqué par la fatigue, sa voix monocorde. « Il y a une ruelle entre deux de ces vieux immeubles près de la 10e Rue. Quelqu'un a dû surgir par-derrière, la pousser là-dedans et la poignarder. Probablement en moins d'une seconde.

— Dans quel état est-elle ?

— Aussi mal qu'on peut l'être.

— Identification ?

— Aucune. On lui a tout volé. Sans doute un drogué en mal de piquouse. »

Les infirmiers poussaient la civière à l'intérieur. Meghan s'élança à leur suite dans la salle des urgences.

L'un des journalistes cria : « Le toubib du sénateur va faire une déclaration. »

Reporters et cameramen traversèrent la pièce d'un bond et se pressèrent autour du bureau. Meghan ne sut quel instinct la poussa à rester près de la civière. Elle regarda le médecin qui s'apprêtait à faire une intraveineuse ôter le masque à oxygène et soulever les paupières de la victime.

« Elle est morte », dit-il.

Meghan jeta un coup d'œil par-dessus l'épaule d'une infirmière et fixa le regard bleu sans vie de la jeune femme. Elle retint un cri. Ces yeux, le large front, les sourcils arqués, les pommettes hautes, le nez droit, les lèvres généreuses.

Elle contemplait son propre visage.

2

Meghan prit un taxi pour rentrer chez elle, Battery Park City, à l'extrême pointe de Manhattan. Le prix de la course était élevé, mais il était tard et elle n'en pouvait plus. Lorsqu'elle poussa la porte de son appartement, l'émotion qui s'était emparée d'elle à la vue de la jeune femme morte, loin de s'atténuer, s'accrut. La victime avait été frappée en pleine poitrine, probablement quatre ou cinq heures avant d'être découverte. Elle portait un jean, une veste de denim doublée, des chaussures de jogging et des chaussettes. Le vol avait sans doute été le motif du meurtre. Sa peau était bronzée. Des cercles plus clairs autour du poignet et de plusieurs doigts laissaient supposer qu'il manquait des bagues et une montre. Ses poches étaient vides et on n'avait retrouvé aucun sac à main.

Meghan alluma la lumière de l'entrée et parcourut la pièce du regard. De ses fenêtres, elle pouvait voir Ellis Island et la statue de la Liberté, contempler les paquebots que l'on remorquait jusqu'à leurs mouillages sur l'Hudson. Elle aimait cette partie de New York, l'étroitesse des rues, l'imposante majesté du World Trade Center, la constante animation du quartier de la finance.

L'appartement était en réalité un studio de belles dimensions, comportant une alcôve et un coin-cuisine. Meghan y avait apporté quelques vieux meubles dont sa mère ne voulait plus, avec l'intention d'acquérir plus tard un appartement plus spacieux qu'elle aménagerait peu à peu à son goût. Depuis qu'elle travaillait pour WPCD, ses projets en étaient restés là.

Elle jeta son manteau sur une chaise, alla dans la salle de bains se changer et enfiler un pyjama et une robe de chambre. Il régnait une agréable chaleur dans l'appartement, mais elle se sentait glacée jusqu'aux os. Elle se rendit compte qu'elle évitait de se regarder dans le miroir de la coiffeuse. Elle finit par se retourner et s'examina tout en prenant le flacon de lait démaquillant.

Elle avait le visage blême, le regard fixe. Ses mains tremblaient en dénouant ses cheveux qui se répandirent autour de son cou.

Dans un état d'hébétude, elle essaya de relever les différences entre elle et la jeune femme morte. Elle se souvint que le visage de la victime était un peu plus plein, la forme de ses yeux plus ronde qu'ovale, la bouche plus petite. Mais la carnation, la couleur des cheveux et les grands yeux vides étaient très semblables aux siens.

Elle savait où se trouvait la victime en ce moment. A l'Institut médico-légal, en train d'être photographiée.

On allait prendre ses empreintes digitales, faire des relevés dentaires.

Puis viendrait l'autopsie.

Meghan s'aperçut qu'elle frissonnait. Elle courut à la kitchenette, ouvrit le réfrigérateur et en sortit le carton de lait. Du chocolat chaud. Peut-être se sentirait-elle mieux ensuite.

Elle s'installa sur le divan, serrant ses genoux entre ses bras, la tasse fumante posée devant elle. Le téléphone sonna. C'était probablement sa mère. Elle s'efforça de prendre un ton normal lorsqu'elle répondit.

« Meg, j'espère que tu ne dormais pas.

— Non, je viens à peine de rentrer. Comment ça va, maman ?

— Pas mal. J'ai eu des nouvelles de l'assurance aujourd'hui. Ils vont revenir demain après-midi. Pourvu qu'ils ne m'interrogent pas davantage sur ce prêt que ton père a contracté sur ses polices. Ils ne semblent pas comprendre que je n'ai pas la moindre idée de ce qu'il a fait de l'argent. »

En janvier dernier, le père de Meghan, en débarquant de l'aéroport de Newark, avait pris sa voiture pour regagner sa maison dans le Connecticut. La neige n'avait cessé de tomber pendant la journée. A dix-neuf heures vingt, Edwin Collins avait téléphoné de sa voiture à son associé, Victor Orsini, pour convenir d'un rendez-vous le lendemain matin. Il avait dit à Orsini qu'il approchait du pont de Tappan Zee.

Sans doute à peine quelques secondes plus tard, un camion-citerne avait dérapé sur le pont et percuté un semi-remorque, provoquant une série d'explosions et une véritable boule de feu qui avait incendié sept ou huit automobiles. Le semi-remorque était allé s'écraser contre la rambarde du pont, ouvrant une brèche par laquelle il avait plongé dans les eaux glacées de l'Hudson. Le camion-citerne avait suivi, entraînant dans sa chute les autres véhicules désintégrés.

Un témoin sérieusement blessé, qui était parvenu à éviter la trajectoire du camion-citerne, avait déclaré avoir vu une Cadillac bleu foncé déraper devant lui et disparaître à travers le trou béant du pont. La voiture d'Edwin Collins était une Cadillac bleu foncé.

La catastrophe avait été la pire de toute l'histoire du pont de Tappan Zee. Huit disparus. Ce soir-là, le père de Meg, âgé de soixante ans, n'était pas rentré chez lui. Supposé avoir péri dans l'explosion. Le Département des autoroutes de New York recherchait encore des débris des épaves et des corps, mais jusqu'à aujourd'hui, près de neuf mois plus tard, on n'avait pas trouvé la moindre trace d'Ed Collins ni de sa voiture.

Une messe commémorative avait été célébrée une semaine après l'accident, mais aucun certificat de décès n'avait pu être établi, et les actifs communs d'Edwin et de Catherine Collins étaient bloqués, de même que la confortable assurance sur la vie contractée par Edwin.

L'épreuve était déjà assez douloureuse pour maman sans qu'elle ait à supporter en plus les tracasseries de ces gens, songea Meg. « Je serai là demain après-midi, maman. S'ils continuent à faire obstruction, il nous faudra peut-être les attaquer en justice. »

Elle hésita, puis décida que sa mère n'avait certes pas besoin d'apprendre qu'une femme ressemblant à sa fille avait été assassinée d'un coup de couteau. Elle préféra lui raconter le procès qu'elle avait couvert dans l'après-midi.

Pendant de longues heures, Meghan resta étendue dans son lit à somnoler par intermittence. Puis elle finit par sombrer dans un profond sommeil.

Un bruit strident la réveilla en sursaut. Le fax s'était mis en marche. Elle jeta un coup d'œil au réveil : quatre heures et quart. Quoi encore ? pensa-t-elle.

Elle alluma la lumière, se redressa sur un coude et regarda le papier glisser lentement de la machine. Elle sauta du lit, traversa d'un bond la pièce et prit le message.

Elle lut : ERREUR. ANNIE ÉTAIT UNE ERREUR.

3

Tom Weicker, cinquante-deux ans, directeur de l'information de PCD Channel 3, employait Meghan Collins de plus en plus fréquemment, l'empruntant à la

16

station de radio associée à la chaîne. Il cherchait à engager un nouveau reporter dans l'équipe du journal télévisé et avait testé plusieurs candidats à tour de rôle, mais aujourd'hui sa décision était prise. Ce serait Meghan Collins.

Il se disait qu'elle s'exprimait bien, savait improviser et donner un caractère d'urgence et d'intérêt même à la nouvelle la plus banale. Ses connaissances juridiques représentaient un avantage certain dans les procès. C'était un beau brin de fille et elle possédait un charme naturel. Elle aimait les gens et avait le contact facile.

Le vendredi matin, Weicker fit venir Meghan. Lorsqu'elle frappa à la porte ouverte de son bureau, il lui fit signe d'entrer. Elle portait une veste parfaitement coupée dans les tons bleu clair et rouille. Une jupe dans le même lainage fin effleurait le haut de ses bottes. De la classe, pensa Weicker, parfaite pour le job.

Meghan étudia l'expression de Weicker, cherchant à deviner ses pensées. Il avait un visage mince, des traits aigus et portait des lunettes non cerclées. Ce détail et ses cheveux clairsemés le vieillissaient, lui donnant davantage l'apparence d'un caissier de banque que celle d'un meneur d'hommes. Toutefois, cette impression s'effaçait rapidement dès qu'il commençait à parler. Meghan appréciait Tom, mais savait qu'il méritait son surnom « Weicker qui tue ». Lorsqu'il lui avait confié son premier reportage, il avait laissé entendre que la disparition de son père dans la catastrophe du pont était certainement un coup dur mais qu'il voulait être sûr que son travail n'en pâtirait pas.

Il n'en avait pas pâti, et aujourd'hui Meghan s'entendait offrir le poste qu'elle désirait tant.

La réaction immédiate qui lui vint à l'esprit fut : « J'ai hâte de le dire à papa ! »

Trente étages au-dessous, dans le garage de PCD, Bernie Heffernan, le gardien de parking, fouillait dans la boîte à gants de la voiture de Tom Weicker. Par quelque aberration génétique, les traits de Bernie faisaient de lui le portrait du bon vivant. Des joues rondes, un petit menton et une bouche menue, de grands yeux innocents, des cheveux épais et ébouriffés, un corps vigoureux, pour ne pas dire replet. A trente-cinq ans, la première impression qu'il donnait aux observateurs était celle du type qui, même vêtu de son plus beau complet, n'hésite pas à vous changer votre roue.

Il vivait encore avec sa mère, dans le pavillon délabré de Jackson Heights, dans Queens, où il était né. Il n'en était jamais parti, sauf pendant ces années de cauchemar où on l'avait incarcéré. Le lendemain de son douzième anniversaire, et pour la première d'une douzaine de fois, on l'avait envoyé dans un centre de détention pour mineur. Entre les âges de vingt et vingt-cinq ans, il avait passé trois ans dans un établissement psychiatrique. Il y a quatre ans, il avait été condamné à passer dix mois à Ricker's Island. C'était après que la police l'eut surpris dans la voiture d'une étudiante. On l'avait prévenu à plusieurs reprises de fiche la paix à cette fille. C'est drôle, se dit Bernie, aujourd'hui, il aurait été incapable de dire à quoi elle ressemblait. Ni elle ni aucune des autres. Et pourtant, elles avaient toutes tellement compté pour lui à cette époque.

Bernie ne voulait plus jamais aller en prison. Les autres prisonniers lui faisaient peur. Par deux fois, ils l'avaient roué de coups. Il avait juré à maman qu'il n'irait plus jamais se cacher dans les buissons ni lorgner par les fenêtres, qu'il ne suivrait plus jamais une femme dans la rue, ni n'essaierait de l'embrasser. Il avait appris à contrôler ses accès de colère aussi. Il en avait terriblement voulu au psychiatre qui passait son temps à dire à maman qu'un jour ou l'autre le mauvais caractère de Bernie le mettrait dans de sales draps dont personne ne pourrait le sortir. Bernie savait qu'il ne fallait plus se faire de souci pour lui dorénavant.

Son père s'était tiré lorsqu'il était bébé. Aigrie, sa mère ne mettait plus les pieds dehors, et à la maison Bernie l'entendait du matin au soir ressasser toutes les avanies qu'elle avait subies durant les soixante-trois années de son existence et tout ce que lui, son fils, lui devait.

A vrai dire, quoi qu'il lui « dût », Bernie s'était débrouillé pour dépenser la plus grande partie de son fric en matériel électronique. Il avait une radio capable de repérer les appels de la police, une autre suffisamment puissante pour capter les programmes du monde entier, un téléphone portatif, un appareil pour déformer la voix.

Le soir, il regardait consciencieusement la télévision avec sa mère. Mais dès qu'elle était couchée, à dix heures, Bernie éteignait la télévision, descendait hâtivement à la cave, branchait les radios et commençait à appeler des animateurs de talk-shows. Il s'inventait des noms et des origines différents à leur intention. Il appelait un animateur réactionnaire et vantait les vertus progressistes, un animateur progressiste et chantait les valeurs de l'extrême droite. Dans son personnage d'intervenant, il aimait les discussions, les confrontations, les échanges d'insultes.

A l'insu de sa mère, il conservait également au sous-sol un magnétoscope et une télévision grand écran sur laquelle il regardait des films qu'il se procurait dans des sex-shops.

La possibilité de capter les fréquences de la police lui inspira d'autres idées. Parcourant les annuaires téléphoniques, il se mit à recopier les numéros suivis de noms féminins. Il appelait ensuite l'une de ces femmes au milieu de la nuit, disait qu'il téléphonait avec un appareil portatif, qu'il se trouvait devant chez elle et s'apprêtait à pénétrer dans la maison. Il chuchotait qu'il se contenterait peut-être de lui faire une petite visite, ou qu'il la tuerait. Puis Bernie restait tranquillement assis et riait en entendant les radios de la police dépêcher une voiture de patrouille à l'adresse indiquée. C'était presque aussi jouissif que de lorgner par les fenêtres ou de suivre les femmes, et il n'avait pas à redouter de voir se braquer brusquement sur lui les phares d'une voiture de police, ou d'entendre un flic hurler dans son haut-parleur : « Pas un geste ! »

La voiture de Tom Weicker était une mine d'informations pour Bernie. Weicker gardait un agenda électronique dans la boîte à gants. Il y avait noté les noms, adresses, numéros de téléphone et de fax des principaux responsables de la chaîne. Les gros bonnets, pensa Bernie en recopiant les numéros dans son propre carnet électronique. Il avait même appelé la femme de Weicker à son domicile, une nuit. Elle s'était mise à hurler en l'entendant dire qu'il se trouvait devant la porte de service et s'apprêtait à entrer.

Ensuite, se rappelant son effroi, il avait ri pendant des heures.

Le plus difficile aujourd'hui, c'était que, pour la première fois depuis sa sortie de Ricker's Island, il éprouvait à nouveau cette terrible sensation d'avoir l'esprit hanté par quelqu'un. C'était une journaliste. Elle était si jolie qu'en lui ouvrant la portière de sa voiture, il devait se retenir pour ne pas la toucher.

Elle s'appelait Meghan Collins.

4

Meghan parvint à garder son calme en acceptant la proposition de Weicker. Il était de notoriété publique parmi le personnel de la chaîne que si vous en faisiez des caisses en remerciant le patron de vous avoir accordé une promotion, il se mettait à douter d'avoir fait le bon choix. Il voulait des gens ambitieux, motivés, estimant qu'on aurait dû depuis longtemps reconnaître leurs mérites.

S'efforçant de prendre l'air dégagé, elle lui montra le message faxé. Il haussa les sourcils en le lisant. « Qu'est-ce que ça veut dire? demanda-t-il. De quelle "erreur" s'agit-il? Qui est Annie?

— Je n'en sais rien, Tom. J'étais à l'hôpital Roosevelt la nuit dernière au moment où l'ambulance amenait la femme assassinée d'un coup de couteau. A-t-elle été identifiée?

— Pas encore. Pourquoi?

— Il y a une chose dont je dois vous informer, dit Meghan à contrecœur. Elle me ressemble.

— Elle vous ressemble?

— Elle pourrait être mon double. »

Les yeux de Tom se plissèrent. « Êtes-vous en train de suggérer que ce fax a un rapport avec la mort de cette femme ?

— C'est probablement une simple coïncidence, mais j'ai pensé que je devais au moins vous le montrer.

— Je vous en suis reconnaissant. Laissez-le-moi. Je trouverai le type chargé de l'enquête là-dessus, et je le mettrai au courant. »

C'est avec un soupir de soulagement que Meghan alla chercher ses ordres de mission au service des informations générales.

La journée fut relativement paisible — une conférence de presse à l'hôtel de ville, où le maire fit connaître le nom du nouveau préfet de police, un incendie suspect qui avait anéanti un vieil immeuble dans Washington Heights. Tard dans l'après-midi, Meghan appela l'Institut médico-légal. Un croquis de la jeune femme assassinée et son signalement avaient été publiés par le Service des personnes disparues. On avait envoyé ses empreintes digitales à Washington où elles seraient comparées à celles contenues dans les dossiers des services de police fédéraux. Elle était morte d'un seul coup dans la poitrine. L'hémorragie interne avait été lente mais massive. Les jambes et les bras montraient des traces d'anciennes fractures. S'il n'était pas réclamé d'ici trente jours, son corps serait enterré dans le cimetière communal, dans une tombe numérotée. Une autre Jane Doe[1].

A six heures ce soir-là, Meghan s'apprêtait à quitter son travail. Comme à l'accoutumée depuis la disparition de son père, elle allait passer le week-end avec sa mère dans le Connecticut. Dimanche après-midi, elle était chargée de couvrir un événement à la clinique Manning, un établissement spécialisé dans la procréation assistée situé à quarante minutes de leur maison, à Newtown. La clinique organisait la réunion annuelle

1. Jane Doe : nom fictif utilisé en Amérique comme équivalent de personne X. (N.d.T.)

des enfants nés à la suite des fécondations in vitro pratiquées par ses soins.

Le chef de service l'intercepta à la porte de l'ascenseur. « Vous aurez Steve comme cameraman, dimanche, à Manning. Je lui ai dit de vous y retrouver à trois heures.

— Entendu. »

Durant la semaine, Meghan utilisait une voiture de service. Ce matin, elle avait pris la sienne pour se rendre en ville. L'ascenseur s'arrêta avec une secousse au niveau du garage. Elle sourit en voyant Bernie la repérer et se précipiter immédiatement vers le niveau inférieur. Il lui ramena sa Mustang blanche et ouvrit la portière. « Des nouvelles de votre papa ? demanda-t-il avec sollicitude.

— Non, mais merci de votre intérêt. »

Il se pencha, approchant son visage du sien. « Ma mère et moi prions tous les jours pour vous. »

Quel brave type ! pensa Meghan en s'engageant sur la rampe de sortie.

5

Catherine Collins avait toujours l'air coiffée à la va-vite. Sa crinière courte et bouclée, maintenant teinte en blond cendré, accentuait la beauté mutine de son visage en forme de cœur. Elle avouait de temps en temps à Meghan qu'elle était heureuse d'avoir hérité de la mâchoire décidée de son père. Sinon, à cinquante-trois ans, elle aurait aujourd'hui l'air d'une vieille poupée Barbie, impression rehaussée encore par sa petite taille. Avec son mètre cinquante-deux, elle se considérait comme la naine de la famille.

Le grand-père de Meghan, Patrick Kelly, était arrivé d'Irlande aux États-Unis à l'âge de dix-neuf ans, « avec tous mes habits sur le dos et des sous-vêtements de rechange roulés sous le bras », comme le disait sa légende. Plongeur le jour dans les cuisines d'un hôtel de la Cinquième Avenue et travaillant la nuit dans l'équipe d'entretien d'un établissement de pompes funèbres, il avait conclu que, s'il y avait beaucoup de choses dont les gens pouvaient se passer, personne ne pouvait s'abstenir de manger ou de mourir. Étant donné que regarder les gens se nourrir était plus plaisant que de les voir reposer dans un cercueil jonché d'œillets, Patrick Kelly avait décidé de placer toute son énergie dans la restauration.

Vingt-cinq ans plus tard, il construisait l'auberge de ses rêves à Newtown, dans le Connecticut, qu'il avait baptisée auberge Drumdoe, d'après le nom de son village natal. Elle comportait une dizaine de chambres et un luxueux restaurant qui attirait une clientèle dans un rayon de soixante kilomètres à la ronde. Pat avait parachevé ce rêve en restaurant une charmante petite ferme, voisine de la propriété, dont il avait fait sa résidence. Puis il s'était choisi une épouse, était devenu le père de Catherine et avait dirigé son auberge jusqu'à sa mort, à l'âge de quatre-vingt-huit ans.

Sa fille et sa petite-fille y avaient pratiquement grandi. C'était Catherine qui la dirigeait désormais, avec cet amour de la perfection que lui avait communiqué Patrick; son travail l'avait aidée à tenir le coup depuis la mort de son mari.

Pourtant, pendant ces neuf mois depuis la tragédie du pont, elle n'avait pu s'empêcher d'imaginer qu'un jour la porte s'ouvrirait et qu'Ed lancerait d'un ton joyeux : « Où sont mes deux beautés ? » Parfois, elle se surprenait à guetter le son de la voix de son mari.

Aujourd'hui, en plus du choc et du chagrin, ses finances lui posaient un problème urgent. Deux ans plus tôt, Catherine avait fermé l'auberge pendant six mois, contracté un prêt hypothécaire et entrepris un véritable programme de rénovation et de décoration.

Elle n'aurait pu choisir pire moment. La réouverture avait coïncidé avec le début de la récession. Les rentrées actuelles ne remboursaient pas les échéances de l'emprunt, et il lui fallait payer les impôts trimestriels. Il ne lui restait plus que quelques milliers de dollars sur son compte personnel.

Pendant des semaines après l'accident, Catherine s'était armée de courage dans l'attente de l'appel téléphonique qui l'informerait que le corps de son mari avait été retiré du fleuve. A présent, elle priait pour que vienne cet appel qui mettrait fin à l'incertitude.

Elle ressentait très fortement la sensation que tout n'était pas terminé. Catherine se disait souvent que les gens qui négligeaient les rites funéraires ne comprenaient pas leur nécessité pour l'esprit. Elle aurait voulu pouvoir se rendre sur la tombe d'Ed. Pat, son père, parlait volontiers de « sépulture chrétienne décente ». Elle et Meg se moquaient de lui. Lorsque Pat repérait le nom d'un de ses vieux amis dans la rubrique nécrologique, elle ou Meg plaisantaient : « Oh, mon Dieu ! j'espère qu'il a une sépulture chrétienne décente. »

Elles n'en riaient plus dorénavant.

Vendredi après-midi, Catherine était chez elle et s'apprêtait à gagner l'auberge pour l'heure du dîner. Dieu soit loué, on est vendredi, se réjouit-elle. Ce qui voulait dire que Meg serait bientôt à la maison pour le week-end.

Les types de la compagnie d'assurances allaient se pointer d'un moment à l'autre. Si seulement ils m'accordaient un versement partiel jusqu'à ce que les plongeurs du Département des autoroutes trouvent les débris de la voiture, pensa Catherine en fixant une broche sur le revers de sa veste pied-de-poule. J'ai besoin de cet argent. Ils essaient purement et simplement de ne pas verser la double indemnité, mais je ne renoncerai pas jusqu'à ce qu'ils aient la preuve de ce qu'ils avancent.

Mais lorsque les deux assureurs à l'air digne et en costume sombre se présentèrent, ce ne fut pas pour procéder au paiement. « Madame Collins, dit le plus âgé, j'espère que vous comprendrez notre position. Nous compatissons à votre douleur et concevons la situation fâcheuse dans laquelle vous vous trouvez. Le problème est que nous ne pouvons autoriser de paiement sur les polices de votre mari sans un certificat de décès, et celui-ci n'est à ce jour pas délivré. »

Catherine le fixa du regard. « Vous voulez dire qu'il ne sera pas délivré tant qu'on n'aura pas la preuve formelle de sa mort ? Mais supposez que son corps ait été entraîné par les eaux du fleuve jusqu'à la mer ? »

Les deux hommes parurent mal à l'aise. C'est le plus jeune qui lui répondit : « Madame Collins, le Département des autoroutes de New York, en tant que propriétaire et opérateur du pont de Tappan Zee, a entrepris des recherches très coûteuses pour sortir du fleuve les victimes et les épaves des voitures. Naturellement, les explosions ont provoqué la désintégration des véhicules. Néanmoins, des parties importantes comme les transmissions et les moteurs sont restées entières. En plus du semi-remorque et du camion-citerne, six voitures sont passées par-dessus bord, ou sept si nous comptons la voiture de votre mari. On a retrouvé des restes de tous les autres véhicules. Ainsi que les autres corps. On n'a pas découvert le moindre bout de volant, de pneu, de portière ou de moteur d'une Cadillac dans le lit de la rivière au-dessous du site de l'accident.

— Vous dites donc... » Catherine avait du mal à articuler les mots.

« Nous disons que le rapport minutieux de l'accident que s'apprêtent à publier les autorités du Département des autoroutes établit formellement qu'Edwin Collins n'a pas pu périr dans la catastrophe du pont ce soir-là. Les experts affirment que même s'il a pu se trouver dans le voisinage du pont, il est probable qu'Edwin Collins n'a pas fait partie des victimes. Nous croyons qu'il a échappé à l'accident qui a englouti les autres voitures et profité de l'événement pour disparaître, ainsi qu'il l'avait projeté. Nous pensons qu'il a prévu de subvenir à vos besoins et à ceux de votre fille grâce à l'assurance et commencer la nouvelle vie qu'il avait planifiée. »

6

Mac, ainsi qu'on appelait le Dr Jeremy MacIntyre, vivait avec son fils âgé de sept ans, Kyle, dans la même rue que la famille Collins. Lorsqu'il était étudiant à

Yale, Mac avait travaillé l'été comme serveur à l'auberge Drumdoe. Il s'était alors profondément attaché à cette région et avait décidé de venir un jour s'y installer.

Adulte, Mac avait constaté qu'il était l'exemple même du type que les femmes ne remarquaient jamais dans la foule. Taille moyenne, poids moyen, physique moyen. C'était une description correcte, mais en réalité Mac était injuste envers lui. Au second regard, les femmes trouvaient un attrait certain à l'expression moqueuse de ses yeux noisette, un charme enfantin à ses cheveux blonds qui semblaient toujours ébouriffés par le vent, un sérieux réconfortant dans l'autorité avec laquelle il les entraînait sur la piste de danse ou les prenait par le coude les soirs de gel.

Mac avait toujours su qu'il serait médecin. Dès le début de ses études à l'université de New York, il était convaincu que l'avenir de la médecine se trouvait dans la génétique. Agé de trente-six ans, il travaillait aujourd'hui à LifeCode, un laboratoire de recherche de Westport, à une cinquantaine de minutes au sud-est de Newtown.

C'était la profession qu'il avait toujours voulu exercer, et elle convenait à sa vie de père divorcé chargé de la garde de son enfant. Mac s'était marié à vingt-sept ans. Le mariage avait duré un an et demi et donné Kyle. Puis un jour Mac, en rentrant chez lui, avait trouvé une baby-sitter et un billet. Ce dernier disait : « Mac, cette vie n'est pas pour moi. Je ne vaux rien comme épouse et comme mère. Nous savons tous les deux que ça ne peut pas marcher. Je dois me consacrer à ma carrière. Prends bien soin de Kyle. Adieu. Ginger. »

Par la suite, Ginger s'était bien débrouillée dans la vie. Elle chantait dans les cabarets à Las Vegas et sur les bateaux de croisière. Elle avait enregistré plusieurs disques, et le dernier était au Top-50. Elle envoyait à Kyle des cadeaux coûteux pour son anniversaire et pour Noël. Ils étaient immanquablement ou trop sophistiqués ou trop enfantins. Depuis son départ sept ans plus tôt, elle n'avait vu Kyle que trois fois.

Bien qu'il se fût senti presque soulagé par ce départ,

Mac nourrissait encore un reste d'amertume envers Ginger. D'une certaine façon, il n'avait jamais envisagé la perspective d'un divorce, et il ne s'y était pas tout à fait habitué. Il savait qu'il avait manqué une mère à son fils, et mettait un soin et un orgueil particuliers à être un père irréprochable et attentionné.

Le vendredi soir, Mac et Kyle allaient souvent dîner à Drumdoe. Ils mangeaient dans la petite salle sans prétention du gril où le menu spécial du vendredi comportait des pizzas, du poisson et des frites.

Catherine était toujours présente à l'heure du dîner. Meg aussi y avait ses habitudes. Lorsqu'elle n'était qu'une gamine de dix ans et Mac un aide-serveur de dix-neuf ans, elle lui avait dit d'un ton rêveur que c'était très amusant de dîner à la maison. « C'est ce que nous faisons, papa et moi, quand il est là. »

Depuis la disparition de son père, Meg passait tous ses week-ends dans la maison familiale et venait rejoindre sa mère à l'auberge pour le dîner. Mais, ce vendredi soir, ils ne virent apparaître ni Catherine ni Meg.

Mac se sentit déçu, mais Kyle, qui se réjouissait toujours à l'idée de voir Meg, fit comme si de rien n'était. « Elle n'est pas là. Très bien. »

« Très bien » était la nouvelle expression passe-partout de Kyle. Il l'utilisait lorsqu'il était enthousiaste, dégoûté ou indifférent. Ce soir, Mac ne savait pas trop ce qu'il y décelait. Allons, s'admonesta-t-il, laisse un peu d'air à ce gosse. Si quelque chose le tracasse vraiment, ça sortira tôt ou tard, et ça n'a certainement rien à voir avec Meghan.

Kyle finit sa pizza en silence. Il était furieux contre Meg. Elle se comportait toujours comme si elle s'intéressait à ce qu'il faisait, mais mercredi après-midi, alors qu'il était sorti apprendre à son chien, Jake, comment faire le beau, Meghan était passée en voiture devant lui et l'avait ignoré. Elle roulait lentement, pourtant, et il lui avait crié de s'arrêter. Il savait qu'elle l'avait vu, parce qu'elle avait regardé dans sa direction. Mais ensuite elle avait accéléré, s'était éloignée, sans même prendre le temps de regarder l'exploit de Jake. Très bien.

Il n'en parlerait pas à son père. Papa dirait que Meghan était simplement préoccupée parce que M. Collins n'était pas rentré chez lui depuis longtemps et qu'il faisait peut-être partie des personnes dont la voiture était tombée dans le fleuve par-dessus le pont. Il dirait que, parfois, lorsque les gens pensaient à autre chose, ils pouvaient passer devant vous sans même vous voir. Mais Meg avait vu Kyle avant-hier, et elle ne s'était pas donné la peine de lui faire un signe.

Bien, pensa-t-il. Très bien.

7

En arrivant à la maison, Meg trouva sa mère assise dans l'obscurité au milieu du living-room, les mains jointes sur ses genoux. « Maman, ça va? demanda-t-elle anxieusement. Il est presque sept heures et demie. Tu n'as pas l'intention d'aller à Drumdoe? » Elle alluma la lumière et aperçut le visage rougi et brouillé de larmes de Catherine. Elle tomba à genoux et saisit les mains de sa mère. « Oh, mon Dieu, ils l'ont retrouvé? C'est ça?

— Non, Meggie, ce n'est pas ça. » D'une voix précipitée, Catherine Collins lui raconta la visite des assureurs.

Pas papa, pensa Meg. Il n'aurait jamais pu, jamais voulu faire une chose pareille à maman. Pas à elle. Il y avait sûrement une erreur. « C'est la chose la plus insensée que j'aie jamais entendue, dit-elle fermement.

— C'est ce que je leur ai dit. Mais, Meg, pourquoi ton père aurait-il emprunté une telle somme sur son assurance? Cette question me hante. Et même s'il l'a investie, j'ignore dans quoi. Sans certificat de décès, j'ai les mains liées. Je ne peux faire face aux dépenses. Phillip m'a versé les honoraires mensuels de ton père, mais ce n'est pas juste à son égard. La plupart des commissions qui lui étaient dues sont bloquées depuis un certain temps. Je suis soi-disant prudente de nature, mais je ne l'ai certes pas été lorsque j'ai rénové l'auberge. J'en ai trop fait. Maintenant, je vais sans doute devoir vendre Drumdoe. »

L'auberge. On était vendredi soir. Sa mère aurait dû s'y trouver en ce moment même, dans son élément, accueillant les clients, gardant un œil sur les serveurs, sur la disposition des tables, goûtant les plats à la cuisine. Chaque détail était automatiquement vérifié et revérifié.

« Papa ne t'aurait jamais fait ça, dit Meg d'un ton catégorique. Je le sais. »

Catherine Collins éclata en sanglots secs, déchirants. « Peut-être a-t-il profité de l'accident du pont pour me quitter. Mais pourquoi, Meg? Je l'aimais tant. »

Meghan entoura sa mère de ses bras. « Écoute. Tu avais raison la première fois. Papa n'aurait jamais agi comme ça avec toi et, d'une façon ou d'une autre, nous le prouverons. »

8

L'agence de recrutement Collins et Carter était située à Danbury, dans le Connecticut. Edwin Collins avait créé la société quand il avait vingt-huit ans, après avoir travaillé cinq ans dans l'une des plus importantes compagnies des États-Unis, basée à New York. Cinq années pendant lesquelles il avait constaté qu'il n'était pas fait pour les grandes entreprises.

Après son mariage avec Catherine Kelly, il avait déménagé ses bureaux à Danbury. Ils voulaient vivre dans le Connecticut et l'emplacement de l'agence d'Edwin importait peu car il passait son temps à voyager à travers le pays, à rencontrer des clients.

Une douzaine d'années avant sa disparition, Collins avait fait entrer Phillip Carter dans l'affaire.

Carter, diplômé de Wharton et de surcroît docteur en droit, avait précédemment été un client d'Edwin qui l'avait placé à différents postes. Avant leur association, il travaillait pour une société multinationale située dans le Maryland.

Lorsque Collins rendait visite à ce client, Carter et lui déjeunaient ou prenaient un verre ensemble. Au cours des années, des relations amicales s'étaient nouées entre eux. Au début des années 80, après un divorce difficile, dans la force de l'âge, Phillip Carter avait fini par quitter sa situation dans le Maryland pour devenir le partenaire et l'associé de Collins.

Ils étaient opposés à bien des égards. Collins était grand, bel homme dans le style classique, toujours tiré à quatre épingles, spirituel et d'humeur égale, tandis que Phillip était direct et chaleureux, avec des traits irréguliers et séduisants, et une épaisse crinière grisonnante. Ses vêtements étaient coûteux, mais rarement assortis, sa cravate la plupart du temps nouée à la va-vite. C'était un homme viril, toujours entouré d'un petit groupe qui éclatait de rire à la moindre de ses histoires, un homme qui aimait les femmes, aussi.

Leur association avait été bénéfique. Pendant longtemps, Phillip Carter avait vécu à Manhattan, faisant régulièrement le trajet de New York à Danbury lorsqu'il ne voyageait pas pour le compte de l'agence. Son nom apparaissait souvent sous la plume des chroniqueurs mondains qui le voyaient à des réceptions ou à des soirées de charité au bras de femmes à chaque fois différentes. Il finit par acheter une petite maison à Brookfield, à dix minutes du bureau, et y séjourna de plus en plus souvent.

Aujourd'hui, à cinquante-trois ans, Phillip Carter était devenu une figure familière dans la région de Danbury.

Il s'attardait fréquemment à son bureau plusieurs heures après que tout le monde fut parti car beaucoup de candidats et de clients étaient installés dans le Midwest et sur la côte Ouest et le début de la soirée sur la côte Est était le meilleur moment pour les joindre. Depuis la tragédie du pont, Phillip quittait rarement l'agence avant huit heures.

Lorsque Meghan téléphona à huit heures moins cinq ce soir-là, il s'apprêtait à enfiler son manteau. « C'est ce que je redoutais, lui dit-il après qu'elle lui eut raconté la visite des assureurs. Pouvez-vous passer me voir demain après déjeuner ? »

Après avoir raccroché, il resta assis à son bureau pendant un long moment. Puis il décrocha le téléphone et appela le comptable de la société. « Je crois que nous ferions mieux de faire vérifier les comptes sans tarder », dit-il calmement.

9

Lorsque Meghan pénétra dans l'agence Collins et Carter le samedi, à deux heures de l'après-midi, elle trouva trois hommes penchés sur leurs machines à calculer devant la longue table généralement chargée de revues et de plantes vertes. Elle n'eut pas besoin d'explications de la part de Phillip pour comprendre qu'il s'agissait des auditeurs. Il lui proposa de l'accompagner dans le bureau privé de son père.

Elle avait passé une nuit agitée, l'esprit torturé par les questions, les doutes, les dénégations. Phillip referma la porte et lui indiqua l'un des deux fauteuils en face du bureau. Il prit l'autre, un geste de délicatesse qu'elle apprécia. Le voir assis derrière le bureau de son père l'aurait blessée.

Elle savait que Phillip se montrerait franc avec elle. Elle demanda : « Phillip, est-il possible que mon père soit encore en vie et qu'il ait choisi de disparaître ? »

Son silence avant de répondre était éloquent. « Vous croyez *vraiment* cela ? insista-t-elle.

— Meg, j'ai suffisamment vécu pour savoir que tout est possible. Pour vous avouer la vérité, les enquêteurs du Département des autoroutes et les assureurs sont venus nous interroger longuement, posant des questions on ne peut plus directes. Par deux fois, j'ai failli les jeter dehors. Comme tout le monde, j'ai espéré qu'ils récupéreraient la voiture d'Ed, ou des débris de carrosserie. Il est possible qu'une bonne partie ait été entraînée par le courant ou soit restée coincée au fond du fleuve, mais le fait qu'on n'en ait pas trouvé la moindre trace ne nous aide pas. Aussi, pour répondre à votre question, oui, c'est possible. Et non, je ne peux pas croire votre père capable d'un tel coup monté. »

C'était ce qu'elle s'attendait à entendre, mais elle n'en était pas plus avancée. Un jour, quand elle était petite, Meghan avait voulu sortir une tranche de pain du toaster avec une fourchette. Il lui sembla ressentir la même douloureuse décharge électrique à travers le corps.

« Et, bien sûr, que papa ait retiré de l'argent sur ses polices d'assurance quelques semaines avant de disparaître ne nous aide pas non plus.

— En effet. Je veux que vous sachiez que si je fais vérifier les comptes, c'est pour le bien de votre mère. Lorsque toute cette histoire sera livrée au public, et soyez certaine qu'elle le sera, je veux pouvoir certifier que les comptes de l'agence sont en ordre. C'est ce genre de choses qui fait courir les rumeurs, comme vous pouvez le comprendre. »

Meghan baissa les yeux. Elle portait un jean et une veste assortie. Elle se rappela soudain que c'était le style de vêtements dont était vêtue la femme morte que l'on avait amenée à l'hôpital Roosevelt. Elle écarta cette pensée. « Mon père était-il joueur? Cela expliquerait-il son besoin d'argent liquide? »

Carter secoua la tête. « Votre père n'était pas joueur, et j'en ai suffisamment connu, Meg. » Il fit une grimace. « Meg, je voudrais trouver une explication, mais je n'en ai pas. Rien dans les affaires d'Ed ni dans sa vie privée ne laisse supposer qu'il aurait choisi de disparaître. D'autre part, le manque de preuves matérielles dans l'accident est nécessairement suspect, du moins pour des étrangers. »

Meghan contempla l'endroit où travaillait son père, son fauteuil pivotant derrière le bureau. Elle l'imaginait assis à cette place, se renversant en arrière, le regard pétillant, les mains jointes, dans cette attitude que sa mère appelait « sa pose de saint et martyr ».

Elle se revoyait entrant en trombe dans la pièce

lorsqu'elle était enfant. Son père avait toujours une friandise à son intention, une barre de chocolat, des marshmallows, des caramels. Sa mère n'aimait pas la voir manger des sucreries. « Ed, protestait-elle, ne lui offre pas toutes ces cochonneries. C'est mauvais pour ses dents.

— Des douceurs pour la plus douce des petites filles, Catherine. »

La petite chérie de son papa. De ses deux parents, c'était avec lui qu'elle s'amusait. C'était sa mère qui obligeait Meg à faire son lit et ses exercices de piano. C'est elle qui protesta le jour où Meg quitta le cabinet juridique où elle travaillait. « Pour l'amour du ciel, Meg, avait-elle supplié, persiste encore six mois ; ne gâche pas tes études. »

Papa avait compris. « Laisse-la faire, chérie, avait-il dit avec fermeté. Meg a la tête sur les épaules. »

Enfant, Meghan avait un jour demandé à son père pourquoi il voyageait autant.

« Ah, Meg, avait-il soupiré. Comme j'aimerais qu'il en soit autrement. Peut-être suis-je né pour être un troubadour errant. »

Comme il était souvent absent, il cherchait toujours à se faire pardonner à son retour. Au lieu d'aller à l'auberge, il lui proposait de préparer un dîner pour eux deux à la maison. « Meghan Anne, lui disait-il, vous êtes mon invitée. » Ou, parfois, il l'appelait par son petit nom, « Annie ».

Cette pièce est imprégnée de sa personnalité, songea Meg. Le beau bureau en merisier déniché dans un entrepôt de l'Armée du Salut et qu'il avait lui-même décapé et poli. La table, derrière, avec des photos de Meg et de sa mère. Les serre-livres à têtes de lion qui retenaient plusieurs ouvrages reliés.

Pendant neuf mois, elle l'avait pleuré en le croyant mort. Elle se demanda si aujourd'hui sa peine n'était pas plus douloureuse encore. Si les assureurs avaient raison, il était devenu un étranger. Meghan regarda Phillip Carter en face. « Ils se trompent, dit-elle à voix haute. Je crois que mon père est mort. Je crois que l'on finira par trouver des restes de sa voiture. » Elle parcourut la pièce des yeux. « Mais en conscience, nous n'avons pas le droit d'immobiliser ce bureau plus long-temps. Je viendrai la semaine prochaine déménager les effets personnels de mon père.

— Nous nous en chargerons, Meg.

— Non, je vous en prie. Je préfère faire le tri ici. Maman est suffisamment bouleversée sans avoir à me regarder le faire à la maison. »

Phillip Carter hocha la tête. « Vous avez raison, Meg. Je suis inquiet pour Catherine aussi.

— C'est pourquoi je n'ose pas lui raconter ce qui s'est passé l'autre soir. » Elle vit l'inquiétude envahir son visage à mesure qu'elle le mettait au courant du meurtre de la femme qui lui ressemblait et du fax qui lui était parvenu au milieu de la nuit.

« Meg, c'est bizarre, dit-il. J'espère que votre patron a mis cette histoire entre les mains de la police. Il ne faut pas qu'il vous arrive quelque chose. »

Au moment où il tournait la clé de la porte d'entrée de l'agence, Victor Orsini constata avec surprise que le verrou n'était pas mis. Le samedi après-midi, il avait généralement les lieux pour lui seul. Il venait de rentrer d'une série de réunions dans le Colorado et désirait prendre connaissance du courrier et des messages.

Trente et un ans, éternellement bronzé, la silhouette mince et athlétique, il avait l'apparence d'un homme qui vit au grand air. Ses cheveux noir de jais et ses traits accusés dénotaient ses ascendances italiennes. Son regard d'un bleu intense lui venait de sa grand-mère anglaise.

Orsini travaillait pour Collins et Carter depuis bientôt sept ans. Il n'avait pas prévu de rester aussi longtemps, en réalité, il avait toujours projeté d'utiliser ce job comme un tremplin pour entrer dans une société plus importante.

Ses sourcils se haussèrent lorsqu'il poussa la porte et vit les auditeurs. D'un ton volontairement impersonnel, le responsable de l'audit annonça à Orsini que Phillip Carter et Meghan Collins se trouvaient dans le bureau d'Edwin Collins. Puis, avec hésitation, il informa Victor de la thèse des assureurs, celle de la disparition volontaire de Collins.

« C'est complètement dingue. » Victor traversa à grands pas le hall de réception et frappa à la porte fermée.

Carter ouvrit. « Oh, Victor, content de vous voir. Nous ne vous attendions pas aujourd'hui. »

Meghan se tourna vers lui pour le saluer. Orsini vit qu'elle retenait ses larmes. Il chercha quelque chose de rassurant à dire mais rien ne lui vint à l'esprit. Les enquêteurs l'avaient interrogé à propos de l'appel téléphonique d'Ed Collins quelques minutes avant l'accident. « Oui, leur avait-il dit, Edwin m'a prévenu qu'il approchait du pont. Oui, je suis sûr qu'il n'a pas dit qu'il en sortait. Vous croyez que je suis dur d'oreille ? Oui, il désirait me voir le lendemain matin. Il n'y avait rien d'inhabituel à ça. Ed utilisait constamment le téléphone de sa voiture. »

Soudain, Victor se demanda combien de temps s'écoulerait avant que quelqu'un ne fasse remarquer que la présence d'Ed Collins sur l'entrée du pont de Tappan Zee reposait sur son seul témoignage. Son visage refléta naturellement l'inquiétude qu'il lisait sur les traits de Meghan lorsqu'il prit la main qu'elle lui tendait.

10

Le dimanche à trois heures de l'après-midi, Meg retrouva Steve Boyle, le cameraman de PCD, au parking de la clinique Manning.

La clinique était située sur une colline, à trois kilomètres de la nationale 7, dans la campagne du Kent, à quarante minutes en voiture de chez elle. Elle avait été édifiée en 1890 pour servir de résidence à un homme d'affaires avisé que son épouse avait su empêcher d'exhiber les signes de son ascension fulgurante au rang de roi du négoce. Elle l'avait convaincu qu'un manoir de style anglais conviendrait mieux à la beauté du paysage que le pseudo-palais qu'il avait envisagé de faire construire.

« Prêt pour l'heure des enfants ? demanda Meghan au cameraman comme ils remontaient l'allée en peinant.

— Les Giants sont à l'antenne, et nous sommes coincés avec les Mickeys », grommela Steve.

A l'intérieur de l'édifice, l'entrée spacieuse servait de salle de réception. Sur les murs lambrissés de chêne s'alignaient les photographies encadrées des enfants qui devaient leur existence au génie de la science moderne. Au-delà, le grand hall recréait l'atmosphère confortable d'une pièce familiale, avec çà et là des groupes de sièges invitant à la conversation et que l'on pouvait disposer commodément lors de conférences en petit comité.

Des albums, remplis de témoignages de parents reconnaissants, étaient éparpillés sur les tables. « Nous désirions si désespérément un enfant. Notre existence nous semblait incomplète. Et nous avons pris rendez-vous à la clinique Manning... » « Le cœur lourd, j'assistais à l'anniversaire du bébé d'une de mes amies. Quelqu'un m'a conseillé de me renseigner sur la fécondation in vitro, et Jamie est né quinze mois plus tard... » « J'approchais de mon quarantième anniversaire, et je savais qu'il serait bientôt trop tard... »

Tous les ans, le dernier dimanche d'octobre, les enfants nés par fécondation in vitro à la clinique Manning étaient invités à se réunir avec leurs parents. Meghan apprit que cette année trois cents invitations avaient été lancées, et plus de deux cents petits membres avaient accepté. C'était une grande, bruyante et joyeuse réception.

Dans l'un des petits salons, Meghan interviewa le Dr George Manning qui, à soixante-dix ans, dirigeait la clinique. Elle lui demanda de lui expliquer la fécondation in vitro.

« Dans les termes les plus simples possibles, expliqua-t-il, la FIV est une méthode grâce à laquelle une femme qui a de grandes difficultés à concevoir est parfois capable de mettre au monde l'enfant qu'elle désire si désespérément. Après une surveillance attentive de son cycle menstruel, elle commence le traitement. On lui administre des hormones qui stimulent ses ovaires afin de produire une abondance de follicules, qui sont ensuite ponctionnés.

« On prie alors son conjoint de fournir un échantillon de son sperme destiné à inséminer en laboratoire les ovules contenus dans les follicules. Le lendemain, un embryologiste vérifie si les ovules ont été fécondés. En cas de succès, un médecin introduit dans l'utérus de la patiente un ou plusieurs ovules, qui sont dès lors considérés comme des embryons. Si la demande en est exprimée, le reste des embryons est conservé au froid en vue d'une implantation future.

« Au bout de quinze jours, on effectue une prise de sang pour le premier test de grossesse. » Le docteur désigna le grand hall. « Et comme vous pouvez le constater d'après la foule rassemblée ici aujourd'hui, beaucoup de ces tests se révèlent positifs.

— C'est ce que je vois, dit Meg. Docteur, quel est le pourcentage de réussites par rapport aux échecs ?

— Pas encore aussi élevé que nous le voudrions, mais en constante amélioration, dit-il d'un ton grave.

— Merci, docteur. »

Suivie de Steve, Meghan interviewa plusieurs des mères présentes, leur demandant de raconter leur expérience personnelle de la fécondation in vitro.

L'une d'entre elles, posant au milieu de trois superbes rejetons, expliqua : « Dix ovules ont été fécondés et ils en ont implanté deux. L'un d'eux a donné une grossesse, dont voici le résultat. » Elle sourit à son fils aîné. « Chris a maintenant sept ans. Les autres embryons ont été préservés par cryoconservation ou plus simplement, congelés. Je suis revenue il y a cinq ans, et Todd est né. Puis j'ai fait une autre tentative l'année dernière, et Jill a trois mois. Certains des embryons ne survivent pas à la décongélation, mais il me reste encore deux embryons congelés au laboratoire. Au cas où je trouverais le temps de m'occuper d'un quatrième enfant, dit-elle en riant à la vue de son petit bonhomme de quatre ans qui partait en courant.

— Tu ne crois pas que nous en avons suffisamment, Meghan? demanda Steve. J'aimerais voir le dernier quart d'heure du match des Giants.

— Laisse-moi encore interroger un autre membre de l'équipe médicale. J'ai remarqué cette femme. Elle semble connaître tout le monde ici. »

Meg se dirigea vers la femme et jeta un coup d'œil à son badge. « Puis-je avoir un entretien avec vous, docteur Petrovic?

— Bien sûr. » La voix du Dr Petrovic était bien modulée, avec un soupçon d'accent. Elle était de taille moyenne, avec des yeux couleur noisette et des traits délicats. Elle était courtoise plutôt qu'aimable. Pourtant, Meg nota que les enfants se pressaient volontiers autour d'elle.

« Depuis combien de temps travaillez-vous dans la clinique, docteur?

— Cela fera sept ans en mars. Je suis l'embryologiste chargée du laboratoire.

— Verriez-vous un inconvénient à nous dire d'un mot vos sentiments à l'égard de ces enfants?

— Pour moi, chacun d'entre eux est un miracle.

— Merci, docteur.

— Nous avons suffisamment de film, dit Meg à Steve lorsqu'ils quittèrent le Dr Petrovic. Je veux seulement un plan de la photo de groupe. Ils vont se rassembler d'une minute à l'autre. »

La photo annuelle était prise sur la pelouse devant la clinique. Il y eut l'habituelle confusion lorsqu'il fallut aligner les enfants depuis le plus petit jusqu'au plus grand de dix ans, avec les mamans et leurs bébés sur la dernière rangée, le tout flanqué du personnel de la clinique.

C'était une belle journée d'été indien, et au moment où Steve braqua sa caméra sur le groupe, Meghan pensa fugitivement que chacun de ces enfants semblait heureux et vêtu avec soin. Pourquoi n'en serait-il pas ainsi? réfléchit-elle. Ils ont tous été tellement désirés.

Un bout de chou de trois ans s'élança depuis la première rangée vers sa mère enceinte, qui se tenait près de Meghan. C'était un blondinet aux yeux bleus, avec un sourire doux et timide. Il jeta ses bras autour des genoux de sa mère.

« Prends-le, dit Meghan à Steve. Il est trop mignon. » Steve braqua la caméra sur le petit garçon que sa mère encourageait gentiment à rejoindre les autres enfants.

« Je reste tout près, Jonathan, le rassura-t-elle en le raccompagnant dans le rang. Tu peux me voir. Je te promets que je ne bougerai pas. » Elle revint à sa place.

Meg s'approcha d'elle. « Accepteriez-vous de répondre à quelques questions ? demanda-t-elle en tendant le micro vers elle.

— Volontiers.

— Voulez-vous nous dire votre nom et quel âge a votre petit garçon ?

— Je m'appelle Dina Anderson, et Jonathan a presque trois ans.

— Le bébé que vous attendez est-il aussi le résultat d'une fécondation in vitro ?

— Oui, et à dire vrai, c'est le vrai jumeau de Jonathan.

— Son jumeau ! » Meghan ne put dissimuler sa stupéfaction. « Je sais que cela paraît impossible, dit Dina d'un ton joyeux, mais c'est pourtant la vérité. Très rarement, un embryon peut se séparer au laboratoire exactement comme il le fait dans l'utérus. Lorsqu'on nous a prévenus que l'un des ovules fécondés s'était divisé, mon mari et moi avons voulu essayer de donner naissance à chacun des jumeaux séparément. Nous avions l'impression qu'individuellement ils se développeraient peut-être mieux pendant la grossesse et, qui plus est, j'y vois un avantage pratique. J'ai un poste de responsabilité, et j'aurais détesté devoir laisser deux nouveau-nés à la charge d'une nounou. La naissance de jumeaux à deux dates distinctes a été expérimentée en Angleterre, mais je crois que nous sommes les premiers à la tenter dans ce pays. »

Le photographe de la clinique prenait des clichés. Un moment plus tard, il cria : « C'est bon, les petits, merci. » Les enfants s'éparpillèrent et Jonathan courut rejoindre sa maman. Dina Anderson souleva son fils dans ses bras. « Je ne peux imaginer la vie sans lui, dit-elle. Et dans une dizaine de jours, nous aurons Ryan. »

Quelle merveilleuse tranche de vie cela ferait, songea Meghan. « Madame Anderson, dit-elle d'un ton persuasif, si vous le voulez bien, j'aimerais proposer à mon boss un reportage sur vos jumeaux. »

11

Sur la route qui la ramenait à Newtown, Meghan téléphona à sa mère depuis sa voiture. L'inquiétude qu'elle avait éprouvée en tombant sur le répondeur s'apaisa dès qu'elle joignit l'auberge où on lui dit que Mme Collins était dans la salle de restaurant. « Dites-lui simplement que je serai bientôt de retour à la maison, recommanda-t-elle à la standardiste, et que je viendrai la retrouver à l'auberge. »

Pendant les quinze minutes suivantes, Meghan conduisit machinalement. Elle était tout excitée à la perspective du reportage qu'elle voulait proposer à Weicker. Et elle pourrait demander à Mac des informations sur le sujet. C'était un spécialiste de la génétique. Il pourrait la conseiller et lui indiquer quelques ouvrages sur le sujet pour qu'elle améliore ses connaissances sur ce qui touchait à la procréation assistée, y compris les taux de succès et d'échecs. Lorsque la circulation ralentit au point de s'arrêter complètement, elle prit le téléphone et composa son numéro.

Ce fut Kyle qui répondit. Meghan s'étonna de son changement de ton dès l'instant où il réalisa qui était à l'autre bout du fil. Quelle mouche le piquait ? se demanda-t-elle, comme il passait la communication à son père, négligeant intentionnellement de la saluer.

« Salut, Meghan. Que puis-je pour toi ? » Comme à chaque fois, la voix de Mac lui chavira le cœur. A l'âge de dix ans, elle lui avait déclaré qu'elle était sa meilleure amie, à douze ans elle avait eu le béguin pour lui, et à seize elle en était tombée carrément amoureuse. Trois ans plus tard, il épousait Ginger. Elle avait assisté à son mariage et s'en souvenait comme d'un des jours les plus atroces de toute son existence. Mac avait été fou de Ginger, et Meg soupçonnait que si Ginger avait ouvert la porte et posé sa valise, même après sept ans, Mac aurait *toujours* voulu d'elle. Meg refusait de s'avouer que, malgré tous ses efforts, elle n'avait jamais cessé d'aimer Mac.

« Un conseil professionnel, Mac. » Tandis qu'elle dépassait la file de voitures bloquées et reprenait de la vitesse, elle lui parla de sa visite à la clinique et de l'émission qu'elle voulait faire. « Et j'ai besoin rapidement d'un maximum d'informations si je veux proposer toute l'histoire à mon boss.

— Je peux te les communiquer dès maintenant. Kyle et moi nous préparions justement à nous rendre à Drumdoe. Je vais t'apporter ce dont tu as besoin. Veux-tu te joindre à nous pour le dîner?

— Formidable. A tout de suite. » Elle raccrocha.

Il était près de sept heures lorsqu'elle atteignit les faubourgs de la ville. La température avait chuté et la douce brise de l'après-midi s'était transformée en véritables rafales de vent. Les phares éclairaient les arbres encore lourds de feuilles qui projetaient leurs ombres mouvantes sur la chaussée. Elles lui firent soudain penser aux eaux sombres et tourbillonnantes de l'Hudson.

Concentre-toi sur la façon de vendre à Weicker ton projet d'émission spéciale sur la clinique Manning, se dit-elle farouchement.

Phillip Carter était installé à une table de trois couverts près de la fenêtre. Il salua Meg. « Catherine est à la cuisine, en train de passer un savon au chef, lui dit-il. Ces clients (il désigna une table voisine) désiraient leur bœuf saignant. D'après votre mère, on leur a servi de la semelle. En réalité, leur viande était à point. »

Meghan se laissa tomber sur une chaise et sourit. « Le mieux qui puisse lui arriver serait que le chef rende son tablier. Elle pourrait alors revenir en cuisine. Cela lui occuperait l'esprit. » Elle tendit la main à travers la table et effleura celle de Carter. « Merci d'être venu.

— J'espère que vous n'avez pas mangé. J'ai fait promettre à Catherine de se joindre à nous.

— C'est gentil, mais vous ne m'en voudrez pas si je prends seulement le café avec vous. Mac et Kyle devraient arriver d'une minute à l'autre, et je leur ai dit que je dînerais avec eux. La vérité est que j'ai besoin de faire appel au savoir de Mac. »

Pendant le dîner, Kyle persista à se montrer distant envers Meghan. Elle finit par hausser un sourcil interrogateur à l'adresse de Mac, qui haussa les épaules et murmura : « Ne me demande pas pourquoi. » Il la mit en garde à propos du reportage qu'elle envisageait. « Tu as raison. Les échecs sont nombreux et c'est un procédé extrêmement coûteux. »

Meg contempla Mac et son fils assis en face d'elle. Ils se ressemblaient tellement. Elle se rappela la façon dont son père lui avait serré la main au mariage de Mac. Il avait compris. Il l'avait toujours comprise.

Lorsqu'ils s'apprêtèrent à partir, elle dit : « Je vais m'asseoir un moment avec maman et Phillip. » Elle entoura Kyle de son bras. « A bientôt, mon chou. »

Il s'écarta d'elle.

« Hé, dis donc, s'étonna Meghan. Que se passe-t-il ? »

A son grand étonnement, elle vit les yeux de l'enfant se remplir de larmes. « Je croyais que tu étais mon amie. » Il se détourna en vitesse et courut jusqu'à la porte.

« Je saurai de quoi il s'agit », promit Mac en se précipitant à la suite de son fils.

A sept heures du soir, à Bridgewater, non loin de là, Dina Anderson, le petit Jonathan sur ses genoux, sirotait la dernière goutte de son café tout en racontant à son mari la réunion de la clinique Manning. « Nous allons peut-être devenir célèbres, dit-elle. Si son patron lui donne le feu vert, Meghan Collins, la journaliste de Channel 3, aimerait venir à l'hôpital le jour de la naissance du bébé et filmer Jonathan avec son petit frère. Elle voudrait aussi les suivre périodiquement pour voir comment ils s'entendent. »

Donald Anderson prit un air sceptique. « Chérie, je ne suis pas certain que nous ayons besoin de ce genre de publicité.

— Oh, allons! Ça peut être amusant. Et, comme Meghan, je pense que si les gens désireux d'avoir des enfants connaissaient les différentes méthodes de procréation assistée, ils réaliseraient que la fécondation in vitro est une option réellement viable. Notre bonhomme méritait certainement toutes les dépenses et tous les efforts que nous avons faits.

— La tête du bonhomme va atterrir dans ton café. » Anderson se leva, fit le tour de la table et prit son fils des bras de sa femme. « C'est l'heure de faire dodo, mon petit lapin », annonça-t-il, puis il ajouta : « Si tu en as envie, je n'y vois pas d'inconvénient. J'avoue que cela pourrait être amusant d'avoir des films de professionnels sur les enfants. »

Dina regarda avec tendresse son grand blond aux yeux bleus de mari emporter son enfant tout aussi blond vers l'escalier. Elle avait préparé toutes les photos de Jonathan. Elle se réjouissait à l'avance à la pensée de les comparer avec celles de Ryan. Il lui restait encore un embryon conservé au froid à la clinique. Dans deux ans, nous tenterons de faire un autre bébé, et peut-être que celui-là me ressemblera, se dit-elle, levant les yeux vers la glace au-dessus de la desserte. Elle étudia son reflet, son teint mat, ses yeux bruns, sa chevelure noire. « Ce ne serait pas si mal », murmura-t-elle pour elle-même.

A l'auberge, tout en buvant une seconde tasse de café avec sa mère et Phillip, Meghan écoutait ce dernier discuter posément de la disparition de son père.

« Qu'Edwin ait contracté un emprunt aussi important sur son assurance-vie sans vous en parler plaide en faveur de la thèse des assureurs. Comme ils vous l'ont dit, c'est pour eux la preuve qu'il réunissait une grosse somme en liquide pour des raisons privées. De même qu'ils refusent de vous verser le montant de son assurance personnelle, j'ai été prévenu qu'ils ne rembourseraient pas davantage l'assurance de la société, qui vous est due en raison de sa participation à cinquante pour cent dans Collins et Carter.

— En clair, dit calmement Catherine, cela signifie qu'à partir du moment où je ne peux pas prouver la mort de mon mari, je risque de tout perdre. Phillip, est-ce qu'on doit à Edwin d'autres honoraires pour des travaux antérieurs ? »

Sa réponse fut brève. « Non.

— Comment marche le recrutement, cette année ?

— Mal.

— Vous nous avez avancé quarante-cinq mille dollars en attendant que soit retrouvé le corps d'Edwin. »

Il prit soudain l'air sévère. « Catherine, je suis heureux de l'avoir fait. Je voudrais seulement pouvoir vous donner plus. Lorsque nous aurons la preuve de la mort d'Edwin, vous pourrez me rembourser sur l'assurance de la société. »

Elle posa sa main sur la sienne. « Je ne peux pas vous laisser faire ça, Phillip. Le vieux Pat se retournerait dans sa tombe s'il voyait que je vis en empruntant de l'argent. Le fait est qu'à moins de trouver nous-mêmes une preuve de la mort d'Edwin dans cet accident, je vais être obligée de vendre cet établissement et peut-être même ma maison. » Elle regarda dans la direction de Meghan. « Dieu soit loué, je t'ai, Meggie. » En l'entendant, Meghan décida de ne pas rentrer à New York comme prévu, mais de passer la nuit chez sa mère.

Lorsqu'elles rentrèrent chez elles, Meg et Catherine, par un tacite accord, ne parlèrent plus de l'homme qui avait été leur père et leur mari. Elles regardèrent le journal télévisé de dix heures et montèrent se coucher. Meghan frappa à la chambre de sa mère pour lui dire bonsoir. Elle se rendit compte qu'elle ne considérait plus la pièce comme la chambre de ses parents. Lorsqu'elle ouvrit la porte, elle vit dans un accès de détresse que sa mère avait placé les oreillers au milieu du lit.

Le geste signifiait clairement que si Edwin Collins était en vie, il n'y avait plus de place pour lui dans cette maison.

12

Bernie Heffernan passa la soirée du dimanche avec sa mère, à regarder la télévision dans le misérable salon de leur pavillon à Jackson Heights. Il préférait de beaucoup le centre de communication qu'il avait créé dans la pièce rudimentairement meublée au sous-sol, mais il restait toujours en haut jusqu'à dix heures du soir, heure à laquelle sa mère allait se coucher. Depuis sa chute, il y a dix ans, elle ne s'était plus jamais aventurée dans les escaliers branlants de la cave.

La séquence de Meghan à la clinique Manning fut diffusée aux informations de six heures. Bernie regarda fixement l'écran, des gouttes de transpiration ruisselant sur son front. S'il s'était trouvé en bas en ce moment, il aurait pu enregistrer Meghan sur son magnétoscope.

« Bernard ! » La voix perçante de maman interrompit sa rêverie.

Il plaqua un sourire sur son visage. « Pardon, maman. »

Les yeux de sa mère étaient agrandis derrière ses lunettes à double foyer. « Je t'ai demandé s'ils avaient retrouvé le père de cette femme. »

Il avait parlé du père de Meghan à maman un jour, et il s'en mordait les doigts. Il tapota la main de sa mère. « Je lui ai dit que nous priions pour elle, maman. »

Il n'aima pas le regard que maman posa sur lui. « Tu ne penses pas à cette femme, n'est-ce pas, Bernard ?

— Non, maman. Bien sûr que non, maman. »

Une fois que sa mère fut montée se coucher, Bernie descendit à la cave. Il se sentait fatigué et abattu. Il n'y avait qu'un moyen de trouver du réconfort.

Il commença sur-le-champ ses appels. En premier, la station de radio religieuse, à Atlanta. Utilisant l'appareil à modifier la voix, il abreuva d'injures le prédicateur jusqu'à ce que la communication soit coupée. Puis il appela l'animateur d'un débat télévisé dans le Massachusetts et lui dit qu'il avait entendu parler d'une tentative de meurtre contre lui.

A onze heures, il consulta la liste des noms de

femmes qu'il avait récemment relevés dans l'annuaire. Une par une, il les prévint qu'il s'apprêtait à pénétrer chez elles. Au son de leur voix, il se représentait leur apparence. Jeune et belle. Vieille. Ordinaire. Mince. Grosse. Mentalement, il imaginait leurs visages, ajoutant à leurs traits les détails que lui suggéraient les mots qu'elles prononçaient.

Excepté ce soir. Ce soir, elles avaient toutes le même visage.

Ce soir, elles ressemblaient toutes à Meghan Collins.

13

Lorsque Meghan descendit lundi matin à six heures et demie, sa mère était déjà à la cuisine. Des effluves de café emplissaient la pièce, le jus de fruits était servi et le pain grillait dans le toaster. Meghan retint la remarque qui lui montait aux lèvres en voyant sa mère si tôt levée. Aux ombres profondes qui cernaient les yeux de Catherine Collins, il était clair qu'elle n'avait pour ainsi dire pas fermé l'œil de la nuit.

Comme moi, pensa Meghan, en s'emparant de la cafetière. « Maman, j'ai beaucoup réfléchi », dit-elle. Choisissant soigneusement ses mots, elle poursuivit : « Je ne vois pas une seule raison qui aurait poussé papa à disparaître. Admettons qu'il y ait eu une autre femme. C'est totalement improbable, mais admettons. Papa aurait demandé le divorce. Tu aurais été ravagée de chagrin, bien sûr, et je lui en aurais voulu pour toi, mais au fond nous sommes deux femmes réalistes, et papa le savait. Les compagnies d'assurances se raccrochent au fait qu'on n'a retrouvé ni sa voiture ni son corps, et qu'il a emprunté de l'argent sur ses polices d'assurance personnelles. Mais il s'agissait de *ses* polices et, comme tu le disais, il a peut-être voulu faire un investissement que tu aurais pu désapprouver. C'est possible.

— Tout est possible, dit calmement Catherine Collins, y compris le fait que je ne sache pas quoi faire.

— Je sais. Nous allons engager une action en justice et demander le paiement de ces polices, y compris la double indemnité pour mort accidentelle. Nous n'allons pas rester les bras ballants et laisser ces gens nous raconter que papa s'est moqué de toi. »

A sept heures, Mac et Kyle étaient assis en face l'un de l'autre à la table de la cuisine. Hier, Kyle était allé se coucher en refusant d'expliquer pourquoi il en voulait à Meg, mais ce matin, son humeur avait changé. « J'ai réfléchi », commença-t-il.

Mac sourit. « C'est un bon début.

— Je suis sérieux. Tu te souviens qu'hier soir Meg a parlé du procès qu'elle avait suivi au tribunal pendant toute la journée de mercredi ?

— Oui.

— Donc, elle ne pouvait pas se trouver par ici mercredi après-midi.

— Non, certainement pas.

— Alors ce n'est pas elle que j'ai vue au volant d'une voiture près de la maison. »

Mac scruta le regard sérieux de son fils. « Non, tu ne peux pas l'avoir vue mercredi après-midi. J'en suis certain.

— Je suppose que c'était simplement quelqu'un qui lui ressemblait beaucoup. » Le sourire de soulagement de Kyle révéla deux dents en moins. Il jeta un coup d'œil à Jake, qui s'étirait sous la table. « Maintenant, quand Meg verra Jake en venant à la maison le week-end prochain, il saura encore mieux faire le beau. »

En entendant son nom, Jake se redressa d'un bond et se mit sur son arrière-train.

« Il a déjà tout compris », fit Mac.

Au volant de sa voiture, Meghan se rendit directement à l'entrée du garage de PCD dans la 56e Rue Ouest. Bernie ouvrit la portière du côté conducteur au moment même où elle mettait le levier de vitesses au point mort. « Bonjour, mademoiselle Collins. » Son air réjoui et sa voix chaleureuse amenèrent un sourire aux lèvres de Meg. « Ma mère et moi, nous vous avons vue dans cette clinique. Je veux dire que nous avons vu les informations hier soir, avec vous à l'écran. Vous avez dû vous amuser, avec tous ces gosses. » Il tendit la main pour l'aider à sortir de la voiture.

« Ils étaient adorables, Bernie, convint Meghan.

— Ma mère a dit que c'est pas naturel — vous savez ce que je veux dire —, cette façon dont on a des bébés maintenant. Je ne suis pas tellement pour toutes ces bizarreries scientifiques. »

Des découvertes, pas des bizarreries, rectifia silencieusement Meghan. « Je comprends ce que vous ressentez, dit-elle. C'est un peu comme dans *Le Meilleur des mondes*. »

Bernie la regarda d'un air déconcerté.

« A tout à l'heure, Bernie. » Elle se dirigea vers l'ascenseur, sa serviette de cuir sous le bras.

Bernie la regarda partir, puis monta dans sa voiture et la conduisit au niveau inférieur. Délibérément, il la gara dans un emplacement sombre le long du mur du fond. Durant l'heure du déjeuner, tous les gardiens choisissaient une voiture où se reposer, manger, lire le journal ou piquer un roupillon. La seule chose que vous demandait la direction était de ne pas faire de taches de ketchup sur les sièges. Et depuis qu'un crétin avait brûlé l'accoudoir en cuir d'une Mercedes, personne n'avait le droit de fumer, même dans les voitures dont les cendriers débordaient de mégots. Le problème était d'éviter que quelqu'un ne remarque que vous choisissiez toujours de vous reposer dans la même voiture. Bernie se sentait bien dans la Mustang de Meghan. Il y flottait un soupçon de son parfum habituel.

Le bureau de Meghan se trouvait dans la grande salle de la rédaction, au vingt-neuvième étage. Meg parcourut rapidement la liste des missions. A onze heures, elle devait assister à la lecture de l'acte d'accusation d'un agent de change accusé de délit d'initié.

Son téléphone sonna. C'était Tom Weicker. « Meg, pouvez-vous passer me voir immédiatement ? »

Il y avait deux hommes dans le bureau de Weicker. Meghan reconnut l'un d'eux. Jamal Nader, un inspecteur noir à la voix douce qu'elle avait souvent rencontré au tribunal. Ils se saluèrent chaleureusement. Weicker présenta l'autre homme, le lieutenant Story.

« Le lieutenant Story est chargé de l'homicide que vous avez couvert l'autre soir. Je lui ai remis le fax qui vous est parvenu. »

Nader secoua la tête. « Cette fille est votre portrait craché, Meghan.

— L'a-t-on identifiée ? demanda Meghan.

— Non. » Nader hésita. « Mais il semble qu'elle vous connaissait.

— Qu'elle me connaissait ? » Meghan le regarda d'un air ébahi. « Que voulez-vous dire ?

— Lorsqu'ils l'ont amenée à la morgue jeudi soir, ils ont fouillé ses vêtements sans rien trouver. Ils les ont tous envoyés au bureau du procureur à titre de pièces à conviction. L'un de nos gars les a de nouveau fouillés. Il y avait un pli dans la doublure de la poche de sa veste. Il y a trouvé un bout de papier déchiré provenant d'un bloc-notes de l'auberge Drumdoe. Votre nom et le numéro de votre ligne directe à WPCD se trouvaient inscrits sur la feuille.

— Mon nom ! »

Le lieutenant Story plongea la main dans sa poche. Le bout de papier était protégé par un plastique. Il le lui présenta. « Votre prénom et le numéro de téléphone. »

Meghan et les deux inspecteurs se tenaient debout devant le bureau de Tom Weicker. Meghan agrippa le bord du bureau, le regard rivé sur les lettres bien formées, la forme inclinée des chiffres. Elle sentit sa bouche se dessécher.

— Mademoiselle Collins, reconnaissez-vous cette écriture ? » demanda Story d'un ton sec.

Elle hocha la tête. « Oui.

— Qui ? »

Elle détourna la tête, refusant de regarder davantage l'écriture familière. « C'est mon père qui a écrit ce mot », murmura-t-elle.

14

Le lundi matin, Phillip Carter poussa la porte de son bureau à huit heures. Comme d'habitude, il était le premier arrivé. Le personnel de l'agence était réduit : Jackie, sa secrétaire, la cinquantaine, mère de plusieurs enfants encore jeunes, Milly, la comptable à mi-temps aux allures de grand-mère, et Victor Orsini.

Le micro-ordinateur de Carter se trouvait à côté de son bureau. Il y conservait les dossiers auxquels il était le seul à avoir accès, des dossiers concernant ses affaires privées. Ses amis se moquaient de son goût pour les ventes de terrains par adjudication, mais ils auraient été surpris d'apprendre combien de propriétés rurales il avait tranquillement acquises au cours des années. Malheureusement pour lui, beaucoup de ces terres achetées à bas prix avaient disparu dans le règlement de son divorce. Sa propriété actuelle, qu'il avait payée un prix exorbitant avait été achetée après le divorce.

En insérant la clé dans l'ordinateur, il songea que le jour où Jackie et Milly seraient informées du doute planant sur la mort d'Edwin Collins, elles n'en auraient pas fini de jacasser.

Soucieux à l'extrême de préserver sa vie privée, il lui répugnait d'être l'objet d'une de ces discussions animées entre Jackie et Milly pendant qu'elles déjeunaient de salades qui lui faisaient l'effet de pousses de luzerne.

La question du bureau d'Ed Collins le tracassait. Il avait jugé plus convenable de le laisser tel quel jusqu'à l'annonce officielle de son décès, mais à présent il valait mieux en effet que Meghan déménage les effets personnels de son père. De toute façon, Edwin Collins ne l'utiliserait plus jamais.

Carter fronça les sourcils. Victor Orsini. Il ne l'aimait décidément pas. Orsini avait toujours été plus proche d'Ed. Mais il avait accompli un travail formidable, et ses connaissances dans le domaine de la technologie médicale étaient plus que jamais nécessaires aujourd'hui, surtout maintenant qu'Ed n'était plus là. Il avait pris en main la plus grande partie de cette branche de l'affaire.

Carter savait qu'il lui faudrait attribuer à Orsini le bureau d'Ed, lorsque Meg aurait fini de le débarrasser. Son bureau actuel était un véritable réduit, avec une seule minuscule fenêtre.

Oui, pour l'instant, il avait besoin de cet homme, qu'il l'aime ou pas.

Néanmoins, l'intuition de Phillip lui disait de ne pas négliger un aspect insaisissable qui perçait dans l'attitude de Victor Orsini.

Le lieutenant Story fit faire à l'intention de Meghan une photocopie du bout de papier que protégeait le plastique. « Depuis quand avez-vous ce numéro de téléphone à la station de radio ? lui demanda-t-il.

— Depuis la mi-janvier.

— Quand avez-vous vu votre père pour la dernière fois ?

— Le 14 janvier. Il partait pour la Californie en voyage d'affaires.

— Quelle sorte d'affaires ? »

Meghan se sentit la langue pâteuse ; ses doigts étaient glacés en saisissant la photocopie où son nom ressortait bizarrement sur le fond blanc. Elle expliqua à Story en quoi consistait l'agence de recrutement Collins et Carter. L'inspecteur Jamal Nader lui avait visiblement déjà raconté que son père était porté disparu.

« Votre père avait-il ce numéro en sa possession lorsqu'il est parti ?

— Probablement. Je ne lui ai plus jamais reparlé, je ne l'ai plus jamais revu, après le 14. Il devait revenir le 28.

— Et il est mort dans l'accident du pont de Tappan Zee cette nuit-là.

— Il a téléphoné à son associé Victor Orsini au moment où il s'engageait sur le pont. L'accident est survenu moins d'une minute après leur conversation téléphonique. Quelqu'un a déclaré avoir vu une Cadillac bleu sombre percuter le camion-citerne et passer par-dessus bord. » Il était inutile de taire ce que cet homme pouvait apprendre par un simple coup de fil. « Je dois vous prévenir que les compagnies d'assurances ont jusqu'à présent refusé de payer ses polices, sous prétexte qu'on a retrouvé des fragments de tous les autres véhicules, mais aucune trace de la voiture de mon père. Les hommes-grenouilles du Département des autoroutes affirment que si la voiture était tombée dans le fleuve à cet endroit, ils l'auraient repérée. » Meghan releva le menton. « Ma mère va engager des poursuites pour que soit versée l'assurance. »

Elle lut le scepticisme dans le regard des trois hommes. Avec ce bout de papier à la main, elle savait qu'elle ressemblait à ces malheureux témoins dans les salles des tribunaux, ces pauvres gens qui s'accrochent obstinément à leur témoignage même face à la preuve irréfutable qu'ils se trompent ou mentent.

Story se racla la gorge. « Mademoiselle Collins, la jeune femme qui a été *poignardée* jeudi soir... (il s'interrompit, après avoir lourdement insisté sur le mot poignardée) montre une ressemblance frappante avec vous et avait en sa possession un bout de papier où étaient inscrits de la main de votre père votre nom et votre numéro de téléphone. Avez-vous une explication ? »

Meghan se redressa. « J'ignore absolument pourquoi cette jeune femme possédait ce bout de papier. Je ne sais pas comment elle l'a obtenu. Elle me ressemble effectivement énormément. Tout ce que je peux imaginer, c'est que mon père a pu la rencontrer, s'étonner de la ressemblance et dire : "Si jamais vous allez à New York, j'aimerais que vous fassiez la connaissance de ma fille." Beaucoup de gens se ressemblent. Nous le savons tous. La profession de mon père l'amenait à rencontrer un grand nombre de personnes ; le connaissant, c'était le genre de réflexion dont il était capable. Il y a une seule chose dont je suis convaincue : si mon père était en vie, il n'aurait pas délibérément disparu en laissant ma mère financièrement dans l'embarras. »

Elle se tourna vers Tom. « C'est à moi de couvrir la comparution de Baxter. Je ferais mieux d'y aller.

— Ça va ? » demanda Tom. Il n'y avait pas la moindre trace de pitié dans son attitude.

« Admirablement », répondit calmement Meghan. Elle ne regarda ni Story ni Nader.

Ce fut Nader qui parla. « Meghan, nous sommes en contact avec le FBI. Si on signale la disparition d'une femme correspondant à la description de la victime poignardée dans la nuit de jeudi, nous le saurons aussitôt. Il est possible que beaucoup de réponses soient liées. »

15

Helene Petrovic aimait son travail au laboratoire de la clinique Manning. Veuve à vingt-sept ans, elle avait quitté la Roumanie pour émigrer aux États-Unis, accepté avec reconnaissance la générosité d'une amie de la famille et travaillé pour elle comme esthéticienne tout en suivant des cours du soir.

Agée aujourd'hui de quarante-huit ans, c'était une belle femme svelte au regard grave. Durant la semaine, Helene habitait New Milford, dans le Connecticut, à sept kilomètres de la clinique, dans un appartement meublé en location. Elle passait ses week-ends à Lawrenceville, New Jersey, dans la jolie maison de style colonial dont elle était propriétaire. Le petit bureau contigu à sa chambre était rempli de photos des enfants qu'elle avait aidés à venir au monde.

Helene s'imaginait à la tête d'une nursery pour nouveau-nés dans la maternité d'une clinique de luxe. La différence était que les embryons sous sa responsabilité étaient plus vulnérables que les plus fragiles des prématurés. Elle assumait ses responsabilités avec une conscience à toute épreuve.

Helene aimait à contempler les minuscules éprouvettes dans le laboratoire et, connaissant les parents et parfois les frères et sœurs, elle se représentait les enfants qui peut-être verraient le jour. Elle les aimait tous, mais il en était un qui avait ses préférences, l'adorable blondinet dont le charmant sourire lui rappelait le mari qu'elle avait perdu dans sa jeunesse.

La comparution de l'agent de change Baxter, inculpé de délit d'initié, eut lieu au tribunal de Center Street. Flanqué de ses deux avocats, tiré à quatre épingles, il plaida non coupable d'une voix ferme, comme s'il présidait un conseil d'administration. Steve était à nouveau le cameraman de Meg. « Quel comédien ! Je préférerais presque retourner dans le Connecticut avec les Mickeys.

— J'ai rédigé un mémo que j'ai laissé à l'intention de Tom — à propos du reportage sur cette clinique. Dans l'après-midi, j'irai essayer de faire passer le projet », dit Meghan.

Steve lui fit un clin d'œil. « Si jamais j'ai des gosses, j'espère que je les aurai à l'ancienne manière, si tu vois ce que je veux dire. »

Elle eut un bref sourire. « Pas besoin d'un dessin. »

A quatre heures de l'après-midi, Meghan était à nouveau dans le bureau de Tom. « Meghan, dites-moi si j'ai bien compris. D'après ce que vous racontez, cette femme va donner naissance au jumeau de son gosse de trois ans ?

— Exactement. Cette sorte de naissance différée a déjà eu lieu en Angleterre, mais c'est une première chez nous. Qui plus est, la mère est ici particulièrement intéressante. Dina Anderson est vice-présidente d'une banque, très séduisante, s'exprimant parfaitement, et visiblement c'est une mère formidable. Et le bambin de trois ans est un amour.

« Autre chose : une quantité d'études ont montré que les vrais jumeaux, même séparés à la naissance, grandissent avec des goûts similaires. C'est à vous donner la chair de poule. Ils peuvent épouser des personnes portant le même nom, baptiser leurs enfants du même nom, décorer leur maison des mêmes couleurs, porter la même coiffure, choisir les mêmes vêtements. Il serait intéressant de savoir si la relation change lorsque l'un des jumeaux est notablement plus âgé que l'autre.

« Imaginez, conclut-elle. Le miracle du premier bébé-éprouvette a eu lieu il y a seulement quinze ans, et aujourd'hui ils sont des milliers. Chaque jour, on fait un pas en avant dans le domaine de la procréation assistée. Ce serait formidable de faire une série sur les nouvelles méthodes — et de suivre les jumeaux Anderson au fil des années. »

Elle parlait avec ardeur, s'échauffant à mesure qu'elle apportait des arguments. Tom Weicker n'était pas un homme facile à convaincre.

« Comment Mme Anderson peut-elle être certaine d'être enceinte du vrai jumeau ?

— Il n'y a aucun doute permis. Les embryons congelés sont conservés dans des éprouvettes individuelles, étiquetées au nom de la mère, portant son numéro de Sécurité sociale et sa date de naissance. Et chaque éprouvette a son propre numéro. Après l'introduction de l'embryon de Jonathan, il restait deux embryons aux Anderson, son jumeau et un autre. L'éprouvette contenant son vrai jumeau porte une étiquette spéciale. »

Tom se leva de son fauteuil et s'étira. Il avait ôté sa veste, desserré son nœud de cravate et déboutonné le premier bouton de sa chemise. Sa froideur habituelle en était quelque peu adoucie.

Il se dirigea vers la fenêtre, contempla un instant les embouteillages dans la 56ᵉ Rue Ouest, puis se retourna brusquement. « J'ai aimé ce que vous avez fait hier à la réunion de Manning. Nous avons eu des réactions favorables. Continuez sur ce sujet. »

Elle avait son autorisation ! Meghan hocha brièvement la tête, se rappelant que l'enthousiasme était mal vu.

Tom revint à son bureau. « Meghan, jetez un coup d'œil là-dessus. C'est un croquis de la femme qui a été assassinée jeudi soir. » Il le lui tendit.

Bien qu'ayant déjà vu la victime, Meghan sentit sa bouche se dessécher en regardant le croquis. Elle lut le signalement : « Race blanche, cheveux châtain foncé, yeux bleu-vert, 1,68 m, mince, 54 kilos, 24-28 ans. » Ajoutez deux centimètres à la taille et c'était elle.

« Si ce fax "erreur" est cohérent et signifie bien que

vous étiez la victime désignée, la raison de la mort de cette fille est claire, fit remarquer Weicker. Elle se trouvait dans le voisinage de nos bureaux et sa ressemblance avec vous était saisissante.

— Je ne comprends pas. Pas plus que je ne comprends comment elle a obtenu ce bout de papier avec l'écriture de mon père.

— Je me suis à nouveau entretenu avec le lieutenant Story. A notre avis à tous les deux, tant qu'on n'aura pas retrouvé le meurtrier, il vaut mieux que vous n'apparaissiez pas à l'antenne, au cas où un cinglé voudrait vous tuer.

— Mais Tom... », protesta-t-elle. Il l'interrompit.

« Meghan, concentrez-vous sur le reportage. Ça pourra faire une "histoire vécue" du tonnerre. Si l'audience est bonne, nous filmerons par la suite d'autres séquences sur ces enfants. Mais jusqu'à nouvel ordre, je vous retire des informations. Tenez-moi au courant », dit-il d'un ton sec en se rasseyant et en ouvrant un tiroir, mettant visiblement fin à l'entretien.

16

Lundi après-midi, le calme était revenu dans la clinique Manning, après l'excitation de la réunion du week-end. Toute trace de la réception avait disparu, et le hall d'accueil avait retrouvé sa paisible élégance.

Un couple approchant de la quarantaine feuilletait des magazines en attendant son premier rendez-vous. L'hôtesse, Marge Walters, regarda l'homme et la femme avec compassion. Elle n'avait eu aucun problème à mettre au monde trois enfants dans les trois premières années de son mariage. Au fond de la pièce une jeune femme d'une trentaine d'années, visiblement nerveuse, tenait la main de son mari. Marge savait qu'on allait lui implanter un de ses embryons. Douze de ses ovules avaient été fécondés au laboratoire. Trois seraient implantés dans l'espoir que l'un d'eux déclencherait une grossesse. Parfois, plusieurs embryons se développaient, donnant lieu à une naissance multiple.

« Ce serait une bénédiction, pas un problème », avait assuré la jeune femme à Marge au moment de la signature. Les neuf autres embryons seraient congelés. Si le processus n'aboutissait pas à une grossesse cette fois-là, la jeune femme reviendrait et on lui implanterait d'autres embryons.

Le Dr Manning avait réuni son équipe à l'improviste à l'heure du déjeuner. Inconsciemment, Marge passa ses doigts dans sa courte chevelure châtaine. Le Dr Manning les informa que PCD Channel 3 allait tourner un sujet sur la clinique, qui serait centré sur la naissance imminente du jumeau de Jonathan Anderson. Il demanda au personnel d'apporter toute la collaboration nécessaire à Meghan Collins, en respectant bien entendu l'intimité des patientes. Seules celles ayant signé leur acceptation seraient interviewées.

Marge espéra qu'elle apparaîtrait dans l'émission. Ses fils seraient au septième ciel.

A sa droite se trouvaient les bureaux de la direction. La porte qui y menait était ouverte et l'une des nouvelles secrétaires en sortit d'un pas rapide. Elle s'arrêta devant le bureau de Marge, le temps de chuchoter : « Il se passe quelque chose. Le Dr Petrovic vient de sortir du bureau de Manning. Elle est complètement bouleversée et, quand je suis entrée, il avait l'air au bord de la crise cardiaque.

— Que se passe-t-il, à ton avis ? demanda Marge.

— Pas la moindre idée, mais elle est en train de débarrasser son bureau. Je me demande si elle a donné sa démission — ou si on l'a renvoyée.

— Je ne l'imagine pas choisissant de quitter cet endroit, dit Marge d'un ton incrédule. Ce laboratoire est toute sa vie. »

Le lundi soir, lorsque Meghan était descendue prendre sa voiture, Bernie avait dit : « A demain, Meghan. »

Elle lui avait annoncé qu'elle ne viendrait plus au

bureau pendant un certain temps, qu'elle était chargée d'un reportage dans le Connecticut. Elle n'avait eu aucun mal à donner cette excuse à Bernie mais, en rentrant chez elle au volant de sa voiture, Meg se demanda comment expliquer à sa mère qu'elle ne faisait plus partie de l'équipe du journal télévisé si peu de temps après avoir été engagée.

Elle lui dirait simplement que la chaîne lui avait demandé de boucler rapidement le reportage à cause de la naissance imminente du bébé Anderson. Ce n'est pas la peine de bouleverser davantage maman en lui apprenant que j'étais peut-être la victime désignée d'un meurtre, se dit Meghan, et elle serait anéantie si elle apprenait l'existence du bout de papier portant l'écriture de papa.

Elle quitta l'autoroute 84 pour s'engager sur la nationale 7. Il restait encore des feuilles aux arbres, mais les tons colorés de la mi-octobre s'étaient adoucis. L'automne avait toujours été sa saison préférée. Mais pas cette année.

Une partie de son cerveau, celle de la juriste, celle qui séparait l'émotion de la réalité, la poussait inconsciemment à passer en revue toutes les raisons pour lesquelles ce papier portant son nom et son numéro de téléphone pouvait s'être trouvé dans la poche de la morte. Ce n'est pas déloyal d'envisager chaque possibilité, se dit-elle farouchement. Un bon avocat de la défense doit toujours analyser également l'affaire du point de vue de l'accusation.

Sa mère avait regardé tous les papiers qui étaient dans le coffre-fort de la maison. Mais Meg savait qu'elle n'avait pas examiné le contenu du bureau dans la pièce où travaillait son père. Il était temps de le faire.

Elle espéra avoir tout réglé à la rédaction. Avant de partir, elle avait fait une liste de ses missions en cours à l'intention de Bill Evans, son homologue de Chicago, qui la remplacerait dans l'équipe des infos tant que l'enquête ne serait pas close.

Son rendez-vous avec le Dr Manning était pris pour le lendemain à onze heures. Elle lui demanderait l'autorisation de suivre une séance d'information et de conseil comme si elle était une nouvelle cliente. Elle avait eu une idée pendant la nuit. Ce serait touchant d'avoir des prises de vues de Jonathan Anderson en train d'aider sa mère à préparer la naissance du bébé. Les Anderson avaient-ils des vidéos de Jonathan nouveau-né ?

Lorsqu'elle arriva, la maison était vide. Ce qui signifiait que sa mère était occupée à l'auberge. Parfait, pensa Meghan. C'est ce qu'elle peut faire de mieux. Elle transporta dans la maison le fax que la rédaction lui avait prêté. Elle alla le brancher sur la seconde ligne dans le bureau de son père. Au moins, je ne serai pas réveillée au milieu de la nuit par des messages de malade mental. Elle referma la porte et commença à allumer les lampes, à l'approche de l'obscurité.

Meghan poussa un soupir machinal en parcourant la maison. Elle avait toujours aimé cet endroit. Les pièces n'étaient pas grandes. Sa mère se plaignait régulièrement que ces vieilles fermes avaient toujours l'air plus spacieuses de l'extérieur qu'elles ne l'étaient en réalité. « Cette maison est une illusion d'optique », se lamentait-elle. Mais aux yeux de Meghan, l'intimité des pièces avait un charme extrême. Elle aimait le parquet à larges lattes un peu inégales, les cheminées et les portes-fenêtres, les placards encastrés dans la salle à manger. A son avis, c'était un écrin idéal pour le mobilier ancien en bois de fruitier avec sa belle et chaude patine, les confortables fauteuils capitonnés, les tapis crochetés à la main aux couleurs vives.

Papa était si souvent absent, pensa-t-elle en ouvrant la porte de son bureau, une pièce qu'elle et sa mère avaient évitée depuis la nuit de l'accident. Mais on savait toujours qu'il allait revenir, et il était si gai.

Elle alluma rapidement la lampe sur le bureau et s'assit dans le fauteuil pivotant. Cette pièce était la plus petite du rez-de-chaussée. La cheminée était flanquée de rayonnages remplis de livres. Le fauteuil préféré de son père, en cuir marron, avec un repose-pieds assorti, était entouré d'un lampadaire d'un côté et d'un guéridon de l'autre.

Sur la table comme sur le dessus de cheminée étaient

groupées plusieurs photos de famille : la photo de mariage de son père et de sa mère ; Meghan bébé ; tous les trois quand elle était plus grande ; le vieux Pat, débordant de fierté devant l'auberge Drumdoe. Souvenirs d'une famille heureuse, songea Meghan, regardant l'une après l'autre les photos encadrées.

Elle prit la photo de la mère de son père, Aurelia. Prise dans les années 30, c'était le portrait d'une très jolie femme de vingt-quatre ans. D'épais cheveux ondulés, de grands yeux expressifs, un visage ovale, un cou mince, une étole de zibeline sur son tailleur. Elle avait le regard rêveur que recommandaient les photographes de l'époque. « J'avais la plus jolie mère de toute la Pennsylvanie », disait son père, puis il ajoutait : « Et aujourd'hui, j'ai la plus jolie fille du Connecticut. Tu lui ressembles. » Sa mère était morte quand il était bébé.

Meghan ne se souvenait pas d'avoir jamais vu une photo de Richard Collins. « Nous ne nous entendions pas, lui avait dit sèchement son père. Moins j'avais de ses nouvelles, mieux c'était. »

Le téléphone sonna. C'était Virginia Murphy, le bras droit de sa mère à l'auberge. « Catherine voulait que je vérifie si vous étiez rentrée et si vous comptiez venir dîner.

— Comment va-t-elle, Virginia ? demanda Meghan.

— Elle va toujours bien quand elle est ici, et nous avons beaucoup de réservations ce soir. M. Carter doit venir à sept heures. Il a demandé à votre mère de se joindre à lui. »

Hmmm. Meghan avait toujours soupçonné Phillip Carter d'avoir un faible pour Catherine Collins. « Dites à maman que j'ai une interview dans le Kent demain et qu'il me faut faire des recherches à ce sujet. Je mangerai un morceau ici. »

Lorsqu'elle raccrocha, elle prit résolument sa serviette et en sortit tous les articles de journaux et de magazines sur la fécondation in vitro qu'un documentaliste de la station avait rassemblés pour elle. Elle fronça les sourcils en découvrant plusieurs cas de procès intentés à une clinique par des parents parce que des tests prouvaient que le mari n'était pas le père biologique de l'enfant. « C'est une erreur de taille », dit-elle à voix haute, et elle décida d'aborder cette question dans l'une des séquences du reportage.

A huit heures, elle se prépara un sandwich et du thé et les apporta dans le bureau. Elle mangea tout en essayant d'assimiler le matériel technique que lui avait communiqué Mac. Un véritable cours intensif sur les méthodes de procréation assistée.

Le déclic de la serrure peu après dix heures annonça le retour de sa mère. Meg appela. « Hé, je suis là. »

Catherine entra précipitamment dans la pièce. « Meg, tu vas bien ?

— Bien sûr. Pourquoi ?

— A l'instant, pendant que je remontais l'allée, j'ai eu un sentiment bizarre à ton sujet, l'impression que quelque chose n'allait pas — presque comme une prémonition. »

Meghan se força à rire, elle se leva d'un mouvement vif et étreignit sa mère. « Ce qui n'allait pas, dit-elle, c'est que j'essayais de déchiffrer les mystères de l'ADN, et crois-moi, c'est ardu. Je comprends maintenant pourquoi sœur Elizabeth disait que je n'étais pas douée pour les sciences. »

Elle vit avec soulagement la tension s'effacer des traits de sa mère.

A minuit, ravalant ses larmes, Helene Petrovic boucla sa dernière valise. Elle laissa dehors uniquement ses affaires de toilette et les vêtements qu'elle porterait le lendemain matin. Elle avait hâte d'en avoir fini avec tout ça. Elle était devenue si nerveuse ces derniers temps. L'épreuve était devenue trop lourde, se dit-elle. Il était temps d'y mettre un terme.

Elle souleva la valise du lit et la plaça à côté des autres. Le léger déclic du bouton de porte dans l'entrée parvint à ses oreilles. Elle plaqua sa main sur sa bouche pour étouffer un cri. Il n'était pas censé venir ce soir. Elle pivota sur elle-même pour lui faire face.

« Helene ? » Sa voix était polie. « Tu n'avais pas l'intention de dire au revoir ?

— Je... j'allais t'écrire.

— Ça ne sera plus nécessaire à présent. »

De sa main droite, il fouilla dans sa poche. Elle vit l'éclat du métal. Puis il prit l'un des oreillers et le tint devant lui. Helene n'eut pas le temps de faire un mouvement pour s'échapper. Une douleur explosa dans sa tête. L'avenir qu'elle avait si soigneusement planifié disparut avec elle dans les ténèbres.

A quatre heures du matin, la sonnerie du téléphone tira Meghan du sommeil. Elle tâtonna pour soulever l'appareil.

Une voix rauque, à peine audible, chuchota : « Meg.

— Qui est-ce ? » Elle entendit un petit bruit et sut que sa mère décrochait le deuxième téléphone.

« C'est papa, Meg. J'ai des ennuis. J'ai fait quelque chose de terrible. »

En entendant un gémissement étranglé, Meg reposa brusquement le combiné et se précipita dans la chambre de sa mère. Catherine Collins était renversée sur l'oreiller, le visage couleur de cendre, les yeux clos. Meg lui saisit les bras. « Maman, c'est quelqu'un de malade, c'est un fou, dit-elle d'un ton pressant. Maman ! »

Sa mère avait perdu connaissance.

17

Jeudi à sept heures et demie, Mac regarda son fils grimper d'un bond dans le bus de l'école. Puis il prit sa voiture pour se rendre à Westport. L'air était piquant, et ses lunettes se couvraient de buée. Il les ôta, les essuya prestement, regrettant malgré lui de ne pas être l'un de ces heureux porteurs de verres de contact dont les visages souriants le narguaient sur les affiches de publicité chaque fois qu'il allait chez l'opticien faire ajuster ou remplacer ses lunettes.

En tournant dans la rue, il s'étonna de voir la Mustang blanche de Meg qui s'apprêtait à s'engager dans l'allée de sa maison. Il donna un coup de klaxon et elle stoppa.

Il vint se garer à côté d'elle. Ils baissèrent leur vitre d'un même geste. Son joyeux « Qu'est-ce que tu fabriques ici ? » mourut sur ses lèvres lorsqu'il leva les yeux sur Meghan. Elle avait le visage tiré et blême, les cheveux ébouriffés ; sa veste de pyjama à rayures était visible sous les revers de son imperméable. « Meg, que se passe-t-il ? demanda-t-il.

— Ma mère est à l'hôpital », dit-elle d'une voix sans timbre.

Une voiture arrivait derrière eux. « Vas-y, dit-il. Je te suis. »

Dans l'allée, il s'élança pour lui ouvrir la portière. Elle avait l'air hébétée. Qu'est-il arrivé à Catherine ? se demanda-t-il, inquiet. Sur le porche, il prit la clé des mains de Meg. « Donne, laisse-moi ouvrir. »

Dans l'entrée, il posa ses mains sur ses épaules. « Raconte-moi.

— Ils ont d'abord cru qu'elle avait une crise cardiaque. Ce n'était pas le cas, heureusement, mais elle n'est pas à l'abri d'un infarctus. Ils l'ont mise sous perfusion pour parer à cette éventualité. Elle restera à l'hôpital pendant une semaine au moins. Ils ont demandé — écoute ça — si elle n'avait pas été fortement éprouvée récemment. » Son rire étranglé se transforma en sanglots. Elle le retint et continua. « Je vais bien, Mac, ne t'inquiète pas. Les analyses ont montré que son cœur n'avait aucune lésion jusqu'à présent. Elle est épuisée, malade d'angoisse. Il lui faut du repos et des calmants.

— Je vois. Ça ne te ferait pas de mal à toi non plus. Viens. Une tasse de café te remontera. »

Elle le suivit dans la cuisine. « Je vais le préparer.

— Assieds-toi. Tu ne veux pas enlever ton manteau ?

— J'ai encore froid. » Elle eut un pauvre sourire. « Comment peux-tu sortir sans manteau par un jour pareil ? »

Mac jeta un regard à sa veste de tweed grise. « Il manque un bouton à mon pardessus. Je ne retrouve pas mon nécessaire à couture. »

Une fois le café prêt, il remplit leurs deux tasses et s'assit à la table en face d'elle. « Je suppose qu'avec Catherine à l'hôpital, tu viendras dormir ici pendant quelque temps.

— C'était mon intention de toute façon. » Posément, elle le mit au courant des faits : la jeune morte qui lui ressemblait, le billet que l'on avait retrouvé dans sa poche, le fax au milieu de la nuit. « Et en conséquence, expliqua-t-elle, la chaîne préfère ne pas me voir à l'antenne pour le moment, et mon boss m'a confié le reportage sur la clinique Manning. Et pour clore le tout, le téléphone a sonné à l'aube ce matin et... » Elle lui raconta l'appel téléphonique et l'évanouissement de sa mère.

Mac espéra que son émotion ne se lisait pas sur son visage. Admettons, Kyle était avec eux dimanche soir et elle avait sans doute préféré ne rien dire en sa présence. Même dans ces conditions, Meg n'avait pas fait une seule allusion à cette femme assassinée qu'elle avait vue trois jours plus tôt et qui était peut-être morte à sa place. De même, elle n'avait pas voulu confier à Mac les décisions des assureurs.

Lorsqu'elle avait dix ans et qu'il était jeune étudiant, employé l'été à l'auberge de sa mère, elle lui confiait tous ses secrets, depuis son chagrin de voir son père s'absenter aussi souvent jusqu'à son horreur des exercices de piano.

La seule période pendant laquelle Mac avait cessé de voir régulièrement les Collins était l'année et demie qu'avait duré son mariage. Il vivait ici depuis son divorce, c'est-à-dire depuis près de sept ans, et croyait que Meg et lui avaient retrouvé leur relation grand frère-petite sœur. Tu parles ! pensa-t-il.

Meghan était silencieuse à présent, absorbée dans ses pensées. Visiblement, elle n'attendait ni n'espérait aucune aide de sa part. Il se souvint de la remarque de Kyle : *Je croyais que tu étais mon amie.* La femme que Kyle avait vue passer en voiture devant chez eux le mercredi, celle qu'il avait prise pour Meghan — se pouvait-il que ce soit elle qu'on ait assassinée un jour plus tard ?

Mac décida de ne pas en discuter avec Meghan avant d'avoir interrogé Kyle ce soir et de prendre le temps de réfléchir. Mais il devait lui demander autre chose. « Meg, pardonne-moi, mais y a-t-il une chance, même minime, que ce soit ton père qui ait téléphoné ce matin ?

— Non. Non. J'aurais reconnu sa voix. Et ma mère aussi. Celle que nous avons entendue était irréelle, pas aussi fausse qu'un répondeur vocal, mais déformée.

— Il a dit qu'il avait des ennuis ?

— Oui.

— Et le billet dans la poche de la victime était écrit de sa main ?

— Oui.

— Ton père a-t-il jamais fait allusion à quelqu'un du nom d'Annie ? »

Meghan regarda Mac les yeux agrandis.

Annie ! Elle entendait le rire gentiment moqueur de son père qui l'appelait, *Meg... Meggie... Meghan Anne... Annie...*

Annie était le petit nom qu'il lui donnait !

18

Mardi matin, par les fenêtres en façade de sa maison de Scottsdale, dans l'Arizona, Frances Grolier regardait les premières lueurs du jour dessiner les contours du pic McDowell ; la lumière allait devenir intense et brillante, changeant constamment les nuances, les tons et couleurs reflétés par ces masses de roche.

Elle se détourna et traversa la longue pièce vers les fenêtres à l'arrière de la maison. Celle-ci bordait la vaste réserve indienne de Pima et avait vue sur le désert, austère et dégagé, bordé par le mont Camelback ; désert et montagne étincelaient en ce moment d'une lumière mystérieuse dans le voile rose qui précédait le lever du soleil.

A cinquante-six ans, Frances cultivait un air lointain qui seyait à son visage mince, à son épaisse chevelure brune grisonnante et à ses grands yeux au regard autoritaire. Elle ne s'était jamais souciée d'adoucir par des artifices les rides profondes qui marquaient ses yeux et sa bouche. Grande et mince comme une liane, elle ne se sentait à l'aise qu'en blouse et en pantalon. Elle fuyait toute publicité personnelle, mais son travail de sculpteur était connu dans les cercles artistiques, en particulier son don remarquable pour modeler les visages. La sensibilité avec laquelle elle captait les expressions cachées était la caractéristique de son talent.

Il y a longtemps, elle avait pris une décision et n'avait jamais faibli. Son mode de vie lui convenait. Mais aujourd'hui...

Elle n'aurait pas dû s'attendre qu'Annie comprenne. Elle aurait dû s'en tenir à sa résolution et ne rien lui dire. Annie avait écouté la pénible explication, les yeux écarquillés, bouleversée. Puis elle avait traversé la pièce et délibérément renversé le piédestal qui portait le buste de bronze.

En entendant le cri horrifié de Frances, Annie s'était élancée hors de la maison, avait sauté dans sa voiture et était partie. Ce soir-là, Frances avait essayé de téléphoner à sa fille dans son appartement de San Diego. Le répondeur était branché. Elle avait téléphoné tous les jours de la semaine précédente et était à chaque fois tombée sur le répondeur. C'était typique d'Annie de disparaître pendant un temps indéfini. L'an passé, après avoir rompu avec Greg, elle s'était envolée pour l'Australie et avait sillonné les routes sac au dos pendant six mois.

Les doigts tremblants, à peine capables d'obéir aux injonctions de son cerveau, Frances continua la minutieuse réparation du buste du père d'Annie qu'elle avait sculpté.

Dès l'instant où elle pénétra dans son bureau à deux heures de l'après-midi, ce même mardi, Meghan sentit une différence dans l'attitude du Dr George Manning.

Dimanche dernier, lorsqu'elle avait filmé la réunion, il s'était montré expansif, coopératif, fier de montrer les enfants et la clinique. Au téléphone, hier, lorsqu'elle lui avait demandé un rendez-vous, il avait répondu avec un enthousiasme à peine dissimulé. Aujourd'hui, il faisait largement ses soixante-dix ans. Son teint rose florissant avait fait place à une pâleur grise. La main qu'il lui tendit était agitée d'un léger tremblement.

Ce matin, avant de partir pour Westport, Mac l'avait poussée à téléphoner à l'hôpital et à prendre des nouvelles de sa mère. On lui avait dit que Mme Collins dormait, que sa tension s'était sensiblement améliorée et était désormais normale.

Mac. Qu'avait-elle lu dans ses yeux au moment où il lui disait au revoir ? Il avait effleuré sa joue de son habituel baiser, mais son regard contenait un autre message. De la pitié ? Elle n'en voulait pas.

Elle était restée allongée pendant deux heures, incapable de dormir, somnolant, chassant peu à peu l'hébétude qui l'empêchait d'ouvrir les yeux. Puis elle avait pris une longue douche chaude qui avait soulagé les courbatures de ses épaules. Elle avait revêtu un tailleur vert foncé avec une jupe à mi-genou. Elle voulait être à son avantage. Elle avait remarqué que les parents à la réunion de la clinique Manning étaient tous très élégants, puis s'était fait la réflexion que des gens pouvant se permettre de dépenser entre dix et vingt mille dollars pour tenter d'avoir un bébé avaient sûrement des revenus en conséquence.

Dans le cabinet d'avocats de Park Avenue où elle avait commencé à travailler, les tenues négligées étaient prohibées. En exerçant son métier de journaliste à la radio et à la télévision, Meghan avait remarqué que les personnes interviewées se montraient naturellement plus expansives si elles se sentaient des affinités avec celui ou celle qui les questionnait.

Elle voulait que le Dr Manning inconsciemment pense et s'adresse à elle comme si elle était une éventuelle cliente. A présent, debout devant lui, en l'étudiant, elle se rendit compte qu'il la regardait comme un condamné regarde le juge qui l'accuse. Le sentiment qui émanait de lui était la peur. Mais pourquoi le Dr Manning aurait-il peur d'elle?

« Je suis plus impatiente de réaliser ce reportage que je ne saurais l'exprimer, dit-elle en prenant le siège en face de son bureau. Je... »

Il l'interrompit. « Mademoiselle Collins, je crains que nous ne puissions participer à aucun reportage télévisé. Mon équipe et moi-même, nous nous en sommes entretenus et nous avons conclu que beaucoup de nos clientes seraient mal à l'aise si elles voyaient des caméras de télévision dans les parages.

— Mais vous étiez très contents de notre présence dimanche dernier?

— Les personnes qui étaient présentes dimanche avaient des enfants. Les femmes qui viennent pour la première fois, ou celles dont la grossesse n'a pas abouti, sont souvent anxieuses et déprimées. La procréation assistée est un sujet très intime. » Son ton était ferme, mais son regard trahissait sa nervosité. Pour quelle raison? se demanda Meg.

« Lorsque nous nous sommes parlé au téléphone, dit-elle, nous sommes convenus que pas une femme ne serait interviewée ou n'apparaîtrait à l'écran si elle avait la moindre réticence concernant sa présence ici.

— Mademoiselle Collins, la réponse est non, et à présent je crains d'être attendu à une réunion. » Il se leva.

Meghan n'avait d'autre choix que de se lever avec lui. « Que s'est-il passé, docteur? demanda-t-elle posément. Je ne vous cache pas que pour moi il y a beaucoup plus, dans ce soudain revirement, qu'un simple scrupule envers vos clientes. »

Il ne répondit pas. Meghan quitta son bureau et longea le couloir qui menait à la réception. Elle adressa un sourire amical à l'hôtesse et jeta un coup d'œil sur son nom inscrit devant elle. « Mademoiselle Walters, une de mes amies aimerait lire quelques ouvrages sur la clinique. »

Marge Walters eut l'air étonnée. « Le Dr Manning a sans doute oublié de vous remettre tout le matériel qu'il avait fait préparer par sa secrétaire à votre intention. Laissez-moi l'appeler. Elle va vous l'apporter.

— Je vous remercie, dit Meghan. Le docteur *était* donc désireux de participer à mon reportage ?

— Bien sûr. Tout le monde ici trouve cette idée formidable. C'est une bonne publicité pour la clinique. Je vais appeler Jane. »

Meghan croisa les doigts, espérant que Manning n'avait pas informé sa secrétaire de son refus de participer à l'émission. Puis elle vit l'expression de Marge Walters passer du sourire au froncement de sourcils surpris. Lorsqu'elle raccrocha, elle avait perdu son ton amical et enjoué. « Mademoiselle Collins, vous saviez sans doute que je n'aurais pas dû demander ce dossier à la secrétaire du Dr Manning.

— Je voulais seulement obtenir les quelques informations nécessaires à une éventuelle cliente, se défendit Meg.

— Vous feriez mieux de voir ça avec le Dr Manning. » Marge Walters hésita. « Je ne veux pas me montrer désagréable, mademoiselle Collins, mais je travaille ici. J'obéis aux ordres. »

Il était clair qu'elle n'obtiendrait aucune aide de sa part. Meghan se tourna, s'apprêtant à partir, puis s'immobilisa. « Pouvez-vous me dire une chose ? Le personnel était-il très réticent à l'égard de ce reportage ? Je veux dire, une ou plusieurs personnes s'y sont-elles opposées à la réunion ? »

Elle pouvait voir le débat intérieur dans lequel était plongée son interlocutrice. Marge Walters mourait d'envie de bavarder. La curiosité l'emporta. « Mademoiselle Collins, chuchota-t-elle, hier à midi nous avons eu une réunion interne et tout le monde a applaudi à l'annonce de votre reportage. Nous nous demandions en riant qui serait filmé. Je ne comprends pas ce qui a pu pousser le Dr Manning à changer d'avis. »

19

Mac estimait que ses travaux au laboratoire de recherche LifeCode, où il était spécialiste de thérapie génique, étaient à la fois intéressants, satisfaisants et absorbants.

Après avoir quitté Meghan, il se rendit en voiture au laboratoire et se mit immédiatement au travail. Au fil des heures, toutefois, il dut admettre qu'il avait du mal à se concentrer. Une sourde appréhension semblait paralyser son cerveau, pénétrer son corps tout entier, et ses doigts, qui pouvaient comme une seconde nature manier les instruments les plus délicats, étaient lourds et maladroits. Il déjeuna sur place et, tout en mangeant, essaya d'analyser la peur presque tangible qui le submergeait.

Il téléphona à l'hôpital et apprit que Mme Collins était sortie de la salle de soins intensifs et qu'elle se trouvait désormais dans le service de cardiologie. Elle dormait, aucun appel téléphonique ne pouvait lui être transmis.

Bonnes nouvelles, songea Mac. Le service de cardiologie n'était probablement qu'une précaution. Il était persuadé que Catherine se remettrait très vite et que ce repos forcé lui ferait le plus grand bien.

C'était son inquiétude pour Meghan qui provoquait cette sensation glaçante de malaise. Qui la menaçait ? Même si l'incroyable était vrai et qu'Ed Collins était encore en vie, le danger ne venait assurément pas de lui.

Non, son inquiétude était entièrement liée à la victime qui ressemblait à Meghan. Une fois jetée la moitié restée intacte de son sandwich et avalée la dernière goutte de son café froid, Mac sut qu'il ne connaîtrait pas de répit avant d'être allé à la morgue à New York afin d'examiner le corps de cette femme.

S'arrêtant à l'hôpital sur le chemin du retour ce soir-là, Mac rendit visite à Catherine, qui était visiblement sous calmant. Son élocution était sensiblement plus lente que son débit fougueux habituel. « N'est-ce pas stupide, Mac ? » demanda-t-elle.

Il tira une chaise. « Même les vaillantes filles d'Eire peuvent s'évanouir de temps en temps, Catherine. »

Elle lui adressa un sourire reconnaissant. « Je suppose que j'ai vécu sur les nerfs pendant un certain temps. Vous savez tout, je présume ?

— Oui.

— Meg vient de partir. Elle va jeter un coup d'œil à l'auberge. Mac, ce nouveau chef que j'ai engagé ! Il a dû faire son apprentissage dans la restauration rapide. Il faudra que je me débarrasse de lui ! » Son visage s'assombrit. « Enfin, si je trouve un moyen de garder Drumdoe.

— Vous feriez mieux de mettre de côté ce genre de soucis, ne serait-ce qu'un moment. »

Elle soupira. « Je sais. C'est seulement que je peux m'arranger d'un mauvais chef, mais je ne peux rien faire contre des assureurs qui ne paient pas et des cinglés qui téléphonent au milieu de la nuit. A entendre Meg, ce genre d'appels n'est rien de plus qu'un signe des temps, mais c'est tellement moche, tellement bouleversant. Elle ne veut pas y accorder d'importance, toutefois vous pouvez comprendre mon inquiétude.

— Faites confiance à Meg. » Mac se traita intérieurement d'hypocrite en s'entendant la rassurer.

Quelques minutes plus tard, il se leva pour s'en aller. Il embrassa Catherine sur le front. Le sourire qu'elle lui offrit avait retrouvé un peu d'énergie. « J'ai une idée formidable. Lorsque je renverrai mon chef, je l'enverrai faire la cuisine ici. Comparé à ce qu'ils me servent pour dîner, ils le prendront pour Escoffier. »

En rentrant chez lui, Mac trouva Marie Dileo, la fidèle femme de ménage, assise à la table et Kyle allongé par terre en train de faire ses devoirs. Mac souleva Kyle et l'assit près de lui sur le canapé. « Dis donc, mon vieux, raconte-moi une chose. L'autre jour, est-ce que tu as vraiment vu cette femme que tu as prise pour Meg ?

— Je l'ai très bien vue, répliqua Kyle. Meg m'a posé la même question cet après-midi.

— Vraiment ?

— Oui. Elle voulait savoir pourquoi j'étais furieux contre elle.

— Et tu le lui as dit ?

— Hum-hum.

— Qu'est-ce qu'elle a répondu ?

— Oh, juste que mercredi après-midi elle était au tribunal et que parfois les gens aiment savoir où vivent ceux qu'ils voient à la télévision. Ce genre de truc. Comme toi, elle m'a demandé si j'avais bien vu cette femme. Et je lui ai dit qu'elle conduisait très, très lentement. C'est pourquoi j'ai couru dans l'allée quand je l'ai vue, et je l'ai appelée. Et elle a arrêté la voiture, elle m'a regardé, elle a baissé la vitre et après elle est partie.

— Pourquoi ne m'as-tu pas raconté tout ça ?

— J'ai dit qu'elle m'avait vu et qu'elle était partie en accélérant.

— Tu ne m'as pas dit qu'elle s'était arrêtée et qu'elle avait baissé la vitre, mon bonhomme.

— Hum-hum. J'ai *cru* que c'était Meg. Mais ses cheveux étaient plus longs. Je l'ai dit à Meg. Tu sais, ils lui tombaient sur les épaules. Comme sur cette photo de maman. »

Ginger avait envoyé à Kyle une de ses récentes photos publicitaires, un portrait d'elle avec ses cheveux blonds tombant en vagues sur ses épaules, ses lèvres écartées, révélant des dents parfaites, ses grands yeux sensuels. Dans le coin, elle avait écrit : « A mon petit Kyle chéri, plein de baisers. Maman. »

Une photo publicitaire, avait pensé Mac avec dégoût. S'il s'était trouvé à la maison au moment de la distribution du courrier, Kyle n'aurait jamais vu cette photo.

Après avoir vu Kyle, pris des nouvelles de sa mère à l'hôpital et fait un tour d'inspection à l'auberge, il était sept heures et demie quand Meghan rentra à la maison. Virginia l'avait obligée à emporter un dîner tout prêt, une tourte au poulet, une salade et les petits pains chauds et salés qui étaient le régal de Meghan. « Vous êtes aussi têtue que votre mère, avait bougonné Virginia. Vous oublieriez de vous nourrir. »

C'est probable, admit Meghan en enfilant rapidement son vieux pyjama et la robe de chambre de ses années d'étudiante, qui étaient encore sa tenue préférée pour une soirée tranquille à lire ou regarder la télévision.

Ce soir, elle avait d'autres plans. Elle but un verre de vin et grignota un petit pain en attendant que la tourte atteigne la température désirée dans le four à micro-ondes.

Elle l'apporta ensuite sur un plateau dans le bureau et s'installa dans le fauteuil pivotant de son père. Demain, elle se plongerait dans l'historique de la clinique Manning. Les enquêteurs de la chaîne de télévision ne mettraient pas longtemps à dénicher toutes les informations disponibles sur le sujet. Et sur le Dr Manning. J'aimerais savoir s'il y a des cadavres dans *son* placard, se dit-elle.

Mais ce soir, elle avait autre chose en tête. Il lui fallait absolument trouver un début de preuve susceptible d'établir un lien entre son père et la femme poignardée qui lui ressemblait, la femme qui s'appelait peut-être Annie.

Un doute s'était glissé dans son esprit, un soupçon tellement invraisemblable qu'elle ne parvenait pas encore à l'admettre. Elle savait seulement qu'il était indispensable et urgent de passer au peigne fin tous les papiers personnels de son père.

Elle ne s'étonna pas de trouver les tiroirs du bureau parfaitement rangés. Edwin Collins avait toujours été un homme d'ordre. Le papier à lettres, les enveloppes et les timbres étaient placés dans le petit compartiment de côté. Son carnet de rendez-vous était rempli pour tout le mois de janvier et le début de février. Ensuite, seules étaient inscrites les dates importantes. L'anniversaire de sa mère. L'anniversaire de Meg. L'habituel tournoi de printemps organisé par le club de golf. Une croisière que ses parents avaient envisagée pour fêter leur trentième anniversaire de mariage.

Pourquoi quelqu'un projetant de disparaître note-rait-il dans son agenda les dates importantes des mois à l'avance ? Ça n'avait pas de sens.

Les jours où il s'était absenté en janvier et les voyages

prévus en février portaient seulement des noms de villes. Elle savait que les détails étaient notés dans son carnet de rendez-vous d'affaires qu'il conservait toujours avec lui.

Le profond tiroir du bas sur la droite était fermé à clé. Meghan chercha en vain une clé, puis réfléchit. Demain elle pourrait faire appel à un serrurier, mais elle ne voulait pas attendre. Elle alla dans la cuisine, trouva la boîte à outils et en rapporta une lime en acier. Comme elle l'espérait, la serrure était vieille et céda facilement.

Le tiroir contenait des paquets d'enveloppes attachées par des élastiques. Meghan prit le paquet du dessus et y jeta un coup d'œil. Toutes les enveloppes étaient écrites de la même main, à l'exception de la première.

Celle-ci contenait seulement une coupure de journal provenant du *Philadelphia Bulletin*. Sous la photo d'une femme au beau visage, la notice nécrologique disait :

Aurelia Crowley Collins, 85 ans, qui a toujours vécu à Philadelphie, est décédée le 9 décembre à l'hôpital Saint-Paul d'une crise cardiaque.

Aurelia Crowley Collins! Meghan retint son souffle en étudiant la photo. Les yeux enfoncés, les cheveux ondulés encadrant le visage ovale. C'était la même femme, à un âge avancé, dont le portrait était placé en vue sur la table à côté. *Sa grand-mère.*

La date de la coupure remontait à deux ans. Sa grand-mère était encore en vie il y avait deux ans ! Meghan parcourut les autres enveloppes du paquet. L'adresse de l'expéditeur, une maison de retraite de Philadelphie, était mentionnée au dos de chacune d'entre elles. La dernière avait été postée il y avait deux ans et demi.

Elle en lut une, une autre, encore une autre. Frappée de stupeur, elle parcourut les paquets d'enveloppes. Elle lut au hasard, sans s'arrêter. La première lettre remontait à trente ans. Toutes contenaient la même prière.

74

Cher Edwin,

J'avais espéré recevoir un mot de toi pour ce Noël. Je prie pour que vous vous portiez bien, toi et ta famille. Comme j'aimerais voir ma petite-fille. Peut-être un jour le permettras-tu.

Je t'embrasse,

Maman.

Cher Edwin,

Nous sommes toujours censés regarder vers le futur. Mais en vieillissant, il est beaucoup plus facile de regarder en arrière et de regretter amèrement les erreurs du passé. Tu sais ce que je veux dire. N'est-il pas possible que nous nous parlions, même au téléphone ? J'en serais si heureuse.

Je t'embrasse,

Maman.

Au bout d'un moment, Meg refusa d'en apprendre davantage, mais il était visible à leur apparence cornée que son père avait lu et relu ces lettres.

Papa, tu étais si gentil, songea-t-elle. Pourquoi avoir dit à tout le monde que ta mère était morte ? Que t'avait-elle fait de tellement impardonnable ? Pourquoi as-tu gardé ces lettres si tu n'avais pas l'intention de te réconcilier avec elle ?

Elle prit l'enveloppe qui contenait la notice nécrologique. Elle ne portait aucun nom, mais l'adresse imprimée sur le rabat était une rue de Chesnut Hill. Elle savait que Chesnut Hill était l'un des quartiers huppés de Philadelphie.

Qui était l'expéditeur ? Plus important : quelle sorte d'homme avait réellement été son père ?

20

Dans la jolie maison coloniale d'Helene Petrovic à Lawrenceville, New Jersey, sa nièce, Stephanie, était furieuse et inquiète. Le bébé allait naître dans quelques semaines, et elle avait mal au dos. Désireuse de lui faire une surprise, elle s'était donné la peine de préparer un repas chaud pour Helene, qui avait promis de rentrer vers midi.

A une heure et demie, Stephanie avait essayé de téléphoner à sa tante dans l'appartement du Connecticut, sans obtenir de réponse. Maintenant, à six heures, Helene n'était toujours pas rentrée. Qu'est-ce qu'elle fabriquait? Peut-être des courses de dernière minute. Helene avait vécu trop longtemps seule et n'était pas habituée à informer quelqu'un d'autre de ses faits et gestes.

Stephanie avait été consternée hier, lorsque Helene lui avait téléphoné pour lui annoncer qu'elle venait de donner sa démission sans préavis. « J'ai besoin de repos et je m'inquiète de te savoir si seule », lui avait-elle dit.

La vérité était que Stephanie aimait être seule. Elle n'avait jamais connu le luxe de traîner au lit, d'attendre pour se lever d'avoir envie de boire une tasse de café en lisant le journal livré à la première heure. Dans ces moments de paresse, il lui arrivait même de regarder au lit les programmes télévisés du matin.

Elle avait vingt ans mais paraissait plus âgée. En grandissant, son rêve avait été de ressembler à la plus jeune sœur de son père, Helene, qui était partie pour les États-Unis vingt ans auparavant, après la mort de son mari.

Aujourd'hui, cette même Helene était son point d'ancrage, son avenir, dans un monde qui n'était plus celui qu'elle avait connu. La brève et sanglante révolution en Roumanie avait coûté la vie à ses parents et détruit leur maison. Des voisins avaient recueilli Stephanie dans leur logis exigu.

Au fil des années, Helene avait envoyé un peu d'argent de temps en temps, et un cadeau à Noël. En désespoir de cause, Stephanie lui avait écrit pour implorer son aide.

Quelques semaines plus tard, elle s'envolait pour les États-Unis.

Helene était si gentille. Le seul problème était que Stephanie voulait vivre à Manhattan, travailler dans un institut de beauté et prendre des cours d'esthéticienne. Son anglais était déjà très correct, bien qu'elle fût arrivée seulement l'an dernier, en sachant à peine quelques mots.

Elle était presque parvenue à ses fins. Helene et elle avaient visité des studios à New York. Elles en avaient trouvé un à Greenwich Village qui devait se libérer en janvier, et Helene avait promis d'emmener Stephanie faire des courses pour le décorer.

La maison était en vente. Helene avait toujours dit qu'elle n'abandonnerait pas sa situation et l'appartement où elle habitait dans le Connecticut avant qu'elle ne soit vendue. Pourquoi avait-elle si brusquement changé d'avis?

Stephanie repoussa les mèches châtain clair qui retombaient sur son front. Elle avait à nouveau faim. Autant manger sans attendre Helene. Elle pourrait toujours lui faire réchauffer son dîner lorsqu'elle rentrerait.

A huit heures, comme elle regardait béatement une rediffusion des *Golden Girls*, la sonnette de la porte d'entrée carillonna.

Son soupir exprima à la fois l'irritation et le soulagement. Helene avait probablement les bras chargés de paquets et ne s'était pas donné la peine de chercher sa clé. Elle jeta un dernier regard à l'écran. Le film approchait de la fin. Puisqu'elle arrivait si tard, Helene aurait pu attendre une minute de plus, non? Elle se leva péniblement du canapé.

Son sourire de bienvenue s'effaça à la vue d'un grand policier au visage poupin. Hébétée, elle l'écouta lui annoncer qu'Helene Petrovic avait été assassinée dans le Connecticut.

Avant que le chagrin et l'émotion ne s'emparent d'elle, la première pensée de Stephanie fut : « Qu'est-ce que je vais devenir? » La semaine dernière seulement, Helene lui avait confié son intention de changer son testament, qui léguait tous ses biens à la Fondation pour la recherche de la clinique Manning. C'était trop tard, maintenant.

21

Aux environs de huit heures le mardi soir, le va-et-vient des voitures dans le garage avait considérablement ralenti. Bernie, qui faisait fréquemment des heures supplémentaires, se préparait à rentrer chez lui après une journée de douze heures.

Faire des heures supplémentaires ne le dérangeait pas. Le salaire était avantageux, et les pourboires aussi. Pendant toutes ces années, ces gains supplémentaires avaient payé son équipement électronique.

Ce soir, en se présentant au contrôle, il était inquiet. Il ne s'était pas rendu compte de la présence du patron quand, à l'heure du déjeuner, il s'était installé dans la voiture de Tom Weicker et avait fouillé dans la boîte à gants à la recherche d'informations intéressantes. Il avait relevé la tête et vu son boss regarder par la vitre de la voiture. Le boss s'était simplement éloigné, sans dire un mot. C'était encore pire. S'il l'avait engueulé, les choses auraient été plus claires.

Bernie actionna la pointeuse. Le surveillant de nuit était assis dans le bureau et lui fit signe d'approcher. Son visage n'était pas amical. « Bernie, tu peux vider ton casier. » Il tenait une enveloppe à la main. « Voilà qui couvre ton salaire, les jours de congé et de maladie et deux semaines de préavis.

— Mais... » Le surveillant arrêta d'un geste la protestation de Bernie.

« Écoute, Bernie, tu sais aussi bien que moi que nous avons reçu des plaintes pour des vols d'argent et d'articles personnels dans des voitures garées ici.

— Je n'ai jamais rien pris.

— Tu t'es fichu dans de sales draps en fouillant dans la boîte à gants de Weicker, Bernie. Tu es viré. »

Lorsqu'il arriva chez lui, encore furieux et bouleversé, Bernie trouva sa mère qui s'apprêtait à enfourner dans le micro-ondes une barquette de macaronis au fromage surgelés. « J'ai passé une journée épouvantable, se plaignit-elle en ôtant l'emballage du plat préparé. Les gosses d'à côté ont passé leur temps à crier devant la maison. Je leur ai dit de la fermer et ils m'ont traitée de vieille sorcière. Tu sais ce que j'ai fait ? » Elle n'attendit pas la réponse. « J'ai appelé les flics et je me suis plainte. L'un d'eux est venu et il s'est montré grossier avec moi. »

Bernie lui saisit le bras. « Tu as fait venir les flics ici, maman ? Est-ce qu'ils sont allés en bas ?

— Pourquoi seraient-ils descendus ?

— Maman, je ne veux pas de flics ici, jamais.

— Bernie, je n'ai pas été à la cave depuis des années. Tu y fais le ménage, n'est-ce pas ? Je ne veux pas que la poussière monte jusqu'ici. J'ai une sinusite atroce.

— C'est propre, maman.

— J'espère bien. Tu n'es pas quelqu'un de très ordonné. Comme ton père. » Elle claqua la porte du four à micro-ondes. « Tu m'as fait mal au bras. Tu l'as serré trop fort. Ne recommence pas.

— Non, maman. Je regrette, maman. »

Le lendemain matin, Bernie partit à l'heure habituelle. Il ne voulait pas que sa mère apprenne qu'il était viré. Il se dirigea vers une station de lavage de voitures à quelques rues de la maison. Il commanda le service complet pour sa vieille Chevrolet qui avait maintenant huit ans. Nettoyage de l'intérieur et de la malle, astiquage du tableau de bord, lavage et polissage. Lorsque la voiture sortit de ce traitement, elle avait encore l'air usagée mais était présentable, et sa couleur de base vert foncé était reconnaissable.

Il ne faisait jamais nettoyer sa voiture, excepté lors des rares occasions chaque année où sa mère annonçait son intention de se rendre à l'église le dimanche suivant. Bien sûr il en aurait été autrement s'il avait emmené Meghan faire un tour. Il l'aurait briquée pour elle.

Bernie avait un plan. Il l'avait mis sur pied pendant la nuit. Ce n'était peut-être pas fortuit s'il avait perdu son job au garage. Ça faisait peut-être partie d'un projet plus vaste. Depuis des semaines, il ne trouvait pas suffisant de voir Meghan seulement quelques minutes quand elle déposait ou reprenait sa Mustang ou une voiture de Channel 3.

Il voulait rôder autour d'elle, prendre des photos d'elle qu'il pourrait projeter la nuit avec son magnéto-scope.

Aujourd'hui, il irait acheter une caméra vidéo dans la 47e Rue.

Mais il avait besoin d'argent. Personne n'était meil-leur conducteur que lui, et il pouvait gagner de l'argent comme taxi clandestin. Cela lui laisserait plus de liberté aussi. La liberté de se rendre dans le Connecticut, où habitait Meghan Collins lorsqu'elle n'était pas à New York.

Il devrait prendre garde de ne pas se faire remarquer.

« Ça s'appelle de l'obsession, Bernie, lui avait expli-qué le psy à Ricker's Island, le jour où Bernie l'avait supplié de lui dire ce qui n'allait pas chez lui. Je crois que nous vous avons aidé, mais si cette sensation s'empare de vous à nouveau, je veux que vous veniez me trouver. Cela signifiera que vous avez besoin d'un traitement supplémentaire. »

Bernie savait qu'il n'avait besoin d'aucune aide. Il avait juste besoin d'être à proximité de Meghan Collins.

22

Le corps d'Helene Petrovic resta étendu toute la jour-née dans la chambre où elle était morte. Ne se liant jamais avec ses voisins, elle avait déjà dit au revoir aux rares personnes qu'elle saluait de temps à autre et sa voiture, garée dans le parking de l'immeuble, n'était pas visible.

Ce n'est que lorsque la propriétaire passa dans l'appartement le mardi, tard dans l'après-midi, qu'elle découvrit la femme morte au pied du lit.

La mort d'une paisible embryologiste de New Mil-ford, dans le Connecticut, n'eut droit qu'à une brève mention au journal télévisé de New York. L'histoire ne valait pas la peine qu'on s'y attarde. Il n'y avait aucune preuve de cambriolage ou d'agression sexuelle. Le sac de la victime, contenant deux cents dollars, se trouvait dans la pièce, si bien que le vol était exclu.

Une femme qui habitait de l'autre côté de la rue déclara avoir vu un visiteur chez Helene Petrovic, un homme qui venait toujours tard le soir. Elle n'avait jamais pris soin de l'observer vraiment, mais elle savait qu'il était grand. Elle imaginait que c'était son petit ami, car il garait toujours sa voiture à côté de celle d'Helene dans le parking. Il devait partir dans la nuit, parce qu'elle ne l'avait jamais vu dans la matinée. Combien de fois l'avait-elle aperçu ? Peut-être une douzaine de fois. La voiture ? Une berline de couleur sombre dernier modèle.

Après avoir découvert la notice nécrologique de sa grand-mère, Meghan avait téléphoné à l'hôpital, où on lui avait dit que sa mère dormait et que son état était satisfaisant. Exténuée, elle avait fouillé dans l'armoire à pharmacie à la recherche d'un somnifère, puis s'était couchée et avait dormi d'une traite jusqu'à ce que la sonnerie du réveil la tire du sommeil, à six heures et demie.

Un coup de fil à l'hôpital la rassura. Sa mère avait passé une bonne nuit et toutes ses principales fonctions étaient normales.

Meghan lut le *Times* en buvant son café et, dans les pages concernant le Connecticut, apprit avec consternation la mort d'Helene Petrovic. L'article était accompagné d'une photo. Le regard était à la fois triste et énigmatique. Je lui ai parlé à la clinique Manning, se rappela Meghan. Elle était responsable du laboratoire où sont conservés les embryons congelés. Qui avait tué cette femme calme et intelligente ? Une autre question lui vint à l'esprit. Selon l'article, le Dr Petrovic avait donné sa démission, et fait part de son intention de quitter le Connecticut dès le lendemain. Sa décision avait-elle un rapport avec le refus du Dr Manning de participer à l'émission de télévision ?

Il était encore trop tôt pour appeler Tom Weicker, mais peut-être pas trop tard pour joindre Mac avant qu'il ne parte à son travail. Meghan savait qu'elle avait autre chose à affronter, et il valait mieux le faire tout de suite.

Le ton de Mac était pressé.

« Mac, excuse-moi. Je sais que c'est une mauvaise heure pour téléphoner, mais il faut que je te parle, dit Meghan.

— Bonjour, Meg. Bien sûr. Attends une minute. »

Il avait sans doute appliqué sa main sur le téléphone. Elle entendit sa voix étouffée mais exaspérée : « Kyle, tu as laissé tes devoirs sur la table de la salle à manger. »

Lorsqu'il reprit la communication, il expliqua : « C'est tous les matins pareils. Je lui dis de ranger ses cahiers dans son cartable le soir. Il n'en fait rien et le matin, il hurle qu'il les a perdus.

— Pourquoi ne les ranges-tu pas *toi-même* dans son cartable le soir ?

— Ce n'est pas comme ça que je lui formerai le caractère. » Sa voix changea. « Meg, comment va ta mère ?

— Bien. Je crois qu'elle s'en tirera. C'est une femme forte.

— Comme toi.

— Je ne suis pas si forte que ça.

— Assez forte en tout cas pour avoir su me cacher l'histoire de cette femme assassinée. Mais c'est une conversation que nous aurons une autre fois.

— Mac, pourrais-tu faire un saut ici trois minutes en partant ?

— Certainement. Dès que Sa Majesté sera montée dans le bus. »

Meghan avait vingt minutes pour se doucher et s'habiller avant l'arrivée de Mac. Elle brossait ses cheveux lorsque la sonnette de l'entrée retentit. « Prenons rapidement une tasse de café, dit-elle. Ce que je vais te demander n'est pas facile. »

Y avait-il seulement vingt-quatre heures qu'ils étaient assis en face l'un de l'autre à cette table ? se demandat-elle. Cela lui semblait si lointain. Mais hier elle avait été au bord de la crise de nerfs. Aujourd'hui, sachant que sa mère était presque sûrement sortie d'affaire, elle se sentait capable d'affronter et d'accepter la vérité, même la plus dure.

— Mac, commença-t-elle, tu es un spécialiste de l'ADN.

— Oui ?

— La femme qui a été poignardée jeudi soir, celle qui me ressemble tellement.

— Oui ?

— Si son ADN était comparé au mien, pourrait-on établir un lien de parenté ? »

Mac haussa les sourcils et contempla la tasse dans sa main. « Meg, c'est sa fonction principale. Avec le test d'ADN, nous pouvons savoir sans hésiter si deux individus ont la même mère. C'est compliqué, mais je peux te montrer au laboratoire la façon dont nous procédons. Dans quatre-vingt-dix pour cent des cas, il est possible de déterminer si deux personnes ont le même père. Ce n'est pas aussi absolu que le schéma mère-enfant, mais permet d'indiquer avec certitude que nous avons affaire à des demi-frères ou des demi-sœurs.

— Peut-on me faire ce test ainsi qu'à cette femme ?

— Oui.

— Tu ne sembles pas surpris de ma demande, Mac. »

Il posa sa tasse et la regarda franchement. « Meg, j'avais déjà décidé de me rendre là-bas cet après-midi pour examiner son corps. Ils ont un laboratoire d'ADN à l'Institut médico-légal. Je voulais leur demander de faire un prélèvement sur elle avant qu'on ne l'emmène au cimetière communal. »

Meg se mordit la lèvre. « Tu as les mêmes soupçons que moi. » Elle cilla des yeux pour effacer le souvenir trop vif du visage de la morte. « Je dois voir Phillip ce matin et passer à l'hôpital, continua-t-elle. Je te retrouverai chez le médecin légiste. Quelle est la bonne heure pour toi ? »

Ils convinrent de se retrouver vers deux heures de l'après-midi. En repartant au volant de sa voiture, Mac pensa qu'aucune heure n'était bonne pour regarder le visage inanimé d'une femme qui ressemblait à Meghan Collins.

23

Phillip Carter entendit à la radio le compte rendu détaillé de la mort d'Helene Petrovic en se rendant à son bureau. Il nota mentalement de signaler à Victor Orsini le poste vacant laissé à la clinique Manning par son décès. Après tout, elle avait été engagée à la clinique sur les conseils de Collins et Carter. Ces emplois étaient bien rémunérés et l'agence toucherait une grosse commission si elle était chargée de recruter quelqu'un pour la remplacer.

Il arriva au bureau à neuf heures moins le quart et repéra la voiture de Meghan stationnée près de l'entrée de l'immeuble. Elle était visiblement en train de l'attendre, car elle sortit de sa voiture pendant qu'il se garait.

« Meg, quelle bonne surprise ! » Il mit son bras autour d'elle. « Mais pour l'amour du ciel, vous avez une clé. Pourquoi n'êtes-vous pas entrée ? »

Meg eut un bref sourire. « Je viens juste d'arriver. » Par ailleurs, pensa-t-elle, j'aurais eu l'impression de me comporter en intruse.

« Catherine va mieux, n'est-ce pas ? demanda-t-il.

— Tout à fait.

— Dieu soit loué », dit-il avec ferveur.

La petite salle de réception était accueillante, avec son canapé et son fauteuil recouverts de housses colorées, sa table basse et ses murs lambrissés. Meghan se sentit à nouveau envahie par une infinie tristesse en la traversant d'un pas rapide. Cette fois-ci, Phillip la conduisit dans son bureau. Il avait sans doute senti qu'elle ne voulait plus pénétrer dans celui de son père.

Il l'aida à ôter son manteau. « Du café ?

— Non merci. J'en ai déjà avalé trois tasses. »

Il s'assit derrière son bureau. « Et moi, j'essaie de réduire ma consommation, si bien que j'attendrai. Meg, vous avez l'air bouleversée.

— Je le suis. » Meghan s'humecta les lèvres. « Phillip, je commence à croire que je ne connaissais pas mon père.

— Dans quel sens ? »

Elle le mit au courant des lettres et de la notice nécrologique qu'elle avait trouvées dans le tiroir fermé à clé, et vit la stupéfaction se peindre sur le visage inquiet de Phillip.

« Meg, je ne sais quoi vous dire, prononça-t-il doucement quand elle eut terminé. Je connais votre père depuis des années. D'aussi loin que je me souvienne, j'ai toujours cru que sa mère était morte alors qu'il était enfant, que son père s'était remarié et qu'il avait vécu une enfance détestable avec son père et sa belle-mère. Lorsque mon père était mourant, votre père a dit une chose que je n'ai jamais oubliée. Il a dit : "Je vous envie de pouvoir pleurer un parent."

— Alors vous non plus vous n'en saviez rien ?

— Non, bien sûr que non.

— La question, c'est : pourquoi s'est-il cru obligé de mentir ? » interrogea Meg, élevant brusquement la voix. Elle serra ses deux mains l'une contre l'autre et se mordit les lèvres. « Je veux dire, pourquoi n'avoir pas avoué la vérité à ma mère ? Qu'avait-il à gagner en la trompant ?

— Réfléchissez, Meg. Il a fait connaissance de votre mère, lui a dépeint son passé familial, celui qu'il avait raconté à tout le monde. Lorsqu'ils ont commencé à s'intéresser l'un à l'autre, comment lui avouer qu'il avait menti ? Et pouvez-vous imaginer la réaction de votre grand-père s'il avait appris que votre père refusait de voir sa mère pour je ne sais quelle raison ?

— Oui, je crois que je peux l'imaginer. Mais grand-père était mort depuis longtemps. Pourquoi papa ne pouvait-il... » Sa voix se brisa.

« Meg, lorsque vous commencez à mentir, il devient chaque jour plus difficile d'avouer la vérité. »

Meghan entendit un bruit de voix dans le bureau voisin. Elle se leva. « Cette histoire peut-elle rester entre nous ?

— Bien entendu. »

Il se leva en même temps qu'elle. « Qu'allez-vous faire ?

— Dès que je serai sûre que maman est complètement remise, je me rendrai à l'adresse de Chestnut Hill inscrite sur l'enveloppe contenant la notice nécrologique. Peut-être pourront-ils me donner quelques indications là-bas.

— Comment avance votre reportage sur la clinique Manning?

— Mal. Ils font des difficultés. Je dois trouver un autre établissement spécialisé dans la fécondation in vitro. Attendez... C'était vous ou mon père qui aviez recruté quelqu'un pour la clinique Manning?

— Votre père s'en était chargé. En réalité, il s'agissait de cette pauvre femme qui a été assassinée hier.

— Le Dr Petrovic? Je l'ai rencontrée la semaine dernière. »

Le bourdonnement de l'interphone les interrompit. Phillip Carter souleva l'appareil. « Qui? Très bien, je le prends.

« Un journaliste du *New York Post*, expliqua-t-il à Meghan. Dieu sait ce qu'ils me veulent. »

Meghan vit la physionomie de Phillip Carter s'assombrir. « C'est absolument impossible. » L'indignation enrouait sa voix. « Je... je ne ferai aucun commentaire avant de m'être personnellement entretenu avec le Dr Iovino au New York Hospital. »

Il raccrocha et se tourna vers Meghan. « Meg, ce journaliste a fait une enquête sur Helene Petrovic. Ils n'ont jamais entendu parler d'elle au New York Hospital. Ses certificats étaient faux, et nous sommes responsables de son recrutement au laboratoire de Manning.

— Mais n'aviez-vous pas vérifié ses références avant de proposer sa candidature à la clinique? »

Sa question à peine formulée, Meghan devina la réponse, elle la lut sur le visage de Phillip. C'était son père qui était chargé du dossier d'Helene Petrovic. Cela aurait été à lui de vérifier les informations portées sur son curriculum vitae.

24

Malgré les efforts de tout le personnel de la clinique Manning, la tension de l'atmosphère était presque palpable. Plusieurs patientes virent avec déplaisir un camion portant le logo de la chaîne de télévision CBS pénétrer dans l'aire de stationnement et un reporter suivi d'un cameraman remonter l'allée en courant.

Parfaite dans son rôle d'hôtesse, Marge se montra ferme avec le journaliste. « Le Dr Manning refuse toute interview tant qu'il n'a pas vérifié les allégations », dit-elle. Elle ne put néanmoins empêcher le cameraman de filmer la pièce et ses occupants.

Plusieurs patientes se levèrent. Marge se précipita vers elles. « Tout ça n'est qu'un malentendu », supplia-t-elle, réalisant soudain qu'elle était enregistrée.

Une femme, couvrant son visage de ses mains, s'écria d'un air furieux : « C'est honteux. Il est déjà assez pénible de devoir recourir à ce genre de méthode pour avoir un enfant pour ne pas se retrouver en plus au journal de onze heures. » Elle sortit en courant de la pièce.

Une autre annonça : « Madame Walters, je m'en vais également. Vous pouvez annuler mon rendez-vous.

— Je comprends. » Marge plaqua sur ses lèvres un sourire de sympathie. « Voulez-vous que nous en fixions un autre ?

— Il faut que je consulte mon agenda. Je téléphonerai. »

Marge les regarda partir. Non, vous ne téléphonerez pas, pensa-t-elle. Anxieuse, elle remarqua que Mme Kaplan, une cliente qui venait pour la seconde fois à la clinique, s'approchait du journaliste.

« Que se passe-t-il ?

— Il se passe que la personne responsable depuis six ans du laboratoire de la clinique Manning n'était apparemment pas médecin. En fait, il semblerait qu'elle n'ait eu pour tout bagage qu'un diplôme de cosmétologie.

— Seigneur Dieu ! Ma sœur a eu son bébé par une

fécondation in vitro qui a été pratiquée ici même il y a deux ans. Serait-ce possible qu'on ne lui ait pas implanté son propre embryon ? » Mme Kaplan joignit les mains.

Dieu nous vienne en aide, se dit Marge, ou c'est la mort de cet établissement. Elle avait eu un choc en entendant l'annonce du décès du Dr Helene Petrovic aux informations du matin. C'était seulement en arrivant à son travail une heure plus tôt qu'elle avait appris que les certificats de Petrovic étaient faux. Mais à entendre la déclaration brutale du journaliste et à voir la réaction de Mme Kaplan, elle réalisa l'énormité des conséquences éventuelles.

Helene Petrovic avait été responsable des embryons congelés. Des douzaines et des douzaines d'éprouvettes, pas plus grosses que la moitié d'un index, chacune contenant un être humain potentiellement viable. Une erreur d'étiquette et vous pouviez implanter dans l'utérus d'une femme le mauvais embryon, faisant d'elle une mère porteuse, et non pas la mère biologique d'un enfant.

Marge vit Mme Kaplan sortir précipitamment de la pièce, suivie du journaliste. Elle regarda par la fenêtre. Les camions de télévision arrivaient de plus en plus nombreux. Les journalistes tentaient d'interroger les femmes qui venaient de quitter le hall d'accueil.

Elle vit la journaliste de PCD Channel 3 sortir d'une voiture. Meghan Collins. C'était son nom. C'était elle qui voulait réaliser ce reportage que le Dr Manning avait annulé si brusquement...

Meghan se demandait si elle aurait dû venir, surtout sachant que le nom de son père allait sûrement surgir au cours de l'enquête sur les certificats d'Helene Petrovic. Alors qu'elle quittait le bureau de Phillip Carter, le secrétariat de rédaction l'avait appelée sur son téléphone portatif, la prévenant que Steve, son cameraman, la retrouverait à la clinique Manning. « Weicker a donné le feu vert », lui assura-t-on.

Elle avait tenté de joindre Weicker, mais il n'était pas encore arrivé. Elle aurait voulu le mettre au courant de l'éventualité d'un conflit d'intérêts. Mais, pour l'instant, le mieux était d'accepter simplement sa mission. De toute façon, on pouvait être sûr que les avocats de la clinique n'autoriseraient aucune interview du Dr Manning.

Elle n'essaya pas de se joindre aux autres journalistes qui bombardaient de questions les clientes sur le départ. Elle aperçut Steve et lui fit signe de la suivre à l'intérieur. Elle ouvrit tranquillement la porte. Comme elle l'espérait, Marge Walters était à son bureau, elle parlait d'un ton précipité au téléphone. « J'ai dû annuler tous les rendez-vous pour aujourd'hui, insistait-elle. Tu devrais leur conseiller de venir faire une sorte de déclaration. Sinon le public ne verra qu'une seule chose, des femmes en train de quitter précipitamment les lieux. »

Au moment où la porte se refermait derrière Steve, Marge leva les yeux. « Je ne peux pas parler davantage », dit-elle rapidement, et elle reposa brusquement le combiné.

Meghan ne dit rien avant d'être assise dans le fauteuil en face du bureau de Marge. La situation réclamait du doigté et une tactique intelligente. Elle avait appris à ne pas harceler de questions un interlocuteur sur la défensive. « C'est une matinée éreintante pour vous, madame Walters », dit-elle d'un ton bienveillant.

Elle regarda la réceptionniste passer une main sur son front. « Vous pouvez le dire. »

Le ton de la femme était réservé, mais Meghan devina en elle le même débat intérieur que celui qu'elle avait senti hier. Marge Walters savait qu'elle devait se montrer discrète, mais mourait d'envie de parler à quelqu'un de tout ce qui se passait. Marge Walters était une bavarde-née.

« J'ai rencontré le Dr Petrovic à la réunion, dit Meghan. Elle m'a paru une femme charmante.

— Elle l'était. Il est difficile de croire qu'elle n'était pas qualifiée pour le travail qu'elle accomplissait. Mais elle avait probablement fait ses études de médecine en Roumanie. Avec tous les bouleversements qu'a connus ce pays, je parie qu'ils finiront par découvrir qu'elle avait tous les diplômes nécessaires. Je ne comprends pas comment le New York Hospital peut affirmer qu'elle n'a pas fait d'études là-bas. Il s'agit sûrement d'une erreur. Malheureusement il sera peut-être trop tard quand on s'en apercevra. Cette mauvaise publicité va ruiner la clinique.

— Peut-être, admit Meghan. Croyez-vous que sa démission ait eu un rapport avec la décision du Dr Manning d'annuler notre émission, hier? »

Marge Walters regarda la caméra que tenait Steve.

Meghan ajouta rapidement : « Si vous voulez dire quelque chose qui pourrait contrebalancer toutes ces informations négatives, je serai heureuse de l'inclure. »

Marge Walters réfléchit. Elle avait confiance en Meghan Collins. « Alors, laissez-moi vous dire qu'Helene Petrovic était une des femmes les plus merveilleuses, les plus concentrées sur son travail que j'aie jamais rencontrées. Personne ne se réjouissait plus qu'elle lorsqu'un embryon arrivait à terme dans l'utérus de sa mère. Elle aimait chacun des embryons dans ce laboratoire et faisait régulièrement vérifier le générateur électrique de secours afin de s'assurer que la température resterait constante en cas de panne de courant. »

Les yeux de Marge Walters s'embuèrent. « Je me souviens du Dr Manning nous racontant à une réunion du personnel, l'an dernier, qu'il s'était précipité à la clinique le soir de cette épouvantable tempête de neige, en décembre, où toute l'électricité avait été coupée, pour vérifier que le générateur fonctionnait. Devinez qui arriva une minute après lui? Helene Petrovic. Et elle détestait conduire sous la neige ou sur des routes verglacées. C'était une de ses angoisses, et pourtant elle était venue en voiture jusqu'ici dans la tempête. Elle était le dévouement même.

— Vous me dites exactement ce que j'ai ressenti en m'entretenant avec elle, fit observer Meghan. Elle m'a donné l'impression de quelqu'un de très bon. J'ai pu le constater dans son comportement avec les enfants durant la séance de photos de dimanche.

— J'ai raté ça. J'avais dû me rendre à un mariage ce jour-là. Pouvez-vous cesser de filmer à présent?

— Bien sûr. » Meghan fit un signe en direction de Steve. Marge Walters secoua la tête. « J'aurais aimé être là. Mais ma cousine Dodie a fini par épouser son petit ami. Ils vivaient ensemble depuis huit ans. Vous auriez entendu ma tante ! Vous auriez cru que la mariée était une gamine de dix-neuf ans à peine sortie du couvent. Je parie que la veille du mariage elle a expliqué à Dodie comment naissent les bébés. »

Marge Walters grimaça en réalisant l'incongruité de sa remarque dans cette clinique et ajouta : « Je veux dire : comment viennent au monde la plupart d'entre eux.

— Y a-t-il une chance de voir le Dr Manning ? » S'il y avait une possibilité, Meg savait que ce serait grâce à cette femme. Marge Walters secoua la tête. « Entre nous, un adjoint du procureur et des enquêteurs se trouvent avec lui en ce moment. »

Ce n'était pas surprenant. Ils examinaient certainement les raisons du brusque départ d'Helene Petrovic et lui posaient des questions sur sa vie privée. « Helene avait-elle des amis proches, ici ?

— Non. Pas vraiment. Elle était très gentille, mais un peu distante — si vous voyez ce que je veux dire. C'était peut-être parce qu'elle venait de Roumanie. Bien qu'en y réfléchissant, les sœurs Gabor aussi étaient originaires de là-bas, et elles avaient une flopée d'amis, surtout Zsa Zsa.

— Je crois que les sœurs Gabor sont hongroises, pas roumaines. Ainsi Helene Petrovic n'avait pas d'amis proches ? Et elle n'avait pas non plus de relation particulière avec quelqu'un ?

— Peut-être avec le Dr Williams. C'était l'assistant du Dr Manning, et je me suis demandé s'il n'y avait pas quelque chose entre lui et Helene. Je les ai surpris au restaurant, un soir où mon mari et moi étions sortis dîner dans un endroit un peu éloigné. Ils n'ont pas paru particulièrement contents lorsque je me suis arrêtée à leur table pour les saluer. Mais cela n'a eu lieu qu'une seule fois, il y a six ans, alors qu'elle venait juste d'être engagée ici. Je dois avouer que j'ai continué à garder un œil sur eux par la suite et que je n'ai jamais décelé quoi que ce soit dans leur comportement l'un à l'égard de l'autre.

— Le Dr Williams est-il toujours ici?

— Non. On lui a proposé d'ouvrir et de diriger une nouvelle clinique et il a accepté. C'est la clinique Franklin, à Philadelphie. Elle a une réputation excellente. Entre nous, le Dr Williams était un organisateur de premier plan. C'est lui qui a rassemblé toute l'équipe médicale ici et, croyez-moi, il a fait un boulot formidable.

— C'est donc lui qui a engagé Helene Petrovic?

— En théorie, mais les principaux responsables sont toujours recrutés par l'intermédiaire de chasseurs de têtes qui les passent au crible pour nous. De toute façon, le Dr Williams a travaillé ici pendant six mois après l'arrivée d'Helene dans l'équipe et, croyez-moi, si elle avait été incompétente, il l'aurait remarqué.

— J'aimerais m'entretenir avec lui, madame Walters.

— Je vous en prie, appelez-moi Marge. Je serais heureuse que vous lui parliez. Il vous dira qu'Helene a été épatante dans ce laboratoire. »

Meghan entendit s'ouvrir la porte d'entrée. Marge Walters leva la tête. « Encore des caméras! Meghan, je préfère ne plus dire un mot. »

Meghan se leva. « Vous avez été d'une grande aide. »

En quittant la clinique, Meghan se dit qu'elle n'allait pas laisser au Dr Williams la possibilité de refuser de lui parler au téléphone. Elle comptait se rendre à la clinique Franklin à Philadelphie et tenter de le rencontrer. Avec un peu de chance, elle pourrait obtenir de lui une interview sur la fécondation in vitro.

Que lui dirait-il sur Helene Petrovic? Allait-il prendre sa défense, comme Marge Walters? Ou serait-il furieux qu'elle l'ait trompé, comme elle avait trompé ses autres collègues?

Et, se demanda Meghan, qu'allait-elle apprendre en s'arrêtant ensuite une nouvelle fois dans les environs de Philadelphie, à la maison de retraite à Chesnut Hill, d'où quelqu'un avait prévenu son père de la mort de sa mère.

25

Victor Orsini et Phillip Carter ne bavardaient guère ensemble à l'heure du déjeuner. Orsini savait que Carter le considérait comme le protégé d'Edwin Collins. Lorsque Collins et Carter avaient cherché à engager un autre collaborateur, ils avaient hésité entre Orsini et un autre candidat. C'était Ed Collins qui avait choisi Orsini. Depuis le début, ses relations avec Carter avaient été aimables, jamais chaleureuses.

Aujourd'hui, toutefois, après qu'ils eurent commandé la sole au four et la salade maison, Orsini se sentit rempli de compassion en voyant la détresse de Carter. Il y avait eu une invasion de journalistes à l'agence et une douzaine de coups de téléphone pour demander comment Collins et Carter s'étaient laissé abuser par le curriculum vitae d'Helene Petrovic.

« Je leur ai dit la simple vérité, dit Phillip en tambourinant nerveusement avec ses doigts sur la nappe. Ed vérifiait toujours méticuleusement les candidats sélectionnés, et c'était lui qui était chargé de cette affaire. Qu'Edwin ait disparu et que la police mette en doute sa mort dans l'accident du pont ne font qu'ajouter de l'huile sur le feu.

— Jackie se rappelle-t-elle quelque chose au sujet de Petrovic ? demanda Orsini.

— Elle venait juste d'entrer chez nous à cette époque. La lettre porte ses initiales, mais elle n'en a aucun souvenir. Pourquoi en aurait-elle ? C'était l'habituelle lettre de recommandation accompagnant le curriculum vitae. Après l'avoir reçue, le Dr Manning a eu un entretien avec Helene Petrovic et l'a engagée. »

Orsini dit : « De tous les domaines où l'on est poursuivi pour non-vérification des références, la recherche médicale est le pire.

— En effet, admit Phillip. Si Helene Petrovic a commis des erreurs et que la clinique Manning est poursuivie en justice, il y a toutes les chances qu'elle se retourne contre nous.

— Et gagne. »

Carter hocha sombrement la tête. « Et gagne. » Il se tut un instant. « Victor, vous avez travaillé plus directement avec Ed qu'avec moi. Lorsqu'il vous a téléphoné de sa voiture, ce soir-là, il a dit qu'il désirait avoir un entretien avec vous dans la matinée. Est-ce tout ce qu'il a dit ?

— Oui, c'est tout. Pourquoi ?

— Bon sang, Victor, s'écria Phillip Carter, cessons de jouer au chat et à la souris ! Si Ed est parvenu à quitter le pont sain et sauf, quelque chose dans cette conversation laissait-il entendre qu'il aurait pu profiter de l'accident pour disparaître ?

— Écoutez, Phillip, il a dit qu'il voulait s'assurer de ma présence au bureau le lendemain matin, répliqua Orsini, d'un ton où perçait l'agacement. La communication était mauvaise. Je ne peux pas vous en dire plus.

— Désolé. Je cherche désespérément quelque chose qui aurait un sens. » Carter poussa un soupir. « Victor, je voulais vous parler. Meghan vient débarrasser les affaires personnelles d'Ed samedi prochain. Je voudrais que vous preniez son bureau à partir de lundi. L'année a été peu fructueuse, mais nous pouvons certainement le remettre à neuf, dans les limites du raisonnable.

— Ne vous souciez pas de ça pour le moment. »

Ils n'avaient rien d'autre à se dire.

Orsini remarqua que Phillip ne laissa pas entendre qu'il lui offrirait une participation lorsque la situation légale d'Ed Collins serait d'une façon ou d'une autre éclaircie. L'offre ne lui en serait jamais faite, et il le savait. Pour sa part, le poste qu'il avait failli obtenir sur la côte Ouest l'an dernier serait à nouveau vacant dans quelques semaines. Le type qu'ils avaient engagé n'avait pas fait l'affaire. Cette fois-ci, on offrait à Orsini un plus gros salaire, la vice-présidence et une participation aux bénéfices.

Il aurait aimé partir aujourd'hui même. Faire ses valises et s'envoler sans attendre. Mais c'était impossible dans les circonstances actuelles. Il y avait quelque chose qu'il voulait trouver, quelque chose qu'il voulait vérifier à l'agence, et maintenant qu'il pouvait emménager dans l'ancien bureau d'Ed, ses recherches seraient plus faciles.

Bernie s'arrêta pour dîner sur la nationale 7, à la sortie de Danbury. Il s'installa au comptoir sur un tabouret et commanda un double hamburger, des frites et un café. Tout en mastiquant et en buvant d'un air satisfait, il se félicita d'avoir bien occupé sa journée depuis qu'il était parti de chez lui, ce matin.

Une fois sa voiture lavée, il avait acheté une casquette de chauffeur et une veste de couleur sombre dans une boutique de fripes en bas de Manhattan. Il s'était dit que cette tenue lui donnerait un avantage sur tous les autres chauffeurs clandestins de New York. Puis il s'était dirigé vers l'aéroport de La Guardia et s'était placé devant l'arrivée des bagages, avec les autres chauffeurs en train d'attendre les passagers qui les avaient réservés.

La chance n'avait pas mis longtemps à lui sourire. Il avait vu un type d'une trentaine d'années descendre l'escalator, vérifiant les noms que brandissaient les chauffeurs. Personne n'était venu l'attendre. Bernie aurait pu lire dans ses pensées. Il avait probablement commandé une voiture à une compagnie bon marché et s'en mordait les doigts. Les chauffeurs de ces compagnies étaient pour la plupart des pauvres types qui venaient d'arriver à New York et passaient les premiers six mois à se perdre.

Bernie s'était approché de l'homme, lui avait offert de le conduire en ville, l'avait prévenu qu'il n'avait pas de limousine de luxe mais une bonne voiture et s'était vanté d'être l'un des meilleurs conducteurs de la planète. Il avait proposé vingt dollars pour conduire son client à la 48ᵉ Rue Ouest. Il y était arrivé en trente-cinq minutes et avait reçu un pourboire de dix dollars. « Vous êtes un sacré conducteur », avait dit l'homme en le payant.

Bernie se remémora le compliment avec plaisir tout en mangeant une frite, et il sourit. S'il continuait comme ça, ce ne serait pas de sitôt que maman s'apercevrait qu'il avait quitté son ancien travail. Elle ne l'y avait jamais appelé. Elle n'aimait pas parler au téléphone. Elle disait que ça lui donnait mal à la tête.

Et le voilà, libre comme l'air, ne devant rien à personne, s'apprêtant à aller voir où vivait Meghan Collins. Il avait acheté une carte de la région de Newtown et l'étudia. La maison des Collins se trouvait dans Bayberry Road, et il connaissait la direction à prendre.

A deux heures pile, il longeait lentement la maison de bardeaux blanche aux volets noirs. Il plissa les yeux, assimilant chaque détail. La vaste véranda. Belle. Élégante. Il songea à leurs voisins, à Jackson Heights, qui avaient cimenté leur minuscule jardin et qualifiaient orgueilleusement de patio cette hideuse surface granuleuse.

Bernie examina les abords de la maison. Il y avait un énorme rhododendron à gauche de l'allée goudronnée, un saule pleureur un peu en retrait sur la pelouse. Des arbustes à feuillage persistant formaient une haie d'un vert éclatant entre la demeure des Collins et la propriété voisine.

Satisfait, Bernie appuya sur l'accélérateur. Au cas où on le surveillerait, il n'était pas assez stupide pour faire demi-tour sur place. Il tourna au coin de la rue, puis pila. Il avait failli heurter un malheureux clebs.

Un gosse courut à travers la pelouse. A travers la vitre, Bernie l'entendit appeler frénétiquement l'animal. « Jake ! Jake ! »

Le chien courut vers l'enfant et Bernie put redémarrer. La rue était assez silencieuse pour qu'il pût entendre à travers la fenêtre de sa voiture l'enfant crier : « Merci, monsieur. Merci beaucoup. »

Mac arriva à l'Institut médico-légal dans la 31e Rue Est à une heure et demie. Meghan devait arriver à deux heures, mais il avait téléphoné et pris rendez-vous avec le Dr Kenneth Lyons, le directeur du laboratoire. On l'accompagna au quatrième étage, dans le petit bureau du Dr Lyons qu'il mit au courant de ses soupçons.

Élancé, entre quarante-cinq ans et cinquante ans, Lyons avait un sourire prompt et généreux, un regard intelligent. « Cette femme est une véritable énigme. Elle n'avait pas du tout l'apparence de quelqu'un qui peut disparaître subitement sans que personne le recherche. Nous avions l'intention de prendre un échantillon d'ADN sur elle avant qu'on emporte son corps au cimetière communal. Rien ne nous empêche de faire également un prélèvement sur Mlle Collins et de vérifier s'il y a un lien de parenté entre elles deux.

— C'est ce que désire Meghan. »

La secrétaire du médecin était assise à un bureau près de la fenêtre. Le téléphone sonna et elle prit la communication. « Mlle Collins est en bas. »

Ce n'était pas seulement la peur naturelle d'examiner un cadavre à la morgue que Mac lut sur le visage de Meghan lorsqu'il sortit de l'ascenseur. Quelque chose d'autre s'était ajouté à la douleur qui assombrissait son regard, aux lignes lasses autour de sa bouche. Il lui sembla déceler en elle une tristesse différente de la peine qui l'affligeait depuis la disparition de son père.

Mais, à sa vue, son visage s'éclaira d'un sourire rapide, soulagé. Elle est si jolie, pensa-t-il. Ses cheveux châtains formaient un halo ébouriffé autour de sa tête, témoin du vent vif qui soufflait dehors. Elle portait un tailleur de tweed noir et blanc et des bottes noires. Sa veste zippée et droite s'arrêtait aux hanches, sa jupe étroite lui arrivait aux genoux. Un pull-over à col roulé noir accentuait la pâleur de son visage.

Mac la présenta au Dr Lyons.

« J'aimerais que nous descendions », dit Meghan.

La morgue était d'une propreté aseptisée. Des rangées de casiers s'alignaient le long des murs. On entendait chuchoter derrière la porte close d'une pièce dont la haute fenêtre donnait sur le couloir. Elle était masquée par des rideaux. Une autopsie était en cours, se dit Mac.

Un employé les conduisit presque jusqu'au bout du couloir. Le Dr Lyons lui fit un signe de tête et il tira la poignée d'un tiroir.

Sans bruit, le compartiment glissa. Mac contempla le cadavre nu, froid, d'une jeune femme. Elle ne portait qu'une seule blessure profonde à la poitrine. Il regarda la poitrine étroite, les hanches minces, les longues jambes, les pieds cambrés. Puis il examina le visage.

Les cheveux châtains étaient plaqués sur ses épaules, mais il pouvait les imaginer vivants et ébouriffés par le vent, comme ceux de Meg. La bouche, généreuse et prometteuse, les cils épais qui se recourbaient sur les paupières closes, les sombres sourcils qui accentuaient le front haut.

Mac eut l'impression de recevoir un violent coup de poing dans l'estomac. Il se sentit pris de vertige, au bord de la nausée. Ç'aurait pu être Meg. *C'était ce qui aurait dû arriver à Meg.*

27

Catherine Collins appuya sur le bouton à portée de sa main et le lit d'hôpital se releva doucement jusqu'à ce qu'elle l'ait immobilisé dans la position à demi inclinée. Pendant l'heure précédente, après qu'on eut débarrassé le plateau du déjeuner, elle avait en vain essayé de dormir. Elle se reprochait de vouloir se réfugier dans le sommeil. Il est temps d'affronter la réalité, ma vieille, se dit-elle sévèrement.

Elle aurait aimé avoir à sa disposition une machine à calculer et les livres de comptes de l'auberge. Il lui fallait savoir combien de temps elle pourrait encore tenir avant d'être obligée de vendre Drumdoe. L'hypothèque, songea-t-elle, cette maudite hypothèque ! Pop n'aurait jamais investi autant d'argent dans cet endroit. « Arrange-toi sans et fais avec », telle était sa devise lorsqu'il était jeune. Que de fois ne l'avait-elle pas entendue !

Mais, devenu propriétaire de l'auberge, il s'était montré le plus généreux des maris et des pères. A condition que vous ne jetiez pas l'argent par les fenêtres, bien sûr.

Et j'ai été ridicule de laisser le décorateur agir à sa guise, regretta Catherine. L'argent filait comme l'eau sous un pont.

La comparaison la fit frissonner. Elle lui rappela les

horribles photographies des épaves remontées à la surface sous le pont de Tappan Zee. Elle et Meghan les avaient étudiées à la loupe, redoutant d'y découvrir ce qu'elles s'attendaient à y voir : un fragment de Cadillac bleu foncé.

Catherine repoussa les couvertures, sortit du lit et attrapa sa robe de chambre. Elle traversa la pièce jusqu'au cabinet de toilette et s'aspergea le visage, puis elle se regarda dans la glace et fit la moue. Un peu de peintures de guerre, ma chère, se dit-elle.

Dix minutes plus tard, elle était de retour dans son lit, un peu ragaillardie. Un coup de brosse sur ses cheveux blonds ; un soupçon de fard à joues et de rouge à lèvres pour camoufler la pâleur livide que reflétait la glace ; une liseuse de soie bleue ; elle se sentait plus présentable aux yeux d'éventuels visiteurs. Elle savait que Meghan était à New York pour l'après-midi, mais il y avait toujours le risque que quelqu'un passe lui rendre visite.

Ce fut le cas. Phillip Carter frappa légèrement sur la porte entrouverte. « Catherine, puis-je entrer ?

— Bien sûr ! »

Il se pencha vers elle et l'embrassa sur la joue. « Vous avez l'air beaucoup mieux.

— Je me sens beaucoup mieux. A dire vrai, j'essaie de sortir d'ici, mais ils veulent me garder deux jours de plus.

— Très bien. » Il tira le seul fauteuil confortable près du lit et s'assit.

Il portait une veste sport marron, un pantalon souple brun foncé et une cravate imprimée marron et beige, remarqua Catherine. Sa forte présence masculine lui rappela douloureusement son mari.

Edwin avait été un homme particulièrement séduisant. Elle avait fait sa connaissance il y avait trente et un ans, à une soirée après un match de football Harvard-Yale. Elle sortait avec l'un des joueurs de Yale. Elle avait remarqué Ed sur la piste de danse. Le cheveu noir, les yeux d'un bleu profond, la haute silhouette mince.

A la danse suivante, Edwin s'était dirigé droit vers

elle, et le lendemain il sonnait à la porte de la maison, une douzaine de roses à la main. « Je viens vous faire la cour, Catherine », avait-il annoncé.

Catherine s'efforça de retenir des larmes soudaines.

« Catherine? » La main de Phillip tenait la sienne.

« Je vais bien, dit-elle, retirant sa main.

— Je crains que vous ne vous sentiez moins bien dans quelques minutes. J'aurais aimé pouvoir m'entretenir avec Meg avant de venir.

— Elle avait à faire en ville. De quoi s'agit-il, Phillip?

— Catherine, vous avez sans doute entendu parler de la femme qui a été assassinée à New Milford.

— Ce médecin? Oui. C'est affreux.

— Vous ignorez donc qu'elle n'était pas médecin, que ses certificats étaient faux et qu'elle avait été recommandée par nous à la clinique Manning? »

Catherine se redressa d'un bond. « Quoi? »

Une infirmière entra précipitamment dans la chambre. « Madame Collins, il y a deux inspecteurs de la police de New Milford dans le hall qui demandent à vous parler. Le docteur va arriver. Il veut être là, mais il m'a dit de vous prévenir que ces hommes allaient monter d'ici quelques minutes. »

Catherine attendit d'entendre les pas s'éloigner dans le couloir avant de demander : « Phillip, vous savez pourquoi ces gens sont ici, n'est-ce pas?

— Oui. Ils étaient à l'agence il y a une heure.

— Pourquoi? Inutile d'attendre l'arrivée du médecin. Je n'ai pas l'intention de tomber dans les pommes à nouveau. Je vous en prie, je dois savoir ce que je vais affronter.

— Catherine, la femme qui a été assassinée hier soir à New Milford, était la cliente d'Ed. Ed savait sûrement que ses certificats étaient faux. » Phillip Carter se détourna, comme s'il refusait de voir la peine qu'il allait lui infliger. « Vous savez que la police ne croit pas qu'Ed soit mort dans l'accident du pont. Une femme qui habite en face de l'appartement d'Helene Petrovic a dit que celle-ci recevait régulièrement et toujours tard dans la soirée la visite d'un homme de haute taille conduisant une limousine de couleur sombre. » Il s'arrêta, l'air grave. « Elle a vu cet homme il y a deux semaines. Catherine, lorsque Meg a appelé l'ambulance l'autre soir, une voiture de police est venue en même temps. En reprenant connaissance, vous avez dit au policier que vous aviez reçu un appel téléphonique de votre mari. »

Catherine ne parvint pas à avaler sa salive. Elle avait la bouche et les lèvres comme du carton. C'était ce qu'on devait ressentir quand on souffrait de la soif, pensa-t-elle de façon saugrenue. « Je n'avais pas tous mes esprits. J'ai voulu dire que Meg avait reçu un appel de quelqu'un se faisant passer pour son père. »

On frappa un coup à la porte. Le médecin entra en disant : « Catherine, je suis navré de toute cette histoire. Le substitut du procureur a insisté pour que ses inspecteurs chargés d'enquêter sur le meurtre de New Milford vous posent quelques questions, et je ne pouvais décemment pas dire que vous n'étiez pas en état de les recevoir.

— Je suis assez bien pour ça, dit calmement Catherine. » Elle regarda Phillip. « Voulez-vous rester ?

— Bien sûr. » Il se leva tandis que les inspecteurs entraient dans la chambre à la suite d'une infirmière.

Catherine eut d'abord un mouvement de surprise en constatant que l'un des policiers était une femme, une jeune femme de l'âge de Meghan. L'autre était un homme auquel elle donna une quarantaine d'années. Prenant la parole en premier, il s'excusa de la déranger, promit de ne prendre que quelques minutes de son temps, se nomma. « Bob Marron. Je vous présente l'inspecteur principal Arlene Weiss. » Il alla droit au but : « Madame Collins, vous avez été hospitalisée ici en état de choc parce que votre fille a reçu en pleine nuit un appel téléphonique de quelqu'un prétendant être votre mari, n'est-ce pas ?

— Ce n'était pas mon mari. J'aurais reconnu sa voix, quelles que fussent les circonstances.

— Madame Collins, je regrette de vous poser cette question, mais croyez-vous encore que votre mari soit mort en janvier dernier ?

— Je suis absolument convaincue qu'il est mort, dit-elle fermement.

— Des roses pour vous, madame Collins », claironna une voix en même temps qu'on ouvrait la porte. C'était l'une des auxiliaires bénévoles en tenue rose qui livraient les fleurs dans les chambres, apportaient les livres et les magazines et aidaient les patients les plus âgés à se nourrir.

« Pas maintenant, dit sèchement le médecin de Catherine.

— Non, ça va. Posez-les sur la table de nuit. » Catherine se félicita de cette intrusion. Elle avait besoin d'un moment pour se reprendre. Cherchant à gagner du temps, elle prit la carte que la jeune fille détachait du ruban.

Elle y jeta un coup d'œil, puis se figea, les yeux agrandis d'horreur. Comme tout le monde la regardait, elle éleva la carte d'une main tremblante, luttant pour reprendre son sang-froid. « J'ignorais que les morts envoyaient des fleurs », murmura-t-elle.

Elle lut à voix haute. « Ma chérie. Aie confiance en moi. Je te promets que tout va s'arranger. » Catherine se mordit les lèvres.

DEUXIÈME PARTIE

28

Mercredi après-midi, les deux enquêteurs de la police du Connecticut se rendirent à Lawrenceville pour interroger Stephanie Petrovic sur sa tante.

S'efforçant d'ignorer les mouvements du bébé dans son ventre, Stephanie serra ses mains l'une contre l'autre pour les empêcher de trembler. Elle avait grandi en Roumanie sous le régime de Ceausesçu et pris l'habitude de craindre la police, et même si ces hommes installés dans le living-room paraissaient aimables et ne portaient pas d'uniforme, elle en savait suffisamment pour se méfier d'eux. A trop faire confiance à la police, vous finissiez généralement en prison, ou pire.

L'avocat de sa tante, Charles Potters, était également présent; il lui rappelait un fonctionnaire de son village natal. Lui aussi s'était montré gentil, mais elle sentait bien que sa gentillesse n'avait rien de personnel. Il accomplirait sa tâche et l'avait déjà informée qu'elle consistait à faire respecter les termes du testament d'Helene, qui léguait tous ses biens à la clinique Manning.

« Elle avait l'intention de le changer, lui avait dit Stephanie. Elle voulait s'occuper de moi, m'aider pendant que je suivrais des cours d'esthéticienne, m'acheter un appartement. Elle avait promis de me laisser de l'argent. Elle disait qu'elle me considérait comme sa fille.

— Je comprends. Mais puisqu'elle n'a pas changé

105

son testament, je peux seulement vous autoriser à continuer à habiter cette maison tant qu'elle n'est pas vendue. En tant qu'exécuteur testamentaire, je pourrai vous y laisser à titre de gardienne jusqu'à la signature de la vente. Ensuite, je le crains, aux yeux de la loi vous ne dépendrez que de vous-même. »

D'elle-même ! A moins d'obtenir une carte verte et un emploi, Stephanie savait qu'elle n'avait aucun moyen de rester dans ce pays.

L'un des policiers demanda si sa tante avait un ami proche dans sa vie.

« Non. Pas vraiment, répondit-elle. Parfois, le soir, nous allions à des réunions chez d'autres Roumains. Et Helene assistait quelquefois à des concerts. Le samedi ou le dimanche, il lui arrivait de sortir pendant trois ou quatre heures. Elle ne m'a jamais dit où elle allait. » Mais Stephanie ne connaissait aucun homme dans la vie de sa tante. Elle répéta qu'elle avait été très étonnée en apprenant la décision d'Helene de quitter brusquement son travail. « Elle voulait s'arrêter de travailler dès qu'elle aurait vendu la maison. Elle voulait aller vivre en France pendant quelque temps. » Stephanie savait qu'elle trébuchait sur les mots anglais. Elle avait si peur.

« A en croire le Dr Manning, il ne se doutait absolument pas qu'elle songeait à quitter la clinique », dit l'un des policiers en roumain.

Stephanie lui lança un regard de gratitude et s'exprima aussitôt dans sa langue maternelle. « Elle pensait que le Dr Manning serait très contrarié et redoutait de lui annoncer la nouvelle.

— Avait-elle un autre travail en vue ? Dans ce cas, il lui aurait fallu à nouveau présenter ses certificats.

— Elle a dit qu'elle voulait se reposer. »

Hugo, le policier qui parlait roumain, se tourna vers l'avocat. « Quelle était la situation financière d'Helene Petrovic ? »

Charles Potters répondit : « Je peux vous assurer qu'elle était très bonne, ou plutôt que Mme Petrovic vivait raisonnablement et avait fait d'excellents placements. Elle avait entièrement payé cette maison et possédait en outre huit cent mille dollars en actions, obligations et liquidités. »

Tant d'argent, songea Stephanie, dont elle ne toucherait pas un sou. Elle se passa la main sur le front. Elle avait mal au dos. Ses pieds étaient gonflés. Elle était tellement lasse. C'était M. Potters qui l'aidait à organiser la cérémonie funéraire. Elle aurait lieu vendredi, à Saint-Dominic.

Elle regarda autour d'elle. Cette pièce était si agréable, avec ses sièges recouverts de brocart bleu, ses tables de bois ciré, ses lampes à pendeloques et sa moquette bleu clair. Toute la maison était si jolie. Elle s'y était plu. Helene lui avait promis qu'elle pourrait emporter certaines choses pour son appartement de New York. Et maintenant, qu'allait-elle devenir? Que lui demandait le policier?

« Pour quelle date attendez-vous votre bébé, Stephanie? »

Des larmes roulèrent sur ses joues tandis qu'elle répondait : « Dans deux semaines. » Elle éclata en sanglots. « Il m'a dit que c'était mon problème et il est parti en Californie. Il ne fera rien pour moi. Je ne sais pas où le trouver. Je ne sais pas quoi faire. »

29

Le choc ressenti par Meghan en revoyant son sosie à la morgue s'était atténué pendant qu'on lui faisait une prise de sang.

Elle ignorait ce que serait la réaction de Mac au moment où il examina le corps. Elle ne décela sur son visage qu'une crispation des lèvres. Son seul commentaire fut que la ressemblance était tellement frappante qu'il estimait indispensable de faire effectuer une comparaison des ADN. Le Dr Lyons exprima la même opinion.

Ni elle ni Mac n'avaient déjeuné. Ils quittèrent le

cabinet du médecin légiste dans leurs voitures respectives et se retrouvèrent dans l'un des endroits préférés de Meg, chez Neary's, dans la 57ᵉ Rue. Une fois qu'ils furent assis côte à côte sur une confortable banquette, avec un club sandwich et un café, Meghan mit Mac au courant des faux certificats d'Helene Petrovic et de l'éventuelle responsabilité de son père.

Jimmy Neary vint lui demander des nouvelles de Catherine. En apprenant qu'elle avait été hospitalisée, il apporta le téléphone portatif sur la table afin que Meghan puisse appeler sa mère. Ce fut Phillip qui répondit.

« Bonjour, Phillip, dit Meghan. Je voulais juste prendre des nouvelles de maman. Pouvez-vous me la passer, s'il vous plaît ?

— Meg, elle vient de recevoir un choc épouvantable.

— Quel genre de choc ?

— Quelqu'un lui a envoyé une douzaine de roses. Vous comprendrez dès que je vous aurai lu la carte. »

Mac contemplait les photos de la campagne irlandaise sur les murs de la salle. En entendant Meghan étouffer un cri, il se tourna vers elle et vit ses yeux s'agrandir sous le coup de l'émotion. Il est arrivé quelque chose à Catherine, pensa-t-il. « Meg, que se passe-t-il ? » Il lui prit le téléphone des mains. « Allô...

— Mac, je suis content de vous savoir là. »

C'était la voix de Phillip Carter, rassurante, réfléchie.

Mac entoura Meghan de son bras tandis que Carter relatait en termes concis les événements de l'heure précédente. « Je vais rester avec Catherine pendant un moment, conclut-il. Elle a été bouleversée au début, mais elle est plus calme à présent. Elle me fait signe qu'elle aimerait parler à Meghan.

— Meg, c'est ta mère », dit Mac en lui tendant le combiné. Pendant quelques secondes, elle parut ne pas avoir entendu, puis elle saisit le téléphone. Il vit l'effort qu'elle faisait pour prendre un ton normal.

« Maman, tu es sûre que tu vas bien ?... De quoi s'agit-il à ton avis ? Moi aussi, je crois que c'est une mauvaise plaisanterie. Papa ne ferait jamais une chose pareille... Je sais... je sais, c'est affreusement cruel... Allons, ce n'est pas ça qui va t'abattre. Tu es la fille du vieux Pat, non ? J'ai rendez-vous avec Weicker dans une heure. En sortant, je viendrai directement à l'hôpital... Je t'aime aussi. Passe-moi Phillip une minute.

« Phillip, vous restez auprès d'elle, n'est-ce pas ? Il ne faudrait pas qu'elle soit seule en ce moment... Merci. »

Lorsque Meg raccrocha, elle s'écria : « C'est un miracle que ma mère n'ait pas fait un infarctus cette fois-ci, avec ces enquêteurs qui sont venus la questionner sur papa et l'envoi de ces maudites roses. » Elle se mordit la lèvre pour empêcher sa bouche de trembler.

Oh, Meg, pensa Mac. Il aurait voulu la prendre dans ses bras, la tenir contre lui, effacer d'un baiser la détresse qui assombrissait son regard et sa bouche. Au lieu de quoi, il tenta d'apaiser la peur panique qui la paralysait.

« Catherine n'aura pas de crise cardiaque, affirma-t-il. N'aie aucune inquiétude à ce sujet. Je suis sérieux, Meg. Venons-en au reste. Si j'ai bien compris ce qu'a dit Phillip, la police cherche à trouver un lien entre ton père et la mort de cette Helene Petrovic, n'est-ce pas ?

— Apparemment. Ils se fondent sur le témoignage de cette voisine, d'après lequel un homme de haute taille conduisant une voiture récente de couleur sombre rendait régulièrement visite à Helene Petrovic. Papa était grand. Il conduisait une voiture de couleur sombre.

— Comme des milliers d'autres hommes de haute taille, Meg. C'est ridicule.

— Je sais. Maman le sait aussi. Mais la police ne croit absolument pas que papa se trouvait sur le pont lors de l'accident ; aux yeux des enquêteurs, il est donc probablement encore en vie. Ils veulent savoir pourquoi il a authentifié les faux certificats de Petrovic. Ils ont demandé à maman si elle croyait à l'existence possible d'une relation personnelle avec Petrovic.

— Crois-tu qu'il soit en vie, Meg ?

— Non, je ne le crois pas. Mais s'il a recommandé Helene Petrovic pour ce poste en la sachant coupable d'une imposture, c'est anormal. A moins qu'elle ne l'ait trompé lui aussi.

— Meg, j'étais un jeune étudiant lorsque j'ai connu ton père. S'il est un point sur lequel je peux te rassurer, c'est qu'Edwin Collins est ou était un homme d'une extrême bonté. Ce que tu as dit à Catherine est la pure vérité. L'appel téléphonique survenu au milieu de la nuit et l'envoi de ces fleurs à ta mère sont deux choses que ton père n'aurait jamais faites. Il faut être cruel pour s'amuser à des jeux pareils.

— Ou désaxé. » Meghan se redressa comme si elle prenait conscience seulement maintenant du bras de Mac autour d'elle. Tranquillement, Mac desserra son étreinte.

« Meg, les fleurs sont généralement payées en liquide, par chèque, ou avec une carte de crédit. Quel a été le mode de paiement utilisé pour ces roses ?

— Je présume que les enquêteurs se sont déjà posé la question. »

Jimmy leur proposa un irish-coffee.

Meghan secoua la tête. « J'accepterais volontiers, Jimmy, mais ce sera pour la prochaine fois. Je dois aller au bureau. »

Mac repartait travailler. Avant de monter dans sa voiture, il posa ses mains sur les épaules de Meg. « Meg, une chose encore. Laisse-moi t'aider.

— Oh, Mac, soupira-t-elle. Je crois que tu as eu ta part des ennuis de la famille Collins. Dans combien de temps le Dr Lyons a-t-il dit que nous aurions les résultats des tests d'ADN ?

— Dans quatre à six semaines. Je t'appellerai ce soir, Meg. »

Une demi-heure plus tard, Meghan s'asseyait dans le bureau de Tom Weicker. « Votre interview de l'hôtesse de la clinique Manning est formidable, lui dit-il. Vous êtes la seule à avoir obtenu ça. Mais, vu la relation qui existe entre votre père et Petrovic, je préfère que vous ne retourniez pas là-bas. »

Meg s'y attendait. Elle le regarda résolument. « Le centre Franklin à Philadelphie a une excellente réputation. Je pourrais le prendre à la place de la clinique Manning pour le reportage sur la fécondation in vitro. » Elle attendit, craignant qu'il ne lui retire également ce projet.

C'est avec soulagement qu'elle l'entendit répondre :
« Je veux que le reportage soit bouclé le plus rapidement possible. A cause d'Helene Petrovic, tout le monde s'intéresse à la fécondation in vitro. Ça ne peut pas tomber mieux. Quand comptez-vous aller à Philadelphie ?

— Demain. »

Elle s'en voulut de cacher à Tom que le Dr Henry Williams, le directeur du centre Franklin, avait travaillé avec Helene Petrovic à la clinique Manning. Mais, raisonna-t-elle, si elle obtenait une entrevue avec Williams, ce serait en tant que journaliste de PCD, et non comme la fille de l'homme qui avait présenté le faux curriculum vitae d'Helene et l'avait chaleureusement recommandée.

Bernie prit la direction de Manhattan en quittant le Connecticut. Voir l'endroit où habitait Meghan lui avait rappelé l'époque où il suivait les filles jusque chez elles, où il se cachait dans leur voiture ou dans le garage, ou même dans les buissons autour de leur maison, pour le seul plaisir de les regarder. Il avait l'impression de vivre dans un univers différent, un monde où il n'y avait que la fille et lui, même si elle ignorait sa présence.

Il sentait le besoin d'être près de Meghan, mais il lui fallait être prudent. Newtown était une petite communauté ultra-chic, et dans des endroits pareils les flics surveillaient toujours les allées et venues des voitures inconnues.

Supposons que j'aie heurté ce chien, se dit Bernie en traversant le Bronx vers le pont de Willis Avenue. Le gosse se serait probablement mis à gueuler comme un putois. Les gens se seraient précipités dans la rue pour voir ce qui se passait. L'un d'eux aurait sans doute commencé à poser des questions, à demander ce que fabriquait un taxi clandestin dans ce quartier, au fond d'un cul-de-sac. Si quelqu'un avait appelé les flics, ils auraient vérifié mon dossier, pensa Bernie. Il connaissait la suite.

Il ne lui restait qu'une seule chose à faire. Une fois arrivé à Manhattan, il se rendit à la boutique de discount de la 47ᵉ Rue où il avait acheté la plus grande partie de son matériel électronique. Depuis longtemps il y guignait un caméscope dernier cri. Il l'acheta, ainsi qu'un poste d'écoute branché sur les fréquences de la police.

Il se rendit ensuite dans un magasin de fournitures de dessin et acheta des feuilles de papier rose. Cette année, le rose était la couleur des laissez-passer que la police délivrait aux journalistes. Il en avait un chez lui. Un des reporters de PCD l'avait laissé tomber dans le garage. Il allait le photocopier et fabriquer un laissez-passer qui aurait l'air authentique, ainsi qu'une autorisation de stationnement à coller sur le pare-brise.

Il y avait une foule de stations locales dans le coin auxquelles personne ne prêtait attention. Il dirait qu'il était envoyé par l'une d'entre elles. Il serait Bernie Heffernan, reporter.

Comme Meghan.

Il n'y avait qu'un problème, ses indemnités de licenciement et de congé fondaient comme neige au soleil. Il fallait que l'argent rentre. Par chance, il réussit à trouver un client pour Kennedy Airport et en ramena un autre en ville avant de rentrer chez lui.

Pendant le dîner, sa mère ne cessa d'éternuer. « Tu as attrapé un rhume, maman? demanda-t-il avec sollicitude.

— Je n'attrape jamais de rhumes. Je souffre simplement d'allergie, répondit-elle sèchement. Il y a de la poussière dans cette maison.

— Maman, tu sais bien qu'il n'y a pas de poussière. Personne ne fait le ménage comme toi.

— Bernard, est-ce que tu nettoies bien la cave? Je compte sur toi. Je n'ose pas m'aventurer dans ces escaliers, après ce qui est arrivé.

— Maman, c'est parfaitement propre. »

Ils regardèrent ensemble le journal de dix-huit heures et virent Meghan Collins interviewer l'hôtesse de la clinique Manning.

Bernie se pencha en avant, buvant des yeux le profil de Meghan tandis qu'elle posait ses questions, les paumes et le front soudain moites de sueur.

Puis il sentit qu'on lui arrachait la télécommande des mains. L'écran devint noir et une gifle lui brûla la joue. « Tu recommences, Bernard ! cria sa mère. Tu lorgnais cette fille. J'en suis sûre. Sûre et certaine ! Tu n'as donc rien appris ? »

Lorsque Meghan arriva à l'hôpital, elle trouva sa mère complètement habillée. « Virginia m'a apporté des vêtements. Il faut que je sorte d'ici, dit fermement Catherine Collins. Je ne peux plus rester au lit à me ronger les sangs. Je m'inquiète trop. A Drumdoe, au moins, je suis occupée.

— Qu'en dit le médecin ?

— Il a commencé par protester, bien sûr, mais j'ai fini par le convaincre de me laisser sortir, à condition que je signe une décharge. » Sa voix hésita. « Meg, n'essaie pas de me faire changer d'avis. Je serai beaucoup mieux à la maison. »

Meghan l'étreignit. « Tu as déjà empaqueté tes affaires ?

— Y compris ma brosse à dents. Meg, encore une chose. Ces enquêteurs veulent te parler. Dès que nous serons rentrées, il faudra les appeler et prendre rendez-vous avec eux. »

Le téléphone sonnait au moment où Meghan ouvrit la porte d'entrée. Elle courut décrocher l'appareil. C'était Dina Anderson. « Meghan, si assister à la naissance du bébé vous intéresse toujours, préparez-vous. Mon médecin compte me faire entrer au centre médical de Danbury dès lundi matin pour déclencher le travail.

— J'y serai. Puis-je venir dimanche après-midi avec un cameraman et vous filmer, vous et Jonathan, en train de vous préparer pour la naissance du bébé ?

— Ce sera parfait. »

Catherine Collins allait de pièce en pièce, allumant les lumières. « C'est si bon d'être chez soi, murmura-t-elle.

— Veux-tu t'allonger ?

— C'est la dernière chose au monde dont j'aie envie.

Je vais me plonger dans un bain, me vêtir décemment, puis nous irons dîner à l'auberge.

— Tu es sûre ? » Meghan vit le menton de sa mère se redresser et sa bouche prendre un pli résolu.

— On ne peut plus sûre. Les choses vont aller de mal en pis avant de s'améliorer, Meg. Tu vas t'en rendre compte en parlant avec ces enquêteurs. Mais personne ne pourra penser que nous nous défilons.

— Je crois que la formule de Pop était : "Ne te laisse pas faire par ces fumiers." Je ferais mieux d'appeler les types du bureau du procureur. »

John Dwyer était le substitut du procureur affecté au tribunal de Danbury. Sa juridiction comprenait la ville de New Milford.

Dwyer avait quarante ans et en avait passé quinze au service de la justice. Durant ces années, il avait expédié en prison quelques citoyens renommés, piliers de la bonne société, pour des crimes allant de la fraude au meurtre. Il avait également poursuivi trois individus qui avaient feint d'être morts afin de toucher leur assurance.

La mort supposée d'Edwin Collins dans la catastrophe du pont de Tappan Zee avait suscité des témoignages de sympathie dans les médias locaux. La famille était respectée dans la région, et l'auberge Drumdoe une véritable institution.

La quasi-certitude que la voiture de Collins n'était pas passée par-dessus la rambarde du pont, et le rôle de celui-ci dans la présentation des faux certificats d'Helene Petrovic avaient transformé un affreux meurtre de banlieue en un scandale à l'échelon national. Dwyer avait appris que le ministère de la Santé envoyait des enquêteurs médicaux à la clinique Manning pour déterminer les éventuels dommages causés par Helene Petrovic dans le laboratoire.

Tard dans l'après-midi du mercredi, Dwyer réunit dans son bureau les inspecteurs de la police de New Milford, Arlene Weiss et Bob Marron. Ils étaient parvenus à obtenir le dossier de Petrovic au ministère de l'Intérieur à Washington.

Weiss résuma les points principaux. « Helene Petrovic est arrivée aux États-Unis il y a vingt ans, à l'âge de vingt-huit ans. La personne qui l'a cautionnée dirigeait un institut de beauté à Broadway. Sa demande de visa mentionne qu'en sortant du secondaire, elle a suivi des études de cosmétologie dans une école de Bucarest.

— Pas d'études de médecine ? demanda Dwyer.

— Elle n'en a indiqué aucune. »

Bob Marron consulta ses notes. « Elle a travaillé à l'institut de beauté de son amie, y est restée onze ans et pendant les deux dernières années s'est inscrite à des cours du soir de secrétariat. »

Dwyer hocha la tête.

« Puis on lui a proposé un job de secrétaire au centre de procréation assistée de Trenton, dans le New Jersey. C'est alors qu'elle a acquis la maison de Lawrenceville.

« Trois ans plus tard, Collins l'a placée à la clinique Manning comme embryologiste.

— Et qu'est-ce que vous avez sur Edwin Collins ? Est-ce qu'on a vérifié son passé ? demanda Dwyer.

— Oui. Il est diplômé de la Harvard Business School. Jamais eu d'ennuis. Associé principal de la société. A obtenu un permis de port d'arme il y a une dizaine d'années après s'être fait agresser à un feu rouge à Bridgeport. »

L'interphone retentit. « Mlle Collins rappelle M. Marron.

— C'est la fille de Collins ? demanda Dwyer.

— Oui.

— Dites-lui de se présenter ici demain. »

Marron prit l'appareil et parla à Meghan, puis il regarda le substitut du procureur. « Huit heures demain matin, ça vous convient ? Elle va à Philadelphie pour un reportage et doit prendre la route de bonne heure. »

Dwyer acquiesça.

Après que Marron eut confirmé le rendez-vous avec Meghan et reposé le téléphone, Dwyer se renversa dans son fauteuil pivotant. « Voyons ce que nous avons. Edwin Collins a disparu et il est présumé mort. Mais aujourd'hui sa femme reçoit des fleurs de sa part, dont vous me dites qu'elles ont été débitées sur sa carte de crédit.

— La commande a été passée par téléphone au fleuriste, précisa Weiss. La carte de crédit n'a jamais été résiliée. C'est la première fois qu'elle a été utilisée depuis le mois de janvier.

— Après la disparition de Collins, n'a-t-on pas surveillé si des règlements par carte bancaire apparaissaient sur son compte?

— Jusqu'à ces derniers jours, Collins était présumé mort par noyade. Il n'y avait aucune raison de contrôler ses cartes de crédit. »

Arlene Weiss parcourait ses notes. « J'ai l'intention de demander à Meghan Collins quelques précisions sur ce qu'a dit sa mère. Cet appel téléphonique qui a provoqué l'hospitalisation de Mme Collins, celui dont elle jure qu'il ne provenait pas de son mari.

— Eh bien?

— Elle a cru entendre son interlocuteur dire quelque chose comme : "J'ai de graves ennuis." Qu'est-ce que ça signifie?

— Nous demanderons à sa fille ce qu'elle en pense lorsque nous la verrons demain, dit Dwyer. J'ai ma petite idée. Edwin Collins est-il toujours sur la liste des présumés disparus? »

Marron et Weiss hochèrent la tête. Le substitut du procureur se leva. « Je crois qu'il nous faut changer ça. Voyons ce que nous savons de Collins. Un, nous avons établi ses liens avec Petrovic. Deux, il n'est presque certainement pas mort dans l'accident du pont. Trois, il a retiré tout le liquide disponible sur son assurance quelques semaines avant de disparaître. Quatre, on n'a retrouvé aucune trace de sa voiture, mais un homme de haute taille au volant d'une berline de couleur sombre rendait régulièrement visite à Petrovic. Cinq, l'appel téléphonique, la carte de crédit, les fleurs. A mon avis, c'est suffisant. Faites passer un avis de recherche au nom d'Edwin Collins. Mettez : "Recherché pour inculpation dans le meurtre d'Helene Petrovic." »

30

Dix-sept heures allaient sonner lorsque Victor Orsini reçut l'appel qu'il redoutait. Larry Downes, président de Downes et Rosen, lui téléphonait pour lui conseiller de rester pour le moment chez Collins et Carter.

« Pendant combien de temps, Larry? demanda calmement Victor.

— Je n'en sais rien, répondit Downes d'un ton évasif. Ce tapage à propos d'Helene Petrovic finira par se dissiper, mais vous déclenchez trop de réactions négatives pour que nous puissions vous engager dans l'immédiat. Et s'il s'avère que cette femme a interverti des embryons à la clinique, vous aurez un maximum à payer, et vous le savez. C'est votre agence qui l'a recrutée pour Manning, et vous serez tenu pour responsable. »

Victor protesta. « J'étais à peine arrivé quand la candidature d'Helene Petrovic a été proposée à la clinique Manning. Larry, vous m'avez laissé tomber l'hiver dernier.

— Désolé, Victor. Mais vous étiez là six semaines avant qu'elle ne commence à travailler à Manning. Cela signifie que vous étiez là lorsque les vérifications de ses références auraient dû avoir lieu. Collins et Carter est une petite entreprise. Qui croira que vous ignoriez ce qui s'y passait? »

Orsini avala sa salive. Lors de son entrevue avec les journalistes, il avait affirmé n'avoir jamais entendu parler de Petrovic; il leur avait dit qu'il venait d'être engagé quand l'agence l'avait proposée à Manning. Aucun journaliste n'avait relevé qu'il était déjà sur place au moment où la candidature d'Helene avait été examinée. Il tenta un autre argument. « Larry, je vous ai donné un coup de main cette année.

— Vraiment, Victor?

— Vous avez placé des candidats chez trois de nos meilleurs clients.

— Peut-être nos candidats étaient-ils plus compétents.

— Qui vous a prévenu que ces sociétés avaient des postes vacants?

— Navré, Victor. »

Orsini resta à fixer le récepteur après que la communication eut été coupée. « Ne nous téléphonez plus. C'est nous qui vous appellerons... » Il savait que le poste chez Downes et Rosen ne lui serait plus jamais proposé.

Milly passa la tête dans son bureau. « Je m'en vais. Quelle journée épuisante, monsieur Orsini! Tous ces journalistes, tous ces coups de téléphone. » Ses yeux étincelaient d'excitation.

Victor l'imagina chez elle à l'heure du dîner, rapportant avec délectation chaque détail de la journée.

« M. Carter est-il de retour?

— Non. Il a téléphoné qu'il comptait rester avec Mme Collins à l'hôpital et qu'il rentrerait ensuite directement chez lui. Vous savez, je crois, qu'il a un faible pour elle. »

Orsini ne fit aucun commentaire.

« Eh bien, bonsoir, monsieur Orsini.

— Bonsoir, Milly. »

Pendant que sa mère s'habillait, Meghan alla rapidement prendre les lettres et la notice nécrologique dans le tiroir du bureau de son père. Elle les cacha dans sa serviette et pria le ciel que sa mère ne remarquât pas les légères éraflures sur le bois à l'endroit où la lime avait glissé pendant qu'elle forçait le tiroir. Meghan finirait par la mettre au courant des lettres et de la notice nécrologique, mais pas tout de suite. Après s'être rendue à Philadelphie, peut-être aurait-elle une explication.

Elle monta dans sa salle de bains se laver la figure et les mains, puis se remaquilla. Après un instant d'hésitation, elle décida d'appeler Mac. Il avait promis de lui téléphoner, et elle ne voulait pas le laisser imaginer qu'il était arrivé quelque chose. Quelque chose de pire que le reste, corrigea-t-elle en elle-même.

C'est Kyle qui répondit. « Meg! » C'était le Kyle qu'elle connaissait, ravi d'entendre sa voix.

« Salut, bonhomme. Comment va?

— Bien. Mais la journée s'est drôlement mal passée.

— Pourquoi ?

— Jake a failli être tué. Je jouais au ballon avec lui. Il est devenu vachement fort pour l'attraper, mais je l'ai jeté trop loin et il a roulé dans la rue et Jake est sorti en courant et un type a failli l'écraser. J'aurais voulu que tu voies le type freiner. Il a stoppé net. La voiture en a tremblé.

— Je suis contente que Jake aille bien, Kyle. La prochaine fois, lance-lui le ballon dans le jardin à l'arrière de la maison. Tu auras plus de place.

— C'est ce qu'a dit papa. Le voilà qui m'arrache le téléphone, Meg. A bientôt. »

Mac prit la communication. « Je ne lui arrachais rien du tout. Je tendais seulement la main. Salut, Meg. Tu as eu toutes les nouvelles. Comment vas-tu ? »

Elle lui dit que sa mère était rentrée à la maison. « Je vais à Philadelphie demain pour ce reportage que je m'escrime à réaliser.

— Comptes-tu aussi vérifier cette adresse à Chestnut Hill ?

— Oui. Je n'en ai pas parlé à maman, et elle ignore tout des lettres.

— Je ne lui en dirai pas un mot. Quand seras-tu de retour ?

— Probablement pas avant huit heures du soir. J'en ai presque pour quatre heures de voiture jusqu'à Philadelphie.

— Meg. » La voix de Mac hésita. « Je sais que tu préfères que je ne m'en mêle pas, mais j'aimerais t'aider. J'ai le sentiment parfois que tu m'évites.

— Ne sois pas idiot. Nous avons toujours été bons copains.

— Je ne suis plus certain qu'il en soit ainsi. Peut-être est-ce ma faute. Qu'est-il arrivé ? »

Ce qui est arrivé, songea Meghan, c'est que je ne peux penser à cette lettre que je t'ai écrite il y a neuf ans, te suppliant de ne pas épouser Ginger, sans mourir de honte. Ce qui est arrivé, c'est que je ne serai jamais plus que ta petite copine et que je suis parvenue à me libérer de toi. Je ne veux pas risquer de souffrir si Jeremy MacIntyre disparaît à nouveau de ma vie.

« Il n'est rien arrivé, Mac, dit-elle d'un ton léger. Tu es toujours mon vieux copain. Je n'y peux rien si je ne te parle plus de mes leçons de piano. Je les ai abandonnées il y a des années. »

Cette nuit-là, lorsqu'elle alla dans la chambre de sa mère pour préparer le lit, elle débrancha la sonnerie du téléphone. S'il y avait des appels nocturnes, elle serait seule à les entendre.

31

Le Dr Henry Williams, le directeur du centre Franklin de procréation assistée, situé dans le vieux quartier rénové de Philadelphie, était un homme qui vous faisait vaguement penser à votre oncle préféré. Agé de soixante-cinq ans, avec son visage bienveillant couronné d'une crinière grisonnante, il rassurait même la patiente la plus angoissée. Très grand, il se tenait toujours un peu voûté, comme s'il avait l'habitude de se pencher pour écouter son interlocuteur.

Meghan lui avait téléphoné après son entretien avec Tom Weicker, et il avait immédiatement accepté de la rencontrer. A présent, elle était assise en face de lui dans son bureau accueillant aux murs couverts de photos de bébés et de jeunes enfants.

« Tous ces enfants sont-ils nés par fécondation in vitro ? demanda-t-elle.

— Ils sont nés par procréation assistée, corrigea Williams. Toutes ces naissances ne résultent pas de fécondations in vitro.

— Je comprends, ou du moins je crois comprendre. "In vitro" signifie que les ovules sont prélevés des ovaires et fécondés par le sperme en laboratoire.

— Exactement. Vous savez, n'est-ce pas, que la femme suit un traitement hormonal afin que ses ovaires produisent une certaine quantité d'ovules à la fois ?

— Oui, c'est ce que j'ai compris.

— Nous appliquons aussi d'autres méthodes, des variantes de la fécondation in vitro. Je me propose de vous donner quelques ouvrages explicatifs sur le sujet. En bref, cela consiste à tout mettre en œuvre pour aider une femme à mettre au monde l'enfant qu'elle désire si chèrement.

— Accepteriez-vous d'apparaître à la télévision, de nous laisser filmer votre établissement et parler à certaines de vos patientes ?

— Bien sûr. Franchement, nous sommes fiers de notre activité, et toute publicité favorable est la bienvenue. J'y mettrais une condition. C'est moi qui me chargerai de contacter plusieurs de nos clientes et de leur demander si elles acceptent de vous parler. Je préfère que vous ne les abordiez pas en premier. Certaines ont voulu taire aux membres de leur famille leur recours à des méthodes de procréation assistée.

— Quelles objections pourraient-ils soulever ? J'aurais cru que la naissance du bébé ne pouvait que les rendre heureux.

— Ils sont heureux. Mais la belle-mère d'une de mes patientes a appris que le bébé était né par fécondation in vitro et déclaré qu'étant donné la faible numération des spermatozoïdes de son fils, elle doutait qu'il s'agisse de son enfant. On a fait un test ADN à la cliente, à son mari et au bébé pour prouver que ce dernier était bien l'enfant biologique des deux parents.

— Certaines personnes utilisent des embryons de donneurs, bien sûr.

— Oui, celles qui ne peuvent pas amener les leurs à terme. C'est en réalité une sorte d'adoption.

— En effet. Docteur, nous sommes très pressés, pourrais-je revenir plus tard dans l'après-midi avec un cameraman ? Une femme dans le Connecticut va incessamment donner naissance au vrai jumeau de son fils qui est né il y a trois ans par fécondation in vitro. Nous avons l'intention de filmer à intervalles réguliers les progrès des deux enfants. »

La physionomie de Williams changea, refléta une hésitation. « Parfois, je me demande si nous n'allons pas trop loin. Les aspects psychologiques de deux vrais jumeaux nés à des dates séparées m'inquiètent énormément. Soit dit en passant, lorsque l'embryon se scinde en deux et que l'un est congelé, nous lui donnons le nom de "clone", non de "jumeau". Mais pour répondre à votre question, oui, je serai prêt à vous recevoir plus tard dans la journée.

— Je ne peux vous dire combien je vous en remercie. Nous ferons quelques premières prises de vues à l'extérieur et dans le hall d'accueil. Je commencerai en rappelant les débuts du centre Franklin. C'était il y a environ six ans, n'est-ce pas?

— Il y a eu six ans en septembre dernier.

— Puis je traiterai des questions spécifiques concernant la fécondation in vitro et la congélation du clone, comme dans le cas de Mme Anderson. »

Meghan se leva. « J'ai deux ou trois dispositions à prendre. Puis-je revenir vers seize heures?

— Parfait. »

Meghan hésita. Elle n'avait pas voulu interroger le Dr Williams sur Helene Petrovic avant d'avoir lié connaissance avec lui, mais elle ne put attendre plus longtemps. « Docteur Williams, je ne sais si la presse locale en a parlé, mais Helene Petrovic, une femme qui travaillait à la clinique Manning, a été retrouvée assassinée, et il est récemment apparu que ses certificats étaient faux. Vous la connaissiez et aviez travaillé avec elle, n'est-ce pas?

— Oui, en effet. » Henry Williams secoua la tête. « J'ai été pendant un temps l'assistant du Dr Manning, et je savais tout ce qui se passait à la clinique et qui faisait quoi. Helene Petrovic m'a berné. Elle s'est remarquablement occupée du labo. Qu'elle ait falsifié ses certificats est très grave, mais elle semblait très bien connaître son travail. »

Meghan décida de jouer cartes sur table, espérant que cet homme aimable comprendrait son besoin d'aller au fond des choses. « Docteur, la société de mon père et lui-même en particulier ont été accusés d'avoir confirmé les mensonges d'Helene Petrovic. Pardonnez-moi, mais il faut que j'en sache plus sur elle. L'hôtesse de la clinique Manning vous a vu avec Helene Petrovic au restaurant. Jusqu'à quel point la connaissiez-vous ? »

Henry Williams sembla amusé. « Vous voulez parler de Marge Walters. Vous a-t-elle également dit que par courtoisie j'invitais toujours à dîner chaque nouveau membre de l'équipe médicale ? Pour rompre la glace...

— Non, elle ne m'en a rien dit. Connaissiez-vous Helene Petrovic avant son arrivée à Manning ?

— Non.

— Avez-vous eu des contacts avec elle après votre départ ?

— Pas le moindre. »

L'interphone retentit. Le Dr Williams souleva le combiné et écouta. « Dites-lui de patienter une minute, je vous prie », dit-il en se tournant vers Meghan.

Elle comprit le message. « Docteur, je ne veux pas vous déranger davantage. Merci beaucoup. » Meghan ramassa son sac et quitta la pièce.

Lorsque la porte se referma derrière elle, le Dr Henry Williams approcha à nouveau l'écouteur de son oreille. « Passez-moi la communication, à présent. »

Il murmura un mot de salutation, écouta, puis dit d'un ton impatient : « Bien sûr que je suis seul. Elle vient de partir. Elle sera de retour à quatre heures avec un cameraman. Ne me dites pas d'être prudent. Pour quelle sorte d'imbécile me prenez-vous ? »

Il reposa le combiné, l'air soudain las. Après un moment, il le souleva à nouveau et composa un numéro. « Vous avez toujours la situation bien en main, là-bas ? »

Ses ancêtres écossais appelaient ça le don de double vue. Il se transmettait à une femme par génération dans le clan Campbell. Cette fois, c'était Fiona Campbell Black qui en avait hérité. Une voyante que la police appelait fréquemment à la rescousse pour résoudre certains crimes et qui aidait souvent des familles affolées à retrouver un proche disparu. Fiona prenait au sérieux ses pouvoirs surnaturels.

Mariée depuis vingt ans, elle vivait à Litchfield, dans le Connecticut, une exquise petite ville ancienne qui avait été fondée au début du XVIIe siècle.

Le mardi après-midi, le mari de Fiona, Andrew Black, dont le cabinet d'avocat se trouvait en ville, rentra déjeuner chez lui. Il trouva sa femme assise à la table du petit déjeuner, le journal du matin ouvert devant elle, le regard songeur, la tête inclinée sur le côté comme si elle s'apprêtait à entendre une voix ou un bruit qu'elle ne voulait pas laisser échapper.

Andrew savait ce que cela signifiait. Il ôta son manteau, le jeta sur une chaise et dit : « Je vais préparer quelque chose à manger. »

Dix minutes plus tard, lorsqu'il revint avec une assiette de sandwiches et du thé, Fiona haussa les sourcils. « C'est arrivé au moment où j'ai vu ça. » Elle lui tendit le journal avec la photo d'Edwin Collins en première page. « Ils recherchent cet homme pour l'interroger sur la mort de la femme nommée Petrovic. »

Black servit le thé. « Je l'ai lu.

— Andrew, je ne veux pas m'en mêler, mais je crois que j'y suis obligée. J'ai eu une révélation sur lui.

— Une révélation précise ?

— Non. Il faudrait que j'aie quelque chose lui appartenant. Dois-je appeler la police de New Milford ou aller directement voir sa famille ?

— Il vaut mieux que tu passes par la police.

— C'est aussi mon avis. » Lentement, Fiona passa ses doigts sur la reproduction légèrement floue du visage d'Edwin Collins. « Le mal, murmura-t-elle, le mal et la mort rôdent autour de lui. »

32

Bernie chargea son premier client le mardi matin à Kennedy Airport. Il gara la Chevrolet et alla faire un tour du côté de l'arrêt des autobus. Il jeta un coup d'œil sur les horaires. Un bus pour Westport devait arriver d'une minute à l'autre, et un groupe de passagers l'attendait. Parmi eux, un couple d'une trentaine d'années avec deux petits enfants et une quantité de bagages. Bernie décida de tenter sa chance auprès d'eux.

« Connecticut? leur demanda-t-il avec un large sourire.

— Nous ne prenons pas de taxi, déclara sèchement la femme tout en saisissant la main du plus jeune. Billy, reste avec moi, le gronda-t-elle. Ce n'est pas permis de courir, par ici.

— Quarante dollars, plus le péage, insista Bernie. J'ai un client à prendre à Westport, et une course à l'aller est tout bénéfice pour moi. »

Le mari tentait de retenir un bambin turbulent à peine plus âgé que son frère. « Vous avez gagné, mon vieux. » Il ne prit pas la peine de demander l'avis de sa femme.

Bernie avait à nouveau fait laver et nettoyer sa voiture. Il vit le visage pincé de la femme s'éclairer en apercevant l'intérieur de la Chevrolet. Il conduisit prudemment sans jamais dépasser la limite de vitesse, sans changer de file. L'homme s'était assis à l'avant à côté de lui. La femme était à l'arrière, les gamins immobilisés par la ceinture de sécurité à côté d'elle. Bernie nota mentalement d'acheter des sièges d'enfant qu'il garderait dans le coffre de la voiture.

L'homme dit à Bernie de prendre la sortie 17 du Connecticut Turnpike. « C'est juste à deux kilomètres de là. » Lorsqu'ils arrivèrent devant la jolie maison de brique dans Tuxedo Road, Bernie eut droit à un pourboire de dix dollars.

Il regagna le Connecticut Turnpike, prit vers le sud en direction de la sortie 15 et de la nationale 7. Comme si la voiture se dirigeait d'elle-même vers la demeure de Meghan. Prends garde, tenta-t-il de se raisonner. Même avec la caméra et le laissez-passer, sa présence dans la rue de Meghan pourrait paraître suspecte.

Il ressentit le besoin de boire un café et de réfléchir. Il s'arrêta au restoroute suivant. Il y avait un distributeur de journaux dans l'espace entre les portes extérieures et intérieures. A travers la vitre, Bernie vit les gros titres, entièrement consacrés à la clinique Manning. C'était là que Meghan avait réalisé son interview hier, celle qu'il avait regardée avec maman. Il chercha de la monnaie dans sa poche et acheta un journal.

En buvant son café, il parcourut l'article. La clinique Manning se trouvait à une quarantaine de minutes de l'endroit où résidait Meghan. Il y aurait certainement une flopée de journalistes dans les parages, puisqu'ils surveillaient le laboratoire où avait travaillé la femme assassinée.

Peut-être Meghan s'y trouverait-elle aussi. Elle y était hier.

Quarante minutes plus tard, Bernie s'engageait sur l'étroite route sinueuse qui menait du centre pittoresque de Kent à la clinique Manning. En sortant du restoroute, assis dans sa voiture, il avait minutieusement étudié la carte de la région, cherchant la route la plus directe pour se rendre sur les lieux.

Comme il l'avait prévu, les journalistes étaient sur place, leurs véhicules stationnés dans le parking de la clinique. Il se gara à une certaine distance d'eux et fixa son laissez-passer sur le pare-brise. Puis il examina la carte de presse qu'il avait fabriquée. Seul un expert aurait pu s'apercevoir qu'elle était fausse. Il l'avait établie au nom de Bernard Heffernan, Channel 86, Elmira, dans l'État de New York. Il s'agissait de la chaîne locale d'une petite agglomération, se rappela-t-il. Si quelqu'un lui demandait pourquoi ces gens s'intéressaient à cette histoire, il répondrait qu'ils avaient l'intention de créer un établissement semblable à la clinique Manning.

Son histoire au point, Bernie sortit de la voiture et enfila sa parka. La plupart des reporters et des cameramen étaient attifés n'importe comment. Il mit des lunettes noires, puis sortit son nouveau caméscope de la malle. Du matériel dernier cri, se dit-il avec fierté. Il l'avait payé une fortune, avec sa carte de crédit. Il l'avait barbouillé d'un peu de poussière de la cave pour lui ôter son aspect neuf, et avait peint les initiales de Channel 86 sur le côté.

Une douzaine de reporters et de cameramen se pressaient dans le hall de la clinique. Ils interrogeaient un homme qui leur répondait avec circonspection. Il disait : « Je le répète, nous sommes heureux à la clinique Manning d'aider les femmes à mettre au monde les enfants qu'elles désirent si ardemment. Nous sommes convaincus que, malgré les informations que contenait sa demande de visa, Helene Petrovic a pu faire des études d'embryologiste en Roumanie. Aucun des professionnels qui ont travaillé avec elle n'a décelé le moindre mot ou acte de sa part donnant l'impression qu'elle ne connaissait pas à fond son métier.

— Mais si elle avait commis des erreurs ? demanda un journaliste. Supposons qu'elle ait interverti des embryons congelés et qu'une femme ait donné naissance à l'enfant d'une autre ?

— Nous soumettrons à des tests d'ADN tous les parents qui le souhaitent pour eux-mêmes et pour leurs enfants. Les résultats sont obtenus au bout de quatre à six semaines, mais ils sont irréfutables. Si certains parents désirent que le test soit réalisé dans un établissement différent, nous nous chargerons des frais. Ni le Dr Manning ni aucun des responsables de la clinique ne s'attendent qu'il y ait des problèmes. »

Bernie regarda autour de lui. Meghan n'était pas là. Devait-il demander à quelqu'un si on l'avait vue ? Non, ce serait une erreur. Fonds-toi dans la foule, se dit-il prudemment. Comme il l'espérait, personne ne fit attention à lui. Il dirigea sa caméra sur le type qui répondait aux questions et la mit en marche.

L'interview terminée, Bernie partit avec les autres, prenant soin de rester à quelque distance. Il avait repéré un cameraman de PCD, mais ne reconnut pas le grand costaud qui tenait le micro. Une femme arrêta sa voiture devant le porche et sortit. Elle était enceinte et manifestement bouleversée. Un journaliste demanda : « Madame, êtes-vous une cliente de la clinique ? »

Stephanie Petrovic se couvrit le visage de ses mains. « Non. Non. Je viens seulement leur demander de partager avec moi l'héritage de ma tante. Elle a tout laissé à la clinique. C'est peut-être quelqu'un d'ici qui l'a tuée parce qu'ils craignaient de la voir changer son testament après son départ. Si je pouvais le prouver, l'argent me reviendrait, non ? »

Pendant de longues minutes, Meghan resta assise dans sa voiture devant la belle maison de pierre de Chesnut Hill, à trente kilomètres de Philadelphie. Les lignes élégantes de cette demeure de deux étages étaient mises en valeur par des fenêtres à meneaux, une porte ancienne de chêne et la toiture d'ardoises dont les reflets vert sombre changeaient au soleil, en ce début d'après-midi.

L'allée qui traversait la vaste pelouse était bordée de buissons d'azalées que Meghan imagina couverts de fleurs resplendissantes au printemps. Une douzaine de jeunes bouleaux avaient l'air de monter la garde devant la propriété.

Le nom sur la boîte aux lettres était C.J. Graham. Avait-elle déjà entendu ce nom dans la bouche de son père? Non, elle ne pensait pas.

Elle sortit de la voiture et remonta lentement l'allée. Après un instant d'hésitation, elle appuya sur la sonnette et entendit le faible carillon se répercuter à l'intérieur de la maison. Un moment plus tard, la porte s'ouvrit et une domestique en tablier blanc apparut.

« Oui ? » Le ton interrogateur était poli mais méfiant.

Meghan s'aperçut qu'elle ignorait le nom de la personne qu'elle cherchait à rencontrer. « Je voudrais m'entretenir avec quelqu'un dans cette maison qui pourrait avoir connu Aurelia Collins.

— Qui est-ce, Jessie ? » demanda une voix d'homme.

Derrière la domestique, Meghan vit s'avancer un homme de haute taille aux cheveux blancs.

« Faites entrer cette jeune femme, Jessie, ordonnat-il. Il fait froid dehors. »

Meghan fit un pas à l'intérieur. Comme la porte se refermait, les yeux de l'homme se plissèrent. Il lui fit signe de s'approcher. « Entrez, je vous prie. Placez-vous sous la lumière. » Un sourire éclaira son visage. « Vous êtes Annie, n'est-ce pas ? Ma chère enfant, comme je suis content de vous revoir. »

33

Catherine Collins avait avalé un petit déjeuner rapide avec Meghan qui devait se rendre tôt à son rendez-vous au tribunal de Danbury, avant de partir pour Philadelphie. Elle emporta une seconde tasse de café dans sa chambre et alluma la télévision. En regardant les informations régionales, elle apprit que son mari n'était plus officiellement porté disparu, mais recherché pour inculpation dans la mort de Petrovic.

Lorsque Meg téléphona pour la prévenir qu'elle en avait terminé avec les enquêteurs et s'apprêtait à prendre la route pour Philadelphie, Catherine demanda : « Meg, que t'ont-ils demandé ?

— La même chose qu'à toi. Tu sais qu'ils sont convaincus que papa est en vie. Jusqu'ici, ils l'accusent de fraude et de meurtre. Dieu sait ce qu'ils vont inventer encore. C'est toi qui disais hier que les choses iraient de mal en pis avant de s'améliorer. C'est bien ce qui se passe. »

Quelque chose dans la voix de Meg alerta Catherine. « Meg, est-ce que tu me caches quelque chose ?

— Maman, il faut que j'y aille. Nous parlerons ce soir. Promis.

— Tu ne dois rien me dissimuler.

— Je te jure que je ne dissimule rien. »

Le docteur avait conseillé à Catherine de rester tranquillement chez elle et de se reposer pendant au moins quelques jours. Me reposer et laisser l'inquiétude me ronger, non merci, pensa-t-elle en s'habillant. Elle irait faire un tour à Drumdoe.

Elle n'avait été absente que quelques jours, pourtant elle put voir la différence. Virginia était épatante mais certains détails lui échappaient. Le bouquet à l'accueil penchait la tête. « Quand a-t-il été livré ? demanda Catherine.

— Ce matin.

— Téléphone au fleuriste et demande-lui de venir le remplacer. » Les roses qu'elle avait reçues à l'hôpital étaient fraîches comme le matin, se souvint-elle.

Les tables dans la salle à manger étaient dressées pour le déjeuner. Catherine alla de l'une à l'autre, passant tout en revue, un aide-serveur derrière elle. « Il manque une serviette ici, ainsi que sur la table près de la fenêtre, il y a un couteau en moins ici, et cette salière est mal nettoyée.

— Oui, m'dame. »

Elle alla à la cuisine. Le vieux chef avait pris sa retraite en juillet, après vingt ans de bons et loyaux services. Son successeur, Clive D'Arcette, s'était présenté avec des références impressionnantes, malgré ses vingt-six ans. Quatre mois avaient suffi à Catherine pour conclure qu'il était un bon second, mais encore incapable de tenir seul les rênes.

Il préparait les plats du jour lorsque Catherine pénétra dans la cuisine. Elle se rembrunit à la vue des taches de graisse sur le fourneau. Visiblement, elles dataient du dîner de la veille. La boîte à ordures n'avait pas été vidée. Elle goûta la sauce hollandaise. « Pourquoi est-elle si salée ? demanda-t-elle.

— Je n'appellerais pas ça salé, madame Collins, dit D'Arcette, d'un ton à peine poli.

— Pour moi c'est salé, et le client qui la commandera aura certainement la même impression.

— Madame Collins, vous m'avez engagé comme chef. Si je ne peux pas préparer la cuisine comme je l'entends, cette situation ne pourra pas durer.

— Vous me facilitez la tâche, répliqua Catherine. Vous êtes renvoyé. »

Elle avait un tablier noué autour de la taille lorsque Virginia Murphy entra précipitamment dans la cuisine. « Catherine, où s'en va Clive ? Je l'ai vu passer en trombe devant moi.

— Il retourne à l'école hôtelière, j'espère.

— Vous êtes supposée vous reposer. »

Catherine se tourna vers elle. « Virginia, mon seul salut est d'être aux fourneaux aussi longtemps que je pourrai garder cet établissement. Maintenant, quel est le plat du jour concocté par Escoffier pour aujourd'hui ? »

Ils servirent quarante-trois déjeuners ainsi que des

salades et des sandwiches au grill. C'était un bon chiffre. Le rythme des commandes ralentissant, Catherine put se rendre dans la salle de restaurant. Dans son long tablier blanc, elle se rendit de table en table, s'arrêtant un moment à chacune. Elle voyait les regards interrogateurs derrière les sourires.

Je ne reproche pas aux gens leur curiosité, avec tout ce qu'ils entendent, pensa-t-elle, je le serais autant qu'eux à leur place. Mais ce sont mes amis. C'est mon auberge et, quelle que soit la vérité qui éclatera au grand jour, Meg et moi avons notre place dans cette ville.

Catherine passa la fin de l'après-midi à examiner les comptes. Si la banque accepte à nouveau de me financer et que je vende ou mette en gage mes bijoux, calcula-t-elle, je pourrai encore tenir six mois. D'ici là, peut-être en saurons-nous plus sur l'assurance. Elle ferma les yeux. Si seulement elle n'avait pas mis la maison à son nom et à celui d'Edwin à la mort de Pop...

Pourquoi l'ai-je fait ? se demanda-t-elle. Je sais pourquoi. Je ne voulais pas qu'Edwin ait l'impression de vivre dans ma maison. Même du vivant de Pop, Edwin avait toujours insisté pour payer les charges et les réparations. « Je veux me sentir chez moi », disait-il. Oh, Edwin ! De quel nom se qualifiait-il ? Ah oui, de « troubadour errant ». Elle s'était toujours imaginé qu'il plaisantait. Était-ce vraiment une plaisanterie ? Aujourd'hui, elle n'en était pas aussi sûre.

Elle essaya de se remémorer les paroles de cette vieille mélodie de Gilbert et Sullivan qu'Edwin chantait souvent. Seules deux strophes lui revinrent en mémoire. La première était : « Troubadour errant, en haillons et guenilles. » L'autre : « Et à vos humeurs changeantes, j'accorde mon chant harmonieux. »

C'étaient des paroles emplies de mélancolie, au fond. Pourquoi Edwin avait-il pensé qu'elles s'appliquaient à lui ?

Catherine se replongea résolument dans les comptes. Le téléphone sonna alors qu'elle refermait le dernier livre. C'était Bob Marron, l'un des inspecteurs qui étaient venus la voir à l'hôpital. « Madame Collins, comme vous n'étiez pas chez vous, j'ai pensé que j'avais une chance de vous trouver ici. Un élément nouveau est survenu. Il nous a semblé que nous devions vous communiquer cette information, même si vous n'êtes pas obligée d'y donner suite.

— Je ne comprends rien à ce que vous racontez », dit sèchement Catherine.

Elle écouta Marron lui expliquer que Fiona Black, une voyante qui travaillait parfois avec la police dans des cas de personnes disparues, avait téléphoné. « Elle dit qu'elle ressent des vibrations très fortes au sujet de votre mari et qu'elle aimerait tenir entre ses mains quelque chose lui appartenant, conclut Marron.

— Vous voulez m'envoyer une de ces illuminées ?

— Je comprends votre réaction, mais vous rappelez-vous le petit Talmadge qui avait disparu il y a trois ans ?

— Oui.

— C'était Mme Black qui nous avait dit de concentrer les recherches dans le chantier de construction près de la mairie. Elle a sauvé la vie de ce gosse.

— Je vois. » Catherine s'humecta les lèvres. Tout plutôt que de ne pas savoir, se dit-elle. Elle serra plus fort le téléphone entre ses doigts. « Que faut-il à Mme Black ? Un vêtement ? Une bague ?

— Elle se trouve dans nos bureaux en ce moment. Elle aimerait passer chez vous et choisir quelque chose, si c'est possible. Je l'accompagnerai d'ici une demi-heure. »

Catherine se demanda si elle devait attendre Meg avant de rencontrer cette femme. Puis elle s'entendit répondre : « Dans une demi-heure, c'est entendu. Je suis sur le point de rentrer chez moi. »

Debout dans l'entrée, Meghan se sentit figée sur place devant cet homme à l'air digne qui semblait persuadé de l'avoir déjà rencontrée. Parvenant difficilement à articuler ses mots, elle dit doucement : « Je ne m'appelle pas Annie. Je m'appelle Meghan. Meghan Collins. »

Graham la regarda de plus près. « Vous êtes la fille d'Edwin, n'est-ce pas ?

— Oui.

— Venez avec moi, je vous prie. » Il la prit par le bras et la fit entrer dans un petit salon, sur la droite du vestibule. « Je passe la plupart de mon temps ici, lui dit-il en la conduisant jusqu'au canapé et en s'installant en face d'elle dans un haut fauteuil à oreillettes. Depuis la mort de ma femme, cette maison est beaucoup trop spacieuse pour moi. »

Meghan comprit que Graham avait vu son émotion et sa détresse et qu'il essayait de l'atténuer. Mais il n'était plus question de jouer au chat et à la souris. Elle ouvrit son sac et en sortit l'enveloppe contenant la notice nécrologique. « Est-ce vous qui avez envoyé ça à mon père ? demanda-t-elle.

— Oui, c'est moi. Il n'a pas répondu, mais je ne m'attendais pas qu'il le fît. J'ai été navré lorsque j'ai appris l'accident, en janvier dernier.

— Comment connaissez-vous mon père ? demanda Meghan.

— Je vous prie de m'excuser. Je ne crois pas m'être présenté. Je suis Cyrus Graham, le beau-frère de votre père. »

Son beau-frère ! J'ignorais l'existence de cet homme, s'étonna Meghan.

« Vous m'avez appelée Annie il y a un instant, dit-elle. Pourquoi ? »

Il lui répondit par une question : « Avez-vous une sœur, Meghan ?

— Non.

— Et vous ne vous rappelez pas m'avoir rencontré avec votre père et votre mère il y a une dizaine d'années dans l'Arizona ?

— Je n'ai jamais été là-bas.

— Alors, je n'y comprends rien.

— Où et quand exactement nous serions-nous rencontrés dans l'Arizona ? demanda Meghan d'un ton pressant.

— Laissez-moi réfléchir. C'était en mai, il y a presque onze ans. Je me trouvais à Scottsdale. Ma femme avait passé une semaine dans le centre de remise en forme Elizabeth Arden, et je devais aller la chercher le lendemain matin. La veille au soir, j'étais descendu à l'hôtel Safari à Scottsdale. Je venais de quitter la salle à manger lorsque j'ai aperçu Edwin. Il était assis en compagnie d'une femme approchant de la quarantaine et d'une jeune fille qui vous ressemblait énormément. » Graham regarda Meghan. « En fait, vous ressemblez toutes les deux à la mère d'Edwin.

— Ma grand-mère ?

— Oui. » Il parut soucieux brusquement. « Meghan, j'ai peur que tout ceci ne soit très douloureux pour vous.

— Il est essentiel pour moi d'en savoir le maximum sur les personnes qui étaient avec mon père ce soir-là.

— Très bien. Comprenez que ce fut une brève rencontre, mais étant donné que je n'avais pas vu Edwin depuis des années, elle m'a laissé une forte impression.

— Depuis quand ne l'aviez-vous pas revu ?

— Depuis la fin de ses études secondaires. Mais, bien que trente ans se fussent écoulés, je l'ai reconnu immédiatement. Je suis allé à sa table et j'ai eu droit à un accueil plutôt froid. Il m'a présenté à sa femme et à sa fille comme une connaissance du temps de sa jeunesse à Philadelphie. J'ai compris le message et suis parti sans insister. Je savais par Aurelia qu'il vivait avec sa famille dans le Connecticut et j'ai supposé qu'ils étaient en vacances dans l'Arizona.

— Vous a-t-il présenté la femme qui l'accompagnait comme *sa* femme ?

— Je crois, oui. Je ne le jurerais pas. Il a peut-être dit une phrase comme "Frances et Annie, je vous présente Cyrus Graham".

— Vous êtes certain que le nom de la fille était *Annie* ?

— Sûr et certain. Et je sais que la femme s'appelait Frances.

— Quel âge avait Annie alors ?

— Environ seize ans. »

Meghan réfléchit. Elle en aurait environ vingt-six aujourd'hui. Elle frissonna. Et elle repose à la morgue à ma place.

Elle s'aperçut que Graham la dévisageait.

« Je crois que nous pourrions prendre une tasse de thé, dit-il. Avez-vous déjeuné ?

— Je vous en prie, ne vous faites pas de souci pour moi.

— J'aimerais que vous vous joigniez à moi. Je vais demander à Jessie de nous préparer un en-cas. »

Lorsqu'il quitta la pièce, Meghan serra ses mains sur ses genoux. Elle avait les jambes en coton. Elle ne tiendrait pas debout s'il lui fallait se lever. *Annie*, songea-t-elle. Elle se souvint soudain de cette discussion qu'elle avait eue avec son père à propos de son nom. « Pourquoi m'avoir appelée Meghan Anne ?

— Mes deux noms préférés au monde sont Meghan et Annie. Voilà pourquoi je t'ai appelée Meghan Anne. »

Après tout, tu as fini par utiliser tes deux noms préférés, conclut Meghan avec amertume. Lorsque Cyrus Graham revint, suivi de la domestique portant un plateau chargé d'une collation, Meghan accepta une tasse de thé et un toast.

« Je suis véritablement bouleversée, dit-elle, heureuse malgré tout de pouvoir garder son calme. A présent, parlez-moi de *lui*. Soudain mon père est devenu un total inconnu pour moi. »

L'histoire était loin d'être gaie. Richard Collins, son grand-père, avait épousé la jeune Aurelia Crowley, âgée de dix-sept ans, alors qu'elle était enceinte. « Il a estimé que c'était son devoir, dit Graham. Il était beaucoup plus âgé qu'elle et a divorcé presque aussitôt, non sans subvenir assez généreusement à ses besoins et à ceux du bébé. Un an plus tard, alors que j'avais quatorze ans, Richard a épousé ma mère. Mon père était mort. Cette maison est la maison familiale des Graham. Richard Collins est venu s'y installer, et ce fut un bon mariage. Lui et ma mère étaient des gens rigides, dépourvus de gaieté, et comme dit le dicton, Dieu les a faits et les a réunis.

— Et mon père a été élevé par sa mère ?

— Jusqu'à l'âge de trois ans ; puis Aurelia tomba follement amoureuse d'un homme en Californie qui refusa de s'encombrer d'un enfant. Un matin, elle arriva ici et déposa Edwin avec ses valises et ses jouets. Ma mère était furieuse, Richard fou de rage, et le petit Edwin complètement brisé. Il adorait sa mère.

— Elle l'a abandonné dans une famille où il n'était pas désiré? s'exclama Meghan.

— Oui. Ma mère et Richard l'ont recueilli par devoir, mais certainement pas par désir. Je crains qu'il n'ait été un enfant difficile. Je le revois jour après jour, le nez pressé à la fenêtre, convaincu que sa mère allait revenir.

— Et elle est revenue?

— Oui. Un an plus tard. Sa grande histoire d'amour avait mal tourné, et elle est revenue chercher Edwin. Il était fou de joie, et mes parents aussi.

— Et alors...

— Quand il a eu huit ans, Aurelia a rencontré quelqu'un d'autre, et le scénario s'est répété.

— Seigneur!

— Cette fois, Edwin fut vraiment impossible. Il imaginait visiblement que s'il se comportait de façon détestable, mes parents finiraient par le renvoyer chez sa mère. Je me souviens d'un matin en particulier où il a mis le tuyau d'arrosage dans le réservoir d'essence de la voiture neuve de maman.

— L'ont-ils renvoyé chez sa mère?

— Aurelia avait quitté Philadelphie à nouveau. On l'a envoyé en pension, et en camp pour les vacances. J'étais parti à l'université, et je ne l'ai revu qu'occasionnellement. Je lui ai rendu visite une fois au collège et j'ai constaté avec surprise qu'il était très populaire parmi ses camarades. Il racontait déjà que sa mère était morte.

— L'a-t-il jamais revue?

— Elle est revenue à Philadelphie lorsqu'il avait seize ans et elle n'est plus repartie. Elle avait fini par devenir raisonnable et s'était mise à travailler dans un cabinet juridique. J'ai su qu'elle avait cherché à revoir Edwin, mais c'était trop tard. Il ne voulait plus entendre parler d'elle. La blessure était trop profonde. De temps en temps, au fil des années, elle m'a contacté pour me demander si j'avais des nouvelles d'Edwin. Un ami m'avait envoyé une coupure de presse relatant son mariage avec votre mère. L'article mentionnait le nom et l'adresse de sa société. Je l'ai donné à Aurelia. D'après ce qu'elle m'a dit, elle lui a écrit chaque année pour son anniversaire et à Noël, mais il n'a jamais répondu. Lors de l'une de nos conversations, je lui ai parlé de cette rencontre à Scottsdale. Peut-être n'aurais-je pas dû envoyer à Edwin cette notice nécrologique.

— Il fut un père merveilleux pour moi et un merveilleux mari pour ma mère », dit Meghan. Elle essaya de refouler les larmes qui gonflaient dans ses yeux. « Sa situation l'amenait à beaucoup voyager. Je ne peux croire qu'il ait eu une autre vie, une autre femme, peut-être une autre fille qu'il aimait autant que moi. Mais je commence à me demander si là n'est pas la vérité. Comment, sinon, expliquer l'existence d'Annie et de Frances ? Comment ma mère et moi pourrions-nous pardonner une telle tromperie ? »

C'était une question qu'elle se posait à elle-même, non à Cyrus Graham, mais il y répondit. « Meghan, retournez-vous. » Il désigna les fenêtres alignées derrière le canapé. « C'était toujours derrière celle du milieu qu'un petit garçon venait se poster tous les après-midi, attendant sa mère. Ce genre d'abandon atteint forcément au plus profond l'âme et le psychisme. »

34

A seize heures, Mac téléphona à Catherine chez elle, pour prendre de ses nouvelles. N'obtenant pas de réponse, il appela l'auberge. Au moment où la réceptionniste s'apprêtait à lui passer Catherine, un message lui parvint par l'interphone. « Non, ne la dérangez pas, lui dit-il précipitamment. J'essaierai de la joindre plus tard. »

L'heure qui suivit fut chargée, et il ne pensa plus à téléphoner. Ce n'est qu'en arrivant aux abords de Newtown qu'il rappela Catherine chez elle depuis sa voiture. « Je pensais vous rendre une petite visite si vous étiez chez vous, dit-il.

— Votre soutien sera le bienvenu, Mac. » Catherine le mit rapidement au courant de la proposition de la voyante, ajoutant qu'elle allait arriver d'un instant à l'autre avec l'inspecteur de police.

— Je serai là dans cinq minutes. » Mac raccrocha et fronça les sourcils. Il ne croyait pas dans les médiums. Dieu sait ce que Meg est en train d'apprendre sur Edwin à Chestnut Hill, songea-t-il. Catherine est au bout du rouleau, et elles n'ont pas besoin qu'un charlatan vienne les bouleverser davantage.

Il pénétra dans l'allée des Collins au moment où un homme et une femme sortaient d'une voiture devant la maison. L'enquêteur et la voyante, se dit Mac.

Il les rejoignit sous le porche. Bob Marron se nomma puis présenta Mme Fiona Black, ajoutant seulement que c'était quelqu'un qui pouvait peut-être les aider à retrouver Edwin Collins.

Mac s'attendait à un étalage de ruses et d'artifices. Au lieu de quoi, il ne put qu'admirer la femme réservée et équilibrée qui salua Catherine avec compassion. « Vous avez traversé une épreuve épouvantable, dit-elle. J'ignore si je peux vous aider, mais je sais que je dois essayer. »

Catherine avait le visage tiré, mais Mac vit une lueur d'espoir l'éclairer. « Je crois au plus profond de moi que mon mari est mort, dit-elle à Fiona Black. Je sais que la police en doute. Tout serait tellement plus facile s'il existait un moyen d'en être certains, un moyen de le prouver, de découvrir la vérité une fois pour toutes.

— C'est peut-être possible. » Fiona Black pressa les mains de Catherine entre les siennes. Elle parcourut lentement, attentivement, le living-room. Catherine resta près de Mac et de Marron, à la regarder.

Fiona se tourna vers elle. « Madame Collins, avez-vous gardé les vêtements de votre mari et ses effets personnels ?

— Oui. Montons au premier », dit Catherine.

Mac sentit son cœur battre plus fort tandis qu'ils lui

138

emboîtaient le pas. Fiona Black dégageait une aura particulière. Elle ne simulait pas.

Catherine les conduisit dans la chambre principale. Sur la coiffeuse trônait un cadre contenant deux photos. L'une d'elles représentait Meghan. L'autre montrait Catherine et Edwin en tenue de soirée. Le nouvel an à Drumdoe en janvier dernier, se rappela Mac. La fête avait été une réussite.

Fiona Black étudia la photo, puis elle demanda : « Où sont rangés ses costumes ? »

Catherine ouvrit la porte d'une penderie. Mac se souvint que, des années auparavant, elle et Edwin avaient fait abattre le mur d'une petite chambre contiguë pour installer deux grandes penderies. Celle-ci était réservée à Edwin. Des rangées de vestes, de pantalons, de complets. Des rayonnages entiers de chemises sport et de pull-overs. Un porte-chaussures.

Catherine contemplait le contenu de la penderie. « Edwin avait un goût très sûr en matière de vêtements. C'était toujours moi qui choisissais les cravates de mon père. » On aurait dit qu'elle se parlait à elle-même.

Fiona Black pénétra dans la penderie, effleurant légèrement le revers d'un manteau, l'épaule d'une veste. « Auriez-vous un de ses boutons de manchettes préférés, ou une bague ? »

Catherine ouvrit un tiroir de la commode. « Je lui avais offert cette alliance. Il l'a égarée un jour et nous l'avons crue perdue. Il était tellement navré que je l'ai remplacée, puis j'ai retrouvé celle-ci, qui avait glissé derrière la commode. Elle était devenue un peu étroite, et il a gardé la nouvelle. »

Fiona Black prit le mince anneau d'or. « Puis-je la garder pendant quelques jours ? Je vous promets de ne pas la perdre. »

Catherine hésita un instant avant d'accepter. « Si vous pensez qu'elle peut vous être utile. »

Le cameraman de PCD à Philadelphie retrouva Meghan à quatre heures moins le quart devant le centre Franklin. « Désolée de cette précipitation », s'excusa-t-elle.

L'homme, un grand efflanqué, se présenta : « Len » et haussa les épaules. « On est habitués. »

Meghan se réjouit d'être obligée de se concentrer sur l'interview. L'heure passée avec Cyrus Graham, le beau-frère de son père, lui avait laissé une impression si douloureuse qu'elle avait dû la chasser de ses pensées avant de pouvoir, petit à petit, l'affronter. Elle avait promis à sa mère de ne rien lui cacher. Ça ne serait pas facile, mais elle tiendrait sa promesse. Elle lui parlerait ce soir.

Elle dit : « Len, pour commencer, je voudrais un panoramique du pâté de maisons. Les gens n'imaginent pas qu'il puisse y avoir des rues pavées à Philadelphie.

— Vous auriez dû voir ce quartier avant sa rénovation », dit Len en commençant à filmer.

A l'intérieur du centre Franklin, ils furent accueillis par la réceptionniste. Trois femmes étaient assises dans la salle d'attente. Toutes étaient élégamment vêtues et parfaitement maquillées. Meghan paria qu'il s'agissait des clientes contactées par le Dr Williams en vue de l'interview.

Elle ne se trompait pas. La réceptionniste fit les présentations. L'une était enceinte. Elle expliqua devant la caméra que ce serait son troisième enfant né à partir d'un embryon congelé. Les deux autres étaient déjà mères d'un enfant et voulaient tenter une autre grossesse par fécondation in vitro.

« J'ai huit embryons congelés au laboratoire, annonça joyeusement l'une d'elles en souriant à la caméra. Ils vont en implanter trois, en espérant que l'un d'eux se développera. Sinon, j'attendrai quelques mois avant de recommencer l'opération.

— Si vous êtes enceinte dès le premier essai, reviendrez-vous l'année prochaine ? demanda Meghan.

— Oh non. Mon mari et moi ne désirons pas plus de deux enfants.

— Mais il vous restera des embryons congelés au laboratoire, n'est-ce pas ? »

La femme hocha la tête. « En effet. Nous paierons pour qu'ils soient conservés. Qui sait ? Je n'ai que vingt-huit ans, je peux changer d'avis. Dans quelques années, peut-être serai-je de retour ici, et il est rassurant de savoir que j'y aurai d'autres embryons à ma disposition.

— A condition qu'ils survivent au processus de décongélation.

— Bien sûr. »

Ils se rendirent ensuite dans le bureau du Dr Williams. Meg s'assit en face de lui pour l'interview. « Docteur, encore merci de nous recevoir, dit-elle. Je vous demanderai pour commencer d'expliquer la fécondation in vitro aussi simplement que vous l'avez fait pour moi ce matin. Puis, si vous nous autorisez à faire quelques prises de vues du laboratoire et si vous nous montrez comment sont conservés les embryons congelés, nous n'abuserons pas davantage de votre temps. »

L'interview du Dr Williams fut excellente. En termes compréhensibles et succincts, il démontra rapidement pourquoi les femmes pouvaient avoir des difficultés à concevoir un enfant et expliqua la méthode de la fécondation in vitro. « La patiente reçoit une certaine quantité d'hormones qui stimulent la production d'ovules, les ovules sont ponctionnés de ses ovaires; ils sont fécondés au labo et le résultat recherché est d'obtenir des embryons viables. Les premiers embryons sont introduits dans l'utérus de la mère, généralement par deux ou trois à la fois, en espérant que l'un au moins aboutira à une grossesse. Les autres sont cryoconservés, ou plus simplement congelés, en vue d'un éventuel besoin futur.

— Docteur, dans quelques jours, nous allons assister à la naissance d'un bébé dont le vrai jumeau est né il y a trois ans, dit Meghan. Pouvez-vous expliquer à nos spectateurs comment deux jumeaux peuvent venir au monde à trois ans d'intervalle ?

— Il est possible, mais très rare, que l'embryon se scinde en deux parties identiques dans la boîte de Petri comme il le fait dans l'utérus. Dans le cas que vous me citez, la mère a apparemment choisi que l'un des embryons soit implanté immédiatement, et l'autre congelé pour un transfert plus tardif. Heureusement, malgré de fortes incertitudes, les deux grossesses ont abouti. »

Avant de quitter le bureau du Dr Williams, Len balaya avec sa caméra le mur orné de photos d'enfants nés grâce aux méthodes de procréation assistée pratiquées au centre. Puis ils firent des prises de vues du laboratoire, attachant une attention particulière aux récipients de stockage où les embryons congelés, immergés dans le nitrogène, étaient conservés.

Il était presque cinq heures et demie lorsque Meghan dit : « Bon, on a tout bouclé. Merci à tous. Docteur, je vous remercie infiniment.

— Moi aussi, lui assura-t-il. Je peux vous garantir que cette sorte de publicité nous amènera de nombreuses demandes de couples stériles. »

Une fois dehors, Len posa sa caméra dans le camion et accompagna Meghan jusqu'à sa voiture. « C'est un truc à vous donner la chair de poule, non ? demandat-il. Je veux dire, j'ai trois mômes et je détesterais penser qu'ils ont commencé leur vie dans un congélateur comme ces embryons.

— D'un autre côté, dit Meghan, ces embryons représentent des vies qui ne verraient pas le jour sans cette méthode. »

En prenant la route pour regagner le Connecticut, elle constata que l'interview détendue et chaleureuse du Dr Williams n'avait été qu'un répit.

A présent, ses pensées la ramenaient au moment où Cyrus Graham l'avait prise pour Annie. Et chacun des mots qu'il avait prononcés pendant leur entrevue lui revenait à l'esprit.

Le même soir, à huit heures et quart, Fiona Black téléphonait à Bob Marron. « Edwin Collins est mort, dit-elle posément. Il est mort depuis plusieurs mois. Son corps se trouve au fond de l'eau. »

35

Meghan arriva chez elle à neuf heures et demie et fut heureuse de trouver Mac auprès de sa mère. Répondant à l'interrogation qu'elle lisait dans ses yeux, elle hocha la tête. Son geste n'échappa pas à sa mère.

« Meg, qu'y a-t-il ? »

Des effluves de soupe à l'oignon parvinrent aux narines de Meg. « Il en reste ? fit-elle, accompagnant sa question d'un geste en direction de la cuisine.

— Tu n'as pas dîné ? Mac, sers-lui un verre de vin pendant que je lui fais réchauffer quelque chose.

— Seulement de la soupe, maman, je t'en prie. »

Lorsque Catherine fut partie, Mac s'avança vers Meg. « Tu as appris de mauvaises nouvelles ? » demanda-t-il à voix basse.

Elle se détourna, voulant lui cacher les larmes de lassitude qui menaçaient de jaillir. « Très mauvaises.

— Meg, si tu préfères parler seule avec ta mère, je peux vous laisser. J'ai simplement pensé qu'elle avait besoin de compagnie, et Mme Dileo a accepté de s'occuper de Kyle.

— C'est très gentil de ta part, Mac, mais tu n'aurais pas dû laisser Kyle. Il attend toujours avec tellement d'impatience que tu rentres à la maison. On ne doit pas décevoir les petits enfants. Ne le délaisse jamais. »

Elle se rendit compte qu'elle parlait de manière incohérente. Mac lui prit le visage entre ses mains, le tournant vers lui.

« Meggie, que se passe-t-il ? »

Meg pressa ses poings sur ses lèvres. Elle devait se contrôler. « C'est juste... »

Elle ne put continuer. Elle sentit les bras de Mac autour d'elle. Oh, mon Dieu ! se laisser aller contre lui ! La lettre. Il y a neuf ans, il était venu la trouver avec la lettre qu'elle avait écrite, la lettre où elle le suppliait de ne pas épouser Ginger...

« Il vaut mieux que je ne la garde pas », avait-il dit. Il l'avait entourée de ses bras, comme aujourd'hui, se rappela-t-elle. « Meg, un jour tu tomberas amoureuse. Ce que tu ressens pour moi est autre chose. Chacun de nous éprouve ce sentiment en voyant son meilleur ami se marier. C'est la peur que les choses soient différentes. Il n'en sera pas ainsi entre nous. Nous demeurerons toujours les meilleurs amis du monde. »

Ce souvenir lui fit l'effet d'une douche glacée. Elle se redressa et s'éloigna de Mac. « Ça va, ne t'inquiète pas, c'est seulement la faim et un peu de fatigue. » Elle entendit les pas de sa mère et attendit qu'elle soit de retour dans la pièce. « J'ai quelques nouvelles un peu troublantes, maman.

— Je crois que je devrais vous laisser parler toutes les deux seules », dit Mac.

Ce fut Catherine qui l'interrompit : « Mac, tu fais partie de la famille. J'aimerais que tu restes. »

Ils s'installèrent à la table de la cuisine. Meghan eut l'impression de sentir la présence de son père. C'était lui qui préparait le dîner lorsque sa mère, trop occupée au restaurant, n'avait pas eu le temps de manger. Imitateur-né, il mimait les manières du maître d'hôtel s'empressant auprès d'une cliente difficile. « Cette table ne vous convient pas ? La banquette ? Bien sûr. Un courant d'air ? Mais aucune fenêtre n'est ouverte. La pièce est complètement fermée. Peut-être avez-vous de l'air qui flotte entre vos oreilles, madame. »

Tout en buvant un verre de vin, incapable de goûter la soupe appétissante qui fumait sous ses yeux avant de leur avoir fait part de son entrevue à Chestnut Hill, Meghan parla de son père. Elle commença intentionnellement par raconter son enfance, expliqua que selon Cyrus Graham il s'était détourné de sa mère parce qu'il ne pouvait pas supporter la pensée d'être à nouveau abandonné.

Meghan observa le visage de sa mère et y vit la réaction qu'elle espérait, un élan de pitié pour le petit garçon qui n'avait pas été désiré, pour l'homme qui ne voulait pas risquer d'être blessé une troisième fois.

Vint alors le moment de parler de la rencontre à Scottsdale entre Cyrus Graham et Edwin Collins.

« Il la lui a présentée comme si elle était sa femme ? » Il n'y avait aucune émotion dans la voix de sa mère.

« Maman, je n'en sais rien. Graham savait que papa était marié et qu'il avait une fille. Il a supposé qu'il était avec sa femme et sa fille. Papa lui a dit quelque chose comme : "Frances et Annie, voici Cyrus Graham." Maman, sais-tu si papa avait d'autres parents ? Se pourrait-il que nous ayons des cousins dans l'Arizona ?

— Pour l'amour du ciel, Meg, si j'ai ignoré que ta

grand-mère était en vie pendant toutes ces années, comment aurais-je eu vent de l'existence d'éventuels cousins ? » Catherine se mordit les lèvres. « Excuse-moi. » Son expression changea. « Tu dis que le beau-frère de ton père t'a prise pour Annie. Tu lui ressembles donc tellement ?

— Oui. » Meg jeta un regard implorant vers Mac.

Il comprit ce qu'elle lui demandait. « Meg, dit-il, je crois inutile de cacher à ta mère pourquoi nous nous sommes rendus à New York hier.

— C'est inutile, en effet. Maman, il y a autre chose que tu dois savoir... » Elle regarda sa mère dans les yeux en lui racontant ce qu'elle avait voulu lui cacher.

Lorsqu'elle se tut, sa mère resta assise le regard fixe, comme si elle essayait de digérer ce qu'elle venait d'entendre.

Finalement, d'une voix ferme et monocorde, elle dit : « Une fille qui te ressemblait a été poignardée, c'est ça ? Elle portait un morceau de papier provenant de Drumdoe où étaient inscrits de la main de ton père ton nom et ton numéro de téléphone au bureau ? Et quelques heures après sa mort, tu as reçu un fax disant "Erreur". Annie était donc une erreur ? »

Les yeux de Catherine s'emplirent de terreur.

« Tu as demandé que l'on compare ton test d'ADN au sien, parce que tu crois avoir un lien de parenté avec cette fille ?

— Je l'ai fait parce que je m'efforce de découvrir la vérité.

— Je suis heureuse d'avoir vu cette dénommée Fiona ce soir, s'écria brusquement Catherine. Meg, je présume que tu n'aurais pas approuvé, mais Bob Marron de la police de New Milford a téléphoné cet après-midi... »

Meg écouta sa mère lui raconter la visite de Fiona Black. C'est bizarre, songea-t-elle, mais pas plus bizarre que tout ce qui est survenu ces derniers mois.

A dix heures et demie, Mac se leva pour partir. « Puis-je donner un avis ? Je suggère que vous alliez toutes les deux vous coucher. »

Lorsqu'il arriva chez lui, Mac trouva Mme Dileo, la

femme de ménage, devant la télévision. « Kyle était terriblement déçu de ne pas vous voir avant de s'endormir, dit-elle. Bon, je vais rentrer chez moi maintenant. »

Mac attendit que sa voiture se fût éloignée, puis il éteignit les lumières à l'extérieur de la maison et ferma la porte à clé. Il alla jeter un coup d'œil à Kyle. Son fils était recroquevillé en position fœtale, l'oreiller ramassé en boule sous sa tête.

Mac le borda, se pencha et l'embrassa sur les cheveux. Kyle paraissait en bonne forme, un enfant gentil et normal, mais soudain Mac se demanda s'il n'émettait pas des signaux qui lui auraient échappé. La plupart des autres enfants de sept ans grandissaient avec leur mère. Mac n'aurait su dire si l'élan de tendresse qui le submergeait en ce moment même était destiné à son fils, ou bien au petit garçon qu'avait été Edwin Collins cinquante ans auparavant à Philadelphie. Ou encore à Catherine et à Meghan, qui étaient à coup sûr les victimes de l'enfance malheureuse de leur mari et père.

Au journal de onze heures, Meghan et Catherine entendirent les propos exaltés de Stephanie Petrovic à la clinique Manning. Meg écouta le présentateur expliquer que Stephanie Petrovic avait vécu avec sa tante dans leur maison du New Jersey. « Le corps a été transporté en Roumanie; une messe funéraire aura lieu à l'église roumaine de Saint-Dominic à Trenton », conclut-il.

« J'irai à cette messe, dit Meghan à sa mère. Je veux parler à cette fille. »

Le vendredi matin, à huit heures, Bob Marron reçut un appel téléphonique à son domicile. Une voiture en stationnement interdit, une Cadillac bleu foncé, avait été repérée à Battery Park City, dans Manhattan, devant l'appartement de Meghan Collins. La voiture était immatriculée au nom d'Edwin Collins et semblait être celle qu'il conduisait le soir de sa disparition.

Tout en composant le numéro du substitut du procureur John Dwyer, Marron dit à sa femme : « Notre voyante s'est gourée, cette fois-ci. »

146

Quinze minutes plus tard, Marron annonçait par téléphone à Meghan que l'on avait retrouvé la voiture de son père. Il la pria de passer avec sa mère au bureau de John Dwyer. Il aimerait les rencontrer ensemble le plus rapidement possible.

36

Tôt dans la matinée du vendredi, Bernie visionna à nouveau le film qu'il avait pris à la clinique Manning. Il n'avait pas tenu sa caméra assez fermement, décrétat-il. La photo était floue. Il ferait davantage attention la prochaine fois.

« Bernard ! » Sa mère l'appelait du haut des escaliers. A regret, il éteignit le projecteur.

« Je viens tout de suite, maman.

— Ton petit déjeuner va refroidir. » Sa mère était enveloppée dans son vieux peignoir de flanelle. Il avait été si souvent lavé que l'encolure, les manches et le fond étaient usés jusqu'à la trame. Bernie avait dit à sa mère qu'elle le nettoyait trop, mais elle répliquait qu'elle était quelqu'un de propre, que dans cette maison on pourrait manger par terre.

Ce matin, maman était de mauvaise humeur. « J'ai éternué toute la nuit, dit-elle tout en raclant les restes de flocons d'avoine dans la casserole. Je suis sûre d'avoir respiré de la poussière qui venait d'en bas. Tu n'as pas oublié de lessiver le sol de la cave, j'espère ?

— Non, maman.

— J'aimerais que tu répares ces marches afin que je puisse descendre et vérifier par moi-même. »

Bernie savait que sa mère ne prendrait jamais le risque de descendre l'escalier. L'une des marches était fendue et la rampe branlait.

— Maman, l'escalier est dangereux. Souviens-toi de ce qui t'est arrivé à la hanche et maintenant, avec ton arthrite, tu as les genoux en mauvais état.

— Je n'ai pas l'intention de recommencer, dit-elle sèchement. Mais veille à garder cet endroit propre. De toute façon, je ne comprends pas ce que tu fabriques tout le temps en bas.

— Tu le sais très bien, maman. J'ai besoin de peu de sommeil, et si j'allume la télévision dans le living-room, ça risque de te réveiller. » Maman n'avait aucune idée de l'équipement électronique qu'il avait installé au sous-sol et elle n'en saurait jamais rien.

« J'ai mal dormi cette nuit. Mes allergies ont recommencé.

— Je suis désolé, maman. » Bernie avala les derniers flocons d'avoine tièdes. « Je vais être en retard. » Il prit sa veste.

Elle le suivit jusqu'à la porte. Lorsqu'il fut au bout de l'allée, elle cria : « Je constate avec plaisir que tu as pris soin de la voiture, pour une fois. »

Après l'appel téléphonique de Bob Marron, Meghan prit une douche rapide, s'habilla et descendit à la cuisine. Sa mère était déjà en train de préparer le petit déjeuner.

Le « Bonjour, ma chérie » que Catherine s'apprêtait à prononcer mourut sur ses lèvres à la vue du visage de Meg. « Qu'y a-t-il ? demanda-t-elle. J'ai bien entendu le téléphone sonner pendant que j'étais sous la douche, n'est-ce pas ? »

Meg prit les mains de sa mère dans les siennes. « Maman, écoute-moi. Je vais te parler franchement. J'ai cru pendant des mois que papa avait disparu la nuit de l'accident du pont. Avec tous les événements survenus cette semaine, je dois essayer de voir les choses en tant qu'avocate et journaliste. Réfléchir à toutes les éventualités, peser soigneusement chacune d'entre elles. Je me suis forcée à imaginer qu'il était encore en vie et confronté à de sérieux ennuis. Mais je sais... je suis convaincue... que jamais papa ne nous aurait fait subir ce qui est arrivé ces derniers jours. Ce coup de téléphone, les fleurs... et aujourd'hui... » Elle se tut.

« Et aujourd'hui, quoi, Meg ?

— On a retrouvé sa voiture en ville, en stationnement interdit devant mon immeuble.

— Sainte Vierge Marie ! » Catherine devint blanche comme un linge.

« Maman, c'est quelqu'un d'autre qui l'a garée là. J'ignore pourquoi, mais il y a une raison derrière tout ça. Le substitut du procureur veut nous voir, toi et moi. Lui et ses enquêteurs vont essayer de nous convaincre que papa est vivant. Ils ne le connaissaient pas. Nous, oui. Quoi qu'il ait fait de mal dans sa vie, il n'aurait jamais envoyé ces fleurs ni laissé sa voiture dans un endroit où il savait qu'elle serait retrouvée. Il aurait su que nous allions nous affoler. Lors de cette entrevue avec le substitut du procureur, nous allons tenir bon et défendre papa. »

Ni l'une ni l'autre ne prirent le temps de manger. Elles emportèrent leur café dans la voiture. En sortant à reculons du garage, Meghan dit d'un ton volontairement désinvolte : « C'est peut-être interdit de conduire d'une seule main, mais le café est indispensable.

— C'est parce que nous avons toutes les deux si froid, intérieurement et extérieurement. Regarde, Meg. La première trace de neige sur la pelouse. L'hiver sera long. J'ai toujours aimé l'hiver. Ton père en avait horreur. C'était une des raisons qui le poussaient à autant voyager. Il fait chaud toute l'année dans l'Arizona, n'est-ce pas ? »

Lorsqu'elles passèrent devant l'auberge Drumdoe, Meghan dit : « Maman, jette un coup d'œil de ce côté. Au retour, je te déposerai à l'auberge. Tu iras travailler, et je commencerai à chercher la vérité. Promets-moi de ne pas dire un mot de ce que m'a raconté Cyrus Graham hier. Souviens-toi, il a juste pensé que la femme et la fille qui se trouvaient avec papa il y a dix ans étaient toi et moi. Papa s'est contenté de les présenter par leurs noms, Frances et Annie. Mais jusqu'à ce que nous puissions vérifier ces faits par nous-mêmes, ne donnons pas au substitut une raison supplémentaire de ruiner la réputation de papa. »

Meghan et Catherine furent immédiatement conduites dans le bureau de John Dwyer. Il les attendait avec les inspecteurs Bob Marron et Arlene Weiss.

Meghan prit la chaise à côté de sa mère et posa une main protectrice sur la sienne.

Ce que l'on attendait d'elles leur apparut tout de suite. Tous les trois, le procureur et les deux officiers, étaient convaincus qu'Edwin Collins était en vie et qu'il allait se mettre en rapport avec sa femme et sa fille. « L'appel téléphonique, les fleurs, maintenant sa voiture, fit remarquer Dwyer. Madame Collins, saviez-vous que votre mari avait un permis de port d'arme ?

— Oui. Il l'avait obtenu il y a une dizaine d'années.

— Où conservait-il cette arme ?

— Sous clé à son bureau ou à la maison.

— Quand l'avez-vous vue pour la dernière fois ?

— Je ne me souviens pas l'avoir vue depuis des années. »

Meghan intervint : « Pourquoi ces questions au sujet de l'arme de mon père ? L'a-t-on trouvée dans la voiture ?

— Oui, c'est là qu'on l'a trouvée, énonça calmement John Dwyer.

— Cela n'a rien d'étonnant, dit vivement Catherine. Il l'avait achetée pour la voiture. Il s'était fait agresser à Bridgeport, il y a dix ans, alors qu'il était arrêté à un feu rouge. »

Dwyer se tourna vers Meghan. « Vous avez passé toute la journée à Philadelphie, mademoiselle Collins. Il est possible que votre père soit au courant de vos déplacements et qu'il ait su que vous quittiez le Connecticut. Il a pu imaginer qu'il vous trouverait à votre appartement. Ce que je vous demande instamment, c'est, au cas où M. Collins chercherait à contacter l'une d'entre vous, de l'inciter à venir nous voir. Ce serait au bout du compte très préférable pour lui.

— Mon mari ne nous contactera pas, dit fermement Catherine. Monsieur Dwyer, certains conducteurs n'ont-ils pas tenté d'abandonner leur voiture sur le pont, le soir de l'accident ?

— Si, je crois.

— Une femme n'a-t-elle pas quitté sa voiture au moment de la collision et n'a-t-elle pas échappé de peu à l'accident qui l'aurait entraînée par-dessus la rambarde du pont ?

— Si.

— Réfléchissez. Il est possible que mon mari ait préféré descendre de voiture et se soit trouvé pris dans ce carnage. Quelqu'un d'autre a pu s'enfuir au volant de sa voiture. »

Meghan vit l'exaspération se mêler de pitié sur le visage du substitut.

Catherine Collins le vit également. Elle se leva. « Combien de temps en général faut-il à Mme Black pour arriver à une conclusion à propos d'une personne disparue ? » demanda-t-elle.

Dwyer échangea un regard avec ses enquêteurs. « C'est déjà fait, dit-il à contrecœur. Elle croit que votre mari est mort depuis longtemps, qu'il se trouve sous l'eau. »

Catherine ferma les yeux et vacilla. Malgré elle, Meghan agrippa le bras de sa mère, craignant de la voir s'évanouir.

Catherine tremblait de tous ses membres. Mais lorsqu'elle ouvrit les yeux, elle parla d'une voix assurée : « Je n'aurais jamais cru trouver une consolation dans un pareil message, mais ici, à vous écouter, je me sens *vraiment* soulagée. »

Les médias s'accordèrent pour dire que l'intervention survoltée de Stephanie Petrovic avait été provoquée par sa déception de voir l'héritage lui passer sous le nez. On ne prit pas au sérieux ses propos accusant la clinique Manning d'avoir voulu tuer sa tante. La clinique appartenait à un groupe d'investisseurs et elle était dirigée par le Dr Manning, dont la réputation était irréprochable. Il refusa à nouveau de répondre aux questions de la presse, mais il était clair qu'il ne retirait pas le moindre profit personnel de la donation d'Helene Petrovic en faveur du laboratoire de recherche embryologique de la clinique. Après son éclat, Stephanie avait eu une entrevue avec l'un des responsables de la clinique, qui n'avait fait aucun commentaire sur leur conversation.

L'avocat d'Helene, Charles Potters, fut consterné en apprenant l'incident. Le vendredi matin avant la cérémonie funéraire, il se rendit chez Helene et, avec une indignation à peine dissimulée, fit part de ses sentiments à Stephanie. « Que l'on découvre ou non une faille dans son passé, votre tante était entièrement dévouée à son travail au laboratoire. Votre scène l'aurait horrifiée. »

A la vue de la détresse qui envahissait le visage de la jeune femme, il se calma. « Je sais que vous traversez une épreuve difficile, lui dit-il. Après la cérémonie, vous aurez l'occasion de vous reposer. Je croyais trouver auprès de vous certaines des amies d'Helene de l'Association roumaine.

— Je les ai renvoyées, dit Stephanie. Je les connais à peine, et je suis mieux toute seule. »

Après le départ de Potters, Stephanie cala les oreillers sur le canapé et s'allongea. Son corps lourd et encombrant avait du mal à s'installer confortablement. Son dos la faisait souffrir en permanence à présent. Elle se sentait si seule. Mais elle ne voulait pas de ces vieilles femmes qui venaient rôder autour d'elle, qui l'épiaient, jasaient.

Elle était reconnaissante à Helene d'avoir laissé des instructions sur ses funérailles, précisant qu'elle ne voulait pas de veillée funèbre et qu'elle désirait être enterrée en Roumanie, auprès de son mari.

Elle somnola et fut réveillée par la sonnerie du téléphone. Qui, maintenant ? se demanda-t-elle avec lassitude. C'était une voix féminine au timbre agréable « Mademoiselle Petrovic ?

— Oui.

— Je suis Meghan Collins, de PCD Channel 3. Je n'étais pas à la clinique Manning lorsque vous vous y êtes présentée hier, mais j'ai entendu votre déclaration au journal de onze heures.

— Je ne veux pas en parler. L'avocat de ma tante est furieux contre moi.

— J'aimerais m'entretenir avec vous. Je pourrais peut-être vous aider.

— Comment pourriez-vous m'aider ? Comment qui que ce soit pourrait-il m'aider ?

— Il existe toujours des solutions. Je vous téléphone

de ma voiture. Je compte me rendre au service funèbre. Puis-je vous emmener déjeuner ensuite ? »

Elle semble si gentille, pensa Stephanie, et j'ai besoin d'une présence amicale. « Je ne veux plus apparaître à la télévision.

— Ce n'est pas ce que je vous demande. Je voudrais seulement m'entretenir avec vous. »

Stephanie hésita. Une fois la messe terminée, réfléchit-elle, je n'aurai pas envie de rester avec M. Potters et je ne veux pas me retrouver avec ces vieilles bonnes femmes de l'Association roumaine. Elles racontent un tas d'histoires sur moi. « Je viendrai déjeuner avec vous », dit-elle.

Meghan déposa sa mère à l'auberge, puis prit la route jusqu'à Trenton, conduisant à la limite de ses possibilités.

En chemin, elle passa un second coup de fil au bureau de Tom Weicker pour le prévenir que la voiture de son père avait été retrouvée.

« Quelqu'un d'autre est-il au courant ? demanda tout de suite Tom.

— Pas encore. Ils essaient de ne pas ébruiter la nouvelle. Mais vous savez comme moi qu'il y aura des fuites. » Elle s'efforça de prendre un ton détaché. « Au moins Channel 3 bénéficiera d'une information de première main.

— Ça va devenir une grosse affaire, Meg.

— Je sais.

— Nous allons diffuser la nouvelle immédiatement.

— C'est dans ce but que je vous l'ai communiquée.

— Meg, je suis navré.

— Ne le soyez pas. Il y a une explication rationnelle à tout ceci.

— Pour quelle date Mme Anderson attend-elle son bébé ?

— Ils l'hospitalisent lundi. Elle voudrait que je me rende chez elle dimanche après-midi et qu'on la filme avec Jonathan en train de se préparer pour l'accouchement. Elle a des photos de Jonathan à sa naissance que nous pourrons utiliser. Lorsque le bébé sera né, nous comparerons les prises de vue des deux nouveau-nés.

— Continuez comme ça, du moins pour le moment.

— Merci, Tom, dit-elle, et merci de me soutenir. »

Phillip Carter passa une grande partie de l'après-midi à répondre aux questions concernant Edwin Collins, réagissant avec plus ou moins de patience aux allusions à peine voilées. « Non, nous n'avons jamais eu d'autres cas dans lesquels les références étaient truquées. Notre réputation a toujours été irréprochable. »

Arlene Weiss l'interrogea à propos de la voiture. « Lorsqu'on l'a retrouvée à New York, le compteur marquait quarante-trois mille deux cents kilomètres. Selon le manuel d'entretien, elle a été révisée en octobre dernier, il y a juste un peu plus d'un an. A cette époque, elle avait trente-trois mille six cents kilomètres. Combien de kilomètres M. Collins parcourait-il par mois en moyenne ?

— Je dirais que cela dépendait entièrement de son emploi du temps. Nous avons des voitures de la société que nous changeons tous les trois ans. C'est à nous de les faire réviser. Je suis extrêmement méticuleux. Edwin avait tendance à être un peu plus négligent.

— Laissez-moi poser la question autrement, dit Bob Marron. M. Collins a disparu en janvier. Entre octobre de l'année dernière et janvier de cette année, est-il vraisemblable qu'il ait parcouru neuf mille six cents kilomètres en voiture ?

— Je n'en sais rien. Je peux vous donner la liste de ses rendez-vous pour ces mois-là et déterminer à partir de ses notes de frais ceux auxquels il s'est rendu.

— Nous avons besoin de connaître les distances parcourues par cette voiture depuis janvier, dit Marron. Nous aimerions aussi voir la note de téléphone pour le mois de janvier.

— Je présume que vous voulez vérifier l'heure à laquelle il a appelé Victor Orsini. La compagnie d'assurances l'a déjà vérifié. L'appel a été passé moins d'une minute avant l'accident du pont de Tappan Zee. »

Ils l'interrogèrent sur la situation financière de Collins et Carter. « Nos comptes sont en règle. Ils ont été soigneusement vérifiés. Les dernières années, comme beaucoup d'entreprises, nous avons souffert des effets de la récession. Les compagnies comme celles avec lesquelles nous traitons laissaient les gens partir sans les remplacer. Néanmoins, je ne vois pas la raison qui aurait poussé Edwin à emprunter plusieurs centaines de milliers de dollars sur son assurance-vie.

— Votre société a-t-elle reçu une commission de la clinique Manning pour le recrutement d'Helene Petrovic?

— Bien sûr.

— Collins avait-il perçu cette commission à titre personnel?

— Non, les auditeurs l'ont retrouvée dans les comptes.

— Personne ne s'est posé de questions concernant Helene Petrovic quand le paiement de six mille dollars s'est présenté?

— La copie de la facture adressée à la clinique Manning qui se trouve dans nos dossiers a été trafiquée. On y lit : "Second versement dû pour le recrutement du Dr Henry Williams." Il n'y avait pas de second versement dû sur ce dossier.

— Donc Collins n'a visiblement pas pu placer Helene Petrovic dans le but d'escroquer la société de six mille dollars.

— Ça me paraît évident. »

Lorsqu'ils partirent enfin, Phillip essaya sans succès de se concentrer sur le travail qui l'attendait sur son bureau. Il entendit le téléphone sonner dans le bureau voisin. Jackie l'appela sur l'interphone. Un reporter d'un journal local était en ligne. Phillip refusa sèchement de prendre la communication. Les seuls appels téléphoniques de la journée avaient été ceux des médias. Aucun client n'avait donné signe de vie.

37

Meghan pénétra dans l'église Saint-Dominic à midi et demi, au milieu du service funèbre célébré à l'intention d'Helene Petrovic. L'assistance était peu nombreuse.

Conformément aux vœux de la défunte, c'était une cérémonie simple, sans fleurs ni musique.

Quelques rares voisins étaient venus de Lawrenceville, ainsi qu'un petit groupe de vieilles dames de l'Association roumaine. Stephanie était assise à côté de son avocat, et Meghan attendit que tout le monde soit sorti de l'église pour se présenter. La jeune femme parut heureuse de la voir.

« Laissez-moi dire au revoir à ces personnes, dit-elle, je vous rejoindrai ensuite. »

Meghan observa les gens qui offraient à voix basse leurs condoléances. Elle ne vit aucune manifestation de chagrin chez personne. Elle se dirigea vers deux femmes qui venaient de sortir de l'église. « Connaissiez-vous intimement Helene Petrovic ? demanda-t-elle.

— Pas plus que n'importe qui, répondit l'une d'elles d'un ton aimable. Nous étions quelques-unes à nous rendre au concert ensemble. Helene se joignait à nous de temps à autre. Elle était membre de notre association et était avertie de nos activités. Il lui arrivait de faire une apparition.

— Mais pas très souvent ?

— Non.

— Avait-elle des amies proches ? »

L'autre femme secoua la tête. « Helene était secrète.

— Et avec les hommes ? J'ai rencontré Mme Petrovic. C'était une femme très séduisante. »

Toutes les deux secouèrent la tête. « Si elle avait des amis plus intimes, elle n'en a jamais soufflé mot. »

Meghan remarqua que Stephanie disait au revoir aux dernières personnes qui quittaient l'église. Comme elle s'avançait vers la jeune femme, elle entendit l'avocat la mettre en garde : « J'aimerais que vous ne parliez pas à cette journaliste. Je préférerais vous raccompagner chez vous ou vous emmener déjeuner.

— Tout ira bien. »

Meghan prit Stephanie par le bras tandis qu'elles descendaient les dernières marches « Elles sont très raides.

— Et je suis devenue tellement maladroite. Je passe mon temps à trébucher.

— Vous connaissez les environs mieux que moi, dit

Meghan lorsqu'elles furent dans la voiture. Où voulez-vous déjeuner ?

— Verriez-vous un inconvénient à ce que nous rentrions à la maison ? Il reste énormément de nourriture, et je suis morte de fatigue.

— Bien sûr. »

Lorsqu'elles arrivèrent dans la maison d'Helene Petrovic, Meghan obligea Stephanie à se reposer pendant qu'elle préparait le déjeuner. « Ôtez vos chaussures et allongez vos jambes sur le canapé, dit-elle fermement. Ma famille possède une auberge, et j'ai été élevée dans les fourneaux. Faire la cuisine n'est pas un problème pour moi. »

Pendant qu'elle faisait réchauffer un potage et préparait une assiette de poulet froid et une salade, Meghan examina les lieux. La cuisine était décorée dans le style maison de campagne française. Le carrelage des murs et le dallage du sol avaient certainement été fabriqués sur demande. L'équipement était le nec plus ultra en la matière. La table ronde de chêne et les chaises étaient anciennes. Visiblement, on avait consacré beaucoup de soin — et d'argent — à cette pièce.

Elles déjeunèrent dans la salle à manger. Là aussi les fauteuils capitonnés autour de la longue table étaient luxueux. Cette dernière avait la patine du beau mobilier ancien. D'où venait l'argent ? se demanda Meghan. Helene avait exercé la profession d'esthéticienne avant de prendre ce poste de secrétaire à la clinique de Trenton, puis d'en partir pour travailler à la clinique Manning.

Meghan n'eut pas à poser de questions. Stephanie ne se fit pas prier pour lui raconter ses ennuis. « Ils vont vendre la maison. Tout l'argent de la vente plus les huit cent mille dollars reviendront à la clinique. Mais c'est injuste. Ma tante m'avait promis de changer les termes de son testament. Je suis sa seule parente. C'est pour cette raison qu'elle m'avait fait venir.

— Et le père de l'enfant ? demanda Meghan. On peut le forcer à vous aider.

— Il est parti.

— On peut le retrouver. Il existe des lois dans ce pays pour protéger les enfants. Quel est son nom ? »

Stephanie hésita. « Je ne veux rien avoir à faire avec lui.

— Vous avez droit à une assistance.

— Je vais faire adopter l'enfant. C'est la seule solution.

— Ce n'est peut-être pas la seule. Comment s'appelle le père et où l'avez-vous rencontré?

— Je... je l'ai rencontré à l'une de ces soirées entre Roumains, à New York. Il s'appelle Jan. Helene avait mal à la tête ce soir-là et elle était partie tôt. Il a offert de me raccompagner. » Elle baissa les yeux. « Je me suis conduite comme une écervelée. Je n'aime pas en parler.

— Êtes-vous sortie souvent avec lui?

— Quelquefois.

— Vous lui avez parlé du bébé?

— Il a téléphoné pour m'annoncer son départ pour la Californie. C'est alors que je l'ai mis au courant. Il a dit que c'était mon problème.

— C'était quand?

— En mars dernier.

— Que fait-il dans la vie?

— Il est... mécanicien. Je vous en prie, mademoiselle Collins, je ne veux rien à attendre de lui. Il y a des tas de gens qui désirent avoir un bébé, n'est-ce pas?

— Oui. Mais c'était ce que je voulais dire en proposant de vous aider. Si nous retrouvons Jan, il devra subvenir aux besoins de l'enfant et aux vôtres au moins jusqu'à ce que vous trouviez une situation.

— Je vous en prie, laissez-le tranquille. J'ai peur de lui. Il était furieux.

— Furieux parce que vous lui avez annoncé qu'il était le père de votre enfant?

— Cessez de me parler de lui! » Stephanie se leva de table. « Vous avez proposé de m'aider. Alors trouvez-moi des gens qui prendront le bébé et me donneront de l'argent. »

Meghan dit d'un ton contrit : « Je regrette, Stephanie. Je n'avais pas l'intention de vous contrarier. Prenons une tasse de thé. Je ferai la vaisselle plus tard. »

Dans le living-room, elle cala un oreiller supplémentaire derrière le dos de Stephanie et plaça devant elle un repose-pieds.

Stephanie eut un sourire d'excuse. « Vous êtes très gentille. Je suis désolée de m'être emportée. C'est juste que tant de choses sont arrivées si brusquement.

— Stephanie, il va falloir trouver quelqu'un qui réponde de vous pour obtenir une carte verte jusqu'à ce que vous puissiez travailler. Votre tante avait sûrement un ami qui pourra vous dépanner.

— Vous voulez dire que si l'un de ses amis se portait garant de moi, je pourrais rester ?

— Oui. N'y a-t-il vraiment personne autour de vous qui serait redevable à votre tante de quelque chose ? »

La physionomie de Stephanie s'éclaira. « Oh oui, il y a peut-être quelqu'un. Merci, Meghan. Merci beaucoup. »

Il était quatorze heures. Bernie avait effectué deux courses depuis l'aéroport de La Guardia dans la matinée, puis pris un client à Kennedy Airport pour Bronxville.

Il n'avait pas l'intention d'aller dans le Connecticut cet après-midi. Mais lorsqu'il quitta le comté de Cross, il se dirigea malgré lui vers le nord. Une force irrésistible le poussait vers Newtown.

Il n'y avait aucune voiture dans l'allée des Collins. Il longea lentement la route qui serpentait jusqu'au cul-de-sac, puis fit demi-tour. Le gosse et son chien n'étaient pas en vue. C'était une bonne chose. Il préférait passer inaperçu.

Il passa à nouveau devant la maison de Meghan. Il ne pouvait s'attarder dans les parages.

Il arriva devant l'auberge Drumdoe. Attends un peu, se dit-il soudain. C'est l'hôtel qui appartient à sa mère. Il l'avait lu dans le journal hier. Il fit brusquement demi-tour et s'engagea dans le parking. Ils ont sûrement un bar à l'intérieur, réfléchit-il. Je pourrais peut-être y boire une bière et même commander un sandwich.

Et si jamais Meghan se trouvait là, il lui raconterait la même histoire qu'aux autres, qu'il travaillait pour une petite station locale d'Elmira. Il n'y avait aucune raison qu'elle ne le croie pas.

L'entrée de l'auberge était de taille moyenne, avec des murs recouverts de boiseries et une moquette à carreaux bleus et rouges. Il n'y avait personne à la réception. A droite, Bernie aperçut quelques clients dans la salle à manger et des serveurs en train de débarrasser les tables. Parfait, l'heure du déjeuner était presque passée. Le bar se trouvait sur la gauche. Il put voir qu'il était vide à l'exception du barman. Il s'y dirigea, se hissa sur l'un des tabourets, commanda une bière et demanda le menu.

Après avoir commandé un hamburger, il engagea la conversation avec le barman. « C'est agréable ici.

— Sûr », dit l'homme.

Il portait un badge sur sa veste indiquant « Joe » ; Bernie lui donna une cinquantaine d'années. Le journal régional était posé à côté de l'évier. Bernie le désigna du doigt.

« J'ai lu le journal hier. On dirait que les propriétaires de l'établissement ont des ennuis.

— Vous parlez qu'elles en ont ! C'est une honte. Mme Collins est la femme la plus gentille qu'on puisse imaginer, et sa fille, Meg, est adorable. »

Deux hommes entrèrent et vinrent s'asseoir à l'autre extrémité du bar. Joe prit les commandes, puis resta à bavarder avec eux. Bernie regarda autour de lui, tout en finissant son hamburger et sa bière. Les fenêtres du fond donnaient sur le parking. Au-delà, un espace boisé s'étendait jusqu'à la maison des Collins.

Bernie eut soudain une idée. S'il venait ici le soir, il pourrait garer sa voiture dans le parking parmi celles des clients et se glisser dans les bois. Peut-être pourrait-il prendre des photos de Meghan chez elle. Il avait un téléobjectif. Ça devrait être facile.

Avant de partir il demanda à Joe si un gardien s'occupait du parking.

« Seulement les vendredi et samedi soir », lui dit Joe.

Bernie hocha la tête. Il reviendrait dimanche soir.

Meghan quitta Stephanie Petrovic à deux heures de

l'après-midi. Sur le seuil de la porte, elle dit : « Je reste-rai pas en contact avec vous et faites-moi savoir le jour où vous entrerez à l'hôpital. C'est dur d'avoir son premier bébé toute seule, sans personne autour de soi.

— Ça me terrifie, avoua Stephanie. Ma mère est passée par de sales moments quand je suis née. Je voudrais en avoir déjà terminé. »

L'image du jeune visage angoissé ne quitta pas Meghan. Pourquoi Stephanie refusait-elle avec un tel entêtement de demander de l'aide au père de l'enfant ? Bien sûr, si elle était décidée à faire adopter le bébé, c'était probablement hors de propos.

Il y avait un autre endroit où Meghan voulait s'arrêter avant de rentrer chez elle. Trenton n'était pas loin de Lawrenceville, et Helene y avait travaillé comme secrétaire au centre Dowling, un établissement de procréation assistée. Quelqu'un se souviendrait peut-être d'elle, là-bas, bien qu'elle ait quitté le centre pour la clinique Manning il y avait six ans. Meghan était déterminée à en savoir plus sur Helene Petrovic.

Le centre Dowling était situé dans un petit immeuble contigu à l'hôpital du Valley Memorial Hospital. La réception ne contenait qu'un bureau et une chaise. Visiblement l'endroit n'avait pas le même standing que la clinique Manning.

Meghan ne montra pas sa carte de journaliste. Elle n'était pas ici pour des raisons professionnelles. Lorsqu'elle annonça à l'hôtesse qu'elle désirait rencontrer quelqu'un ayant connu Helene Petrovic, le visage de la femme changea. « Nous n'avons rien de plus à dire sur le sujet. Mme Petrovic a travaillé ici comme secrétaire pendant trois ans. Elle n'a jamais participé à aucune activité médicale.

— Je vous crois, dit Meghan. Mais mon père est tenu pour responsable de son recrutement pour la clinique Manning. J'ai besoin de savoir si la société de mon père vous a jamais demandé des renseignements la concernant. »

La femme hésita.

« Je vous en prie, dit calmement Meghan.

— Je vais voir si la directrice peut vous recevoir. »

La directrice était une femme élégante aux cheveux gris. Lorsque Meghan fut introduite dans son bureau, elle se présenta. « Dr Keating. Je suis docteur en droit, pas médecin, ajouta-t-elle d'un ton vif. Je m'occupe de la gestion du centre. »

Elle avait le dossier d'Helene Petrovic dans son tiroir. « Le procureur du Connecticut en a demandé une copie il y a deux jours, expliqua-t-elle.

— Voyez-vous un inconvénient à ce que je le consulte ? demanda Meghan.

— Pas le moindre. »

Le dossier contenait des renseignements qui avaient été rapportés dans la presse. Sur sa demande de candidature à Dowling, Helene Petrovic avait dit la vérité. Elle avait postulé pour un poste de secrétaire, précisant son expérience d'esthéticienne et citant son récent diplôme de la Woods Secretarial School de New York.

« Nous avions vérifié ses références, dit le Dr Keating. Elle avait un physique agréable et présentait bien. Je l'ai engagée et elle m'a donné entière satisfaction pendant les trois années qu'elle a passées ici.

— Lorsqu'elle est partie, vous a-t-elle dit qu'elle allait à la clinique Manning ?

— Non. Elle a dit qu'elle avait l'intention de travailler à nouveau comme esthéticienne à New York. Elle a ajouté qu'une de ses amies ouvrait un salon. C'est pourquoi nous n'avons pas été surpris que personne ne vienne nous demander des références.

— Vous n'avez donc eu aucun contact avec l'agence de recrutement Collins et Carter ?

— Aucun.

— Madame Keating, Helene Petrovic est parvenue à duper tout le personnel médical de la clinique Manning. Où pensez-vous qu'elle ait pu acquérir ses connaissances sur les embryons congelés ? »

Keating fronça les sourcils. « Comme je l'ai dit aux enquêteurs, Helene était fascinée par la médecine, et en particulier par le genre de médecine que nous pratiquions ici, les méthodes de procréation assistée. Elle

162

lisait des ouvrages sur la question aux heures creuses et venait souvent au laboratoire observer ce qui s'y passait. Je dois ajouter qu'elle n'a jamais eu l'autorisation d'entrer seule dans la salle du laboratoire. En fait, nous n'avons jamais moins de deux membres qualifiés de l'équipe médicale sur place. C'est une mesure de sécurité. Il me semble que ce devrait être la règle dans ce genre d'établissement.

— Par conséquent, vous croyez qu'elle a acquis ses connaissances médicales en observant et en lisant ?

— Il est difficile de croire que quelqu'un qui n'a jamais eu l'occasion d'effectuer réellement ce travail puisse tromper des spécialistes, mais je n'ai pas d'autre explication.

— Madame Keating, tout le monde s'accorde pour dire qu'Helene Petrovic était très gentille, respectée mais solitaire. Aviez-vous aussi cette impression ?

— Oui. A ma connaissance, elle ne fréquentait pas les autres secrétaires ni personne d'autre parmi l'équipe.

— Pas d'amis masculins ?

— Je ne l'affirmerais pas, mais j'ai toujours soupçonné qu'elle sortait avec une personne de l'hôpital. Lorsqu'elle n'était pas à son bureau, il est arrivé à plusieurs reprises que les autres filles prennent les communications à sa place. Elles ont commencé à la taquiner à propos de son docteur préféré. Apparemment le message était de rappeler un numéro à l'hôpital.

— Sauriez-vous de quel numéro il s'agissait ?

— C'était il y a six ans.

— Bien sûr. » Meghan se leva. « Madame Keating, vous avez été très aimable. Puis-je vous laisser mon numéro de téléphone au cas où vous vous souviendriez d'un détail qui puisse m'être utile ? »

Keating tendit la main. « Je suis au courant de la situation, mademoiselle Collins. J'aimerais pouvoir vous aider. »

Lorsqu'elle remonta dans sa voiture, Meghan étudia l'impressionnante bâtisse de l'hôpital du Valley Memorial. Dix étages de haut, la moitié d'un pâté de maisons, des centaines de fenêtres où les lumières s'allumaient à la tombée du soir.

Serait-il possible que derrière l'une de ces fenêtres il y ait eu un médecin capable d'avoir aidé Helene Petrovic à mettre au point sa dangereuse supercherie ?

Meghan s'engageait sur la nationale 7 au moment où furent diffusées les nouvelles de dix-sept heures. Elle écouta le journal de WPCD : « Le substitut du procureur John Dwyer a confirmé que la voiture que conduisait Edwin Collins la nuit de la catastrophe du pont de Tappan Zee en janvier dernier a été retrouvée devant l'appartement de sa fille à Manhattan. Les examens balistiques montrent que le revolver de Collins, trouvé dans la voiture, est l'arme qui a tué Helene Petrovic, la responsable du laboratoire dont il aurait présenté les faux certificats à la clinique Manning. Edwin Collins est inculpé d'homicide et un mandat d'arrêt a été lancé contre lui. »

38

Le Dr George Manning quitta la clinique à cinq heures le vendredi après-midi. Les nouvelles patientes avaient annulé leurs rendez-vous, jusqu'ici seuls une demi-douzaine de parents inquiets s'étaient enquis des tests d'ADN, voulant s'assurer de l'origine biologique de leurs enfants. Le Dr Manning savait qu'il suffirait d'un cas d'erreur avéré pour provoquer la panique chez toutes les femmes ayant mis au monde un enfant après avoir suivi un traitement à la clinique. Pour ces raisons évidentes, il redoutait les prochains jours.

Avec lassitude il parcourut les treize kilomètres qui le séparaient de sa maison dans le sud du Kent. Quel affreux gâchis ! songea-t-il. Dix années de travail acharné et une réputation nationale ruinée en l'espace d'une nuit. Moins d'une semaine plus tôt, il avait participé à la réunion annuelle de la clinique, songeant avec plaisir au jour où il prendrait sa retraite. Lors de son soixante-dixième anniversaire, en janvier dernier, il avait annoncé qu'il resterait à son poste une année de plus.

Le plus vexant était qu'Edwin Collins lui avait téléphoné après avoir lu un article sur la cérémonie d'anniversaire et l'annonce de sa retraite prochaine, pour lui demander si Collins et Carter pourraient continuer à travailler avec la clinique Manning!

Le vendredi soir, en mettant au lit son fils, qui avait maintenant trois ans, Dina Anderson l'embrassa très fort. « Jonathan, je crois que ton jumeau ne va pas attendre lundi pour arriver, lui dit-elle.

— Où en es-tu, chérie? lui demanda son mari lorsqu'elle descendit.

— Elles reviennent toutes les cinq minutes.

— Je ferais mieux d'avertir le docteur.

— Tant pis pour le film où on devait nous voir Jonathan et moi en train de préparer la chambre de Ryan. » Elle fit une grimace. « Tu ferais mieux de demander à maman de venir à la maison et de prévenir l'accoucheur que je suis en route pour l'hôpital. »

Une demi-heure plus tard, au centre médical de Danbury, Dina Anderson entrait dans la salle d'examen. « C'est incroyable, les contractions ont cessé, dit-elle, désappointée.

— Nous allons vous garder, lui dit l'obstétricien. Si rien n'arrive durant la nuit, nous vous ferons une intraveineuse afin de provoquer le travail dans la matinée. Vous pouvez rentrer chez vous, Don. »

Dina attira vers elle le visage de son mari. « Ne prends pas cet air de papa inquiet. Oh, peux-tu téléphoner à Meghan Collins et la prévenir que Ryan va sans doute pointer son nez demain? Elle veut le filmer dès qu'il aura vu le jour. N'oublie pas d'apporter les photos de Jonathan à sa naissance. Elle va les montrer en même temps que le bébé afin que tout le monde constate qu'ils sont exactement semblables. Et préviens le Dr Manning. Il s'est montré si gentil. Il a téléphoné aujourd'hui pour prendre de mes nouvelles. »

Le lendemain matin, Meghan et son cameraman, Steve, attendaient dans le hall de l'hôpital l'annonce de la naissance de Ryan. Donald Anderson leur avait remis les photos de Jonathan nouveau-né. Dès que le bébé serait dans la nursery, ils auraient l'autorisation de le filmer. Jonathan allait venir à l'hôpital accompagné de la mère de Dina, et ils pourraient faire une rapide prise de vues de la famille au complet.

Avec l'œil du reporter, Meghan observa l'activité qui régnait dans le hall. Une jeune maman dans un fauteuil roulant, son bébé dans les bras, était reconduite par une infirmière jusqu'à la porte. Son mari suivait, les bras encombrés de valises et de bouquets de fleurs. De l'un des bouquets s'élevait un ballon rose où s'inscrivait : « C'est une fille. »

Un couple à l'air épuisé sortit de l'ascenseur, tenant les mains d'un petit garçon avec un plâtre au bras et un bandage autour de la tête. Une jeune femme enceinte traversa le hall et poussa la porte des admissions.

A la vue de ces familles, Meghan pensa à Kyle. Quelle sorte de mère pouvait se désintéresser du sort d'un bébé de six mois ?

Le cameraman examinait les photos de Jonathan. « Je vais le prendre sous le même angle, dit-il. C'est bizarre d'imaginer que tu sais exactement à quoi va ressembler ce gosse.

— Regarde, dit Meghan. Voilà le Dr Manning. Je me demande s'il est ici à cause des Anderson. »

Dans la salle d'accouchement en haut, un cri perçant amena un sourire sur le visage des médecins, des infirmières et des Anderson. Pâle et épuisée, Dina leva les yeux vers son mari et vit sa mine bouleversée. Affolée, elle se redressa sur un coude. « Il va bien ? s'écria-t-elle. Laissez-moi le voir.

— Il va bien, Dina, dit le médecin, levant le nouveau-né vagissant couronné d'une touffe de cheveux roux.

— Ce n'est pas le jumeau de Jonathan ! hurla Dina. De qui ai-je porté le bébé ? »

39

« Il pleut toujours le samedi », grommela Kyle en zappant d'un programme à l'autre. Il était assis en tailleur sur la moquette, Jake auprès de lui.

Mac était plongé dans le journal du matin. « Pas toujours », dit-il d'un air absent. Il jeta un coup d'œil sur sa montre. Il était presque midi. « Mets Channel 3. Je voudrais voir les nouvelles.

— D'accord. » Kyle appuya sur la télécommande. « Regarde, c'est Meg ! »

Mac laissa tomber son journal. « Monte le son.

— Tu me dis toujours de le baisser.

— Kyle !

— D'accord, d'accord. »

Meg se trouvait dans le hall d'un hôpital. « Un rebondissement effrayant s'est produit dans l'affaire de la clinique Manning. Au meurtre d'Helene Petrovic et à la découverte de ses faux certificats, s'ajoute aujourd'hui la crainte que Mme Petrovic n'ait commis de graves erreurs dans la manipulation des embryons congelés. Il y a une heure, un bébé, dont on s'attendait qu'il soit le clone de son frère âgé aujourd'hui de trois ans, est né ici, au centre médical de Danbury. »

Mac et Kyle virent le champ de la caméra s'élargir.

« A mes côtés se tient le Dr Allan Neitzer, l'obstétricien qui vient d'accoucher Dina Anderson. Docteur, voulez-vous nous parler du bébé ?

— Le bébé est un splendide garçon de huit livres en parfaite santé.

— Mais il n'est pas le vrai jumeau du fils de trois ans des Anderson ?

— Non, ce n'est pas son jumeau.

— Est-il l'enfant biologique de Dina Anderson ?

— Seuls les tests d'ADN pourront l'établir.

— Combien de temps cela prendra-t-il ?

— De quatre à six semaines.

— Comment les Anderson ont-ils réagi ?

— Ils sont bouleversés. Très inquiets.

— Le Dr Manning était ici. Il est monté dans les

étages avant que nous ne puissions lui parler. A-t-il vu les Anderson ?

— Je ne peux vous répondre sur ce sujet.

— Merci, docteur. » Meghan se tourna face à la caméra. « Nous reviendrons sur les suites de cette affaire. Je vous rends l'antenne, Mike.

— Tu peux éteindre, Kyle. »

Kyle pressa le bouton de la télécommande et l'image disparut. « Qu'est-ce que ça veut dire ? »

Ça signifie de gros ennuis, pensa Mac. Combien d'erreurs Helene Petrovic avait-elle commises à la clinique Manning ? Dans tous les cas, il ne faisait aucun doute qu'Edwin Collins serait jugé aussi responsable qu'elle. « C'est assez compliqué, Kyle.

— C'est ennuyeux pour Meg ? »

Mac contempla le visage de son fils. Les cheveux blonds si semblables aux siens, toujours en broussaille, retombaient sur son front. Les yeux bruns hérités de Ginger avaient perdu leur habituelle lueur de gaieté. Mis à part la couleur des yeux, Kyle était un pur MacIntyre. Quel effet cela faisait-il, se demanda Mac, de regarder le visage de son fils et de se rendre compte qu'il ne descendait peut-être pas de vous ?

Il entoura Kyle de son bras. « Meg a traversé des moments difficiles, ces derniers jours. C'est pourquoi elle a l'air soucieux.

— Avec toi et Jake, c'est ma meilleure amie », dit Kyle avec gravité.

En entendant son nom, Jake remua la queue.

Mac eut un bref sourire. « Je suis sûre que Meg serait flattée de le savoir. » Ce n'était pas la première fois ces temps-ci qu'il se demandait si son refus stupide d'admettre ses sentiments pour Meg ne l'avait pas à jamais relégué au statut d'ami et de confident.

Meghan et le cameraman attendaient dans le hall du centre médical de Danbury. Ni Donald Anderson ni le Dr Manning n'étaient encore descendus.

« Regarde, Meg, dit soudain Steve, n'est-ce pas l'autre petit Anderson ?

— Si, c'est lui. C'est sans doute sa grand-mère qui l'accompagne. »

Ils se levèrent d'un bond, suivirent l'enfant et la femme dans le hall et les rejoignirent à la porte de l'ascenseur. Meg brancha le micro. Steve commença à filmer.

« Je me demandais si vous accepteriez de nous dire quelques mots, demanda Meghan à la femme. N'êtes-vous pas la mère de Dina Anderson et la grand-mère de Jonathan?

— Si, en effet. » La voix distinguée trahissait sa détresse. Des cheveux argentés encadraient un visage défait.

A son expression, Meghan comprit qu'elle était au courant de ce qui s'était passé.

« Avez-vous parlé à votre fille ou à votre gendre depuis la naissance du bébé?

— Mon gendre m'a téléphoné. Je vous en prie, nous aimerions monter, ma fille a besoin de moi. » Elle pénétra dans l'ascenseur, la main du petit garçon serrée dans la sienne.

Meghan ne tenta pas de la retenir.

Jonathan portait une veste bleue assortie à la couleur de ses yeux. Ses joues formaient deux taches roses sur sa peau claire. Son capuchon était rabaissé et des gouttes de pluie perlaient sur sa chevelure d'un blond presque blanc coiffée à la Buster Brown. Il sourit et fit un signe de la main. « Au revoir, dit-il tandis que les portes de l'ascenseur se refermaient.

— C'est un joli môme, fit remarquer Steve.

— Il est adorable », renchérit Meghan.

Ils retournèrent à leurs sièges. « Crois-tu que Manning va faire une déclaration? demanda Steve.

— Si j'étais le Dr Manning, j'irais demander conseil à mes avocats. » Et l'agence Collins et Carter aura également besoin de ses avocats, pensa-t-elle.

Le bip de Meghan retentit. Elle sortit son téléphone portatif, appela la rédaction qui lui dit que Tom Weicker voulait lui parler. « Si Tom est au bureau un samedi, murmura-t-elle, c'est qu'il se passe quelque chose. »

Elle avait vu juste. Weicker alla droit au but. « Meg, Dennis Cimini va venir vous remplacer. Il a pris un hélicoptère, il devrait arriver d'une minute à l'autre. »

Meghan ne s'étonna pas. Le reportage sur les jumeaux nés à trois années d'intervalle avait pris une tournure beaucoup plus grave. Il était maintenant lié au scandale de la clinique Manning et au meurtre d'Helene Petrovic.

« Très bien, Tom. » Elle sentit que ce n'était pas tout.

« Meg, vous avez parlé aux autorités du Connecticut de votre ressemblance avec cette femme qui a été assassinée et du fait qu'elle avait un billet dans sa poche écrit de la main de votre père ?

— Il m'a semblé que je devais les mettre au courant. J'étais certaine que la police de New York les contacterait un jour ou l'autre à ce sujet.

— Quelqu'un a craché le morceau. Ils ont aussi appris que vous vous étiez rendue à la morgue pour subir un test d'ADN. Nous devons diffuser la nouvelle sur-le-champ. Les autres chaînes l'ont déjà.

— Je comprends, Tom.

— Meg, à partir d'aujourd'hui, vous êtes en congé. En congé payé bien sûr.

— Très bien.

— Je regrette, Meg.

— Je sais, merci. » Elle raccrocha. Dennis Cimini franchissait la porte à tambour du hall d'entrée. « Je crois que c'est terminé. A un de ces jours, Steve », dit-elle. Elle espéra que son amère déception n'était pas trop visible.

40

Il y avait une vente par adjudication d'un terrain en bordure de l'État de Rhode Island. Phillip Carter avait prévu d'y faire un tour.

Il avait besoin de passer une journée loin du bureau et des problèmes qui s'étaient accumulés pendant toute la semaine. Les médias avaient été omniprésents. Les enquêteurs n'avaient cessé d'entrer et de sortir. L'animateur d'un débat télévisé lui avait même demandé de participer à une émission sur les personnes disparues.

Victor Orsini ne s'était pas trompé en disant que chaque mot prononcé ou imprimé à propos des faux certificats d'Helene Petrovic enfoncerait davantage Collins et Carter.

Le samedi, peu avant midi, Carter s'apprêtait à refermer la porte du bureau lorsque le téléphone sonna. Il hésita à répondre, puis souleva l'appareil. C'était Orsini.

« Phillip, je suis devant la télévision. Le torchon brûle. La première erreur connue d'Helene Petrovic à la clinique Manning vient de voir le jour.

— Qu'est-ce que ça veut dire ? »

Orsini expliqua. A mesure qu'il écoutait, Phillip sentit son sang se glacer.

« Ce n'est que le début, dit Orsini. A combien s'élève le montant de l'assurance de la compagnie pour couvrir cette histoire ?

— Aucune assurance au monde ne pourrait la couvrir », dit posément Carter en raccrochant.

On croit contrôler toute la situation, pensa-t-il, mais ce n'est jamais le cas. La panique n'était pas une émotion habituelle chez lui, mais soudainement les événements le cernaient.

Ses pensées se tournèrent ensuite vers Catherine et Meghan. Il n'était plus question de promenade à la campagne. Il appellerait Meg et Catherine tout à l'heure. Peut-être pourrait-il les rejoindre pour dîner ce soir. Il voulait savoir ce qu'elles faisaient, ce qu'elles pensaient.

Lorsque Meg arriva à une heure et demie, Catherine avait déjà déjeuné. Elle avait vu l'émission diffusée en direct depuis l'hôpital.

« C'était probablement mon dernier reportage télé pour Channel 3 », dit Meg d'un ton calme.

Pendant un court instant, trop accablées pour parler, les deux femmes mangèrent en silence. Puis Meg dit : « Maman, si pénible que soit l'épreuve que nous traversons, peux-tu imaginer l'angoisse de ces femmes qui ont eu leur bébé par fécondation in vitro pratiquée à la clinique Manning? Après l'erreur du bébé Anderson, toutes sans exception vont se demander si elles ont bien reçu leur propre embryon. Qu'arrivera-t-il lorsque les erreurs seront repérées et qu'une mère biologique et une mère porteuse réclameront le même enfant?

— Je peux l'imaginer. » Catherine Collins tendit la main à travers la table et prit celle de Meg. « Meggie, j'ai vécu pendant près de neuf mois dans un tel chaos émotionnel que je suis groggy.

— Maman, je sais ce que tu ressens.

— Écoute-moi. Je n'ai pas la moindre idée de la façon dont tout ça finira, mais je sais une chose : *je ne veux pas te perdre.* Si quelqu'un a tué cette pauvre fille en pensant qu'il s'agissait de toi, je peux seulement la plaindre de tout mon cœur et remercier Dieu à deux genoux de t'avoir gardée en vie. »

Elles sursautèrent toutes les deux en entendant carillonner la sonnette de l'entrée.

« J'y vais », dit Meg.

C'était un paquet recommandé pour Catherine. Elle l'ouvrit. A l'intérieur se trouvaient un billet et une petite boîte. Elle lut le billet à voix haute.

Chère Madame Collins, je vous retourne l'alliance de votre mari. J'ai rarement ressenti avec une telle certitude ce que j'ai annoncé à l'inspecteur Bob Marron, à savoir qu'Edwin Collins était mort il y a plusieurs mois.

Mes pensées et mes prières vous accompagnent.
Fiona Campbell Black.

Meghan vit avec soulagement les larmes effacer un peu de la souffrance qui était gravée sur le visage de sa mère.

Catherine sortit le mince anneau d'or de la boîte et referma ses doigts sur lui.

41

Tard dans la soirée de samedi, au centre médical de Danbury, Dina Anderson sommeillait sous l'effet d'un calmant, Jonathan endormi auprès d'elle. Son mari et sa mère étaient assis en silence à son chevet. L'obstétricien, le Dr Neitzer, passa la tête par la porte et fit signe à Don.

Don sortit de la pièce. « Des nouvelles ? »

Le docteur hocha la tête. « Bonnes, je l'espère. En vérifiant votre groupe sanguin, celui de votre femme et celui du bébé, nous avons conclu que le bébé avait toutes les chances d'être votre enfant biologique. Vous êtes A positif, votre femme est O négatif, le bébé est O positif.

— Jonathan est A positif.

— C'est-à-dire de l'autre groupe sanguin compatible avec celui d'un enfant de parents A positif et O négatif.

— Je ne sais quoi penser, dit Don. La mère de Dina jure que le bébé est le portrait de son propre frère à sa naissance. Il y a des cheveux roux de ce côté de la famille.

— Le test d'ADN établira avec une certitude absolue si oui ou non le bébé est biologiquement votre enfant, mais cela prendra au minimum quatre semaines.

— Et que veut-on de nous en attendant ? s'écria Don. Que nous nous attachions à lui, l'aimions pour découvrir à la fin que nous devons le rendre à quelqu'un d'autre de la clinique Manning ? Ou devons-nous le laisser à la nursery jusqu'à ce que nous sachions s'il est ou non à nous ?

— Tout bébé dans les premières semaines de sa vie souffre d'être laissé dans une nursery, répliqua le Dr Neitzer. Même nos petits malades ont besoin que leur père et leur mère les tiennent le plus souvent possible dans leurs bras. Et le Dr Manning dit...

— Ce que dit le Dr Manning ne m'intéresse pas, l'interrompit Don. Tout ce qu'on m'a toujours affirmé depuis que l'embryon s'est scindé, il y a presque quatre ans, c'est que le jumeau de Jonathan se trouvait dans une éprouvette spécialement étiquetée.

— Don, où es-tu ? » appela une voix faible.

Anderson et le Dr Neitzer revinrent dans la chambre. Dina et Jonathan étaient tous les deux réveillés. Elle dit : « Jonathan veut voir son petit frère.

— Chérie, je ne sais... »

La mère de Dina se leva et jeta à sa fille un regard plein d'espoir.

« Je le veux, moi aussi. J'ai porté ce bébé pendant neuf mois. Pendant les trois premiers mois j'ai eu des saignements et j'ai craint de le perdre. Lorsque je l'ai senti bouger pour la première fois, j'ai pleuré de bonheur. J'adore le café et je n'en ai pas bu une goutte à cause de cet enfant. Il n'a cessé de me bourrer de coups de pied et je n'ai pas eu une vraie nuit de sommeil pendant trois mois. Qu'il soit ou non mon enfant biologique, je l'ai mérité et je le veux.

— Chérie, d'après le Dr Neitzer les analyses de sang montrent qu'il est probablement notre enfant.

— Tant mieux. Maintenant, va demander si on peut m'apporter mon bébé. »

A quatorze heures trente, le Dr Manning, accompagné de son avocat et d'un responsable de l'hôpital, entra dans la salle de conférences.

Le responsable fit une annonce d'une voix ferme : « Le Dr Manning va lire une déclaration. Il ne répondra à aucune question. Ensuite, je vous demanderai à tous de quitter les lieux. Les Anderson ne désirent faire aucune déclaration, et ils n'autorisent aucune photo. »

Les cheveux gris du Dr Manning étaient ébouriffés, et il avait le visage tiré quand il mit ses lunettes et d'une voix rauque commença à lire :

« Je peux seulement regretter l'épreuve qui frappe la famille Anderson. Je crois sincèrement que Mme Anderson a donné naissance à son fils biologique aujourd'hui. Elle avait deux embryons congelés dans le laboratoire de notre clinique. L'un était le vrai jumeau de son fils Jonathan; l'autre est son frère.

« Lundi dernier, Helene Petrovic m'a avoué qu'elle avait eu un accident dans le laboratoire alors qu'elle tenait les boîtes de Petri contenant ces deux embryons. Elle a glissé et est tombée. Sa main a heurté le sol et renversé l'une des boîtes avant que les embryons aient été transférés dans les éprouvettes. Elle croyait que la boîte restante contenait le jumeau et elle l'a introduit dans l'éprouvette spécialement étiquetée. L'autre embryon a été perdu. »

Le Dr Manning ôta ses lunettes et leva la tête.

« Si Helene Petrovic m'a dit la vérité, et je n'ai aucune raison d'en douter, je le répète, Dina Anderson a donné aujourd'hui naissance à son fils biologique. »

Les questions fusèrent : « Pourquoi Helene Petrovic ne vous l'a pas dit tout de suite ? » « Pourquoi n'avez-vous pas prévenu les Anderson immédiatement ? » « Combien d'autres erreurs a-t-elle pu faire ? »

Le Dr Manning les ignora toutes et quitta la pièce d'un pas fatigué.

Victor Orsini téléphona à Phillip Carter après avoir écouté les informations du samedi soir. « Vous feriez mieux d'engager des avocats pour représenter la société », lui dit-il.

Carter s'apprêtait à partir pour Drumdoe. « C'est mon avis. L'affaire est trop importante pour Leiber, mais il peut probablement me recommander quelqu'un. »

Leiber était l'avocat du cabinet pour les affaires courantes.

« Phillip, si vous n'avez pas d'autres projets pour ce soir, que diriez-vous de venir dîner avec moi ? Il existe un vieux proverbe qui dit : la misère aime la compagnie.

— J'ai déjà organisé ma soirée. Je dois retrouver Catherine et Meg Collins.

— Dites-leur bien des choses de ma part. A lundi. »

Orsini raccrocha et se dirigea vers la fenêtre. Le lac de Candlewood était paisible ce soir. Les lumières des maisons sur les berges brillaient plus qu'à l'accoutumée. Des réceptions, pensa Orsini. Il pariait que son nom serait sur toutes les lèvres. Tout le monde dans la région savait qu'il travaillait pour Collins et Carter.

Son coup de fil à Phillip Carter lui avait procuré l'information qu'il désirait : Carter était occupé pour la soirée. Victor pouvait tranquillement se rendre à l'agence. Il y serait seul et passerait deux heures à étudier les dossiers personnels d'Edwin Collins. Depuis peu, quelque chose le tourmentait, et il était essentiel qu'il puisse une dernière fois vérifier ces dossiers avant que Meghan ne les emporte.

Meghan, Mac et Phillip se retrouvèrent pour dîner à Drumdoe. Catherine était dans la cuisine où elle s'affairait depuis seize heures.

« Ta mère a un cran formidable, dit Mac.

— A qui le dis-tu, approuva Meg. As-tu vu les nouvelles du soir ? J'ai regardé le journal sur PCD, et ils ont débuté par l'histoire du bébé Anderson, le meurtre de Petrovic, ma ressemblance avec la femme de la morgue et le mandat d'arrêt contre papa. Je suppose que toutes les stations ont commencé par ça.

— Je sais », dit calmement Mac.

Phillip leva les mains en un geste d'impuissance. « Meg, je ferais n'importe quoi pour vous et votre mère, n'importe quoi pour découvrir pourquoi Edwin avait envoyé Helene Petrovic à Manning.

— Il y a sûrement une explication, dit Meg. J'en suis convaincue, et maman aussi, et c'est ce qui lui a donné le courage de venir ici et d'enfiler un tablier.

— Elle ne compte tout de même pas s'occuper de la cuisine indéfiniment ? protesta Phillip.

— Non. Tony, le chef qui était parti à la retraite l'été dernier, a téléphoné aujourd'hui et offert de revenir et de lui prêter main-forte pendant quelque temps. Je l'ai chaleureusement remercié, mais l'ai prévenu de ne pas reprendre la responsabilité complète de la cuisine. Plus maman est occupée, meilleur c'est pour elle. Il est arrivé. Elle va pouvoir nous rejoindre. »

Meghan sentit le regard de Mac s'attarder sur elle et baissa les yeux pour ne pas voir la compassion qu'elle y devinait. Elle savait que tout le monde dans la salle à manger les observerait, elle et sa mère, pour voir comment elles tenaient le coup. Elle avait délibérément choisi de porter du rouge : une jupe aux genoux et un pull-over à capuche en cachemire orné d'un bijou en or.

Elle s'était maquillée avec soin, fard à joues, rouge à lèvres, ombre à paupières. J'espère que je ne ressemble pas à une journaliste au chômage, s'était-elle dit, jetant un dernier coup d'œil dans la glace avant de quitter la maison.

Le plus rageant était de savoir que Mac ne se laissait pas tromper par les apparences. Il avait deviné qu'en plus du reste, elle se rongeait les sangs à cause de son travail.

Mac avait commandé du vin. Lorsque leurs verres furent remplis, il leva le sien vers Meghan. « J'ai un message de la part de Kyle. Lorsqu'il a su que nous dînions ensemble, il m'a demandé de te prévenir qu'il viendrait te faire peur demain soir. »

Meg sourit. « Bien sûr. C'est Halloween demain. En quoi sera déguisé Kyle ?

— Très original. En fantôme, un vrai fantôme qui fait peur, c'est du moins ce qu'il affirme. Je l'emmène demain après-midi avec d'autres enfants pour les visites rituelles dans les maisons. Mais il veut te réserver la soirée. Donc, si on frappe à la fenêtre après la tombée du soir, tiens-toi prête.

— Je m'arrangerai pour être à la maison. Regardez, voilà maman. »

Catherine garda un sourire sur les lèvres en traversant la salle à manger. Elle fut à plusieurs reprises retenue par des clients qui se levaient précipitamment pour l'embrasser. Lorsqu'elle arriva enfin à leur table, elle dit : « Je suis si heureuse que vous soyez venus. C'est décidément mieux que de rester à la maison à ressasser les mêmes pensées.

— Vous êtes réellement magnifique, dit Phillip. Un vrai soldat. »

L'admiration dans ses yeux n'échappa pas à Meg. Elle jeta un coup d'œil à Mac. Il l'avait vue aussi.

Attention, Phillip. Ne bousculez pas maman, pensa Meghan.

Son regard s'attarda sur les bagues de sa mère. Ses diamants et ses émeraudes brillaient d'un bel éclat sous la petite lampe de la table. Plus tôt dans la soirée, sa mère lui avait confié que dès lundi elle avait l'intention de mettre au clou ou de vendre ses bijoux. Elle avait de grosses factures à régler pour l'auberge la semaine prochaine. « Mon seul regret en renonçant à ces bijoux est que j'aurais aimé qu'ils te reviennent. »

Ce n'est pas ça l'important, songea Meg, mais...

« Meg ? Que veux-tu commander ?

— Oh, pardon. » Meghan eut un sourire penaud et baissa les yeux sur la carte qu'elle tenait dans sa main.

« Essaie le bœuf Wellington, conseilla Catherine. Il est excellent. Je suis bien placée pour le savoir, c'est moi qui l'ai préparé. »

Durant le dîner, Meg fut reconnaissante à Mac et à Phillip d'orienter la conversation sur des sujets sans risque, depuis le projet de réfection des routes secondaires, jusqu'à l'équipe de football de Kyle.

En buvant un cappuccino, Phillip demanda à Meg quels étaient ses projets. « J'ai appris que vous étiez en congé forcé, dit-il. Je suis vraiment désolé. »

Meg haussa les épaules. « Cela ne me réjouit pas, mais tout finira peut-être par s'arranger. Vous savez, je persiste à croire qu'Helene Petrovic reste un mystère. Elle est la clé de toute cette histoire. Je suis décidée à trouver à son sujet quelque chose qui pourrait nous apporter des éclaircissements.

— J'en serais heureux, dit Phillip. Dieu sait que j'aimerais moi aussi obtenir des éclaircissements.

— Autre chose, ajouta Meg. Je n'ai pas encore débarrassé le bureau de papa. Verriez-vous un inconvénient à ce que je vienne demain ?

— Venez quand vous voulez, Meg. Aurez-vous besoin d'un coup de main ?

— Non merci. Je me débrouillerai.

— Meg, téléphone-moi quand tu auras fini, dit Mac. Je t'aiderai à transporter les affaires jusqu'à la voiture.

— Demain est ton jour d'Halloween avec Kyle, lui rappela Meg. J'y parviendrai seule. » Elle sourit aux deux hommes. « Mille mercis, mes amis, d'être avec nous ce soir. C'est bon d'être épaulées en de tels moments. »

Samedi à neuf heures du soir, à Scottsdale dans l'Arizona, Frances Grolier soupira en reposant son ciseau. On lui avait commandé un petit bronze de deux enfants navajos à l'intention de l'invité d'honneur d'une fête de charité. La date de remise approchait et Frances n'était pas satisfaite du plâtre qui devait lui servir d'empreinte.

Elle n'était pas parvenue à capter l'air interrogateur inscrit sur les visages des deux enfants. Sur les photos qu'elle avait prises d'eux, cette expression était bien rendue, mais ses mains restaient totalement incapables d'exécuter l'œuvre sculptée telle qu'elle la voyait.

Le problème était qu'elle n'arrivait pas à se concentrer sur son travail.

Annie. Elle n'avait pas de nouvelles de sa fille depuis maintenant près de deux semaines. Tous les messages qu'elle avait laissés sur son répondeur étaient restés sans réponse. Ces derniers jours, elle avait téléphoné aux amis les plus proches d'Annie. Aucun d'entre eux ne l'avait vue.

Elle peut être n'importe où, songea Frances. Il est possible qu'elle soit partie écrire un article dans je ne sais quel bled perdu. Journaliste en free-lance, spécialisée dans les voyages, Annie partait souvent à l'improviste.

Je lui ai appris à être indépendante, se dit Frances. Je lui ai appris à être libre, à saisir l'occasion, à prendre la vie comme elle l'entendait.

L'ai-je élevée ainsi pour justifier ma propre existence ? se demanda-t-elle.

C'était une pensée qui la harcelait, ces temps-ci.

Il était inutile de s'acharner au travail ce soir. Elle se dirigea vers la cheminée et ajouta quelques bûches dans le feu. La journée avait été chaude et le ciel clair, mais un froid pénétrant tombait avec la nuit, comme toujours dans le désert.

La maison lui semblait tellement silencieuse. Peut-être ne connaîtrait-elle jamais plus l'émoi de l'attente. Petite fille, Annie demandait souvent pourquoi papa voyageait autant.

« Il occupe un poste très important au gouvernement », disait Frances.

En grandissant, Annie était devenue plus curieuse. « Quel genre de travail fais-tu, papa ?

— Oh, je suis une sorte de contrôleur, ma chérie.

— Est-ce que tu travailles pour la CIA ?

— Si c'était le cas, je ne te le dirais pas.

— C'est ça, hein ?

— Annie, je travaille pour le gouvernement et j'ai droit à des billets d'avion gratuits à force de parcourir le pays. »

Toute à ses souvenirs, Frances alla à la cuisine, emplit un verre de glaçons et versa par-dessus une rasade généreuse de scotch. Pas le meilleur moyen de résoudre les problèmes, se dit-elle.

Elle posa son verre, se rendit dans la salle de bains contiguë à sa chambre et prit une douche, frottant les traces d'argile séchée qui s'étaient incrustées dans le creux de ses paumes. Après avoir enfilé un pyjama de soie grise et une robe de chambre, elle reprit son verre de scotch et s'installa dans le divan en face de la cheminée. Puis elle relut la dépêche de l'Associated Press qu'elle avait déchirée à la page dix dans le journal du matin, un résumé du compte rendu donné par le Département des autoroutes de l'État de New York sur la catastrophe du pont de Tappan Zee.

Un passage disait : « Le nombre des victimes qui ont péri dans l'accident a été réduit de huit à sept. Les recherches approfondies n'ont révélé aucune trace du corps d'Edwin R. Collins, aucun débris de sa voiture. »

Aujourd'hui, Frances était hantée par la question : est-il possible qu'Edwin soit toujours en vie ?

Il avait paru tellement préoccupé par ses affaires le matin de son départ.

Il redoutait de plus en plus que l'on ne découvre sa double vie et que ses deux filles ne le méprisent.

Il s'était plaint récemment de douleurs à la poitrine, et le médecin avait diagnostiqué qu'elles étaient provoquées par l'angoisse.

Il lui avait donné un chèque au porteur de deux cent mille dollars en décembre. « Au cas où il m'arriverait quelque chose. » Cherchait-il déjà un moyen de fuir ses deux existences lorsqu'il avait prononcé ces paroles ?

Et où était Annie ? s'alarma Frances, envahie d'un pressentiment grandissant.

Edwin avait un répondeur dans son bureau. Pendant des années, si Frances avait besoin de le joindre, ils étaient convenus qu'elle pourrait l'appeler entre minuit et cinq heures, à l'heure de la côte Est. Il écoutait toujours ses messages vers six heures puis les effaçait.

Cette ligne était sûrement débranchée. A moins que...

Il était dix heures du soir en Arizona, minuit passé sur la côte Est.

180

Elle décrocha l'appareil et composa le numéro. Après deux sonneries, le message du répondeur d'Ed se fit entendre : « Vous avez composé le 203 555 2867. Après le bip sonore, parlez. »

Frances fut tellement surprise en entendant sa voix qu'elle faillit oublier la raison de son appel. Se pourrait-il qu'il soit vivant ? se demanda-t-elle. Et si Ed était en vie quelque part, pouvait-il entrer en communication avec ce répondeur ?

Elle n'avait rien à perdre. Rapidement elle laissa le message convenu. « Monsieur Collins, voulez-vous rappeler la maroquinerie Palomino. Si vous êtes encore intéressé par cette valise, nous l'avons en magasin. »

Installé dans le bureau d'Edwin Collins, Victor Orsini parcourait ses dossiers personnels lorsque la ligne privée sonna. Il sursauta. Qui diable pouvait appeler au bureau à cette heure ?

Le répondeur était branché. S'asseyant dans le fauteuil de Collins, Orsini écouta la voix modulée laisser son bref message.

La communication terminée, Orsini resta immobile, fixant le répondeur pendant de longues minutes. On ne téléphonait pas à cette heure-ci pour une commande de valise. C'était une sorte de code. Quelqu'un s'attendait qu'Ed reçoive le message. C'était une confirmation supplémentaire qu'une mystérieuse personne croyait Ed vivant et caché quelque part.

Quelques minutes plus tard, Victor quitta le bureau. Il n'avait pas trouvé ce qu'il cherchait.

42

Le dimanche matin, Catherine Collins assista à la messe de dix heures à Saint-Paul, mais elle eut du mal à rester attentive pendant le sermon. Elle avait été baptisée dans cette église, s'y était mariée, y avait enterré ses parents. Elle y avait toujours trouvé du réconfort. Long-temps, elle avait prié pour que le corps d'Edwin soit re-trouvé, demandant à Dieu de l'aider à accepter sa mort, de lui donner la force de continuer sans lui.

Que Lui demandait-elle aujourd'hui ? Uniquement de garder Meg en vie. Elle jeta un coup d'œil à sa fille, immobile à côté d'elle, apparemment recueillie, mais Catherine devina que ses pensées à elle aussi étaient très loin.

Un fragment du *Dies Irae* lui vint spontanément à l'esprit. « Jour de colère que ce jour-là, qui réduira le monde en cendres. »

Je suis en colère, j'ai le cœur brisé et mon monde est en cendres, songea Catherine. Elle battit des paupières pour refouler les larmes qui montaient soudainement à ses yeux et sentit la main de Meg se refermer sur la sienne.

En quittant l'église, elles s'arrêtèrent pour prendre un café et des beignets à la confiture à la pâtisserie du coin, qui avait installé une demi-douzaine de tables à l'arrière de la boutique. « Tu te sens mieux ? demanda Meg.

— Oui, dit vivement Catherine. Ces beignets me remontent à chaque fois le moral. Je vais venir avec toi débarrasser le bureau de ton père.

— Nous étions convenues que ce serait moi qui m'en chargerais. C'est pour cela que nous sommes parties de la maison à deux voitures.

— Ce n'est pas plus facile pour toi que pour moi. Nous irons plus vite à deux, et il y a des affaires trop lourdes à porter. »

La voix de sa mère contenait cet accent d'autorité dont Meghan savait qu'il mettait fin à toute discussion.

La voiture de Meghan était remplie de cartons d'emballage. Elle et sa mère les transportèrent dans l'immeuble. Lorsqu'elles ouvrirent la porte de l'agence, elles eurent la surprise de trouver le chauffage en marche et les lumières allumées.

« Dix contre un que Phillip est passé ce matin pour préparer les lieux à notre intention », fit remarquer

Catherine. Elle parcourut du regard la pièce de réception. « C'est étonnant que je sois si rarement venue ici, dit-elle. Ton père voyageait énormément, et même lorsqu'il n'était pas par monts et par vaux, il courait d'un rendez-vous à un autre. Et quant à moi, je passais ma vie à l'auberge.

— Je suis sans doute venue plus souvent que toi. Il m'arrivait parfois de passer en sortant de l'école et de rentrer à la maison avec papa. »

Elle ouvrit la porte du bureau de son père. « On dirait qu'il vient à peine de partir, dit-elle. Phillip s'est montré d'une rare délicatesse en le laissant tel quel pendant si longtemps. Je sais que Victor aurait dû s'y installer. »

Pendant un long moment elles contemplèrent la pièce : le bureau d'Ed, la longue table, derrière, où trônaient leurs photos, les rayonnages remplis de livres le long du mur, le meuble de rangement dans le même bois de fruitier que le bureau. L'ensemble était dépouillé et raffiné.

« C'est Edwin qui a acheté et remis en état ce bureau, dit Catherine. Je suis sûre que Phillip ne s'opposerait pas à ce que nous le reprenions.

— Sûrement pas. »

Elles commencèrent par rassembler les photos et les ranger dans un carton. Meg était consciente que plus vite le bureau prendrait une apparence impersonnelle, plus facile ce serait pour elles deux. Elle suggéra : « Maman, tu pourrais t'attaquer d'abord aux livres. Je vais m'occuper des dossiers. »

Ce n'est qu'une fois assise devant le bureau de son père qu'elle vit le clignotant allumé sur le répondeur qui était posé sur une table basse près du fauteuil pivotant.

« Regarde. »

Sa mère s'approcha du bureau. « Quelqu'un laisse encore des messages sur le répondeur de papa ? » fit-elle d'un ton incrédule. Puis elle se pencha pour regarder l'indicateur d'appels. « Il n'y en a qu'un seul. Écoutons-le. »

Stupéfaites, elles écoutèrent le message puis la voix de synthèse qui concluait : « Samedi, 30 octobre, zéro heure neuf. Fin de la communication. »

« Ce message a été enregistré il y a quelques heures à peine! s'exclama Catherine. Qui peut téléphoner pour affaires au milieu de la nuit? Et quand ton père a-t-il commandé une valise?

— Ce doit être une erreur, dit Meghan. La personne qui a appelé n'a laissé ni son nom ni aucun numéro où la contacter.

— La plupart des commerçants ne laisseraient-ils pas un numéro de téléphone s'ils voulaient la confirmation d'une commande, surtout si cette commande a été passée il y a des mois? Meg, ce message n'a ni queue ni tête. Et cette femme n'a pas la voix d'une vendeuse, crois-moi. »

Meg sortit la cassette d'enregistrement de la machine et la fourra dans son sac. « Tu as raison, tout ça n'a pas de sens. Inutile de perdre notre temps à chercher de quoi il s'agit. Continuons à emballer et nous l'écouterons à nouveau une fois rentrées à la maison. »

Elle jeta un bref coup d'œil dans les tiroirs du bureau, trouva l'habituel assortiment de papier à lettres, carnets, trombones, stylos et marqueurs. Elle se rappela que lorsqu'il étudiait le curriculum vitae d'un candidat, son père marquait les points les plus favorables en jaune, les moins intéressants en rose. Rapidement, elle transféra le contenu du bureau dans les cartons.

Puis elle s'attaqua aux dossiers du classeur. Le premier semblait contenir les doubles des factures réglées par son père. Apparemment, le comptable gardait l'original et retournait une photocopie portant le cachet « Payé » tamponné en haut de la page.

« Je vais emporter ces dossiers à la maison, dit-elle. Ce sont les doubles des factures personnelles de papa. Les originaux se trouvent dans les archives de la société.

— Y a-t-il un intérêt quelconque à les garder?

— Oui, nous y trouverons peut-être une indication sur la maroquinerie Palomino. »

Elles finissaient de remplir le dernier carton lorsqu'elles entendirent la porte de l'agence s'ouvrir. « C'est moi », annonça Phillip.

Il entra, vêtu d'une chemise à col ouvert sous un gilet

de laine, d'une veste de velours et d'un pantalon sport. « J'espère qu'il faisait bon à l'heure où vous êtes arrivées, dit-il. Je suis monté une minute ce matin. Ces pièces sont glaciales, après un week-end sans chauffage. »

Il examina les cartons. « Je savais que vous auriez besoin d'un coup de main. Catherine, voulez-vous, je vous prie, reposer cette caisse de livres.

— Papa la surnommait "Superwoman", dit Meg. C'est très gentil à vous, Phillip. »

Il aperçut une facture qui dépassait de l'un des cartons. « Êtes-vous certaines de vouloir conserver tout ça ? Ce sont des papiers sans intérêt, et nous les avons parcourus ensemble, Meg, en cherchant s'il n'y avait pas d'autres polices d'assurance que celles rangées dans le coffre-fort.

— Autant tout emmener, dit Meg. Je pense que vous vous en débarrasseriez, de toute façon.

— Phillip, le répondeur clignotait lorsque nous sommes entrées. » Meghan sortit la cassette, l'introduisit dans la machine qu'elle mit en marche.

Elle vit l'ébahissement se peindre sur le visage de Phillip. « Visiblement, vous ne comprenez pas plus que nous.

— Non. Je n'ai aucune explication. »

Heureusement que Meg et sa mère étaient venues dans leurs voitures respectives. Les coffres et les sièges arrière étaient bourrés lorsque le dernier carton fut descendu.

Elles déclinèrent l'offre de Phillip de les suivre et de les aider à décharger. « Je demanderai à deux serveurs de s'en occuper », dit Catherine.

Sur le trajet du retour, Meg se promit de passer tous les instants qu'elle ne consacrerait pas au passé d'Helene Petrovic à éplucher par le menu les comptes de son père.

S'il y avait quelqu'un d'autre dans la vie de papa, se dit-elle, et si cette femme à la morgue est l'Annie que Cyrus Graham a rencontrée il y a dix ans, je trouverai peut-être un élément dans ces dossiers qui me conduira jusqu'à eux.

Son instinct lui disait que la maroquinerie Palomino pouvait être cet élément.

A voir les yeux de Kyle, Halloween avait été une réussite. Le dimanche soir, il étala sa collection de bonbons, biscuits, pommes et pièces de monnaie sur le sol du petit bureau pendant que Mac préparait le dîner.

« Ne commence pas à te gaver de sucreries maintenant, l'avertit Mac.

— Je sais, papa. Ça fait deux fois que tu me le répètes.

— C'est pour être sûr que tu comprennes. » Mac vérifia la cuisson des hamburgers.

« Pourquoi est-ce qu'on a toujours des hamburgers le dimanche quand on reste à la maison ? demanda Kyle. Ils sont meilleurs au McDonald's.

— Merci quand même ! » Mac déposa la viande sur les petits pains chauds. « Nous avons des hamburgers le dimanche soir parce que c'est l'une des choses que je sais le mieux cuisiner. Je t'emmène dîner dehors presque tous les vendredis. Je fais des pâtes quand nous restons à la maison le samedi, et Mme Dileo prépare des plats excellents le reste de la semaine. Maintenant, mange, si tu veux enfiler ton déguisement pour aller faire peur à Meg. »

Kyle prit deux bouchées de son hamburger. « Papa, est-ce que tu aimes Meg ?

— Oui, je l'aime beaucoup. Pourquoi ?

— J'aimerais qu'elle vienne nous voir plus souvent. Elle est formidable. »

Moi aussi j'aimerais qu'elle vienne plus souvent, songea Mac, mais ça n'en prend apparemment pas le chemin. Hier soir, lorsqu'il lui avait proposé de l'aider à déménager le bureau de son père, elle avait si fermement refusé qu'il en était resté médusé.

Tiens-toi à l'écart. *Ne t'approche pas trop. Nous sommes seulement des amis.* Elle aurait aussi bien pu brandir une pancarte.

Certes, elle n'était plus l'adolescente de dix-neuf ans qui avait le béguin pour lui et lui avait écrit qu'elle l'aimait, le suppliant de ne pas épouser Ginger.

Il aurait voulu recevoir cette lettre aujourd'hui. Et il aurait aimé qu'elle éprouve à nouveau les mêmes sentiments. Il regrettait amèrement de n'avoir pas suivi son conseil à propos de Ginger.

Puis Mac regarda son fils. Non, pensa-t-il, je ne pourrais ni ne voudrais imaginer ma vie sans cet enfant.

« Papa, qu'y a-t-il ? demanda Kyle. Tu as l'air préoccupé.

— C'est ce que tu as dit de Meg en la voyant à la télévision hier.

— C'est vrai, elle avait l'air préoccupée, et toi aussi.

— Je me disais seulement que je devrais peut-être apprendre à cuisiner autre chose. Finis de manger et va enfiler ton costume. »

Il était sept heures et demie lorsqu'ils quittèrent la maison. Kyle décréta qu'il faisait suffisamment noir dehors pour les fantômes. « Je parie qu'il y a de vrais fantômes dehors, dit-il. Le jour d'Halloween, tous les morts sortent de leurs tombes et vont se balader.

— Qui t'a raconté ça ?

— Danny.

— Tu diras à Danny que ce sont des histoires à dormir debout que tout le monde raconte le jour d'Halloween. »

Ils longèrent la route et atteignirent la propriété des Collins. « Maintenant, papa, attends ici près de la haie ; Meg ne pourra pas te voir de là. Je vais faire le tour par-derrière et je taperai contre sa fenêtre en poussant un hurlement. D'accord ?

— D'accord. Ne l'effraie pas trop. »

Balançant sa lanterne en forme de crâne, Kyle courut vers l'arrière de la maison des Collins. Les stores de la salle à manger étaient levés, et il vit Meg assise à la table devant un monceau de papiers. Il eut une idée. Il allait se poster à la lisière des bois et de là il s'élancerait vers la maison en criant « Wooouh ! wooouh ! » et ensuite il taperait contre la fenêtre. Ça ferait sûrement peur à Meg.

Il s'avança entre deux arbres, écarta les bras et commença à les agiter. Au moment où il lançait son bras en arrière, il sentit quelque chose de flasque, comme de la chair, puis il effleura une oreille. Il entendit le bruit d'une respiration. Tournant brusquement la tête, il vit une forme humaine accroupie derrière lui, le reflet d'une lumière dans l'objectif d'une caméra. Une main l'empoigna par le cou. Kyle se débattit pour se libérer et se mit à crier. Une violente poussée l'envoya alors valdinguer en avant. Il lâcha sa lanterne en tombant et au moment où elle s'agrippait au sol, sa main se referma sur un objet. Hurlant toujours, Kyle se remit debout et courut vers la maison.

On dirait presque qu'il crie pour de vrai, se dit Mac, quand il entendit Kyle. Puis, comme l'appel se prolongeait, il s'élança en direction des bois. Il était arrivé quelque chose à Kyle. Il franchit précipitamment la pelouse et atteignit l'arrière de la maison.

Depuis la salle à manger, Meg entendit le cri et se précipita vers la porte de derrière. Elle l'ouvrit brusquement et retint Kyle qui franchit le seuil de la porte en vacillant et lui tomba dans les bras, en sanglotant de terreur.

C'est ainsi que Mac les trouva, enlacés, Meg berçant son fils, le calmant. « Kyle, tout va bien. Tout va bien », ne cessait-elle de répéter.

Il fallut un long moment à Kyle avant de pouvoir leur raconter ce qui était arrivé. « Kyle, c'est à cause de toutes ces histoires de revenants que tu as eu des visions, dit Mac. Il n'y avait personne. »

Plus calme à présent, savourant le chocolat chaud que lui avait préparé Meg, Kyle n'en démordait pas. « Il y avait un homme, et il tenait une caméra. Je le sais. Je suis tombé quand il m'a poussé, mais j'ai ramassé quelque chose. Je l'ai lâché quand j'ai vu Meg. Va voir ce que c'est, papa.

— Je vais chercher une torche électrique », dit Meg.

Mac sortit et commença à balayer le sol de sa torche. Il n'eut pas à aller loin. A quelques mètres du porche, il trouva une boîte de plastique gris, semblable aux emballages habituels des cassettes vidéo.

Il la ramassa et se dirigea dans les bois, sans cesser d'agiter la lampe devant lui. Il savait son geste inutile. Aucun intrus ne prendrait le risque de s'attarder dans les parages et d'être découvert. Le sol était trop dur pour y repérer des empreintes, mais il trouva la lanterne de Kyle en face des fenêtres de la salle à manger.

De l'endroit où il se tenait, Mac voyait distinctement Meg et Kyle.

Un individu armé d'une caméra s'était posté là pour épier Meg, peut-être la filmer. Pourquoi?

Mac songea à la jeune fille qui reposait à la morgue, puis revint hâtivement vers la maison à travers la pelouse.

Quel petit crétin! enragea Bernie en franchissant les bois au pas de course pour regagner sa voiture. Il l'avait garée dans le fond du parking de l'auberge Drumdoe, mais pas trop à l'écart afin qu'elle n'attire pas l'attention. Il y avait une quarantaine de voitures disséminées dans le parking à présent, et il était sûr que personne n'avait pu remarquer sa Chevrolet. Il fourra rapidement sa caméra dans la malle arrière et traversa l'agglomération en direction de la nationale 7. Il prit garde de ne pas dépasser la limitation de vitesse. Mais il savait que les voitures qui roulaient trop lentement attiraient aussi l'attention des flics.

Ce gosse l'avait-il vu? Bernie en doutait. Il faisait noir, et le môme avait eu une frousse bleue. Quelques secondes de plus et il aurait eu le temps de revenir sur ses pas. Personne n'aurait soupçonné sa présence.

Bernie était furieux. Il avait pris un réel plaisir à regarder Meghan à travers le viseur de la caméra. Il la voyait très distinctement. Il était sûr d'avoir filmé des images formidables.

Par ailleurs, il n'avait jamais vu quelqu'un d'aussi terrifié que ce gosse. Il se sentit revigoré, vivifié, presque exalté à cette idée. Posséder un tel pouvoir. Être capable d'enregistrer les expressions et les attitudes de quelqu'un, ses petits gestes secrets, comme la façon dont Meghan repoussait ses cheveux derrière l'oreille quand elle était concentrée. Pouvoir effrayer quelqu'un au point qu'il se mette à hurler et courir comme cet enfant il y a quelques instants.

Regarder Meghan, ses mains, ses cheveux...

43

Stephanie Petrovic avait passé une mauvaise nuit, elle s'était endormie à l'aube d'un sommeil lourd. En se réveillant, à dix heures et demie le dimanche matin, elle avait lentement ouvert les yeux et souri. Enfin les choses s'amélioraient.

Il lui avait dit de ne pas révéler son nom, d'oublier qu'elle l'avait jamais rencontré, mais c'était avant qu'Helene soit assassinée sans avoir eu le temps de changer son testament.

Il s'était montré très gentil avec elle au téléphone. Il lui avait promis de s'occuper d'elle. Il prendrait des dispositions pour que le bébé soit adopté par des gens qui lui verseraient cent mille dollars.

« Tant que ça ? » s'était-elle étonnée, ravie.

Il lui avait assuré qu'il n'y aurait pas de problème.

Il s'arrangerait aussi pour lui obtenir une carte verte. « Elle sera fausse, mais personne ne s'en apercevra, avait-il dit. Néanmoins, je vous conseille de déménager dans une ville où vous ne connaissez personne. Mieux vaut que nul ne puisse vous reconnaître. Même dans une grande ville comme New York, les gens passent leur temps à se rencontrer et, dans votre cas, ils ne manqueraient pas de vous poser des questions. Vous devriez aller en Californie. »

Stephanie était certaine qu'elle aimerait la Californie. Peut-être pourrait-elle y travailler dans un centre de remise en forme. Avec cent mille dollars, elle suivrait les cours nécessaires à sa formation. Ou peut-être même trouverait-elle tout de suite une situation. Elle était comme Helene. Le métier d'esthéticienne lui était naturel. Elle adorait ce genre de travail.

Il lui envoyait une voiture à sept heures ce soir. « Je ne veux pas que les voisins vous voient déménager », lui avait-il dit.

Stephanie avait envie de paresser au lit, mais la faim la tenaillait. Plus que dix jours avant la naissance du bébé, et ensuite je pourrai faire un régime, se promit-elle.

Elle se doucha, enfila les vêtements de maternité qu'elle avait pris en horreur, et elle commença à faire ses valises. Helene avait des bagages en tapisserie dans la penderie. Pourquoi ne pas les prendre? pensa-t-elle. Qui les mérite plus que moi?

Elle avait peu de vêtements, à cause de sa grossesse, mais dès qu'elle aurait retrouvé sa taille, elle rentrerait à nouveau dans les affaires d'Helene. Helene avait des goûts classiques en matière de mode, néanmoins tous ses vêtements étaient coûteux et élégants. Stephanie fouilla dans la penderie et dans les tiroirs de la commode, n'écartant que les effets qui lui déplaisaient foncièrement.

Il y avait un petit coffre-fort au fond de la penderie. Stephanie savait où Helene conservait la combinaison et elle l'ouvrit sans mal. Il contenait peu de bijoux, mais tous étaient des pièces de prix, qu'elle enfouit dans sa trousse de toilette.

Elle regretta de ne pouvoir emporter les meubles de la maison. Toutefois elle savait d'après les photos des magazines que les meubles capitonnés de style ancien et les bois sombres comme l'acajou n'avaient pas leur place en Californie.

Elle parcourut la maison et choisit quelques statuettes en porcelaine de Dresde. Puis elle se souvint de l'argenterie. Le grand coffret était trop lourd à transporter, mais elle roula les couverts dans des sacs de plastique qu'elle attacha à l'aide d'élastiques pour les empêcher de s'entrechoquer dans la valise.

L'avocat, M. Potters, lui téléphona à cinq heures pour prendre de ses nouvelles. « Peut-être aimeriez-vous venir dîner avec ma femme et moi, Stephanie?

— Oh, merci, dit-elle, mais une personne de l'Association roumaine a promis de me rendre visite.

— Très bien. Nous ne voulions pas que vous restiez seule. N'oubliez pas, n'hésitez pas à me téléphoner si vous avez besoin de quelque chose.

— Vous êtes si gentil, monsieur Potters.

— C'est tout naturel, je voudrais seulement pouvoir faire davantage pour vous. Malheureusement, en ce qui concerne le testament, j'ai les mains liées. »

Mais quelqu'un d'autre ne les a pas, se dit Stephanie en raccrochant.

Il était temps d'écrire la lettre. Elle en rédigea trois versions avant d'être satisfaite. Elle savait son orthographe déplorable et dut vérifier certains mots, mais à la fin la lettre lui parut convenable. Elle était adressée à M. Potters :

Cher Monsieur,
Je suis heureuse de vous annoncer que c'est Jan, le père de mon bébé, qui est venu me voir. Nous allons nous marier et il prendra soin de nous. Il doit retourner très vite à son travail, et je pars avec lui. Il a une situation à Dallas.
J'aime beaucoup Jan et je sais que vous serez content pour moi.
Merci.

Stephanie Petrovic.

La voiture vint la prendre à sept heures tapantes. Le chauffeur porta ses bagages. Stephanie laissa le billet et la clé de la maison sur la table de la salle à manger, éteignit les lumières, referma la porte derrière elle et se hâta dans l'obscurité, le long de l'allée dallée, vers la voiture qui l'attendait.

Le lundi matin, Meghan essaya de joindre Stephanie Petrovic. Personne ne répondit. Elle s'installa à la table de la salle à manger, où elle avait commencé à parcourir les dossiers de son père.

Très vite un détail la frappa. Elle avait trouvé une note correspondant à cinq jours de réservation à l'hôtel Four Seasons à Beverly Hills, du 23 janvier au 28 janvier, jour de son arrivée à Newark et de sa disparition. Après les deux premiers jours, aucun frais supplémentaire n'y apparaissait. Mettons qu'il ait pris la plupart de ses repas à l'extérieur, réfléchit Meghan, mais en général les gens commandent au moins un petit déjeuner, ou bien passent un coup de fil, ou ouvrent le minibar de la chambre pour se servir un verre — n'importe quoi.

Par ailleurs, son père était du genre à se rendre au buffet servi dans la salle à manger de l'hôtel et à avaler un jus de fruits, un café et un croissant. Il avait toujours pris un petit déjeuner succinct.

Les deux premiers jours, toutefois, il y avait des suppléments sur la note : le service de blanchisserie, une bouteille de vin, un dîner léger, quelques appels téléphoniques. Elle nota les dates des trois jours où ne figurait aucun extra.

Elle pourrait peut-être retrouver le même schéma dans ses autres notes d'hôtel, pensa-t-elle.

A midi, elle essaya à nouveau d'appeler Stephanie, et à nouveau le téléphone resta muet. A deux heures, elle commença à s'inquiéter et téléphona à l'avocat, Charles Potters. Il lui assura que Stephanie allait bien. Il lui avait parlé la veille au soir et elle lui avait dit qu'elle attendait la visite d'une personne de l'Association roumaine.

« Tant mieux, dit Meghan. C'est une jeune femme très craintive.

— Oui, reconnut Potters. Ce que l'on ignore souvent lorsque quelqu'un laisse son héritage à une œuvre de charité ou à un établissement médical comme la clinique Manning, c'est que si un proche parent dans le besoin cherche à faire annuler le testament, le bénéficiaire peut discrètement offrir un dédommagement. Toutefois, après l'éclat de Stephanie à la télévision où elle a littéralement accusé la clinique d'être responsable du meurtre de sa tante, un tel arrangement est désormais hors de question. Il pourrait être interprété comme une tentative d'acheter son silence.

— Je comprends, dit Meghan. Je chercherai encore à joindre Stephanie, mais voulez-vous lui dire de m'appeler si vous avez de ses nouvelles ? Je reste convaincue qu'il faudrait rechercher le père de son enfant. Si elle abandonne le bébé, elle pourrait le regretter un jour. »

La mère de Meghan était partie à l'auberge pour le service du petit déjeuner et du déjeuner, et elle rentra au moment où Meg terminait sa conversation avec Potters. « Laisse-moi t'aider, dit-elle, prenant un siège à côté d'elle à la table de la salle à manger.

— A vrai dire, tu peux me relayer, lui dit Meghan. Je dois aller à l'appartement pour prendre quelques vêtements et mon courrier. C'est le 1er novembre, et les factures du mois ont dû arriver. »

La veille au soir, lorsque sa mère était rentrée de Drumdoe, Meg lui avait parlé de l'homme à la caméra qui avait effrayé Kyle. « J'ai demandé à quelqu'un de la station de se renseigner pour moi; je n'ai encore aucune information, mais je suis sûre qu'une de ces émissions de bas étage est en train de préparer un sujet sur nous, papa et les Anderson, dit-elle. C'est dans leur style d'envoyer un type nous espionner. » Elle n'avait pas laissé Mac prévenir la police.

Elle montra à sa mère comment elle procédait avec les dossiers. « Recherche les notes d'hôtel où n'apparaît aucun supplément pendant trois jours d'affilée au moins. J'aimerais savoir si cela correspond seulement aux voyages de papa en Californie. » Elle n'ajouta pas que Los Angeles était à une demi-heure en avion de Scottsdale.

« Quant à la maroquinerie Palomino, dit Catherine, j'ignore pourquoi, mais ce nom n'a cessé de me trotter dans la tête. J'ai l'impression de l'avoir déjà entendu, mais il y a longtemps. »

Meghan hésitait encore à s'arrêter dans les bureaux de PCD avant de se rendre à son appartement. Elle était vêtue d'un vieux pantalon confortable et d'un de ses pull-overs préférés. La tenue qui convenait, pensa-t-elle. C'était l'un des aspects qu'elle avait appréciés dans ce métier, pouvoir s'habiller décontracté quand on ne passait pas à l'antenne.

Elle brossa rapidement ses cheveux et constata qu'ils avaient poussé. Elle aimait les porter mi-longs. Aujourd'hui, ils lui arrivaient aux épaules. La morte avait les cheveux de la même longueur. Les mains soudain glacées, Meghan torsada ses cheveux en un chignon qu'elle épingla sur sa nuque.

Alors qu'elle s'apprêtait à partir, sa mère l'arrêta. « Meg, tu devrais dîner avec des amis ce soir. Cela te ferait le plus grand bien d'oublier tout ça.

— Je ne me sens pas particulièrement d'humeur à

m'amuser, dit Meg, mais je te téléphonerai pour te prévenir. Tu seras à l'auberge ?

— Oui.

— Bon, lorsque tu seras rentrée, après la tombée de la nuit, tire bien les rideaux. » Elle leva la main, paume tendue, doigts écartés. « Comme dirait Kyle : "Tope là." »

Sa mère leva la main et frappa la paume de Meg. « Promis. »

Elles se regardèrent pendant une longue minute, puis Catherine dit vivement : « Sois prudente sur la route. »

C'était le même conseil depuis le jour où Meg avait obtenu son permis de conduire, à l'âge de seize ans.

La réponse était toujours dans la même veine. Aujourd'hui, Meg répondit : « En réalité, j'avais l'intention de coller au train d'un semi-remorque. » Elle aurait voulu se mordre la langue. L'accident du pont de Tappan Zee avait été provoqué par un camion-citerne qui roulait trop près derrière un semi-remorque.

Elle sut que sa mère pensait à la même chose. « Seigneur, Meg, dit-elle, c'est comme avancer dans un champ de mines ! Même ce genre de plaisanteries qui faisaient partie de notre quotidien se mettent à sonner faux. Quand tout ça finira-t-il ? »

Le même lundi matin, le Dr George Manning était à nouveau interrogé dans les bureaux du substitut John Dwyer. Les questions, désormais plus acérées, contenaient une pointe de sarcasme. Les deux inspecteurs restèrent assis en silence tandis que leur patron menait l'interrogatoire.

« Docteur, demanda Dwyer, pouvez-vous expliquer pourquoi vous n'avez pas dit immédiatement qu'Helene Petrovic craignait d'avoir mélangé les embryons Anderson ?

— Parce qu'elle n'en était pas sûre. » Les épaules de George Manning se voûtèrent. Son teint, généralement d'un rose florissant, était couleur de cendre. Même l'admirable couronne de cheveux argentés semblait d'un blanc grisonnant et terne. Depuis la naissance du bébé Anderson, il avait terriblement vieilli.

« Docteur Manning, vous avez dit à plusieurs reprises que la création de cette clinique de procréation assistée avait été l'aboutissement de votre existence. Saviez-vous qu'Helene Petrovic avait l'intention de léguer la totalité de ses biens au laboratoire de recherche de votre clinique ?

— Nous en avions parlé. Vous savez, le taux de réussites dans ce domaine est encore infime par rapport à nos ambitions. La fécondation in vitro est une opération très coûteuse. Entre dix et vingt mille dollars. Si le processus n'aboutit pas à une grossesse, il est à recommencer. Si certaines cliniques affichent un taux de réussites de un sur cinq, le véritable pourcentage est plus proche de dix pour cent.

— Docteur, vous êtes très désireux de voir augmenter le nombre de grossesses menées à terme dans votre clinique ?

— Oui, bien sûr.

— N'avez-vous pas éprouvé un choc, lundi dernier, en entendant Helene Petrovic non seulement vous donner sa démission, mais avouer qu'elle avait peut-être commis une grave erreur ?

— J'ai été anéanti.

— Pourtant, lorsqu'on l'a retrouvée morte, vous avez caché la véritable raison de son départ. » Dwyer se pencha sur son bureau. « Qu'est-ce que Mme Petrovic vous a dit d'autre lors de votre entrevue lundi dernier, docteur ? »

Le Dr Manning joignit les mains. « Elle m'a dit qu'elle avait l'intention de vendre sa maison de Lawrenceville et de partir, qu'elle irait peut-être s'installer en France.

— Et qu'en avez-vous pensé ?

— J'ai été stupéfait, murmura-t-il. J'étais sûr qu'elle s'enfuyait.

— Qu'elle fuyait quoi, docteur ? »

George sut que tout était fini. Il ne pouvait protéger la clinique plus longtemps. « J'ai eu le sentiment qu'elle craignait, si le bébé des Anderson n'était pas le jumeau de Jonathan, de voir une enquête révéler au grand jour d'autres erreurs commises au laboratoire.

— Le testament, docteur. Avez-vous aussi pensé qu'Helene Petrovic allait modifier son testament ?

— Elle m'a dit qu'à son grand regret elle n'avait plus l'intention de travailler dans un laboratoire et qu'elle aurait par conséquent besoin de tout son capital pour subvenir à ses besoins. »

John Dwyer avait obtenu la réponse qu'il attendait. « Docteur Manning, quand avez-vous parlé à Edwin Collins pour la dernière fois ?

— Il m'a téléphoné la veille de sa disparition. » George Manning n'aima pas ce qu'il lisait dans le regard de Dwyer. « C'était mon premier contact avec lui, que ce soit par téléphone ou par lettre, depuis qu'il avait recruté Helene Petrovic pour la clinique », dit-il, détournant les yeux, incapable d'affronter l'incrédulité et la suspicion manifestes que révélait l'attitude du substitut du procureur.

44

Meghan décida de ne pas se rendre au bureau et arriva à la porte de son immeuble à seize heures. Sa boîte aux lettres débordait. Elle jeta réclames et prospectus, et prit l'ascenseur jusqu'au treizième étage.

Son premier geste fut d'ouvrir les fenêtres pour chasser l'odeur de renfermé, puis elle resta un moment à contempler la statue de la Liberté qui se dressait au-dessus de l'eau. Elle brillait, blanche et froide, menaçante dans les ombres que projetait le soleil tardif.

Souvent en la regardant, Meg songeait à son grand-père Pat Kelly, qui était arrivé dans ce pays à l'âge de l'adolescence sans rien en poche et qui avait travaillé dur pour faire fortune.

Qu'aurait-il pensé en apprenant que sa fille Catherine risquait de perdre le fruit de son travail parce que son mari l'avait trompée pendant des années ?

Scottsdale, Arizona. Meg contempla les eaux du port de New York et comprit ce qui la tracassait. L'Arizona se trouvait dans le Sud-Ouest. Palomino ressemblait à un nom du Sud-Ouest.

Elle se dirigea vers le téléphone, composa le numéro des renseignements et demanda le code postal de Scottsdale, Arizona.

Puis elle appela les renseignements de l'Arizona.

Lorsque Meg eut la standardiste au bout du fil, elle demanda : « Avez-vous un abonné du nom d'Edwin Collins ou E.R. Collins ? »

Il n'y en avait pas.

Meg formula une autre question : « Avez-vous un abonné au nom de Maroquinerie Palomino ? »

Il y eut un silence, puis la standardiste répondit : « Ne quittez pas, je vais vous communiquer le numéro. »

TROISIÈME PARTIE

45

Le lundi matin, lorsque Mac rentra chez lui à la fin de sa journée de travail, Kyle avait retrouvé son joyeux caractère. Il informa son père qu'il avait raconté à tous ses camarades d'école l'histoire du type dans les bois.

« Ils ont tous dit qu'ils auraient eu une sacrée frousse, expliqua-t-il avec fierté. Je leur ai dit que j'avais couru à toute vitesse et que je lui avais échappé. Est-ce que tu l'as raconté à tes amis ?

— Non, je n'ai rien dit.

— Ça ne fait rien si tu préfères te taire », fit Kyle, magnanime.

Comme il se détournait, Mac le retint par le bras. « Attends une minute.

— Qu'est-ce qu'il y a ?

— Laisse-moi regarder quelque chose. »

Kyle portait une chemise de flanelle à col ouvert. Mac l'écarta, dévoilant une meurtrissure jaune et violacé à la base du cou de son fils. « Tu t'es fait ça hier soir ?

— Je t'ai dit que ce type m'avait attrapé.

— Tu m'as dit qu'il t'avait poussé.

— Il m'a d'abord attrapé, mais je lui ai échappé. »

Mac jura entre ses dents. Il n'avait pas pensé à examiner Kyle la veille au soir. Il était déguisé en fantôme, et en dessous portait un col roulé. Mac avait cru que l'intrus à la caméra avait seulement poussé son fils. Au lieu de quoi, il l'avait attrapé par le cou. Seuls des doigts robustes avaient pu provoquer de telles meurtrissures.

Mac entoura Kyle de son bras pendant qu'il composait le numéro de la police. La nuit dernière, c'était à contrecœur qu'il avait obéi à Meghan lorsqu'elle l'avait supplié de ne pas prévenir les autorités.

« Mac, c'est déjà assez pénible comme ça sans que les médias en aient encore un peu plus à se mettre sous la dent, avait-elle dit. Crois-moi, quelqu'un va écrire que papa rôdait autour de la maison. Le substitut du procureur ne sera pas long à débarquer. »

Meg m'a tenu à l'écart suffisamment longtemps, pensa Mac avec détermination. Ça ne peut plus durer. Ce n'était pas un simple cameraman qui rôdait dans le coin.

On décrocha le téléphone dès la première sonnerie. « Agent Thorne à l'appareil. »

Quinze minutes plus tard, une voiture de police s'arrêtait devant la maison de Mac. Il était clair que les deux policiers étaient furieux qu'on ne les ait pas prévenus plus tôt. « Docteur MacIntyre, c'était Halloween hier soir. Nous redoutons toujours qu'un cinglé rôde dehors, dans l'intention de kidnapper un enfant. Ce type se balade peut-être on ne sait où dans le coin.

— J'avoue que j'aurais dû vous appeler, dit Mac, mais je n'ai pas pensé qu'il pouvait s'en prendre aux enfants. Il était posté face aux fenêtres de la salle à manger des Collins, et Meghan Collins se trouvait en plein dans son champ de vision. »

Le coup d'œil échangé par les policiers ne lui échappa pas. « Je crois qu'il faudrait mettre au courant le bureau du procureur », dit l'un d'eux.

Pendant le trajet qui la ramenait dans le Connecticut, l'amère vérité fit son chemin. Meghan était à présent pratiquement certaine que son père avait une seconde famille dans l'Arizona.

Lorsqu'elle avait téléphoné à la maroquinerie Palomino, elle s'était entretenue avec la gérante du magasin. Celle-ci s'était étonnée en entendant Meg la questionner à propos du message laissé sur le répondeur. « Cet appel ne provenait pas de chez nous », avait-elle dit d'un ton sec.

Elle avait confirmé qu'une de ses clientes se nommait bien Mme E.R. Collins et qu'elle avait une fille d'une vingtaine d'années. Elle s'était ensuite refusée à donner d'autres renseignements par téléphone.

Il était dix-neuf heures trente lorsque Meg arriva à Newtown. Elle s'engagea dans l'allée, surprise à la vue de la Chrysler rouge de Mac et d'une berline inconnue garées devant la maison. Que se passe-t-il encore? se demanda-t-elle avec anxiété. Elle s'arrêta derrière les deux voitures, mit le frein et monta quatre à quatre les marches du porche, constatant qu'au moindre imprévu, son cœur se mettait à battre d'angoisse.

L'inspecteur de police Arlene Weiss était dans le living-room avec Catherine, Mac et Kyle. La voix de Mac ne contenait aucune trace de regret lorsqu'il expliqua à Meg pourquoi il avait téléphoné à la police locale puis au bureau du substitut à propos du rôdeur. En fait, à entendre son débit saccadé, Meg aurait parié qu'il était furieux. Kyle a été brutalisé et terrifié; il aurait pu être étranglé par un cinglé, et je n'ai pas laissé Mac prévenir la police, pensa-t-elle. Elle ne le blâmait pas d'être en colère.

Kyle était assis entre Catherine et Mac sur le canapé. Il glissa à terre et traversa la pièce pour rejoindre Meg. « Meg, n'aie pas l'air si triste. Je vais bien. » Il posa ses mains sur ses joues. « Je t'assure, je vais très bien. »

Elle plongea ses yeux dans son regard grave, puis le serra fort dans ses bras. « Bien sûr que tu vas bien, mon bonhomme. »

Arlene Weiss ne s'attarda pas. « Mademoiselle Collins, croyez-le ou non, mais nous ne demandons qu'à vous aider, dit-elle alors que Meghan la raccompagnait à la porte. Lorsque vous ne nous avertissez pas, ou empêchez d'autres personnes de nous avertir d'incidents comme celui de la nuit dernière, vous entravez les recherches. Nous aurions pu immédiatement vous envoyer une voiture de police si vous nous aviez appelés. Selon Kyle, cet homme portait une grosse caméra qui a dû ralentir sa marche. Je vous en prie, y a-t-il autre chose que nous devrions savoir?

— Rien, dit Meghan.

— Mme Collins m'a dit que vous étiez passée à votre appartement. Avez-vous trouvé d'autres messages sur votre fax?

— Non. » Elle se mordit la lèvre, se rappelant son appel à la maroquinerie Palomino.

Weiss la regarda fixement. « Je vois. Eh bien, si vous vous souvenez de quelque chose qui pourrait nous intéresser, vous savez où nous joindre. »

Après le départ d'Arlene Weiss, Mac dit à Kyle : « Va dans le petit salon. Tu peux regarder la télévision pendant un quart d'heure. Puis il faudra rentrer à la maison.

— D'accord, papa. Mais il n'y a rien d'intéressant à la télévision. Je préfère rester ici.

— Ce n'était pas une suggestion. »

Kyle se leva d'un bond. « Très bien. C'est pas la peine de te fâcher.

— C'est vrai, cher papa, renchérit Meg. C'est pas la peine de te fâcher. »

Kyle l'embrassa en passant devant elle.

Mac attendit que se referme la porte du petit salon. « Qu'as-tu découvert pendant que tu étais dans ton appartement, Meghan? »

Meg regarda sa mère. « L'endroit où se trouve la maroquinerie Palomino, et le fait qu'ils ont une cliente du nom de Mme E. R. Collins. »

Ignorant le cri étouffé de sa mère, elle leur fit part de son coup de fil à Scottsdale.

« J'y vais demain en avion, dit-elle. Nous devons savoir si leur Mme Collins est la femme que Cyrus Graham a vue avec papa. Je n'en serai sûre qu'après l'avoir rencontrée. »

Catherine Collins espéra que la souffrance qu'elle lisait sur le visage de sa fille ne se reflétait pas dans son propre regard quand elle prononça calmement : « Meggie, si tu ressembles tant à cette pauvre fille, et si cette femme à Scottsdale est sa mère, te voir lui donnera un choc épouvantable.

— Rien ne sera facile pour la personne qui s'avérera être la mère de cette fille. »

Elle leur fut reconnaissante de ne pas chercher à la dissuader. Au contraire, Mac lui conseilla : « Meg, ne dis à personne, absolument à *personne*, où tu vas. Combien de temps comptes-tu rester là-bas ?

— Un jour et une nuit au maximum.

— Si quelqu'un pose des questions, tu es à ton appartement. Entendons-nous comme ça. »

Il alla chercher Kyle dans le petit salon. « Catherine, proposa-t-il, si Kyle et moi venions dîner à l'auberge demain soir, croyez-vous avoir le temps de vous joindre à nous ? »

Catherine parvint à sourire. « Avec joie. Qu'aurons-nous au menu, Kyle ?

— Du poulet McNuggets ? demanda-t-il plein d'espoir.

— Tu veux ruiner la réputation du restaurant ? Viens avec moi. J'ai apporté des gâteaux. Tu vas en prendre deux. » Elle l'entraîna à la cuisine.

« Catherine est pleine de délicatesse, dit Mac. Elle a deviné que je voulais rester une minute seul avec toi. Meg, je n'aime pas que tu ailles seule là-bas, mais je peux le comprendre. Maintenant, je veux que tu me dises la vérité. Caches-tu quelque chose ?

— Non.

— Meg, il n'est plus question que tu me tiennes à l'écart. Mets-toi ça dans la tête. Que puis-je faire pour t'aider ?

— Téléphone à Stephanie Petrovic dans la matinée et, si elle n'est pas là, appelle son avocat. J'ai un étrange pressentiment à son égard. J'ai tenté de la joindre à trois ou quatre reprises, et elle n'est pas rentrée de toute la journée. Je l'ai même appelée depuis ma voiture il y a une demi-heure. Elle doit accoucher dans une dizaine de jours et elle n'est pas en forme. L'autre jour, après les funérailles de sa tante, elle était exténuée et elle a dû s'allonger. Je ne comprends pas qu'elle ait pu s'absenter aussi longtemps. Je vais te donner son numéro de téléphone. »

Lorsque Mac et Kyle s'en allèrent quelques minutes

plus tard, le bonsoir de Mac ne s'accompagna pas de l'habituel baiser sur la joue. Comme l'avait fait son fils un peu plus tôt, il prit le visage de Meg entre ses mains.

« Sois prudente », recommanda-t-il, pressant avec tendresse ses lèvres sur les siennes.

46

La journée du lundi avait mal débuté pour Bernie. Levé à l'aube, il s'était installé dans le vieux fauteuil à bascule au sous-sol, et avait commencé à regarder inlassablement la cassette vidéo de Meghan qu'il avait filmée depuis sa cachette dans les bois. Il aurait voulu la visionner dès son retour à la maison la nuit dernière, mais sa mère avait exigé qu'il lui tienne compagnie.

« Je suis trop souvent seule, Bernard, s'était-elle plainte. Tu n'avais pas l'habitude de sortir aussi souvent pendant les week-ends. Tu n'as pas trouvé une fille, j'espère ?

— Bien sûr que non, maman, avait-il dit.

— Tu sais tous les ennuis que tu as eus à cause des filles.

— Ce n'était pas ma faute, maman.

— Je n'ai pas dit que c'était ta faute. J'ai dit que les filles sont un poison pour toi. Ne t'en approche pas.

— Oui, maman. »

Lorsque maman était de cette humeur, le mieux à faire pour Bernie était de l'écouter. Il la craignait toujours autant. Il tremblait encore en la revoyant, lorsqu'il était adolescent, surgir brusquement avec la lanière à la main. « Je t'y prends à lorgner cette saleté à la télévision, Bernard. Je peux lire les pensées dégoûtantes qui te traversent la tête. »

Maman ne comprendrait jamais qu'il n'y avait rien de mal ou de laid dans ce qu'il éprouvait pour Meghan. C'était juste qu'il voulait être près d'elle, la voir, savoir qu'il la verrait toujours lever la tête vers lui et lui sourire. Comme la nuit dernière. S'il avait frappé à la fenêtre et qu'elle l'avait reconnu, elle n'aurait pas eu peur. Elle aurait dit : « Bernie, qu'est-ce que vous fabriquez ici ? » Peut-être lui aurait-elle offert une tasse de thé.

Bernie se pencha en avant. Il arrivait au moment le plus intéressant, où Meghan paraissait concentrée sur ce qu'elle faisait en s'asseyant au bout de la table de la salle à manger avec tous ces papiers devant elle. Avec le zoom, il était parvenu à prendre un plan rapproché de son visage. Elle avait une façon de s'humecter les lèvres qui l'excitait. L'encolure de son chemisier était ouverte. Est-ce qu'il y voyait battre une veine, ou était-ce seulement le fruit de son imagination ?

« Bernard ! Bernard ! »

Sa mère l'appelait du haut des escaliers. Depuis combien de temps criait-elle ainsi ?

« Oui, maman. J'arrive.

— Tu en mets un temps, dit-elle sèchement lorsqu'il apparut dans la cuisine. Tu vas être en retard à ton travail. Qu'est-ce que tu fichais ?

— Je mettais un peu d'ordre. Tu me demandes toujours de ranger en bas. »

Un quart d'heure plus tard, il était dans sa voiture. Il longea le pâté de maisons, indécis sur la direction à prendre. Il savait qu'il serait raisonnable de sa part d'essayer de trouver quelques clients à l'aéroport. Avec tous ses achats d'équipement vidéo, il lui fallait gagner de l'argent. Il dut se forcer pour prendre la direction de La Guardia.

Il passa la journée à faire l'aller et retour entre la ville et l'aéroport. Tout se passa relativement bien jusqu'en fin d'après-midi, où un type commença à se plaindre des encombrements de la circulation. « Pour l'amour du ciel, prenez la file de gauche. Vous ne voyez pas que celle-ci est bloquée ? »

Bernie s'était remis à penser à Meghan, se demandant s'il pourrait sans risque passer devant sa maison à la nuit tombée.

Une minute plus tard, le passager s'écria d'un ton furieux : « Écoutez, mon vieux, je regrette de ne pas avoir pris un taxi. Où avez-vous appris à conduire? Ne vous laissez pas dépasser, nom de Dieu! »

Bernie arrivait à la dernière sortie sur Grand Central Parkway avant Triborough Bridge. Il vira à droite dans la rue parallèle à la voie express et arrêta la voiture le long du trottoir.

« Qu'est-ce que vous foutez? » demanda le passager.

Sa grosse valise était posée sur le siège avant. Bernie se pencha, ouvrit la porte et la jeta dehors. « Allez vous faire voir, dit-il. Trouvez-vous un taxi. »

Il tourna la tête et fixa le passager droit dans les yeux. Leurs regards se croisèrent.

L'expression du passager se changea soudain en peur panique. « Bon, ne vous mettez pas en rogne. Désolé si je vous ai bousculé. »

Il sauta de la voiture et saisit sa valise au moment où Bernie écrasait l'accélérateur. Bernie coupa par les rues transversales. Mieux valait rentrer chez lui. Il avait failli fiche son poing dans cette grande gueule.

Il prit une longue et profonde inspiration. C'était ce que lui conseillait de faire le psychiatre de la prison chaque fois qu'il sentait la violence monter en lui. « Tu dois maîtriser ta colère, Bernie, l'avait-il prévenu. A moins que tu ne veuilles passer le restant de tes jours ici. »

Bernie ne supporterait pas de retourner en prison. Il ferait tout pour l'éviter.

Le mardi matin, le réveil de Meghan sonna à quatre heures. Elle avait une réservation sur le vol 9 d'American West, départ de Kennedy Airport à sept heures vingt-cinq. Elle se leva sans peine, elle avait mal dormi. Elle prit une douche, ouvrant presque à fond le robinet d'eau chaude, sentant avec bonheur les muscles de son cou et de son dos se détendre peu à peu.

En enfilant ses sous-vêtements et ses collants, elle écouta les prévisions de la météo à la radio. La température était tombée en dessous de zéro à New York. Mais l'Arizona, bien sûr, jouissait d'un autre climat. Frais le soir, à cette époque de l'année, mais agréablement chaud dans la journée.

Une veste et un pantalon de léger lainage brun accompagnés d'un chemisier imprimé lui semblèrent parfaits pour l'occasion. Par-dessus, elle porterait son Burberry sans sa doublure. Elle rangea rapidement dans son sac les quelques affaires nécessaires pour une nuit.

L'odeur du café l'accueillit lorsqu'elle descendit l'escalier. Sa mère était dans la cuisine. « Tu n'aurais pas dû te lever, protesta Meg.

— Je ne dormais pas. » Catherine Collins tortillait la ceinture de son peignoir en éponge. « Je n'ai pas proposé de t'accompagner, Meg, mais je le regrette maintenant. Je ne devrais peut-être pas te laisser faire ça toute seule. D'un autre côté, s'il existe une autre Mme Edwin Collins à Scottsdale, je ne saurai pas quoi lui dire. Ignorait-elle comme moi la situation, ou vivait-elle dans le mensonge en connaissance de cause ?

— J'espère obtenir quelques éclaircissements vers la fin de la journée, dit Meg, et de toute façon c'est mieux que j'y aille seule. » Elle avala quelques gorgées de jus de pamplemousse et un peu de café. « Il faut que je parte. Le trajet est long jusqu'à Kennedy Airport. Je ne veux pas me retrouver coincée dans les encombrements. »

Sa mère l'accompagna jusqu'à la porte. Meg l'étreignit brièvement. « Je serai à Phoenix à onze heures, heure locale. Je te téléphonerai tard dans l'après-midi. »

Elle sentit le regard de sa mère la suivre tandis qu'elle se dirigeait vers la voiture.

Le vol se passa sans incident. Elle avait un siège près du hublot et passa une partie du temps à fixer les gros coussins effilochés de nuages blancs. Elle se remémora le jour de ses cinq ans, où sa mère et son père l'avaient emmenée à Disneyworld. C'était la première fois qu'elle prenait l'avion. Elle était assise près du hublot, son père à côté d'elle, sa mère de l'autre côté de l'allée.

Souvent au cours des années, son père lui avait rappelé en riant la question qu'elle avait posée ce jour-là : « Papa, si nous sortons de l'avion, est-ce que nous pourrons marcher sur les nuages ? »

Il lui avait répondu qu'il était navré, mais que malheureusement les nuages ne la retiendraient pas. « Mais moi, je te soutiendrai toujours, Meggie Anne », avait-il promis.

Et il l'avait fait. Elle se rappela cette affreuse journée où elle avait trébuché à quelques mètres de la ligne d'arrivée, éliminant du championnat de course à pied l'équipe du lycée. Son père l'attendait lorsqu'elle était sortie furtivement du gymnase, fuyant les paroles de consolation de ses camarades, la déception qu'elle lisait sur leurs visages.

Il s'était montré compréhensif, mais sans paroles consolatrices. « Il est des moments dans la vie, Meghan, lui avait-il dit, qui, indépendamment de l'âge auquel tu es arrivée, restent douloureusement marqués en toi. Je crains que tu ne viennes d'inscrire un de ces moments dans ta mémoire. »

Meghan sentit l'envahir une vague de tendresse qui disparut aussitôt au souvenir des absences répétées de son père, soi-disant appelé par des affaires urgentes. Parfois même lors des jours de fête comme Thanksgiving et Noël. Les passait-il à Scottsdale ? Auprès de son autre famille ? Il y avait toujours beaucoup à faire à l'auberge pendant les vacances. Lorsqu'il n'était pas là, elle et sa mère dînaient avec des amis, mais sa mère passait son temps à se lever de table, pour accueillir les clients ou jeter un coup d'œil dans la cuisine.

Elle revit l'époque, à l'âge de quatorze ans, où elle prenait des leçons de jazz. Son père venait de rentrer de voyage et elle avait exécuté pour lui les nouveaux morceaux qu'elle avait étudiés.

« Meggie, avait-il soupiré, le jazz est de l'excellente musique et un style de danse intéressant, mais la valse est la danse des anges. » Il lui avait appris la valse viennoise.

C'est avec soulagement qu'elle entendit le commandant de bord annoncer qu'ils commençaient leur descente vers l'aéroport international de Sky Harbor, où la température extérieure était de vingt et un degrés.

Meghan prit son sac dans le compartiment à bagages

au-dessus de sa tête et attendit impatiemment que s'ouvre la porte de la cabine. Elle aurait voulu voir cette journée s'écouler le plus rapidement possible.

L'agence de location de voitures se trouvait dans le terminal Barry-Goldwater. Meghan prit le temps de vérifier l'adresse de la maroquinerie Palomino et, tout en signant les papiers pour la voiture, demanda la direction à l'employée.

« Elle se trouve dans le quartier Bogota de Scottsdale, lui dit la femme. C'est un quartier de boutiques merveilleux, on se croirait dans une ville médiévale. »

Sur une carte, elle souligna la route pour Meghan. « Vous y serez en une vingtaine de minutes », ajouta-t-elle.

Au volant de la voiture, Meghan admira la beauté des montagnes dans le lointain et le bleu intense du ciel sans nuages. Une fois passée la zone commerciale, des bosquets de palmiers, d'orangers et de cactus commencèrent à ponctuer le paysage.

Elle passa devant le Safari Hotel, un bel édifice en pisé. Avec ses lauriers-roses éclatants et ses grands palmiers, il offrait une apparence calme et accueillante. C'était là que Cyrus Graham disait avoir rencontré son beau-frère, le père de Meg, il y avait presque onze ans.

La maroquinerie Palomino était à deux kilomètres sur la route de Scottsdale. Ici, la façade des bâtiments s'ornait de tourelles et de murs crénelés. Les rues pavées ajoutaient à l'impression de civilisation ancienne. Les boutiques qui bordaient les rues étaient petites, et toutes semblaient luxueuses. Meghan tourna à gauche dans le parking derrière Palomino et sortit de la voiture. Elle ne s'attendait pas à sentir ses genoux trembler.

L'odeur épicée du cuir l'accueillit lorsqu'elle pénétra dans le magasin. Des sacs rangés par taille, depuis la pochette jusqu'au grand sac de shopping, étaient disposés avec goût sur les rayonnages et les tables. Une vitrine présentait un étalage de portefeuilles, porte-clés et bijoux. Des porte-documents et des bagages divers étaient exposés dans un espace plus étendu quelques marches en contrebas.

Il n'y avait qu'une personne dans la boutique, une jeune femme avec des traits accusés d'Indienne et une superbe cascade de cheveux noirs. Elle leva la tête de sa place derrière la caisse et sourit. « Puis-je vous aider ? » Rien dans sa voix ou son attitude n'indiquait que le visage de Meg lui rappelât quelqu'un.

Meghan réfléchit vite. « Peut-être. Je suis en ville pour quelques heures à peine et je cherche à retrouver des parents. Je n'ai pas leur adresse et ils ne sont pas dans l'annuaire. Je sais que ce sont des habitués de votre boutique et j'espérais obtenir par votre intermédiaire leur adresse ou leur numéro de téléphone. »

L'employée hésita. « Je suis nouvelle ici. Peut-être pourriez-vous revenir dans une heure. La propriétaire sera là.

— Je vous en prie, insista Meghan. J'ai très peu de temps.

— Quel est leur nom ? Je peux vérifier s'ils ont un compte ici.

— E.R. Collins.

— Oh, c'est vous qui avez téléphoné hier.

— C'est exact.

— J'étais au magasin. Après s'être entretenue avec vous, la propriétaire, Mme Stoges, m'a parlé de la mort de M. Collins. C'était un de vos parents ? »

Meghan eut soudain la bouche sèche. « Oui. C'est pourquoi je suis impatiente de rendre visite à la famille. »

L'employée consulta l'ordinateur. « Voici l'adresse et le numéro de téléphone. Je pense que je dois d'abord demander à Mme Collins l'autorisation de vous les communiquer. »

Meghan ne pouvait qu'acquiescer. Elle regarda les touches du téléphone s'enfoncer l'une après l'autre.

Un moment plus tard, l'employée parla dans le combiné. « Madame Collins ? C'est la maroquinerie Palomino. J'ai ici une jeune femme qui voudrait vous rendre visite, une parente. Voyez-vous un inconvénient à ce que je lui donne votre adresse ? »

Elle écouta un instant puis regarda Meghan. « Puis-je vous demander votre nom ?

— Meghan. Meghan Collins. »

La jeune femme répéta le nom, écouta, puis dit au revoir et raccrocha. Elle sourit à Meg. « Mme Collins aimerait vous recevoir tout de suite. Elle habite à une dizaine de minutes d'ici. »

47

Immobile, Frances contemplait par la fenêtre l'arrière de la maison. Un muret de stuc couronné par une rambarde de fer forgé entourait la piscine et le patio. La propriété s'arrêtait à la lisière de la vaste étendue désertique de la réserve indienne de Pima. Dans le lointain, le mont Camelback scintillait sous le soleil de midi. C'était une trop belle journée pour lever le voile sur tous ces secrets, songea-t-elle.

Annie avait fini par se rendre dans le Connecticut, elle était allée voir Meghan et l'avait envoyée ici. Pourquoi aurait-elle obéi aux désirs de son père ? se demanda farouchement Frances. Quelle fidélité nous doit-elle, à lui ou à moi ?

Depuis qu'elle avait laissé le message sur le répondeur d'Edwin, deux jours et demi plus tôt, Frances avait attendu, partagée entre l'espoir et la crainte. L'appel qu'elle venait de recevoir de Palomino n'était pas celui qu'elle espérait. Mais au moins Meghan Collins pourrait-elle lui dire quand elle avait vu Annie, où Frances pouvait la joindre.

Le carillon tinta dans la maison, léger, mélodieux, mais glaçant. Frances pivota sur elle-même et se dirigea vers la porte d'entrée.

Lorsque Meghan s'arrêta devant le 1006 Doubletree, Ranch Road, elle découvrit une exquise maison basse en stuc couleur crème, couverte de tuiles rouges, en bordure du désert. Des hibiscus rouge vif et des cactus encadraient la façade de la maison, ajoutant leur éclat coloré au spectacle saisissant de la chaîne montagneuse à l'horizon.

En se dirigeant vers la porte, Meg passa devant la fenêtre et aperçut la silhouette d'une femme à l'intérieur. Elle ne put voir son visage mais se rendit compte que la femme était grande et très mince, avec des cheveux négligemment retenus en chignon. Elle semblait vêtue d'une sorte de grande blouse.

Meghan sonna et la porte s'ouvrit.

La femme eut un sursaut de surprise. Son visage blêmit. « Mon Dieu, murmura-t-elle. Je savais que vous ressembliez à Annie, mais je n'imaginais pas... » Ses mains se portèrent à sa bouche, pressant ses lèvres dans un effort manifeste pour retenir un flot de paroles.

C'est la mère d'Annie et elle ignore qu'Annie est morte. Horrifiée, Meghan pensa : Cela va être pire pour elle de me voir ici. Qu'aurait éprouvé maman si Annie était venue dans le Connecticut lui annoncer que j'étais morte ?

« Entrez, Meghan. » La femme s'écarta sur le côté, sans lâcher la poignée de la porte, comme si elle voulait se retenir à elle. « Je suis Frances Grolier. »

Meghan ne savait qui elle s'était attendue à trouver, mais pas cette femme au teint naturel, aux cheveux gris, aux mains robustes et au mince visage finement ridé. Le regard qu'elle croisa était ému et angoissé.

« La vendeuse de Palomino ne vous a-t-elle pas appelée Mme Collins au téléphone ? demanda Meghan.

— Les commerçants me connaissent sous le nom de Mme Collins. »

Elle portait une alliance en or. Meghan la fixa avec insistance.

« Oui, dit Frances Grolier. C'est pour sauver les apparences que votre père me l'a offerte. »

Meghan revit sa mère serrant convulsivement l'anneau que la voyante lui avait renvoyé. Elle détourna les yeux, soudain envahie par un immense sentiment d'abandon. L'apparence de la pièce pénétra son esprit malgré la détresse du moment.

La maison était composée de pièces à vivre et d'un atelier.

La partie en façade comportait le living-room. Un canapé devant la cheminée. Des carreaux couleur terre cuite au sol.

Le fauteuil de cuir marron et le repose-pieds assorti à côté de la cheminée, répliques exactes de ceux qui se trouvaient dans le bureau de son père, constata Meghan avec un tressaillement. Des rayonnages de livres non loin du fauteuil. Il est clair que papa aimait se sentir partout chez lui, songea-t-elle avec amertume.

Des photos dans leurs cadres, disposées sur le manteau de la cheminée, l'attirèrent comme des aimants. C'étaient des portraits de famille, représentant son père aux côtés de cette femme et d'une jeune fille qui ressemblait à Meg comme une sœur, et qui était — ou plutôt qui avait été — sa demi-sœur.

Une photo en particulier l'attira. Une scène de Noël. Son père tenant un enfant de cinq ou six ans sur ses genoux, entouré de cadeaux. Une jeune Frances Grolier agenouillée près de lui, les bras passés autour de son cou. Tous en pyjama et robe de chambre. Une famille heureuse.

Était-ce ce jour de Noël où je n'ai cessé de prier pour qu'un miracle se produise, que soudain papa passe la porte? se demanda Meghan.

Un sentiment de désespoir s'empara d'elle. Elle se détourna et vit contre le mur du fond le buste sur un piédestal. D'un pas qui lui sembla soudain terriblement lourd, elle se dirigea vers lui.

Un rare talent avait modelé ce bronze à l'image de son père. L'amour et la compréhension avaient su saisir l'accent de mélancolie dans l'étincelle du regard, la bouche sensible, les longs doigts expressifs joints sous le menton, la belle crinière ondulée et la mèche bouclée qui lui retombait toujours sur le front.

Des fêlures sur le cou et le front avait été méticuleusement réparées.

« Meghan? »

Elle se retourna, redoutant ce qu'elle devait maintenant dire à cette femme.

Frances Grolier vint vers elle à travers la pièce. Sa voix était suppliante. « Je me suis préparée à tout ce que vous pouvez ressentir à mon égard, mais *je vous en prie*... Il faut que je sache ce qu'est devenue Annie. Savez-vous où elle est ? Et votre père ? Vous a-t-il donné de ses nouvelles ? »

Tenant la promesse qu'il avait faite à Meghan, Mac tenta vainement de joindre Stephanie Petrovic au téléphone, à neuf heures, le mardi matin. Ses appels successifs toutes les heures n'obtinrent aucune réponse.

A midi et quart, il appela Charles Potters, l'avocat chargé de la succession d'Helene Petrovic. Lorsque Potters décrocha, Mac se présenta, exposa la raison de son appel et comprit immédiatement que Potters aussi était inquiet.

« J'ai cherché à la joindre hier soir, expliqua Potters. Mlle Collins avait paru s'inquiéter de son absence. Je vais me rendre chez elle. J'ai une clé. »

Il promit de rappeler.

Une heure et demie plus tard, la voix frémissante d'indignation, Potters mit Mac au courant du billet laissé par Stephanie. « Quel culot ! s'écria-t-il. Elle a pris tout ce qu'elle pouvait emporter ! L'argenterie. Quelques belles porcelaines. Pratiquement toute la garde-robe d'Helene. Ses bijoux. Ces pièces étaient assurées pour plus de cinquante mille dollars. Je vais prévenir la police. C'est du vol pur et simple.

— Vous dites qu'elle est partie avec le père de son bébé ? demanda Mac. D'après ce que m'a raconté Meg, j'ai du mal à le croire. Elle avait l'impression que Stephanie était effrayée à l'idée de le rechercher pour le forcer à subvenir aux besoins de l'enfant.

— Sans doute comédie de sa part, dit Potters. Stephanie Petrovic est une calculatrice. Je peux vous assurer que la cause principale de son chagrin à la mort de sa tante venait de ce qu'Helene n'avait pas modifié son testament comme elle le lui avait soi-disant promis.

— Monsieur Potters, croyez-vous qu'Helene Petrovic avait l'intention de le modifier ?

— Je n'ai aucun moyen de le savoir. Je sais que dans les semaines qui ont précédé sa mort, Helene avait mis sa maison en vente et converti ses titres en bons au porteur. Heureusement, ces derniers n'étaient pas dans le coffre-fort. »

Lorsque Mac reposa le téléphone, il s'inclina en arrière dans son fauteuil.

Combien de temps un amateur, si doué fût-il, pouvait-il berner des spécialistes de la fécondation in vitro ? se demanda-t-il. Helene Petrovic y était parvenue pendant des années. Je n'y serais pas arrivé moi-même, pensa Mac, se rappelant ses longues études de médecine.

Selon Meghan, pendant qu'Helene Petrovic travaillait au centre de procréation assistée de Dowling, elle avait passé beaucoup de temps à rôder dans le laboratoire. Elle avait aussi peut-être rencontré un médecin du Valley Memorial, l'hôpital auquel le centre était rattaché.

Mac ne mit pas longtemps à se décider. Il prendrait un jour de congé demain. Il valait mieux régler certaines choses en personne. Demain, il se rendrait au Valley Memorial à Trenton et verrait le directeur de l'établissement. Il fallait qu'il essaie d'accéder à certaines informations.

Mac avait rencontré et apprécié le Dr George Manning, mais il n'avait pas compris que Manning n'ait pas immédiatement prévenu les Anderson de l'éventuelle interversion des embryons. Il était évident qu'il avait cru pouvoir éviter le scandale.

Aujourd'hui, Mac se demandait si des raisons plus graves que la peur avaient poussé Helene Petrovic à vouloir quitter la clinique, modifier son testament, vendre sa maison et partir en France. Surtout, réfléchit-il, quand on allait sans doute prouver que le bébé des Anderson était leur enfant biologique, et non le jumeau qu'ils avaient espéré.

Mac voulait savoir s'il se pouvait que le Dr George Manning ait été en rapport avec le Valley Memorial à un moment quelconque durant les sept années où Helene Petrovic avait travaillé dans l'établissement voisin.

George Manning ne serait pas le premier homme à gâcher sa vie professionnelle pour une femme et il ne serait pas le dernier. Théoriquement, Helene Petrovic avait été recrutée par l'intermédiaire de Collins et Carter. Pourtant c'était seulement hier que Manning avait reconnu s'être entretenu avec Edwin Collins la veille de sa disparition. Y avait-il eu collusion entre eux à propos de ces certificats? Ou quelqu'un d'autre dans l'équipe de Manning avait-il soutenu Helene? La clinique Manning n'avait qu'une dizaine d'années. Ses rapports annuels donnaient la liste de ses principaux responsables. Il demanderait à sa secrétaire d'obtenir cette liste.

Mac sortit un carnet, et de son écriture nette, dont ses confrères disaient en se moquant qu'elle était peu caractéristique de la profession médicale, inscrivit :

1. *Edwin Collins, présumé mort dans l'accident du pont, le 28 janvier; aucune preuve.*

2. *Une femme qui ressemble à Meg (Annie?), morte poignardée, le 21 octobre.*

3. *Kyle a peut-être vu « Annie » la veille de sa mort.*

4. *Helene Petrovic, assassinée d'un coup de revolver, quelques heures après avoir donné sa démission de la clinique Manning, le 25 octobre.*
Edwin Collins avait recruté Helene Petrovic pour la clinique Manning, garantissant la validité de ses faux certificats.

5. *Stephanie Petrovic a accusé la clinique Manning d'avoir voulu empêcher sa tante de modifier son testament.*

6. *Stephanie Petrovic a disparu entre la fin de l'après-midi du 31 octobre et le 2 novembre, laissant un billet affirmant qu'elle rejoignait le père de son enfant, un homme qu'apparemment elle redoutait.*

Rien de tout ça n'avait le moindre sens. Mais il y avait une chose dont il était convaincu. Tous ces faits étaient liés d'une façon logique. Comme les gènes, pensa-t-il. A la minute où vous compreniez le schéma d'ensemble, chaque élément se mettait en place automatiquement.

Il rangea son carnet. Il lui fallait terminer son travail s'il voulait se libérer demain pour se rendre à Dowling. Il était seize heures. C'est-à-dire quatorze heures dans l'Arizona. Que faisait Meghan ? Comment se passait cette journée, qui ne pouvait être qu'affreusement pénible pour elle ?

Meg regarda Frances Grolier droit dans les yeux. « Quelles nouvelles voulez-vous que j'aie de mon père ?

— Meghan, la dernière fois qu'il était ici, j'ai senti que le monde se refermait sur lui. Il semblait tellement effrayé, si déprimé. Il a dit qu'il aimerait simplement disparaître. Meghan, dites-le-moi. *Avez-vous vu Annie ?* »

A peine quelques heures plus tôt, Meg s'était souvenue de son père lui disant que certains événements dans la vie pouvaient causer une souffrance inoubliable. La pitié l'envahit en voyant l'horreur apparaître dans le regard de la mère d'Annie.

Frances la saisit par les bras. « Meghan, Annie est-elle malade ? »

Meghan ne put prononcer un mot. Elle répondit à la note d'espoir qui perçait dans la question fiévreuse par un geste de dénégation à peine perceptible.

« Est-elle... Annie est-elle morte ?

— Je suis tellement navrée.

— Non. C'est impossible. » Les yeux de Frances Grolier cherchèrent le visage de Meghan, suppliants. « Lorsque j'ai ouvert la porte... même sachant que vous alliez venir... pendant un quart de seconde, j'ai cru voir Annie. Je savais à quel point vous vous ressembliez. Ed m'avait montré des photos. » Les genoux de Frances se dérobèrent.

Meghan la retint par les bras, l'aida à s'asseoir sur le canapé. « Y a-t-il quelqu'un que je puisse appeler, quelqu'un que vous aimeriez avoir auprès de vous en ce moment ?

— Personne, murmura Frances Grolier. Personne. » Sa pâleur vira au gris, elle fixa la cheminée comme si soudain elle était inconsciente de la présence de Meghan.

Impuissante, Meg vit ses pupilles se dilater, son regard devenir vague. Elle va s'évanouir, pensa-t-elle.

Puis, d'une voix dénuée d'émotion, Frances demanda : « Qu'est-il arrivé à ma fille ?

— Elle a été poignardée. Je me trouvais dans la salle des urgences lorsqu'on l'y a amenée.

— Qui...? »

Frances Grolier ne termina pas sa phrase.

« Annie a sans doute été victime d'un vol, dit calmement Meghan. Elle n'avait aucune pièce d'identité sur elle, mis à part un bout de papier avec mon nom et mon numéro de téléphone.

— Le papier à en-tête de l'auberge Drumdoe.

— Oui.

— Où se trouve ma fille maintenant?

— A... à l'Institut médico-légal de Manhattan.

— Vous voulez dire à la morgue?

— Oui.

— Comment m'avez-vous trouvée, Meghan?

— Par le message que vous avez laissé l'autre nuit, demandant de rappeler la maroquinerie Palomino. »

Un sourire douloureux étira les lèvres de Frances Grolier. « J'ai laissé ce message en espérant joindre votre père. Le père d'Annie. Il vous faisait toujours passer en premier, vous savez. Il avait tellement peur que vous et votre mère ne découvriez notre existence. Toujours si peur. »

Meghan sentit que la colère et le chagrin avaient succédé au choc. « Je suis tellement navrée. » Elle ne trouvait rien d'autre à dire. De sa place, elle voyait les photos de Noël. Je suis tellement navrée pour nous tous, pensa-t-elle.

« Meghan, il faut que je vous parle, mais pas maintenant. J'ai besoin d'être seule. Où êtes-vous descendue?

— Je vais essayer de prendre une chambre au Safari Hotel.

— Je vous y appellerai plus tard. Partez, maintenant, je vous en prie. »

Comme Meghan refermait la porte, elle entendit de longs sanglots réguliers, rauques et rythmés, des sanglots à vous déchirer le cœur.

Elle se rendit à l'hôtel, priant qu'il ne fût pas complet, espérant que personne ne la verrait et ne la prendrait pour Annie. Mais la réservation fut rapide, et dix minutes plus tard elle refermait la porte de la chambre et s'effondrait sur le lit, en proie à un mélange d'immense pitié, de douleur et de terreur.

Frances Grolier croyait manifestement que son amant, Edwin Collins, était en vie.

48

Ce même mardi matin, Victor Orsini s'installa dans le bureau d'Edwin Collins. La veille, l'équipe de nettoyage avait lessivé les murs, lavé les vitres et nettoyé la moquette. La pièce était à présent d'une propreté irréprochable. Orsini n'avait aucune envie de l'aménager à son goût. Pas vu la façon dont les choses tournaient.

Il savait que, dimanche dernier, Meghan et sa mère avaient déménagé les effets personnels de Collins. Il supposa qu'elles avaient entendu le message sur le répondeur et emporté la bande. Il pouvait seulement imaginer ce qu'elles en penseraient.

Il avait espéré qu'elles ne s'intéresseraient pas aux livres de comptes de Collins, mais elles les avaient tous pris. Par sentimentalisme? Il en doutait. Meghan était très intelligente. Elle cherchait quelque chose. La même chose que lui? Cela se trouvait-il quelque part dans ces papiers? Le découvrirait-elle?

Orsini cessa un instant de déballer ses dossiers. Il avait ouvert le journal du matin sur le bureau, le bureau qui avait appartenu à Edwin Collins et qui partirait bientôt pour Drumdoe. Un article en première page sur le scandale de la clinique Manning annonçait que les enquêteurs des services de santé de l'État s'étaient rendus à la clinique lundi et déjà le bruit courait qu'Helene Petrovic pouvait avoir commis de nombreuses erreurs graves. On avait retrouvé des éprouvettes vides parmi celles qui contenaient des embryons congelés, ce qui laissait supposer que le manque de connaissances médicales de Petrovic l'avait peut-être amenée à mal étiqueter certains embryons, ou même à les détruire.

Une source indépendante refusant d'être identifiée soulignait que les clients qui payaient grassement pour la conservation de leurs embryons avaient été abusés. Dans le scénario le plus pessimiste, ces femmes, qui ne pourraient plus produire d'ovules pour une éventuelle fécondation, avaient peut-être à jamais perdu leurs chances de devenir mères.

A côté de l'article figurait la reproduction de la lettre d'Edwin Collins recommandant chaudement le « Dr » Helene Petrovic au Dr George Manning.

La lettre était datée du 21 mars, près de sept ans plus tôt, et portait la mention : *reçu le 22 mars.*

Orsini se rembrunit. Il entendait à nouveau la voix furieuse, accusatrice de Collins lui téléphonant depuis sa voiture ce dernier soir. Il examina le journal et la signature énergique d'Edwin sur la lettre de recommandation. Des gouttes de transpiration perlèrent sur son front. Quelque part dans ce bureau, ou dans les dossiers que Meghan Collins avait emportés chez elle, se trouvait la pièce à conviction qui ferait s'écrouler ce château de cartes. Mais quelqu'un la découvrirait-il ?

Bernie resta des heures sans pouvoir calmer la rage provoquée par le mépris de son passager. Dès que sa mère était montée se coucher lundi soir, il s'était précipité à la cave pour regarder les cassettes vidéo de Meghan. Il avait enregistré sa voix sur les plus récentes, mais celle qu'il avait prise depuis les bois derrière sa maison était sa préférée. Elle éveillait en lui l'envie irrésistible de retourner la voir.

Il passa la nuit à regarder les bandes, et n'alla se coucher qu'en voyant la lueur de l'aube filtrer à travers la fente du carton qu'il avait fixé sur l'étroit soupirail du sous-sol. S'il ne montait pas, maman remarquerait tout de suite qu'il n'avait pas dormi dans son lit.

Il se coucha tout habillé et remonta à temps les couvertures sur lui. Le grincement du matelas dans la pièce voisine le prévint que sa mère se réveillait. Quelques minutes plus tard, la porte de sa chambre s'ouvrit. Il savait qu'elle le regardait. Il garda les yeux fermés. Elle ne s'attendait pas qu'il se réveille avant une quinzaine de minutes.

Dès que la porte fut refermée, il se redressa dans son lit, établissant le plan de sa journée.

Meghan devait être dans le Connecticut. Mais où? Chez elle? A l'auberge? Peut-être donnait-elle un coup de main à sa mère. Et l'appartement de New York? Peut-être s'y trouvait-elle en ce moment?

Il se leva promptement à sept heures, ôta son sweater et sa chemise, enfila sa veste de pyjama au cas où maman le verrait et alla dans la salle de bains. Là, il s'aspergea d'eau la figure et les mains, se rasa, se brossa les dents et se coiffa. Il sourit à son reflet dans la glace de l'armoire de toilette. Tout le monde lui disait qu'il avait un gentil sourire. Malheureusement, le tain du miroir se ternissait et ne lui renvoyait plus qu'une image distordue, comme celles des parcs d'attractions. Il n'avait pas l'air gentil et amical en ce moment.

Ensuite, comme maman le lui avait appris, il prit la boîte de détergent, versa une bonne quantité de poudre dans le lavabo, frotta vigoureusement avec une éponge, rinça et sécha avec le chiffon que maman gardait toujours plié à côté de la baignoire.

De retour dans la chambre, il fit son lit, plia sa veste de pyjama, enfila une chemise propre et porta l'ancienne dans le panier à linge sale.

Aujourd'hui, maman avait mis des flocons d'avoine dans son bol de céréales. « Tu as l'air fatigué, Bernard, dit-elle sèchement. Est-ce que tu prends suffisamment de repos?

— Oui, maman.

— A quelle heure es-tu monté te coucher?

— Je crois qu'il était environ onze heures.

— Je me suis levée pour aller à la salle de bains à onze heures et demie. Tu n'étais pas encore au lit.

— Peut-être était-il un peu plus tard, maman.

— J'ai cru entendre ta voix. Tu parlais à quelqu'un?

— Non, maman. A qui aurais-je pu parler?

— J'ai cru entendre une voix de femme.

— Maman, c'était la télévision. » Il avala ses céréales et son thé. « Je dois être tôt au travail. »

Elle le regarda depuis le seuil de la porte. « Sois rentré pour le dîner. Je n'ai pas envie de passer la nuit à la cuisine. »

Il aurait voulu lui dire qu'il comptait faire des heures supplémentaires, mais il n'osa pas. Peut-être lui téléphonerait-il plus tard.

A trois cent mètres de chez lui il s'arrêta à une cabine téléphonique. Il faisait froid, mais le frisson qui le parcourut en composant le numéro de téléphone de l'appartement de Meg était davantage dû à l'expectative qu'à la température. La sonnerie retentit quatre fois. Lorsque le répondeur se mit en marche, Bernie raccrocha.

Il composa ensuite le numéro de sa maison dans le Connecticut. Une femme répondit. Sans doute la mère de Meghan, pensa Bernie. Il prit une voix plus grave, accéléra son débit. Il voulait imiter le ton de Tom Weicker.

« Bonjour, madame Collins. Meghan est-elle ici ?

— Qui est à l'appareil ?

— Tom Weicker de PCD.

— Oh, monsieur Weicker, Meg sera désolée d'avoir raté votre appel. Elle s'est absentée pour la journée. »

Bernie fronça les sourcils. Il voulait savoir où elle se trouvait. « Y a-t-il un endroit où je puisse la joindre ?

— Je crains que non. Mais j'aurai de ses nouvelles plus tard dans la journée. Voulez-vous que je lui demande de vous rappeler ? »

Bernie réfléchit rapidement. Cela paraîtrait bizarre s'il refusait. Mais il voulait savoir quand elle serait de retour. « Oui, demandez-lui de me rappeler. A-t-elle prévu de rentrer ce soir ?

— Sinon ce soir, sûrement demain.

— Merci. » Bernie raccrocha, irrité de n'avoir pu joindre Meghan. Sa seule consolation était de s'être épargné le trajet jusqu'au Connecticut. Il remonta dans sa voiture et prit la direction de Kennedy Airport. Autant aller faire le taxi aujourd'hui, mais personne n'avait intérêt à lui dire comment conduire.

Cette fois-ci, les inspecteurs chargés d'enquêter sur la mort d'Helene Petrovic ne vinrent pas trouver Phillip Carter à l'agence. Mardi matin, ils lui demandèrent par téléphone s'il accepterait d'avoir un entretien dans les bureaux du substitut au tribunal de Danburry.

« Quand désirez-vous me voir ? demanda Carter.

— Dès que possible », lui dit Arlene Weiss.

Phillip consulta rapidement son agenda. Il n'avait aucun rendez-vous important. « Je peux être sur place d'ici une heure, proposa-t-il.

— Parfait. »

Après avoir reposé le combiné, Phillip s'efforça de se concentrer sur le courrier du matin. Il contenait les curriculum vitae des quelques candidats qu'il avait l'intention de recommander à deux des plus gros clients de l'agence. Jusqu'à présent au moins, ces clients étaient restés fidèles.

L'agence de recrutement Collins et Carter pourrait-elle survivre à l'orage ? Il l'espérait. Dans les jours à venir, il s'occuperait de changer le nom de la société en « Phillip Carter et Associés ».

Dans la pièce à côté, il entendait Orsini se déplacer dans le bureau d'Ed Collins. Inutile de t'installer pour de bon, pensa Phillip. Il était trop tôt pour se débarrasser d'Orsini. Il avait besoin de lui pour le moment, mais Phillip avait plusieurs remplaçants en vue.

Il se demanda si la police avait à nouveau interrogé Catherine et Meghan.

Il composa le numéro de Catherine chez elle. Lorsqu'elle décrocha, il dit d'un ton joyeux : « C'est moi. Je voulais seulement savoir comme ça allait.

— C'est très gentil de votre part, Phillip. » Sa voix était assourdie.

« Des ennuis, Catherine ? demanda-t-il vivement. La police n'est pas venue vous embêter, j'espère ?

— Non, pas vraiment. Je suis plongée dans les dossiers d'Edwin, les doubles de ses factures, ce genre de choses. Savez-vous ce que Meg a remarqué ? » Elle n'attendit pas sa réponse. « Parfois, sur des factures correspondant à quatre ou cinq jours d'hôtel, après un jour ou deux, on ne trouve absolument aucun frais supplémentaire sur sa note. Pas même un scotch ou une bouteille de vin à la fin de la journée. Vous en étiez-vous rendu compte ?

— Non. Ce n'était pas à moi de surveiller les dépenses d'Edwin, Catherine.

— Tous les dossiers que j'ai en ma possession semblent remonter à sept ans. Y a-t-il une raison à cela?

— C'est normal. C'est la période pendant laquelle vous êtes censé conserver les dossiers en vue d'éventuels contrôles. Bien sûr, les inspecteurs des impôts remonteront plus loin s'ils soupçonnent une fraude fiscale.

— Je me rends compte d'une chose, c'est qu'à chaque séjour d'Edwin en Californie, on retrouve la même absence de frais supplémentaires sur ses notes d'hôtel. Il allait souvent en Californie.

— Nous nous occupions beaucoup de la Californie, Catherine. Le recrutement y était florissant. Les choses ont changé dans les dernières années.

— Vous ne vous êtes donc jamais étonné de ses voyages fréquents en Californie?

— Catherine, Edwin était l'associé principal de la société. Nous prospections des clients chacun de notre côté.

— Pardonnez-moi, Phillip. Je ne vous reproche pas de n'avoir pas remarqué quelque chose que moi-même, qui suis restée sa femme pendant trente ans, je n'ai jamais soupçonné.

— Une autre femme?

— Probablement.

— C'est une période vraiment terrible pour vous, dit Phillip avec force. Comment va Meg? Est-ce qu'elle est là?

— Meg va bien. Elle est absente aujourd'hui. Et il a fallu que ce soit justement le jour où son patron a téléphoné.

— Êtes-vous libre pour dîner ce soir?

— Non, je regrette. Je dois retrouver Mac et Kyle à l'auberge. » Catherine hésita. « Voulez-vous vous joindre à nous?

— Je ne pense pas, merci. Si nous remettions ça à demain soir?

— Cela dépend de l'heure à laquelle revient Meg. Puis-je vous rappeler?

— Bien sûr. Ménagez-vous, Catherine. Et n'oubliez pas, je suis là si vous avez besoin de moi. »

Deux heures plus tard, Phillip était interrogé dans le bureau de John Dwyer. Les inspecteurs Bob Marron et Arlene Weiss étaient présents, aux côtés du substitut qui menait l'entretien. Il portait en partie sur certaines questions que Catherine avait soulevées.

« N'avez-vous à aucun moment soupçonné votre associé de mener une double vie ?

— Non.

— Le croyez-vous aujourd'hui ?

— Avec cette jeune fille à la morgue de New York qui ressemble à Meghan ? Avec Meghan elle-même qui réclame des tests d'ADN ? Bien sûr que je le crois.

— D'après les voyages d'Edwin Collins, avez-vous une idée de l'endroit où il aurait pu avoir une liaison ?

— Pas la moindre. »

Le substitut parut exaspéré. « Monsieur Carter, j'ai le sentiment que chaque personne proche d'Edwin Collins cherche d'une façon ou d'une autre à le protéger. Laissez-moi mettre les choses au point. Nous croyons qu'il est encore en vie. S'il avait une relation avec une autre femme, en particulier une relation sérieuse, il est possible qu'il se trouve auprès d'elle en ce moment. Voyez-vous où il pourrait se cacher ?

— Je n'en ai pas la moindre idée, répéta Phillip.

— Très bien, monsieur Carter, dit brusquement Dwyer. Nous donnez-vous l'autorisation d'examiner tous les dossiers de Collins et Carter, ou sera-t-il nécessaire de présenter un mandat de perquisition ?

— Je serais ravi que vous examiniez les dossiers ! s'écria vivement Phillip. Faites votre possible pour mettre un terme à cette sinistre histoire et laissez les honnêtes gens recoller les morceaux et continuer tranquillement leur existence. »

Au moment de regagner son bureau, Phillip Carter s'aperçut qu'il n'avait aucune envie de passer une soirée solitaire. De sa voiture, il téléphona à nouveau à Catherine. « Catherine, dit-il lorsqu'elle répondit, j'ai changé d'avis. Si vous, Mac et Kyle voulez bien de moi, je serais très heureux de dîner avec vous ce soir. »

A quinze heures, depuis sa chambre d'hôtel, Meghan

téléphona chez elle. Il devait être dix-sept heures dans le Connecticut, et elle voulait parler à sa mère avant l'heure du dîner à l'auberge.

La conversation fut douloureuse. Incapable de trouver les mots qui adouciraient le choc, elle raconta sa pénible entrevue avec Frances Grolier. « C'était horrible, conclut-elle. Elle est anéantie, bien sûr. Annie était son seul enfant.

— Quel âge avait Annie, Meg ? demanda doucement sa mère.

— Je ne sais pas. Un peu plus jeune que moi, je crois.

— Je vois. Cela signifie qu'ils étaient ensemble depuis de nombreuses années.

— Oui, admit Meghan, pensant aux photographies qu'elle venait de voir. Maman, il y a autre chose. Frances semble croire que papa est toujours en vie.

— Elle ne peut pas croire ça !

— Si. Je n'en sais pas plus. Je vais rester ici jusqu'à ce qu'elle m'appelle. Elle a dit qu'elle voulait me parler.

— Que pourrait-elle avoir de plus à te dire, Meg ?

— Elle sait peu de chose sur la mort d'Annie. » Meghan se rendit compte qu'elle était vidée moralement et incapable de parler davantage. « Maman, je vais raccrocher. Si tu as l'occasion de mettre Mac au courant sans que Kyle entende, fais-le, je te prie. »

Meghan était assise au bord du lit. Après avoir dit au revoir à sa mère, elle se renversa sur les oreillers et ferma les yeux.

Elle fut réveillée par la sonnerie du téléphone. Elle se redressa, consciente de l'obscurité et du froid qui régnaient dans la pièce. Le cadran lumineux du radio-réveil marquait vingt heures cinq. Elle se pencha et souleva le récepteur. Sa voix avait un ton las et rauque quand elle murmura : « Allô.

— Meghan, ici Frances Grolier. Voulez-vous passer me voir demain matin aussi tôt que possible ?

— Oui. » Il semblait déplacé de demander comment elle allait. Comment irait n'importe quelle femme dans sa situation ? Meghan préféra demander : « Neuf heures vous conviendrait-il ?

— Oui, et merci. »

228

Malgré la souffrance qui marquait profondément son visage, Frances Grolier paraissait calme le lendemain matin lorsqu'elle ouvrit la porte à Meghan. « J'ai préparé du café », dit-elle.

Elles s'installèrent sur le canapé, leur tasse à la main, le dos raidi, tournées l'une vers l'autre. Frances ne prononça pas de paroles inutiles. « Dites-moi comment Annie est morte, ordonna-t-elle. Racontez-moi tout. J'ai besoin de savoir. »

Meghan commença : « J'étais en reportage à l'hôpital Roosevelt-St. Luke, à New York... » Comme avec sa mère précédemment, elle ne tenta pas d'adoucir son récit. Elle mentionna le message qu'elle avait reçu par fax. *Erreur. Annie était une erreur.*

Frances Grolier se pencha en avant, les yeux écarquillés. « Qu'est-ce que cela signifie, d'après vous ?

— Je l'ignore. » Elle continua, sans rien omettre. Le billet trouvé dans la poche d'Annie, les faux certificats d'Helene Petrovic et sa mort, et pour finir le mandat d'arrêt lancé contre son père. « On a retrouvé sa voiture. Vous ignorez peut-être que papa possédait un permis de port d'arme. Son revolver se trouvait dans la voiture et c'est l'arme qui a tué Helene Petrovic. Je ne crois pas, je ne peux pas croire qu'il ait pu s'attaquer à la vie de quelqu'un.

— Moi non plus.

— Hier soir, vous sembliez penser que mon père était toujours en vie.

— Je pense que c'est possible, dit Frances. Meghan, après aujourd'hui, j'espère que nous ne nous reverrons jamais. Ce serait trop pénible pour moi, et pour vous également, je suppose. Mais vous et votre mère avez droit à une explication. J'ai rencontré votre père il y a vingt-sept ans dans la boutique de maroquinerie Palomino. Il achetait un sac pour votre mère et hésitait entre deux modèles. Il m'a demandé de l'aider à faire son choix, puis m'a invitée à déjeuner. C'est ainsi que tout a commencé.

— Il n'était marié que depuis trois ans à cette époque, dit calmement Meghan. Je sais que mon père et ma mère formaient un couple heureux. Je ne comprends pas pourquoi il avait besoin d'une liaison avec vous. » Elle s'aperçut qu'elle avait l'air accusateur, mais c'était plus fort qu'elle.

« Je savais qu'il était marié, continua Frances. Il m'a montré une photo de vous, une photo de votre mère. En surface, Edwin possédait tout : le charme, l'allure, l'intelligence, l'esprit. Au fond de lui c'était, ou c'est, un homme désespérément peu sûr de lui. Meghan, tâchez de comprendre et pardonnez-lui. Par beaucoup de côtés, votre père restait encore cet enfant blessé craignant d'être à nouveau abandonné. Il avait besoin de savoir qu'il existait pour lui un autre foyer, un endroit où quelqu'un l'accueillerait. »

Ses yeux s'emplirent de larmes. « Cette situation nous convenait à tous les deux. J'étais amoureuse de lui, mais je ne voulais pas m'engager dans le mariage. Je voulais simplement être libre de devenir le meilleur sculpteur possible. Pour moi, nos rapports étaient l'idéal, sans limites et sans exigences.

— Un enfant n'est-il pas une exigence, une responsabilité ? demanda Meghan.

— Annie n'était pas prévue au programme. Lorsque je me suis retrouvée enceinte, nous avons acheté cette maison et dit aux gens que nous étions mariés. Ensuite, Edwin s'est toujours senti déchiré, s'efforçant continuellement d'être un bon père pour vous deux, craignant toujours de manquer à ses devoirs envers vous deux.

— Ne redoutait-il pas d'être découvert ? demanda Meghan. Que quelqu'un le rencontre à l'improviste comme l'a fait son beau-frère ?

— Il était hanté par cette peur. En grandissant, Annie s'interrogeait davantage sur le travail que faisait son père. Elle ne croyait pas à cette histoire de poste top secret au gouvernement. Elle commençait à percer dans le journalisme. On vous voyait à la télévision. Lorsque Edwin a souffert de ces terribles douleurs à la poitrine en novembre dernier, il a refusé d'être hospitalisé. Il voulait rentrer dans le Connecticut. Il a dit : "Si je meurs, tu diras à Annie que j'étais en mission pour le gouvernement." La fois suivante, il m'a remis des bons au porteur de deux cent mille dollars. »

L'emprunt de l'assurance, pensa Meghan.

« Il a dit que s'il lui arrivait malheur, vous et votre mère étiez à l'abri du besoin, contrairement à moi. »

Meghan ne contredit pas Frances Grolier. Elle savait qu'il n'était pas venu à l'esprit de Frances que, le corps d'Edwin n'ayant pas été retrouvé, un certificat de décès n'avait pu être délivré. Et elle savait avec certitude que sa mère préférerait tout perdre plutôt que de réclamer l'argent que son père avait donné à cette femme.

« C'est donc la dernière fois que vous avez vu mon père ? demanda-t-elle.

— Il est parti le 27 janvier. Il devait se rendre à San Diego pour voir Annie, puis prendre un avion qui le ramènerait chez lui le matin du 28.

— Pourquoi le croyez-vous toujours en vie ? » se força à demander Meghan avant de partir. Plus que tout, elle voulait s'éloigner de cette femme envers laquelle elle éprouvait à la fois une profonde pitié et un amer ressentiment.

« Parce qu'il était bouleversé le jour de son départ. Il venait d'apprendre quelque chose à propos de l'un de ses associés qui l'avait horrifié.

— Victor Orsini ?

— C'est le nom qu'il a prononcé.

— Qu'avait-il appris ?

— Je l'ignore. Mais les affaires marchaient mal depuis quelque temps. C'est alors qu'est paru un article dans le journal local sur une réception donnée pour le soixante-dixième anniversaire du Dr George Manning par sa fille, qui vit à une quarantaine de kilomètres d'ici. L'article citait les propos du Dr Manning annonçant son intention de travailler encore un an avant de prendre sa retraite. Votre père a dit que la clinique Manning était un de ses clients, et il a appelé le Dr Manning. Il se proposait de se mettre à rechercher un remplaçant pour la direction de l'établissement. Cette conversation l'a mis dans un état épouvantable.

— Pourquoi ? demanda Meghan d'un ton pressant. Pourquoi ?

— Je l'ignore.

— Essayez de vous souvenir. Je vous en prie. C'est très important. »

Frances Grolier secoua la tête. « Avant de partir, les derniers mots d'Edwin furent : "Tout ça commence à être trop lourd pour moi..." Toute la presse a relaté la catastrophe du pont. Je l'ai cru mort et j'ai dit autour de moi qu'il avait été tué dans un accident d'avion à l'étranger. Annie ne s'est pas satisfaite de cette explication.

— Lorsqu'il lui a rendu visite à son appartement, le dernier jour, Edwin a donné à Annie de l'argent pour s'acheter des vêtements. Six billets de cent dollars. Il n'a visiblement pas remarqué que le bout de papier à en-tête de l'auberge Drumdoe, portant votre nom et votre numéro de téléphone, avait glissé de son portefeuille. Elle l'a trouvé après son départ et l'a gardé. »

Les lèvres de Frances Grolier tremblèrent. C'est d'une voix cassée qu'elle poursuivit : « Il y a deux semaines, Annie est venue ici pour ce que vous appelleriez une confrontation. Elle avait téléphoné à votre numéro. Vous aviez répondu "Meghan Collins", et elle avait raccroché. Elle voulait voir le certificat de décès de son père. Elle m'a traitée de menteuse et a exigé de savoir où se trouvait Edwin. J'ai fini par lui avouer la vérité et l'ai suppliée de ne pas vous contacter, ni vous ni votre mère. Elle a renversé le buste d'Ed que j'avais sculpté et m'a quittée furieuse. Je ne l'ai jamais revue. »

Frances Grolier se leva, posa ses mains sur le rebord de la cheminée et y appuya son front. « J'ai parlé à mon avocat hier soir. Il va m'accompagner à New York demain après-midi afin d'identifier le corps d'Annie et de prendre les dispositions nécessaires pour le ramener ici. Je regrette sincèrement les ennuis qui en résulteront pour vous et votre mère. »

Meg n'avait plus qu'une question à poser : « Pourquoi avez-vous laissé ce message à l'intention de mon père l'autre soir ?

— Parce que j'ai pensé que s'il était toujours en vie, si cette ligne fonctionnait toujours, il y avait une chance qu'il écoute ses messages par habitude. C'était ainsi que je le contactais en cas d'urgence. Tôt le matin, il avait coutume d'appeler son répondeur. » Elle se retourna vers Meghan.

« Ne laissez personne vous dire qu'Edwin a pu tuer quelqu'un, parce que ce n'est pas vrai. » Elle se tut. « Par contre il est fort capable de commencer une nouvelle vie qui n'inclue ni vous ni votre mère. Ni Annie ni moi. »

Frances Grolier se détourna à nouveau. Il ne restait rien à dire. Meghan jeta un dernier regard au buste de bronze de son père et partit, refermant silencieusement la porte derrière elle.

49

Le mercredi matin, une fois Kyle installé dans le bus de l'école, Mac se mit en route pour l'hôpital du Valley Memorial à Trenton, dans le New Jersey.

Au dîner, la veille au soir, profitant de ce que Kyle s'était levé de table pendant un instant, Catherine avait rapidement mis Mac et Phillip au courant du coup de fil de Meg. « Je ne sais pas grand-chose, si ce n'est que cette femme a eu une liaison durable avec Edwin ; elle le croit toujours en vie, et la jeune fille assassinée qui ressemble à Meg était sa fille.

— Vous semblez prendre les choses calmement, avait fait observer Phillip, ou peut-être refusez-vous d'y croire ?

— Je ne sais plus ce que je crois ou non, avait répondu Catherine, et je m'inquiète pour Meg. Vous connaissiez ses sentiments pour son père. Je n'ai jamais entendu une voix aussi brisée que la sienne lorsqu'elle a téléphoné hier. » Puis Kyle était revenu et ils avaient changé de sujet.

En traversant Westchester en direction du sud, Mac s'efforça en vain d'écarter Meg de ses pensées. Elle avait adoré Edwin Collins. La vraie petite chérie de son papa. Il savait que ces derniers mois, depuis qu'elle avait cru son père mort, avaient été affreusement douloureux pour elle. Combien de fois Mac avait voulu lui demander de se confier à lui, de se laisser aller... Peut-être aurait-il dû forcer sa réserve. Seigneur, il avait perdu tellement de temps à soigner son amour-propre blessé par l'abandon de Ginger.

Au moins, nous sommes devenus sincères l'un envers l'autre, se dit-il à lui-même. Tout le monde savait que tu faisais une erreur en épousant Ginger. Tu l'as senti le jour où tu as annoncé tes fiançailles. Meg a eu le cran de le dire franchement, et elle n'avait que dix-neuf ans. Dans sa lettre, elle avait écrit qu'elle l'aimait et qu'il aurait dû savoir qu'elle était la seule fille qui lui convenait. « Attends-moi, Mac », avait-elle conclu.

Pendant longtemps, il avait oublié cette lettre. A présent, il se rendait compte qu'elle lui revenait constamment en mémoire.

Il était certain qu'à peine le corps d'Annie reconnu, il deviendrait de notoriété publique qu'Edwin menait une double vie. Catherine déciderait-elle alors de quitter cette région où tout le monde avait connu Ed, préférerait-elle recommencer une nouvelle vie ailleurs ? C'était possible, surtout si elle ne pouvait plus garder Drumdoe. Cela signifierait que Meg ne serait plus là non plus. A cette pensée, Mac sentit son sang se figer.

Tu ne peux pas changer le passé, pensa-t-il, mais tu peux agir sur l'avenir. Trouver Edwin Collins s'il est encore en vie, ou apprendre ce qui lui est arrivé, s'il est mort, soulagerait Meg et Catherine du poids de l'incertitude. La première chose était de découvrir le médecin avec lequel Helene Petrovic avait peut-être eu une relation lorsqu'elle était secrétaire au centre Dowling de Trenton.

Mac aimait conduire, généralement. C'était pour lui un moment propice à la réflexion. Mais aujourd'hui, ses pensées se bousculaient en un véritable chaos rempli de questions sans réponses. Le trajet de Westchester jusqu'au pont de Tappan Zee lui sembla plus long qu'à l'accoutumée. Le pont de Tappan Zee — l'endroit où tout avait commencé il y avait presque dix mois.

Il lui fallut encore une heure et demie pour atteindre Trenton. Il arriva au centre médical du Valley Memorial à dix heures et demie et demanda à voir le directeur. « J'ai téléphoné hier et on m'a dit qu'il pourrait me recevoir. »

Frederick Schuller était un homme trapu d'environ quarante-cinq ans dont le sourire prompt et chaleureux démentait l'attitude réfléchie. « J'ai entendu parler de vous, docteur MacIntyre. Vos travaux en matière de thérapie génique sont d'un intérêt capital.

— C'est capital en effet. Nous sommes sur le point de trouver comment résoudre un nombre considérable de problèmes de santé. Le plus difficile est d'avoir la patience de faire des essais et des erreurs alors que tant de gens attendent des solutions.

— Vous avez raison. Je n'ai pas cette patience et n'aurais jamais été un bon chercheur. J'en conclus que si vous avez pris un jour de congé pour venir jusqu'ici, c'est que vous avez une bonne raison. Ma secrétaire m'a dit que c'était urgent. »

Mac acquiesça d'un signe de tête. Il était heureux d'aborder le sujet de l'entretien. « Je suis ici à cause du scandale de la clinique Manning. »

Schuller fronça les sourcils. « C'est une histoire invraisemblable. Je ne peux croire qu'une femme ayant travaillé au centre Dowling comme secrétaire ait pu se faire passer pour une embryologiste. Quelqu'un faisait le travail à sa place.

— Ou quelqu'un avait formé l'élève particulièrement douée qu'elle était, mais apparemment pas suffisamment. Ils sont en train de découvrir un certain nombre d'erreurs dans ce laboratoire, et il s'agit de problèmes majeurs, comme l'étiquetage des éprouvettes contenant les embryons congelés ou même la destruction de certains d'entre eux.

— S'il est des domaines qui requièrent en priorité une législation nationale, c'est bien la procréation assistée. Le potentiel d'erreurs est énorme. Mettons que l'ovule soit fécondé avec le sperme qui n'est pas le bon et que le transfert de l'embryon soit un succès, l'enfant qui naîtra sera alors génétiquement à cinquante pour cent différent de ce que les parents sont en droit d'attendre. Il pourra avoir hérité de problèmes médicaux imprévisibles. Il... » Il s'interrompit brusquement. « Excusez-moi, je sais que je prêche un converti. En quoi puis-je vous être utile ?

— Meghan Collins est la fille d'Edwin Collins, l'homme qui est accusé d'avoir recommandé Helene Petrovic à la clinique Manning sur la foi de faux certificats. Meg est journaliste pour PCD Channel 3 à New York. La semaine dernière, elle s'est entretenue d'Helene Petrovic avec la directrice du centre Dowling. Apparemment, certaines des collègues d'Helene supposaient qu'elle fréquentait un médecin de l'hôpital, mais personne n'a jamais su de qui il s'agissait. Je veux aider Meg à le découvrir.

— Helene Petrovic avait quitté Dowling depuis plus de six ans, n'est-ce pas ?

— Depuis près de sept ans.

— Vous rendez-vous compte de l'importance du personnel médical de l'hôpital, docteur ?

— Bien sûr, dit Mac. Et je sais que vous avez des médecins consultants qui ne sont pas attachés à l'établissement mais viennent régulièrement. Autant rechercher une aiguille dans une meule de foin, mais à ce stade, alors que les enquêteurs sont convaincus qu'Edwin Collins est le meurtrier d'Helene Petrovic, vous imaginez l'acharnement de sa fille à chercher dans la vie d'Helene Petrovic si quelqu'un pouvait avoir une raison de la tuer.

— J'imagine. » Schuller se mit à prendre des notes sur un carnet. « Avez-vous une idée de la période pendant laquelle Helene Petrovic aurait pu fréquenter ce médecin ?

— D'après ce que je sais, un an ou deux avant de venir s'installer dans le Connecticut. Mais ce n'est qu'une supposition.

— C'est un début. Nous allons consulter les archives des trois années où elle a travaillé à Dowling. Vous pensez que cette personne peut être celle qui l'a aidée à acquérir suffisamment d'expérience pour se faire passer pour une spécialiste ?

— A nouveau, c'est une supposition.

— Très bien. Je vais faire établir une liste. Nous ne

négligerons pas non plus les personnes qui ont travaillé dans la recherche embryologique ou dans les laboratoires d'ADN. Tous les techniciens ne sont pas docteurs en médecine, mais ils connaissent parfaitement leur travail. » Il se leva. « Qu'allez-vous faire de cette liste ? Elle sera longue.

— Meg va éplucher la vie personnelle d'Helene Petrovic. Elle a l'intention de rassembler les noms de ses amis et relations de l'Association roumaine. Nous comparerons les noms de cette liste personnelle avec ceux que vous nous communiquerez. »

Mac plongea sa main dans sa poche. « Voici un double du tableau que j'ai fait de tous les membres du personnel médical de la clinique Manning à l'époque où Helene y travaillait. Sans y attribuer une grande valeur, j'aimerais vous le laisser. Je vous serais reconnaissant si vous pouviez comparer ces noms avec ceux de votre fichier informatique. »

Il se leva pour prendre congé. « Les chances de trouver quelque chose sont minces, mais votre aide nous sera précieuse.

— Il me faudra peut-être plusieurs jours, toutefois j'aurai cette liste, dit Schuller. Dois-je vous l'envoyer ?

— Adressez-la plutôt directement à Meghan. Je vais vous donner son adresse et son numéro de téléphone. »

Schuller le raccompagna jusqu'à la porte de son bureau. Mac prit l'ascenseur pour redescendre dans le hall. En traversant le couloir, il passa devant un garçon de l'âge de Kyle en fauteuil roulant. Paralysie cérébrale, se dit-il. Une de ces maladies auxquelles la thérapie génique commençait à s'attaquer. L'enfant lui offrit un large sourire. « Salut. Tu es docteur ?

— Le genre qui ne soigne pas les patients.

— Le genre que j'aime.

— Bobby ! protesta sa mère.

— J'ai un fils de ton âge qui s'entendrait bien avec toi. » Mac ébouriffa les cheveux du jeune garçon.

La pendule au-dessus de la réception marquait onze heures. Mac décida d'acheter un sandwich et un Coca à la cafétéria et de manger plus tard, en cours de route. Ainsi il pourrait rentrer directement, être de retour dans son laboratoire au plus tard vers quatorze heures, ce qui lui laisserait tout l'après-midi pour travailler.

Si vous croisez un enfant dans un fauteuil roulant, vous n'avez pas envie de perdre inutilement votre temps lorsque votre travail consiste à démêler les secrets de la guérison par la génétique.

Au moins avait-il gagné deux cents dollars en faisant le taxi hier. C'était la seule consolation de Bernie lorsqu'il se réveilla mercredi matin. Il s'était couché à minuit et, épuisé, avait dormi d'une seule traite. Mais il se sentait en forme ce matin. La journée s'annonçait meilleure; il allait peut-être même voir Meg.

Sa mère, malheureusement, était d'une humeur de chien. « Bernard, je suis restée éveillée la moitié de la nuit, avec une épouvantable sinusite. J'ai passé mon temps à éternuer. Je veux que tu répares ces marches et que tu mettes une rambarde à l'escalier pour que je puisse descendre à nouveau à la cave. Je suis sûre que tu ne fais pas le ménage. Je suis sûre qu'il y a de la poussière et qu'elle monte jusqu'ici.

— Maman, je ne vaux rien pour les réparations. L'escalier est entièrement délabré. Je me suis aperçu qu'une autre marche branlait. Tu veux vraiment te faire mal?

— Je ne peux m'offrir ce luxe. Qui garderait cette maison en état? Qui préparerait tes repas? Qui t'empêcherait de t'attirer des ennuis?

— J'ai besoin de toi, maman. »

Ce matin, elle lui avait servi de la bouillie de flocons d'avoine qui lui rappela la nourriture de la prison. Néanmoins, Bernie racla consciencieusement son bol et termina son verre de jus de pomme.

Il se sentait l'esprit détendu lorsqu'il sortit en marche arrière de l'allée et dit au revoir à maman d'un petit signe de la main. Il était satisfait d'avoir su mentir et raconter à sa mère qu'une autre marche était branlante. Un soir, il y a dix ans, elle avait déclaré qu'elle irait inspecter le sous-sol le lendemain, pour voir s'il le maintenait propre.

Il s'était dit qu'il ne pouvait pas la laisser faire. Il

venait d'acheter sa première radio avec les fréquences de la police et son téléphone portatif. Maman aurait vu que c'était du matériel coûteux. Elle croyait qu'il avait seulement un vieux poste de télévision en bas et qu'il regardait les émissions du soir une fois qu'elle était montée se coucher afin de ne pas la déranger.

Maman ne vérifiait jamais les relevés de sa carte de crédit. Elle disait qu'il devait apprendre à s'en occuper seul. Elle lui tendait la facture du téléphone sans l'ouvrir non plus, « parce que, disait-elle, je ne téléphone jamais à personne ». Elle n'avait aucune idée du montant des dépenses de Bernie en matériel électronique.

Cette nuit-là, quand il avait entendu ses ronflements sonores et su qu'elle était plongée dans un profond sommeil, il avait démonté les trois premières marches. Elle était tombée et s'était à moitié brisé la hanche. Il avait dû être aux petits soins pour elle pendant des mois, mais ça valait le coup. Maman, descendre à nouveau les escaliers ? Plus jamais !

A contrecœur, Bernie résolut de travailler au moins pendant la matinée. D'après sa mère, Meghan serait de retour aujourd'hui. Ce qui signifiait à n'importe quelle heure de la journée. Il ne pouvait pas téléphoner et se faire à nouveau passer pour Tom Weicker. Meghan avait peut-être déjà téléphoné à la station et découvert que Tom n'avait pas cherché à la joindre.

Ce n'était pas un bon jour. Il se tint près de l'aire des bagages avec les autres clandestins et les chauffeurs de limousines de luxe qui levaient leurs pancartes portant les noms des passagers qu'ils venaient chercher.

Il s'approcha du flot des passagers qui descendaient par l'escalator. « Voiture propre, moins chère qu'un taxi, bon conducteur. » Ses lèvres étaient figées en un sourire permanent.

L'ennui était que la Port Authority avait placardé quantité d'avertissements mettant en garde les voyageurs contre le risque de monter dans des voitures qui n'avaient pas la licence de la Commission des taxis et limousines. Les gens commencèrent par lui dire oui, puis changèrent d'avis.

Une vieille femme le laissa porter ses valises jusqu'au trottoir et dit qu'elle allait l'attendre pendant qu'il irait chercher sa voiture. Il avait voulu prendre les bagages avec lui, mais elle lui avait crié de les reposer.

Les gens avaient tourné la tête dans sa direction.

S'il l'avait eue seule en face de lui ! Essayer de lui attirer des ennuis alors que tout ce qu'il voulait, c'était être aimable ! Mais, bien sûr, il n'avait pas voulu attirer l'attention, et il avait dit : « Bien sûr, m'dame. Je vais chercher la voiture tout de suite. »

Quand il était revenu au volant de sa Chevrolet cinq minutes plus tard, la femme était partie.

C'était suffisant pour la journée. Il n'allait pas se fatiguer à conduire d'autres imbéciles. Ignorant un couple qui lui demandait le prix de la course pour Manhattan, il démarra, s'engagea sur Grand Central Parkway et, payant le péage à Triborough Bridge, choisit la sortie du Bronx, celle qui menait vers la Nouvelle-Angleterre.

Vers midi, il prenait un hamburger et une bière au bar de l'auberge Drumdoe, où Joe le barman le salua comme un habitué.

50

Catherine passa la matinée du mercredi à l'auberge, où elle travailla dans son bureau jusqu'à onze heures et demie. Il y avait vingt réservations pour le déjeuner. Même en comptant les clients de passage, elle savait que Tony suffirait en cuisine. Elle pouvait rentrer chez elle et continuer à compulser les dossiers d'Edwin.

En franchissant le hall de la réception, elle jeta un coup d'œil vers le bar. Dix à douze personnes y étaient déjà installées, deux d'entre elles avaient le nez plongé dans la carte. Correct, pour un jour de semaine. Les affaires reprenaient, cela ne faisait aucun doute. A l'heure du dîner, c'était presque l'affluence des années fastes d'avant la récession.

Mais rien ne disait qu'elle pourrait conserver cet établissement.

Elle monta dans sa voiture, s'étonnant de n'avoir jamais fait à pied le trajet entre la maison et l'auberge. Je suis toujours tellement pressée, pensa-t-elle. Hélas, je n'aurai peut-être plus besoin de me dépêcher bien longtemps.

Les bijoux qu'elle avait mis en gage lundi ne lui avaient pas rapporté ce qu'elle escomptait. Un bijoutier lui avait proposé de les prendre en dépôt, non sans l'avertir que le marché était très bas. « Ce sont de très belles pièces, avait-il dit, et les prix vont peut-être remonter. A moins que vous n'ayez un besoin urgent d'argent, je vous conseillerais de ne pas les vendre tout de suite. »

Elle ne les avait pas vendus. En les mettant tous en gage au mont-de-piété, elle avait au moins obtenu de quoi régler les impôts trimestriels de l'auberge. Mais il faudrait les payer à nouveau dans trois mois. Il y avait une proposition très pressante d'un agent immobilier sur son bureau. « Envisagez-vous de vendre l'auberge ? Nous avons peut-être un acheteur. »

Un vendeur en détresse est une proie rêvée pour ces vautours, se dit Catherine en se dirigeant vers la sortie du parking. Et je vais peut-être accepter. Elle s'arrêta un instant, jeta un regard en arrière vers l'auberge. Son père l'avait fait construire en s'inspirant d'un manoir situé à Drumdoe et dont la beauté l'avait tellement impressionné dans sa jeunesse qu'à ses yeux seule l'aristocratie pouvait oser en franchir le seuil.

« J'étais ravi chaque fois qu'on m'envoyait y faire une livraison, avait-il raconté à Catherine. Et de la cuisine, j'essayais de zieuter à l'intérieur pour en voir le plus possible. Un jour où les maîtres de maison étaient absents, la cuisinière a eu pitié de ma curiosité. "Tu aimerais voir le reste ?" me demanda-t-elle en me prenant par la main. Catherine, cette brave femme, m'a fait visiter toute la maison. Et maintenant, nous en avons la réplique exacte. »

Catherine sentit une boule lui serrer la gorge en contemplant l'harmonieuse demeure de style géorgien avec ses croisées élégantes et sa solide porte de chêne sculpté. Il lui semblait que Pop rôdait encore à l'intérieur, fantôme bienveillant qui arpentait les lieux, ou se reposait devant le feu allumé dans le salon.

Il viendra réellement me hanter si je la vends, pensat-elle en appuyant sur l'accélérateur.

Le téléphone sonnait quand elle ouvrit la porte. Elle se précipita pour décrocher. C'était Meghan.

« Maman, j'ai très peu de temps. L'embarquement a commencé. J'ai revu la mère d'Annie ce matin. Elle prend ce soir un avion pour New York avec son avocat pour identifier le corps d'Annie. Je te raconterai le reste à mon retour. Je devrais arriver à la maison vers vingt-deux heures ce soir.

— Je t'attendrai. Oh, Meg, excuse-moi. Ton patron, Tom Weicker, voulait que tu le rappelles. Je n'ai pas pensé à te le dire lorsque nous nous sommes parlé hier.

— De toute façon, il aurait été trop tard pour le joindre à son bureau. Tu devrais lui téléphoner et lui expliquer que je passerai le voir demain. Je ne pense pas qu'il ait l'intention de me confier un reportage quelconque. Il faut que j'y aille. Je t'embrasse. »

Son travail est tellement important pour elle, se reprocha Catherine. Comment ai-je pu oublier de lui dire que Weicker l'avait appelée ? Elle feuilleta son agenda pour chercher le numéro de Channel 3.

C'est étrange qu'il ne m'ait pas donné le numéro de sa ligne directe, se dit-elle en attendant que la standardiste lui passe la secrétaire de Weicker. Puis elle réfléchit que Meg le connaissait, bien sûr.

« Je suis certaine qu'il voudra vous parler, madame Collins », lui dit la secrétaire lorsqu'elle se présenta.

Catherine avait rencontré Weicker un an plus tôt, lorsque Meg lui avait fait visiter les bureaux de la chaîne. Il lui avait plu, même si elle avait fait remarquer par la suite : « Je n'aimerais pas me trouver face à Tom Weicker si par malheur j'avais cafouillé dans mon boulot. »

« Comment allez-vous, madame Collins, et comment va Meg ? demanda Weicker en prenant la communication.

— Nous allons très bien, merci. » Elle expliqua la raison de son appel.

« Je ne vous ai pas téléphoné hier », dit-il.

Mon Dieu, pensa Catherine, je ne vais pas devenir folle par-dessus le marché, non ? « Monsieur Weicker, un homme a appelé en se faisant passer pour vous. Avez-vous chargé quelqu'un de téléphoner à votre place ?

— Non. Que vous a dit cette personne précisément ? »

Les mains de Catherine devinrent moites. « Il voulait savoir où était Meghan et quand elle serait de retour à la maison. » Sans lâcher le récepteur, elle se laissa tomber sur une chaise. « Monsieur Weicker, un inconnu photographiait Meg, l'autre soir, depuis l'arrière de notre maison.

— La police est-elle au courant ?

— Oui.

— Alors prévenez-la de cet appel également. Et, s'il vous plaît, tenez-moi au courant si cela se renouvelle. Dites à Meg qu'elle nous manque. »

Il était sincère. Elle le savait, et il semblait véritablement inquiet. Catherine était certaine que Meg aurait donné à Weicker l'exclusivité de ce qu'elle avait appris à Scottsdale au sujet de la jeune fille assassinée qui était son sosie.

On ne peut rien cacher aux médias, pensa-t-elle. Meg a dit que Frances Grolier arrivait demain à New York pour reconnaître le corps de sa fille.

« Madame Collins, vous allez bien ? »

Catherine se décida. « Oui, mais il y a une chose que vous devez savoir avant tout le monde. Meg s'est rendue hier à Scottsdale, dans l'Arizona, parce que... »

Elle lui raconta ce qu'elle savait, puis répondit à ses questions. La dernière fut la plus cruelle.

« En tant que journaliste, je dois vous demander quelque chose, madame Collins : que ressentez-vous à l'égard de votre mari, à présent ?

— Je ne sais pas ce que je ressens à l'égard de mon mari, répondit Catherine. Je sais que je plains énormément Frances Grolier. Sa fille est morte. La mienne est en vie et sera ce soir près de moi. »

Lorsqu'elle raccrocha enfin le téléphone, Catherine alla dans la salle à manger et s'installa à la table où les dossiers étaient toujours étalés comme elle les avait laissés. Du bout des doigts, elle se frictionna les tempes. Un mal de tête sourd et persistant commençait à l'envahir.

Le carillon de la porte tinta doucement. Pourvu que ce ne soit pas des inspecteurs de police ou des journalistes, pria-t-elle en se levant avec lassitude.

Par la fenêtre du living-room, elle aperçut la haute silhouette d'un homme devant le porche. Qui était-ce ? Elle entrevit son visage. Étonnée, elle se hâta d'aller lui ouvrir la porte.

« Bonjour, madame Collins, dit Victor Orsini. Je m'excuse. J'aurais dû vous prévenir, mais j'étais dans les environs et j'en ai profité pour m'arrêter chez vous. J'ai besoin de certains papiers qui se sont peut-être glissés dans les dossiers d'Edwin. Me permettez-vous d'y jeter un coup d'œil ? »

Meghan embarqua sur le vol 292 d'American West qui quittait Phoenix à treize heures vingt-cinq et était attendu à New York à vingt heures. Elle se félicita d'avoir un siège situé près du hublot. Celui du milieu était inoccupé, mais la femme assise du côté du couloir semblait du genre bavard.

Pour l'éviter, Meg inclina son siège et ferma les yeux. En esprit, elle revit sa rencontre avec Frances Grolier. A mesure que chaque détail lui revenait en mémoire, ses émotions se succédaient, passant d'un extrême à l'autre.

La colère contre son père. Contre Frances.

La jalousie envers cette autre fille que son père avait aimée.

La curiosité à l'égard d'Annie. Elle était journaliste spécialisée dans le tourisme. Sans doute intelligente. Elle me ressemblait. C'était ma demi-sœur, songea Meghan. Elle respirait encore lorsqu'ils l'ont transportée dans l'ambulance. J'étais près d'elle quand elle est morte et je n'avais jamais su qu'elle existait.

Elle éprouvait de la pitié pour tout le monde : pour

Frances Grolier et Annie, pour sa mère et elle-même. Et pour son père. Peut-être un jour le verrai-je comme le voyait Frances. Un petit garçon blessé qui ne pouvait avoir confiance en la vie sans la certitude qu'on l'accueillerait toujours quelque part, qu'il y avait un endroit où l'on voudrait toujours de lui.

Ainsi son père avait fondé deux foyers où il était aimé. En avait-il besoin pour compenser les deux qu'il avait connus dans son enfance, des endroits où il n'était ni désiré ni aimé?

L'hôtesse servit les boissons. Meghan commanda un verre de bordeaux et le but lentement, savourant la chaleur qui montait peu à peu en elle. Elle jeta un bref coup d'œil en biais. Heureusement, la femme de l'autre côté de l'allée était plongée dans un livre.

Le déjeuner fut servi. Meghan n'avait pas faim mais mangea une salade, un petit pain et but un café. Elle commença à avoir les idées plus claires. Elle prit un bloc-notes dans son sac et tout en buvant un second café commença à inscrire quelques observations.

C'était ce bout de papier portant son nom et son numéro de téléphone qui avait provoqué l'explication entre Annie et sa mère, qui avait poussé la jeune fille à vouloir connaître la vérité. D'après Frances, Annie m'avait téléphoné et avait raccroché en entendant ma voix. *Si seulement elle m'avait parlé alors*. Serait-elle venue à New York, serait-elle morte aujourd'hui?

Kyle avait manifestement vu Annie passer en voiture dans les rues de Newtown. Quelqu'un d'autre l'avait-il vue?

Je me demande si Frances lui avait dit où papa travaillait, songea Meghan, et elle inscrivit la question sur son bloc.

Le Dr Manning. Au dire de Frances, papa était bouleversé après lui avoir parlé, la veille de sa disparition. Selon les déclarations du Dr Manning à la presse, leur conversation avait été cordiale. Alors, qu'est-ce qui avait bouleversé papa?

Victor Orsini. Était-il la clé de toute l'histoire? Si elle en croyait Frances, son père avait appris quelque chose sur lui qui l'avait horrifié.

Orsini. Meghan souligna son nom trois fois. Il était arrivé chez Collins et Carter à peu près à l'époque où le cabinet avait recruté Helene Petrovic pour la clinique Manning. Y avait-il un rapport?

La dernière note de Meghan fut brève : *Papa est-il en vie?*

L'avion atterrit à vingt heures très exactement. Au moment où Meghan détachait sa ceinture, la femme de l'autre côté du couloir referma son livre et se tourna vers elle. « Je viens juste de réaliser qui vous étiez, dit-elle d'un ton joyeux. Je suis agent de voyage, et j'ai compris que vous n'aviez pas envie d'être dérangée. Mais je savais que je vous avais vue quelque part. C'était à une réunion de l'association des agents de tourisme à San Francisco, l'an dernier. Vous êtes Annie Collins, la journaliste spécialisée dans le tourisme, n'est-ce pas? »

Bernie était au bar lorsque Catherine y jeta un coup d'œil en quittant l'auberge. Il vit son reflet dans la glace, mais il détourna immédiatement les yeux et se plongea dans le menu quand elle regarda dans sa direction.

Il ne voulait pas qu'elle remarque sa présence. Mieux valait éviter d'attirer l'attention. Les gens pourraient se mettre à poser des questions. Il lui avait suffi de ce regard dans la glace pour constater que la mère de Meghan n'était pas n'importe qui. On ne devait pas la lui faire comme ça.

Où se trouvait Meghan? Bernie commanda une autre bière, puis se demanda si Joe, le barman, ne le regardait pas avec l'expression que prenaient les flics lorsqu'ils l'arrêtaient et lui demandaient ce qu'il faisait.

Que vous disiez simplement : « Je passais seulement par là », et ils vous bombardaient de questions. « Pourquoi? » « Qui connaissez-vous ici? » « Venez-vous souvent? »

C'était justement ces questions-là qu'il préférait éviter de la part du personnel de l'auberge.

L'important était que les gens soient habitués à vous voir. Lorsque vous voyez quelqu'un constamment, vous finissez par ne plus vraiment le voir. Il en avait parlé avec le psychiatre de la prison.

Son instinct l'avertissait qu'il était risqué d'aller rôder à nouveau dans les bois derrière la maison de Meghan. Étant donné les hurlements poussés par ce gosse, quelqu'un avait sûrement prévenu les flics. Ils surveillaient peut-être la maison.

Mais s'il ne pouvait plus rencontrer Meghan à son travail parce que Channel 3 l'avait mise en congé, et s'il ne pouvait plus approcher de sa maison, comment la verrait-il alors ?

Tandis qu'il buvait sa seconde bière, la réponse lui vint à l'esprit, si facile, si simple.

Cet endroit n'était pas seulement un restaurant, c'était un *hôtel*. Les gens venaient y séjourner. Il y avait un panneau à l'extérieur qui annonçait CHAMBRES LIBRES. Les fenêtres orientées au sud donnaient en plein sur la maison de Meghan. S'il réservait une chambre, il pourrait aller et venir sans éveiller les soupçons. On trouverait normal que sa voiture reste stationnée dans le parking pendant toute la nuit. Il pourrait raconter que sa mère était à l'hôpital, mais qu'elle allait sortir dans quelques jours et aurait besoin de se reposer au calme, sans les soucis du ménage et de la cuisine.

« Est-ce que les chambres sont chères ici ? demanda-t-il au barman. Je cherche un endroit pour ma mère, où elle pourrait se retaper, si vous voyez ce que je veux dire. Elle n'est plus malade, mais encore faible et incapable de s'occuper de sa maison.

— Les chambres sont superbes, lui dit Tony. Elles ont été rénovées il y a deux ans à peine. Les prix sont avantageux en ce moment. C'est la basse saison. Dans trois semaines, aux alentours de Thanksgiving, ils vont augmenter et rester élevés jusqu'à la saison de ski. Puis il y aura de nouveaux rabais jusqu'en avril ou mai.

— Ma mère aime les chambres très ensoleillées.

— Je sais que la moitié sont inoccupées. Allez vous renseigner auprès de Virginia Murphy. C'est l'assistante de Mme Collins et elle s'occupe de tout ça. »

La chambre que Bernie choisit était ce qu'il pouvait rêver de mieux. Orientée au sud, elle donnait directement sur la maison des Collins. Même en comptant ses récents achats de matériel électronique, il lui restait encore de l'argent sur sa carte de crédit. Il pouvait s'installer ici pendant quelque temps.

Virginia Murphy accepta sa carte avec un sourire aimable. « A quelle date votre mère compte-t-elle venir, monsieur... ? demanda-t-elle.

— Pas avant quelques jours, expliqua Bernie. Mais je veux pouvoir utiliser la chambre jusqu'à sa sortie de l'hôpital. Faire tous les jours le trajet depuis Long Island prend trop de temps.

— C'est vrai, et la circulation est parfois épouvantable. Avez-vous des bagages ?

— Je les apporterai plus tard. »

Bernie rentra chez lui. Après avoir dîné avec maman, il lui annonça que son patron lui avait demandé de conduire la voiture d'un client jusqu'à Chicago. « Je resterai absent pendant trois ou quatre jours, maman. C'est une voiture neuve qui coûte une fortune, et ils ne veulent pas que je roule vite. Je reviendrai par le car.

— Combien te paient-ils ? »

Bernie lança un chiffre au hasard. « Deux cents dollars par jour, maman. »

Elle eut un reniflement méprisant. « Quand je pense que pour te nourrir j'ai trimé du matin au soir avec un salaire de misère, et que tu gagnes deux cents dollars pour conduire une voiture de luxe... ! »

— Ils veulent que je parte dès ce soir. » Bernie alla dans sa chambre et fourra en vrac quelques vêtements dans la valise de plastique noir que maman avait achetée à une vente chez des particuliers il y avait des années. Elle n'était pas trop moche d'aspect. Maman l'avait nettoyée.

Il veilla à emporter suffisamment de cassettes pour sa caméra vidéo, tous ses objectifs et son téléphone portatif.

Il dit au revoir à maman, mais sans l'embrasser. Ils ne s'embrassaient jamais. Maman n'aimait pas les effusions. Comme d'habitude, elle resta sur le seuil de la porte à le regarder s'éloigner.

Ses derniers mots furent : « Ne t'attire pas d'ennuis, Bernard. »

Meghan rentra peu avant vingt-deux heures. Sa mère

avait préparé du fromage, des crackers et du raisin sur la table basse du living-room, avec une carafe de vin. « J'ai pensé que tu aurais besoin de te sustenter.

— Je prendrais volontiers quelque chose. Je reviens tout de suite. Je vais enfiler une tenue plus confortable. »

Elle monta son sac dans sa chambre, mit un pyjama, une robe de chambre et des pantoufles, se lava la figure, brossa ses cheveux qu'elle retint en arrière avec un bandeau.

« Ça va mieux, dit-elle en réapparaissant dans le living-room. Tu ne m'en voudras pas si je ne te donne pas tous les détails ce soir? Tu connais déjà l'essentiel. Papa et la mère d'Annie ont eu une liaison pendant vingt-sept ans. La dernière fois qu'elle l'a vu, c'était le jour où il l'a quittée pour rentrer ici, et il n'est jamais arrivé. Elle et son avocat partent de Phoenix ce soir par l'avion de vingt-trois heures vingt-cinq. Ils atterriront à New York vers six heures demain matin.

— Pourquoi n'a-t-elle pas attendu jusqu'à demain? Quelle idée de voyager la nuit!

— Je suppose qu'elle veut arriver et repartir le plus vite possible. Je l'ai prévenue que la police voudrait certainement la voir et que les médias seraient probablement à l'affût.

— Meg, j'espère que j'ai fait ce qu'il fallait. » Catherine hésita. « J'ai parlé à Tom Weicker de ton voyage à Scottsdale. PCD a diffusé l'histoire d'Annie dans le journal de dix-huit heures et je pense qu'ils vont la repasser à vingt-trois heures. Ils se sont montrés aussi discrets que possible à notre égard, mais ce n'est pas une histoire très plaisante. J'ajouterai que j'ai coupé la sonnerie du téléphone et branché le répondeur. Deux journalistes sont venus sonner à la porte, mais j'ai vu leurs voitures à l'extérieur et je ne leur ai pas ouvert. Ils se sont présentés à Drumdoe, et Virginia a dit que j'étais en voyage.

— Je suis heureuse que tu aies donné l'histoire à Tom, dit Meg. J'ai toujours travaillé avec plaisir pour lui. Je veux qu'il ait l'exclusivité. » Elle s'efforça de sourire à sa mère. « Tu as du cran.

— Il vaut mieux, par les temps qui courent. Il y a autre chose, Meg, Tom ne t'a *pas* appelée hier. Je m'aperçois seulement maintenant que la personne qui a téléphoné cherchait à savoir où tu étais. J'ai prévenu la police. Ils vont faire surveiller la maison et organiser des rondes dans les bois. » Catherine perdit un peu de son sang-froid. « Meg, je suis inquiète pour toi. »

Qui donc avait eu l'idée d'utiliser le nom de Tom Weicker ? se demanda Meg.

Elle dit : « Maman, je ne comprends rien à ce qui se passe. Mais pour l'instant, l'alarme est donnée, n'est-ce pas ?

— Oui.

— Alors, allons regarder les informations. C'est l'heure. »

C'est une chose d'avoir du cran, pensa Meg, c'en est une autre de savoir que des centaines de milliers de gens sont en train de regarder un reportage qui fait de votre vie privée de la chair à pâtée.

Elle regarda et écouta Joel Edison, le présentateur du vingt-trois heures, débuter le journal avec un sérieux de circonstance. « Comme nous l'avons annoncé en exclusivité dans notre journal de dix-huit heures, Edwin Collins, qui a disparu depuis le 28 janvier dernier, et est inculpé dans une affaire de meurtre à la clinique Manning, est le père de la jeune femme que l'on a retrouvée poignardée dans une rue du centre de Manhattan il y a douze jours. M. Collins...

« ... Et également le père de Meghan Collins, reporter du journal télévisé de notre station... sous mandat d'arrestation... avait deux familles... connu dans l'Arizona comme le mari d'une femme sculpteur célèbre, Frances Grolier. »

« Ils ont visiblement mené leur enquête, dit Catherine. Je ne leur ai pas dit tout ça. »

Puis vinrent les spots publicitaires.

Meg appuya sur le bouton « arrêt » de la télécommande et l'écran devint noir. « La mère d'Annie m'a dit aussi que lors de son dernier séjour en Arizona, papa avait appris quelque chose à propos de Victor Orsini qui l'avait horrifié.

— Victor Orsini! »

L'émoi dans la voix de sa mère fit sursauter Meg. « Oui. Pourquoi? Tu as appris quelque chose de nouveau sur lui?

— Il est venu ici aujourd'hui. Il a demandé à parcourir les dossiers d'Edwin. Il a prétexté que des papiers dont il avait besoin s'étaient sans doute glissés parmi eux.

— A-t-il pris quelque chose? Est-ce que tu l'as laissé seul avec les dossiers?

— Non. Ou peut-être une minute. Il est resté à peu près une heure. Il paraissait déçu en partant. Il m'a demandé si j'étais sûre que c'étaient là tous les dossiers que nous avions ramenés à la maison. Meg, il m'a suppliée de ne rien dire de sa visite à Phillip pour l'instant. J'ai promis, mais je ne sais qu'en penser.

— Ce que j'en pense, c'est qu'il y a quelque chose dans ces dossiers que Victor ne veut pas nous voir trouver. » Meg se leva. « Je propose que nous allions dormir un peu. Tu peux être certaine que dès demain la foule des journalistes va à nouveau envahir les lieux, mais toi et moi nous allons passer la journée plongées dans ces maudits dossiers. »

Elle s'interrompit, puis ajouta : « Je donnerais cher pour avoir une idée de ce que nous cherchons. »

Bernie était à la fenêtre de sa chambre à l'auberge Drumdoe lorsque Meg arriva chez elle. Son téléobjectif était déjà fixé sur la caméra et il commença à filmer dès qu'elle alluma la lumière dans sa chambre. Il poussa un soupir de plaisir en la voyant ôter sa veste et déboutonner son chemisier.

Puis elle s'approcha de la fenêtre et tira les rideaux, mais elle ne les ferma pas complètement, et il put l'entrevoir par instants tandis qu'elle allait et venait tout en se déshabillant. Il attendit impatiemment qu'elle ait descendu l'escalier. Il ne parvenait plus à voir dans quelle partie de la maison elle se trouvait.

Ce qu'il aperçut alors lui confirma à quel point il s'était montré astucieux. Une voiture de police passait lentement devant la maison des Collins toutes les vingt minutes. Et il voyait aussi les faisceaux de lampe-torches dans les bois. Les flics avaient été prévenus de sa présence l'autre soir. Ils le cherchaient.

Que penseraient-ils s'ils savaient qu'il était ici en train de les regarder, de se moquer d'eux ? Toutefois, il devait se méfier. Il voulait pouvoir s'approcher de Meghan, mais il savait que les abords de sa maison lui étaient dorénavant interdits. Il lui faudrait attendre qu'elle sorte seule en voiture. Dès qu'il la verrait se diriger vers le garage, il n'aurait qu'une chose à faire : descendre de sa chambre, se mettre au volant de sa voiture et être prêt à démarrer derrière elle quand elle passerait devant l'hôtel.

Il fallait qu'il soit seul avec elle, qu'il lui parle comme à une véritable amie. Il voulait voir les coins de sa bouche remonter lorsqu'elle souriait, son corps bouger comme tout à l'heure, au moment où elle avait enlevé sa veste et déboutonné son chemisier.

Meghan comprendrait qu'il ne lui ferait jamais de mal. Il voulait juste être son ami.

Bernie dormit peu cette nuit-là. C'était trop passionnant de regarder les flics aller et venir.

Aller et venir.

Aller et venir.

51

Phillip fut le premier à appeler, le jeudi en début de journée. « J'ai entendu les nouvelles hier soir et ce matin ça fait la une de tous les journaux. Puis-je venir vous voir quelques minutes ?

— Bien sûr, lui répondit Catherine. Si vous pouvez vous frayer un chemin à travers la meute des journalistes. Ils campent littéralement devant la maison.

— Je passerai par-derrière. »

Il était neuf heures. Meg et Catherine prenaient leur petit déjeuner. « Je me demande s'il y a quelque chose de nouveau, dit Catherine. Phillip avait l'air préoccupé.

— Souviens-toi que tu as promis de lui taire la visite de Victor Orsini hier, lui rappela Meg. Par ailleurs, j'aimerais mener ma propre enquête à son sujet. »

Lorsque Phillip arriva, son inquiétude était visible.

« Les lions sont lâchés, si je peux me permettre cette expression, leur dit-il. La première plainte a été déposée hier. Un couple qui avait payé pour la conservation de dix embryons à la clinique Manning a appris qu'il n'en restait que sept au laboratoire. Visiblement, Helene Petrovic a accumulé les erreurs et falsifié les documents pour les camoufler. Collins et Carter sont cités comme coïnculpés, de même que la clinique.

— Je ne sais que dire, sinon que je suis navrée, fit Catherine.

— Je n'aurais pas dû vous en parler. Ce n'est pas la raison de ma présence ici. Avez-vous vu l'interview de Frances Grolier après qu'elle a débarqué à Kennedy ce matin ?

— Oui, nous l'avons vue. » Ce fut Meg qui répondit.

« Et quelle a été votre réaction en l'entendant déclarer qu'Edwin était vivant et qu'il avait peut-être recommencé une nouvelle vie ?

— Nous n'y croyons pas une seconde, répondit Meg.

— John Dwyer est tellement convaincu qu'Ed se cache quelque part qu'il va vous cuisiner sur ce sujet. Meg, lorsque j'ai vu Dwyer mardi dernier, il m'a pratiquement accusé de faire obstruction à la justice. Il m'a posé une question hypothétique : en admettant qu'Ed ait eu une liaison, est-ce que j'avais une idée de l'endroit où il pourrait se trouver en ce moment ? A l'entendre, je savais sûrement où s'était réfugié Ed.

— Phillip, dit Meghan, vous n'êtes pas en train d'insinuer que mon père est en vie et que je sais où il est, j'espère ? »

Carter avait perdu son assurance et sa bonne humeur habituelles. « Meg, dit-il, je ne crois absolument pas que vous sachiez où joindre Edwin. Mais cette Frances Grolier le connaissait si bien... » Il s'interrompit, conscient de l'effet de ses mots. « Pardonnez-moi. »

Meghan savait que Phillip Carter avait raison, que le substitut du procureur ne manquerait pas de lui

demander ce qui l'avait poussée à se rendre à Scottsdale.

Lorsqu'il fut parti, Catherine dit : « Toute cette histoire a des répercussions dramatiques pour Phillip
aussi. »

Une heure plus tard, Meghan essaya de téléphoner à
Stephanie Petrovic. Elle n'obtint toujours aucune
réponse. Elle appela Mac à son bureau pour savoir s'il
était parvenu à la joindre.

Lorsque Mac l'eut mise au courant du billet laissé par
Stephanie, Meghan dit sèchement : « Mac, ce billet a
pour but de nous mettre sur une fausse piste. Stephanie
n'est pas partie avec cet homme de son plein gré. J'ai vu
sa réaction quand je lui ai suggéré de le pousser à
prendre en charge son enfant. Il la terrifie. L'avocat
d'Helene Petrovic devrait signaler sa disparition. »

Une nouvelle disparition mystérieuse, songea Meg. Il
était trop tard pour se rendre en voiture dans le sud du
New Jersey aujourd'hui. Elle irait demain, en partant
avant le jour. Elle pourrait ainsi échapper aux journalistes.

Elle voulait voir Charles Potters et lui demander de
visiter la maison d'Helene Petrovic. Elle voulait interroger le prêtre qui avait célébré le service funèbre à
l'intention d'Helene. Il connaissait sûrement les
femmes de l'Association roumaine qui y avaient assisté.

L'inquiétant serait que Stephanie, jeune femme fra-
gile et sur le point d'accoucher, ait appris quelque
chose concernant sa tante que puisse redouter le meurtrier d'Helene Petrovic.

52

Les inspecteurs Bob Marron et Arlene Weiss reçurent
l'autorisation du procureur du district de Manhattan
d'interroger Frances Grolier tard dans la matinée de
jeudi.

Martin Fox, l'avocat de Frances, juge à la retraite dont les cheveux blancs trahissaient la soixantaine passée, se tenait auprès d'elle dans une suite de l'hôtel Doral, à une douzaine de rues de l'Institut médico-légal. Fox rejetait sans hésiter les questions qu'il jugeait inopportunes.

Frances s'était rendue à la morgue et avait identifié le corps d'Annie. On devait le transporter jusqu'à Phoenix, où il serait pris en charge par les pompes funèbres de Scottsdale. Le chagrin avait creusé le visage de Frances aussi implacablement qu'un burin, mais elle gardait bonne contenance.

Elle répondit à l'intention de Marron et de Weiss aux questions que lui avaient déjà posées les inspecteurs de la brigade criminelle de New York. Elle ne connaissait personne susceptible d'avoir accompagné Annie à New York. Annie n'avait pas d'ennemis. Elle-même refusait de parler d'Edwin sinon pour dire que, oui, elle pensait qu'il avait pu choisir de disparaître.

« A-t-il jamais exprimé le désir de s'établir à la campagne ? » demanda Arlene Weiss.

La question parut sortir Frances Grolier de son état d'abattement. « Qu'est-ce qui vous fait penser ça ?

— Sa voiture avait été récemment lavée lorsqu'on l'a trouvée devant l'immeuble de Meghan Collins, mais on a découvert des traces de boue et des brins de paille dans les rainures des pneus. Madame Grolier, pensez-vous qu'Edwin Collins ait pu choisir ce genre d'endroit pour se cacher ?

— C'est possible. Il lui arrivait d'aller interviewer des enseignants dans les campus. Lorsque nous en parlions, il disait toujours que la vie paraissait beaucoup plus facile à la campagne. »

Weiss et Marron se rendirent directement de New York à Newtown afin de s'entretenir à nouveau avec Catherine et Meghan. Ils leur posèrent la même question.

« C'est le dernier endroit où je verrais mon mari », déclara Catherine.

Meghan se montra du même avis. « Une chose continue à me tracasser. Si mon père conduisait vraiment sa voiture, n'est-il pas étrange non seulement qu'il l'ait abandonnée là où il était sûr qu'elle serait remarquée et verbalisée, mais en plus qu'il ait laissé à l'intérieur l'arme du crime ?

— Nous n'avons exclu aucune possibilité, lui dit Marron.

— Mais vous vous concentrez obstinément sur *lui*. Peut-être que si vous l'écartiez complètement de la scène, un scénario différent apparaîtrait.

— Parlons un peu des raisons qui vous ont amenée à faire ce voyage soudain en Arizona, mademoiselle Collins. Nous avons dû nous contenter de vos déclarations à la télévision. Nous aimerions que vous vous expliquiez de vive voix. Quand avez-vous appris que votre père y avait une résidence ? »

Lorsqu'ils partirent une heure plus tard, ils emportèrent la cassette contenant le message de Palomino.

« Il n'y a donc personne dans l'entourage du procureur qui cherche une piste où papa ne soit pas impliqué ? s'indigna Meghan.

— Non, et ils n'en ont pas l'intention », répondit Catherine avec amertume.

Elles regagnèrent la salle à manger où elles examinaient les dossiers avant l'arrivée des inspecteurs. L'analyse des notes d'hôtel en Californie faisait ressortir, année par année, les périodes où Edwin Collins avait probablement séjourné à Scottsdale.

« Ce n'est pas le genre d'information qui intéresse Victor Orsini, dit Meg. Il y a sûrement autre chose. »

Jeudi, dans les bureaux de Collins et Carter, Jackie et Milly, la secrétaire et la comptable, s'entretenaient en chuchotant de la tension qui régnait entre Phillip Carter et Victor Orsini. Tout ça était dû à la publicité fâcheuse faite autour de M. Collins et aux poursuites judiciaires en cours, convinrent-elles.

Les choses étaient allées de mal en pis depuis la mort de M. Collins. « Ou du moins depuis que nous le croyons mort, dit Jackie. Comment croire qu'avec une femme aussi belle et aussi gentille que Mme Collins, il ait pu avoir quelqu'un d'autre dans sa vie pendant des années?

« Je suis très inquiète, continua-t-elle. J'économise presque tout mon salaire pour payer les études des garçons. Ce travail me convenait parfaitement. Je serais désolée de le quitter. »

Milly avait soixante-trois ans et voulait travailler encore deux ans afin de toucher une plus grosse pension de la Sécurité sociale. « S'ils coulent, qui va m'engager? » C'était une question qui l'obsédait ces derniers temps.

« L'un des deux est venu ici cette nuit, chuchota Jackie. Ça se voit tout de suite quand quelqu'un fouille dans les dossiers.

— Pourquoi se donner cette peine? Ils peuvent nous demander de chercher tout ce dont ils ont besoin, protesta Milly. C'est pour ça que nous sommes payées.

— La seule chose qui me vienne à l'esprit, c'est que l'un d'eux cherche le double de la lettre recommandant Helene Petrovic qui a été envoyée à la clinique Manning, dit Jackie. J'ai eu beau fouiller partout, impossible de mettre la main dessus.

— Tu venais juste d'arriver lorsque tu as tapé cette lettre. Tu n'étais pas encore habituée au système de classement, lui rappela Milly. De toute façon, quelle importance cela peut-il avoir? La police détient l'original, et c'est ce qui compte.

— Peut-être est-ce plus important qu'on ne le croit, dit Jackie. A vrai dire, je ne me rappelle pas avoir tapé cette lettre, mais il y a sept ans de ça et je ne me souviens pas de tout le courrier qui sort d'ici. Et elle porte mes initiales.

— Et alors? »

Jackie ouvrit son tiroir, prit son sac et en sortit une coupure de journal. « Depuis que j'ai vu cette lettre adressée à la clinique Manning reproduite dans la presse, quelque chose me tracasse. Regarde ça. »

Elle tendit la coupure à Milly. « Tu vois l'alinéa au début de chaque paragraphe? C'est la disposition exigée par M. Orsini et M. Carter. M. Collins faisait toujours taper ses lettres sans renfoncement.

— Tu as raison, reconnut Milly, mais la signature est bien celle de M. Collins.

— Les graphologues disent que c'est la sienne, mais si tu veux mon avis, ça me paraît bizarre qu'une lettre portant sa signature ait été envoyée avec ce genre de frappe. »

A quinze heures, Tom Weicker téléphona. « Meg, je voulais juste vous prévenir que nous allons diffuser votre reportage sur la clinique Williams, celui que nous devions programmer en même temps que l'émission spéciale concernant les jumeaux. Nous le passerons avec les deux journaux du soir. C'est un excellent documentaire sur la fécondation in vitro et il s'articule bien avec les événements survenus à la clinique Manning.

— Ça me fait plaisir, Tom.

— Je voulais m'assurer que vous le verriez, dit-il d'une voix étonnamment aimable.

— Merci de m'avoir prévenue. »

Mac appela à dix-sept heures trente. « Si tu venais avec Catherine dîner à la maison, pour changer ? Je suis sûr que vous n'avez pas envie d'aller à Drumdoe, ce soir.

— Tu as raison, acquiesça Meg. Et nous serons ravies d'avoir de la compagnie. Est-ce que dix-huit heures trente te convient ? Je veux regarder les nouvelles sur Channel 3. Ils diffusent l'un des sujets que j'ai filmés pour eux.

— Viens le voir ici.

— D'accord. »

C'était un bon reportage, avec une séquence émouvante dans le cabinet du Dr Williams, où ce dernier désignait les murs couverts de portraits de bébés. « Pouvez-vous imaginer le bonheur apporté par ces enfants dans la vie de tous ces gens ? »

Meg avait demandé à son cameraman de faire un lent panoramique sur les photographies tandis que le Dr Williams continuait à parler. « Ces enfants sont nés grâce aux méthodes de procréation assistée que nous appliquons ici. »

« Un coup de publicité pour son centre, commenta Meg. Mais ce n'est pas trop insistant.

— C'est un film excellent, Meg, dit Mac.

— Oui, je pense. Inutile de regarder le reste du journal. Nous savons de quoi ils vont parler. »

Bernie resta enfermé toute la journée. Il dit à la femme de chambre qu'il ne se sentait pas bien, que les nuits qu'il avait passées à l'hôpital auprès de sa mère l'avaient fatigué.

Virginia Murphy l'appela quelques minutes après. « En général, nous ne servons que le petit déjeuner dans les chambres, mais je vous ferai volontiers monter un plateau si vous le désirez. »

On lui apporta le déjeuner, puis plus tard Bernie commanda son dîner. Il avait disposé les oreillers à la tête du lit de manière à donner l'impression qu'il était resté couché à se reposer. Dès que le garçon d'étage quitta la pièce, Bernie reprit sa place devant la fenêtre, en retrait sur le côté afin que personne ne puisse l'apercevoir d'en bas.

Il vit Meghan et sa mère quitter la maison un peu avant dix-huit heures. Il faisait sombre, mais la lumière du porche était allumée. Il pensa les suivre, puis se dit que, sa mère l'accompagnant, ce serait perdre son temps. Il se félicita de sa décision en voyant leur voiture tourner à droite au lieu de s'engager à gauche. Elles se rendaient sans doute dans la maison où habitait ce gosse. Il n'y en avait pas d'autre dans l'impasse après la leur.

Les voitures de police passaient régulièrement dans la journée, mais plus toutes les vingt minutes. Dans la soirée, il n'aperçut qu'une seule fois la lueur des torches dans les bois. Les flics commençaient à se lasser. C'était bon signe.

Meghan et sa mère rentrèrent chez elles vers vingt-deux heures. Une heure plus tard, Meghan se déshabilla et se mit au lit. Elle resta assise environ vingt minutes, à écrire dans un carnet.

Longtemps après qu'elle eut éteint la lumière, Bernie resta près de la fenêtre, ne cessant de penser à Meg, s'imaginant qu'il était dans la chambre à ses côtés.

53

Donald Anderson avait pris deux semaines de congé pour donner un coup de main à la maison après la naissance du bébé. Ni Dina ni lui ne voulaient d'aide extérieure. « Repose-toi, avait-il dit à sa femme. Jonathan et moi nous avons les choses bien en main. »

La veille au soir, le médecin avait signé le bon de sortie de l'hôpital. Il avait sans hésitation admis qu'il valait mieux éviter les médias. « Je vous parie qu'il y aura des photographes dans le hall d'accueil entre neuf heures et onze heures », avait-il prédit. C'était l'heure à laquelle les jeunes mères et leurs bébés quittaient habituellement l'hôpital.

Pendant toute la semaine, le téléphone n'avait cessé de sonner pour des demandes d'interviews. Don avait branché le répondeur, refusant de répondre à aucune d'entre elles. Le jeudi, leur avocat les appela. Une faute grave était retenue contre la clinique Manning. Il les prévint qu'on leur demanderait de se joindre à l'action en justice qui était envisagée.

« Il n'en est pas question, déclara Donald Anderson. Vous pouvez l'annoncer à tous ceux qui vous appelleront. »

Adossée à des coussins sur le canapé, Dina faisait la lecture à Jonathan. Les histoires de Babar étaient ses préférées. Elle leva les yeux vers son mari. « Tu devrais débrancher le téléphone, dit-elle. Je me reproche déjà suffisamment d'être restée des heures sans vouloir regarder Nicky après sa naissance. Je n'ai pas envie en plus qu'il apprenne plus tard que j'ai intenté un procès parce qu'il est né à la place d'un autre ! »

Ils l'avaient appelé Nicolas, du nom du grand-père de Dina, dont sa mère jurait qu'il était le portrait craché. Du berceau tout proche leur parvint un froissement accompagné d'un faible vagissement, puis un cri vigoureux indiquant que le nouveau-né se réveillait.

« Il nous a entendus parler de lui, dit Jonathan.

— Sûrement, mon chéri. » Dina embrassa les cheveux blonds et soyeux de son fils.

« Il a simplement faim à nouveau », déclara Don. Il se pencha, saisit le paquet gigotant et le tendit à Dina.

« Tu es sûre qu'il n'est pas mon jumeau ? demanda Jonathan.

— Oui, sûre et certaine. Mais c'est ton frère, et c'est aussi bien. »

Elle donna le sein au bébé. « Il a ma peau mate, fit-elle en caressant doucement la joue du bébé pour le faire téter. Mon petit paysan. »

Elle sourit à son mari. « Tu sais, Don, c'est quand même justice que l'un de nos enfants me ressemble. »

Un départ matinal vendredi matin permit à Meghan de se trouver au presbytère de Saint-Dominic, dans la banlieue de Trenton, à dix heures et demie.

Elle avait téléphoné au jeune chapelain la veille au soir après dîner et pris rendez-vous avec lui.

Le presbytère était un bâtiment étroit de deux étages, de pur style victorien, qu'entourait une véranda à la balustrade ouvragée. Le salon était défraîchi mais confortable, avec de lourds fauteuils capitonnés, une table de travail en bois sculpté, des lampadaires démodés et un tapis d'Orient aux teintes passées. Dans la cheminée un feu rougeoyant faisait oublier l'atmosphère glacée de l'entrée minuscule.

Le père Radzin lui avait ouvert la porte, s'excusant d'être retenu au téléphone, et l'avait priée d'entrer avant de disparaître dans les étages. Tout en attendant, Meghan se dit que c'était exactement le genre d'endroit où des personnes en proie au doute pouvaient se confier sans craindre une condamnation ou des reproches.

Elle ignorait encore ce qu'elle allait demander au prêtre. Elle était certaine, après avoir entendu son bref éloge funèbre au cours des funérailles, qu'il avait connu et aimé Helen Petrovic.

Elle entendit des pas dans l'escalier. Puis il apparut dans la pièce, s'excusant à nouveau de l'avoir fait attendre. Il prit une chaise en face d'elle et demanda : « En quoi puis-je vous aider, Meghan ? »

Non pas « Que puis-je faire pour vous ? » mais « En quoi puis-je vous aider ? ». La subtile différence était étrangement réconfortante. « Il faut que je sache qui était réellement Helene Petrovic. Vous êtes au courant de la situation de la clinique Manning ?

— Oui, bien sûr. J'ai suivi toute l'histoire. J'ai également vu dans le journal de ce matin une photo vous représentant, vous et cette malheureuse jeune fille qui a été poignardée. La ressemblance est frappante.

— Je n'ai pas lu le journal, mais je comprends votre réaction. A dire vrai, c'est ça qui a tout déclenché. » Meghan se pencha en avant, croisant les doigts, les paumes pressées l'une contre l'autre. « Le substitut du procureur qui enquête sur le meurtre d'Helene Petrovic est convaincu que mon père a sciemment fait engager Helene par la clinique Manning et l'accuse en outre de sa mort. Je n'en crois rien. Il y a trop d'incohérences dans cette affaire. Pourquoi aurait-il recommandé une personne qui n'était pas qualifiée pour ce travail ? Et surtout, qu'avait-il à gagner en obtenant pour Helene ce poste dans un laboratoire ?

— Il y a toujours une raison, Meghan, parfois même plusieurs, à chacun des actes d'un être humain.

— C'est justement ce que je veux dire. Je n'en trouve aucune, encore moins plusieurs. Tout ça n'a aucun sens. Pourquoi mon père se serait-il intéressé à Helene s'il savait qu'elle avait menti ? Il était d'une grande rigueur dans son travail. Il mettait un point d'honneur à trouver des candidats qui répondent exactement aux besoins de ses clients. Nous en parlions souvent.

« Il est répréhensible de proposer une personne non qualifiée pour un poste de responsabilité médicale. Plus l'enquête avance, plus on découvre d'erreurs commises dans le laboratoire. Je ne vois pas ce qui aurait pu pousser mon père à créer une telle situation. Et Helene ? N'avait-elle aucune conscience pour agir ainsi ? Ne se souciait-elle pas des conséquences sur les embryons, des accidents ou des destructions dus à son insouciance, à son inattention ou à son ignorance ? Certains d'entre eux devaient être implantés dans l'espoir de naître un jour.

— Être implantés et naître, répéta le père Radzin. Une question de bioéthique intéressante. Helene n'était pas une fidèle assidue, mais lorsqu'elle assistait à la messe du dimanche, c'était toujours à l'office le plus tardif et elle restait à l'heure du café. J'avais l'impression que quelque chose la troublait dont elle ne parvenait pas à se libérer. Mais si je devais la décrire, les derniers termes que j'emploierais seraient "insouciante", "inattentive" ou "ignorante".

— Et ses amis ? De qui était-elle proche ?

— De personne que je connaisse. Certaines de ses relations se sont mises en rapport avec moi cette semaine. Toutes ont souligné qu'elles connaissaient peu Helene.

— Je crains qu'il ne soit arrivé malheur à sa nièce, Stephanie. Avez-vous rencontré le jeune homme qui est le père de son bébé ?

— Non. Et je ne connais personne qui l'ait jamais vu.

— Que pensez-vous de Stephanie ?

— Elle n'est en rien comparable à Helene. Bien sûr, elle est très jeune et elle est arrivée dans ce pays depuis moins d'un an. Aujourd'hui, elle se retrouve seule. Il est possible que le père de l'enfant se soit manifesté et qu'elle ait décidé de tenter sa chance avec lui. »

Il plissa le front. Mac fait le même geste, songea Meghan. Le père Radzin semblait proche de la quarantaine, un peu plus âgé que Mac. Pourquoi les comparait-elle ? Parce qu'il émanait d'eux deux une telle impression de bonté, de sincérité.

Elle se leva. « J'ai pris suffisamment de votre temps, père Radzin.

— Restez encore une minute ou deux, Meghan. Rasseyez-vous, je vous prie. Vous vous demandez quelle était la motivation de votre père en recommandant Helene à la clinique Manning ? Si vous ne trouvez pas d'information concernant Helene, continuez à chercher jusqu'à découvrir pourquoi *il* aurait pu jouer un rôle dans cette affaire. Pensez-vous qu'il avait une relation amoureuse avec elle ?

— J'en doute vraiment. » Elle haussa les épaules. « Il semble qu'il ait eu assez de mal à partager son temps entre ma mère et la mère d'Annie.

— L'argent ?

— Ce n'est pas plus concevable. La clinique Manning a payé les honoraires habituels dus à Collins et Carter pour le recrutement d'Helene et du Dr Williams. Mon expérience du droit et de la nature humaine m'a appris que l'amour et l'argent sont les raisons qui expliquent la plupart des crimes. Pourtant, je peux difficilement les prendre en compte dans le cas présent. » Elle se leva. « Maintenant, il faut réellement que je m'en aille. J'ai rendez-vous avec l'avocat d'Helene dans sa maison de Lawrenceville. »

Charles Potters attendait Meghan lorsqu'elle arriva. Elle l'avait rencontré brièvement à l'enterrement d'Helene. A présent qu'elle avait l'occasion de l'étudier, elle trouva qu'il ressemblait exactement à l'avocat de famille traditionnel des vieux films de cinéma.

Vêtu d'un costume bleu sombre classique, d'une chemise d'un blanc éclatant que complétait une étroite cravate bleu passé, il avait un teint rose et de rares cheveux gris soigneusement peignés. Des verres non cerclés accentuaient le regard vif de ses yeux marron.

Malgré ce que Stephanie avait pris dans la maison, l'aspect de cette pièce, la première dans laquelle ils pénétrèrent, était inchangé. Elle était exactement telle que Meghan l'avait vue moins d'une semaine auparavant. Fais appel à tes pouvoirs d'observation. Concentre-toi, se dit-elle. Puis elle remarqua que les ravissantes statuettes de Dresde qu'elle avait admirées n'ornaient plus le dessus de la cheminée.

« Votre ami le Dr MacIntyre m'a dissuadé de signaler tout de suite le vol commis par Stephanie, mademoiselle Collins, mais je crains de ne pouvoir attendre davantage. En tant que chargé des affaires d'Helene, je suis responsable de l'ensemble de ses biens.

— Je comprends. Je souhaite seulement que l'on recherche sérieusement Stephanie pour la persuader de les restituer. Si un mandat d'arrêt est lancé contre elle, elle risque d'être expulsée. Monsieur Potters, continuat-elle, mon souci va bien au-delà des objets que Stephanie a emportés avec elle. Avez-vous le billet qu'elle vous a laissé ?

— Oui. Le voici. »

Meghan le lut attentivement.

« Avez-vous déjà rencontré ce Jan ?

— Non.

— Que pensait Helene de la grossesse de sa nièce ?

— Helene était une femme compréhensive, réservée mais bonne. Ses commentaires à ce sujet furent toujours empreints de gentillesse.

— Depuis combien de temps êtes-vous chargé de ses intérêts ?

— Depuis trois ans environ.

— Croyiez-vous qu'elle était diplômée de médecine ?

— Je n'avais aucune raison d'en douter.

— N'avait-elle pas amassé un capital considérable ? Elle avait un excellent salaire à la clinique Manning. Un salaire d'embryologiste. Mais elle n'avait certainement pas gagné beaucoup d'argent comme secrétaire médicale pendant les trois années précédentes.

— Elle avait été cosmétologiste. La cosmétologie peut être lucrative, et Helene était douée pour les placements. J'ai cru comprendre que vous aimeriez visiter la maison avec moi. Je veux m'assurer qu'elle est bien fermée avant de partir. »

Meghan monta à l'étage avec lui. Là non plus rien ne semblait avoir été dérangé. Visiblement Stephanie avait eu tout le temps nécessaire pour faire ses bagages.

La chambre à coucher principale était luxueuse. Helene Petrovic ne s'était privée d'aucun confort. Les rideaux, le dessus-de-lit et les tentures murales aux tons assortis étaient luxueux.

Des portes-fenêtres ouvraient sur un petit salon. L'un des murs était couvert de photos d'enfants. « Ce sont les doubles de celles qui se trouvent à la clinique Manning, fit remarquer Meghan.

— Helene me les a montrées, lui dit Potters. Elle était très fière des naissances réussies grâce à la clinique. »

Meg examina les photos. « J'ai vu certains de ces enfants à la réunion, il y a moins de dix jours. » Elle désigna Jonathan. « Voilà le petit Anderson dont la famille a défrayé la chronique. Leur cas a été à l'origine de l'enquête menée par la police judiciaire au laboratoire Manning. » Elle s'interrompit, étudia la photo dans l'angle supérieur. Elle représentait deux enfants, un petit garçon et une petite fille, vêtus de pulls identiques, se tenant par l'épaule. Qu'y avait-il chez eux qui attirât son attention ?

« Il faut que je ferme la maison maintenant, mademoiselle Collins. »

L'impatience perçait dans le ton de l'avocat. Meg ne pouvait le retarder davantage. Elle regarda encore longuement les deux enfants avec leurs pulls assortis, les fixant dans sa mémoire.

La mère de Bernie se sentait souffrante. C'était à cause de son allergie. Elle n'avait cessé d'éternuer et ses yeux lui piquaient. Il y avait sûrement un courant d'air dans la maison. Elle se demanda si Bernard n'avait pas laissé une fenêtre ouverte en bas.

Elle n'aurait pas dû laisser Bernard conduire cette voiture jusqu'à Chicago, même pour deux cents dollars par jour. Parfois, lorsqu'il était livré à lui-même trop longtemps, il lui venait des idées bizarres. Il se mettait à rêver, à vouloir des choses qui pouvaient lui attirer des ennuis.

Puis la colère montait en lui. C'était alors qu'il lui fallait être là ; elle seule pouvait contrôler ses accès de rage lorsqu'elle les voyait venir. Elle ne lui lâchait pas la bride, elle l'obligeait à rester convenable et propre, à se nourrir correctement, s'assurait qu'il se rendait à son travail et restait à la maison avec elle le soir à regarder la télévision.

Pendant longtemps, il s'était bien comporté. Mais depuis quelques jours, il avait une attitude bizarre.

Il avait promis de l'appeler. Pourquoi ne l'avait-il pas fait ? Une fois arrivé à Chicago, est-ce qu'il allait se mettre à suivre une fille, à essayer de l'aborder ? Il ne lui voudrait certainement aucun mal, mais trop souvent il lui était arrivé de s'énerver si la fille se mettait à crier. Il avait frappé sérieusement deux d'entre elles.

Ils l'avaient prévenue que si cela se reproduisait, ils ne pourraient plus le laisser habiter à la maison. Ils l'enfermeraient. Bernie aussi le savait.

La seule chose que je sois parvenue à découvrir dans toute cette histoire, c'est le nombre de fois où mon mari me mentait, pensa Catherine en repoussant le paquet de dossiers. L'après-midi du vendredi était avancée. Elle n'avait plus envie de continuer ses recherches. A quoi servirait ce qu'elle pourrait trouver dans ces papiers ? Ce serait trop douloureux, de toute façon.

Elle se leva. Dehors soufflait un vent cinglant de novembre. Dans trois semaines ce serait Thanksgiving. Une période toujours très chargée à l'auberge.

Virginia avait téléphoné. L'agent immobilier insistait. Drumdoe était-elle à vendre ? Ils semblaient vraiment sérieux, ajouta-t-elle. Ils avaient même proposé un prix de départ comme base de négociation. Ils prétendaient avoir une autre affaire en vue si Drumdoe n'était pas disponible. C'était peut-être vrai.

Catherine se demanda combien de temps Meg et elle pourraient continuer à tergiverser.

Meg. Se renfermerait-elle en elle-même à cause de la trahison de son père comme elle l'avait fait lorsque Mac avait épousé Ginger ? Catherine n'ignorait pas que Meg avait eu le cœur brisé par la faute de Mac. Mais c'était toujours auprès d'Edwin que leur fille allait chercher du réconfort. C'était naturel. La petite chérie de son papa. Une tradition de famille. Moi aussi, j'étais la petite chérie de mon papa, se rappela Catherine.

La façon dont Mac regardait Meg ces temps derniers ne lui avait pas échappé. Elle espéra qu'il n'était pas trop tard. Edwin n'avait jamais pardonné à sa mère de l'avoir rejeté. Meg avait élevé un mur autour d'elle en ce qui concernait Mac. Et même si elle se montrait attentionnée envers Kyle, elle prenait soin de ne pas remarquer avec quelle ardeur l'enfant s'élançait toujours vers elle.

Catherine aperçut une silhouette dans les bois. Elle se raidit un instant, puis se détendit. C'était un policier. Au moins, ils surveillaient la maison.

Elle entendit une clé dans la serrure.

Elle murmura un « merci mon Dieu ». Sa fille, qui lui donnait la force de tout endurer, était rentrée à la maison, saine et sauve.

Pendant un moment au moins, elle ne serait plus hantée par les photos qui étaient parues côte à côte dans la presse, la photo en gros plan de Meg à Channel 3 et celle qu'Annie utilisait pour accompagner ses articles sur le tourisme.

A la demande de Catherine, Virginia lui avait fait parvenir le courrier qui arrivait à l'auberge, y compris les périodiques régionaux. Le *Daily News*, outre les photos, avait publié une reproduction du fax envoyé à Meg la nuit où Annie avait été poignardée.

Le titre de l'article disait : ÉTAIT-CE L'AUTRE SŒUR QUI DEVAIT MOURIR ?

« Hello, maman, je suis là. »

Pour plus de tranquillité, Catherine jeta à nouveau un coup d'œil au policier qui était de garde à la lisière du bois, puis se tourna vers sa fille.

Virginia Murphy était pratiquement la directrice adjointe de Drumdoe. Chargée en théorie d'accueillir les clients au restaurant et de prendre les réservations quand besoin était, en fait elle remplaçait Catherine lorsque celle-ci était absente ou occupée à la cuisine. De dix ans plus jeune que Catherine, plus grande de dix centimètres et bâtie comme un mannequin, elle était une amie autant qu'une employée fidèle.

Connaissant la situation financière de l'établissement, Virginia s'employait à faire des économies dans la mesure du possible. Elle désirait de tout son cœur que Catherine parvienne à conserver l'auberge. Lorsque le calme reviendrait, elle savait que c'était ici, et ici seulement, que Catherine pourrait retrouver une existence normale.

Virginia se reprochait d'avoir encouragé Catherine lorsque ce décorateur insensé était arrivé avec ses échantillons de tissus, ses modèles de carrelages et ses catalogues d'appareils sanitaires, tous plus chers les uns que les autres. Tout ça s'ajoutant aux dépenses de rénovation nécessaires.

Les lieux étaient ravissants, certes, et il fallait sûrement leur donner un coup de neuf, mais l'ironie serait cruelle s'il fallait, après avoir enduré la gêne et les soucis financiers d'une rénovation, voir quelqu'un acheter Drumdoe pour un prix dérisoire.

Virginia se refusait à inquiéter davantage Catherine, mais elle était préoccupée par le client de la chambre 3A. Il était resté couché depuis son arrivée, prétextant être épuisé par les trajets entre Long Island et New Haven, où sa mère était hospitalisée.

Monter un plateau dans sa chambre ne présentait pas d'inconvénient. Ils pouvaient s'en charger. Mais cet homme était peut-être sérieusement malade. Que se passerait-il si quelque chose lui arrivait pendant son séjour ici ?

Virginia préféra ne pas ennuyer Catherine pour le moment. *Je vais attendre un jour de plus. S'il est toujours au lit demain soir, je monterai lui parler. J'insisterai pour lui envoyer un médecin.*

Frederick Schuller, du Valley Memorial de Trenton, appela Mac tard dans l'après-midi du vendredi. « J'ai adressé la liste du personnel médical à Mlle Collins par le courrier du soir. Elle va avoir beaucoup de noms à vérifier, à moins qu'elle n'en cherche un en particulier. »

Mac le remercia chaleureusement. « Vous avez fait très vite, je vous en suis très reconnaissant.

— J'espère que cela vous sera utile. Il y a un point qui pourrait vous intéresser. En parcourant la liste du personnel de la clinique Manning, j'y ai vu le nom du Dr Henry Williams. Je le connais personnellement. Il dirige la clinique Franklin à Philadelphie à présent.

— Je sais.

— Il n'y a peut-être aucun rapport, Williams n'a jamais fait partie de notre staff, mais je me souviens que sa femme a reçu des soins prolongés pendant les deux ou trois années où Helene Petrovic travaillait à Dowling. Il m'arrivait de le croiser de temps en temps.

— A votre avis, pourrait-il être le médecin qu'Helene voyait à cette époque ? » demanda vivement Mac.

Schuller eut un moment d'hésitation avant de répondre. « C'est presque du domaine des potins, mais j'ai mené ma petite enquête dans le service des soins prolongés. L'infirmière en chef y est en poste depuis vingt ans. Elle se souvient parfaitement du Dr Williams et de sa femme. »

Mac attendit. Espérons qu'il s'agit du lien que nous recherchons, pria-t-il.

Il était visible que Frederick Schuller se demandait s'il devait poursuivre. Après une nouvelle courte pause, il dit : « Mme Williams souffrait d'une tumeur au cerveau. Elle était née et avait grandi en Roumanie. Son état empirant, il lui était devenu de plus en plus difficile de communiquer en anglais. Le Dr Williams ne parlait que quelques mots de roumain, et une de leurs amies venait régulièrement rendre visite à Mme Williams pour traduire ce qu'elle disait.

— S'agissait-il d'Helene Petrovic ?

— L'infirmière n'a jamais su son nom. Elle l'a décrite comme une femme brune, aux yeux bruns, d'une quarantaine d'années, extrêmement séduisante. » Schuller ajouta : « Comme vous le voyez, c'est peu de chose. »

C'est beaucoup, au contraire, pensa Mac. Il essaya de garder un ton calme en remerciant Frederick Schuller, mais après avoir raccroché, il prononça en silence une prière de gratitude.

Leur premier coup de chance ! Meg lui avait dit que le Dr Williams niait avoir connu Helene Petrovic avant son arrivée dans l'équipe de la clinique Manning. Williams était le spécialiste qui pouvait avoir enseigné à Helene les techniques nécessaires afin de se faire passer pour une embryologiste.

54

« Kyle, tu devrais commencer à faire tes devoirs », suggéra gentiment Marie Dileo, la fidèle femme de ménage.

Kyle regardait l'enregistrement vidéo qu'il avait fait de l'interview de Meg à la clinique Franklin. Il leva la tête. « Dans une minute, madame Dileo, c'est promis.

— Tu sais que ton père n'aime pas que tu passes ton temps devant la télévision.

— C'est un film éducatif. C'est différent. »

Marie Dileo secoua la tête. « Tu as réponse à tout. » Elle l'observa avec affection. Kyle était un petit garçon si gentil, drôle, plein de charme.

Le reportage de Meg se terminait, et il éteignit le poste. « Meg est vraiment une bonne reporter, hein ?

— Très bonne. »

Suivi par Jake, Kyle rejoignit Marie à la cuisine. Elle se rendit compte que quelque chose le tracassait. « N'es-tu pas rentré plus tôt de chez Danny, aujourd'hui ? interrogea-t-elle.

— Hum-humm. » Il fit pivoter la coupe de fruits.

« Ne fais pas ça. Tu vas la renverser. Est-il arrivé quelque chose chez Danny ?

— Sa mère s'est un peu fâchée.

— Ah ? » Marie détourna son regard du pain de viande qu'elle préparait et tourna la tête vers Kyle. « Je suis sûre qu'il y avait une raison.

— Ils ont installé une nouvelle descente pour le linge sale dans la maison. Nous avons décidé de l'essayer.

— Kyle, vous n'avez pas pu entrer dans la descente !

— Non, mais Penny y entre.

— Vous avez mis Penny dans la descente !

— C'est Danny qui a eu l'idée. Il l'a placée dedans et je l'ai attrapée à l'arrivée, et nous avons placé un gros édredon et des oreillers en bas au cas où je la raterais, mais je ne l'ai pas ratée, pas une seule fois. Penny voulait recommencer, mais la mère de Danny s'est mise très en colère. Nous avons interdiction de jouer ensemble pendant toute la semaine.

— Kyle, si j'étais toi, je finirais mes devoirs avant le retour de ton père. Il ne va pas être très content de cette histoire.

— Je sais. » Avec un profond soupir, Kyle alla prendre son cartable et renversa ses livres sur la table de la cuisine. Jake se roula en boule à ses pieds.

A quoi bon lui avoir acheté un bureau pour son anniversaire ? pensa Marie. Elle s'apprêtait à dresser le couvert. Bon, ça pouvait attendre. Il était seulement cinq heures dix. Elle avait pour habitude de préparer le dîner et ensuite de partir lorsque Mac arrivait, aux environs de six heures. Il n'aimait pas se mettre à table aussitôt rentré à la maison, aussi servait-il toujours le repas lui-même, après le départ de Marie.

Le téléphone sonna. Kyle sauta sur ses pieds. « C'est moi qui réponds. » Il décrocha, écouta, puis tendit le récepteur à Marie. « C'est pour vous, madame Dileo. »

C'était son mari lui annonçant que son père, qui vivait dans une maison de retraite, venait d'être transporté à l'hôpital.

« C'est grave ? demanda Kyle lorsqu'elle reposa le combiné.

— Oui. Mon père est malade depuis longtemps. Il est très vieux. Je dois partir immédiatement pour l'hôpital. Je vais te déposer chez Danny et je laisserai un mot à ton père.

— Pas chez Danny, dit Kyle d'un ton inquiet. Sa mère ne serait pas contente. Laissez-moi chez Meg. Je vais l'appeler. » Il consulta les numéros inscrits sur le téléphone. Celui de Meg venait immédiatement après ceux de la police et des pompiers. Un moment plus tard, il annonça, ravi : « Elle dit de venir tout de suite. »

Mme Dileo griffonna un mot pour Mac. « Emporte tes devoirs, Kyle.

— D'accord. » Il courut jusqu'au living-room et prit la cassette vidéo de l'interview de Meg. « Peut-être qu'elle voudra la regarder avec moi. »

Meg déployait une énergie dont Catherine ignorait la raison. En quelques heures, depuis son retour de Trenton, elle l'avait vue compulser fébrilement les dossiers d'Edwin, en retirer certains documents, puis donner plusieurs coups de téléphone. Ensuite, assise au bureau d'Edwin, elle s'était mise à écrire furieusement. Cette ardeur rappela à Catherine l'époque où Meg faisait ses études de droit. Lorsqu'elle revenait à la maison pour le week-end, elle passait le plus clair de son temps à sa table de travail, plongée dans des cas de jurisprudence.

A cinq heures du soir, Catherine vint prendre de ses nouvelles. « Je vais préparer du poulet aux champignons pour le dîner. Ça te va ?

— Parfait. Assieds-toi une minute, maman. »

Catherine choisit la chaise près du bureau. Son regard glissa sur le profond fauteuil de cuir marron avec son repose-pieds assorti qui avaient appartenu à Edwin. Meg lui avait raconté qu'elle en avait vu la réplique exacte dans l'Arizona. Dès lors, ce souvenir de son mari était devenu un objet de dérision.

Meg posa ses coudes sur la table, croisa les mains et y appuya son menton. « J'ai bavardé avec le père Radzin, ce matin. C'est lui qui a célébré la messe en souvenir d'Helene Petrovic. Je lui ai dit que je ne trouvais aucune raison expliquant que papa ait recommandé Helene à la clinique Manning. D'après lui, il y a toujours un motif derrière les actes de chaque individu, et si je le découvrais sans doute devrais-je réexaminer toute la situation.

— Que veux-tu dire ?

— Maman, je veux dire que toi et moi, nous avons subi plusieurs chocs à la fois. J'ai d'abord vu le corps d'Annie le jour où on l'a amenée à l'hôpital. Puis nous avons appris que papa avait probablement échappé à l'accident du pont et nous avons commencé à soupçonner qu'il menait une double vie. A la suite de quoi, papa a été accusé d'avoir présenté les faux certificats d'Helene Petrovic et pour finir de l'avoir tuée. »

Meg se pencha en avant. « Maman, si nous n'avions pas été traumatisées par la découverte de sa double vie et par la mort d'Helene Petrovic, lorsque les assureurs ont refusé de payer, nous nous serions demandé plus sérieusement pourquoi nous étions si sûres que papa se trouvait sur le pont au moment de l'accident. Pense à cela.

— Où veux-tu en venir ? » Catherine était stupéfaite.

« Victor Orsini était au téléphone avec ton père au moment où il s'engageait sur la rampe. Quelqu'un sur le pont a vu sa voiture passer par-dessus la rambarde.

— Ce quelqu'un s'est manifestement trompé. Et réfléchis, nous n'avons que les indications de Victor Orsini pour affirmer que papa l'appelait de cet endroit. Suppose, suppose seulement, que papa ait déjà eu franchi le pont lorsqu'il a téléphoné à Victor. Il aurait pu voir l'accident survenir derrière lui. D'après Frances Grolier, papa était furieux contre Victor pour une raison quelconque et, après s'être entretenu avec le Dr Manning depuis Scottsdale, il avait l'air complètement abattu. Je me trouvais à New York. Tu n'étais pas à la maison. Papa a très bien pu dire à Victor qu'il voulait le voir immédiatement, et non le lendemain matin, comme Victor l'a affirmé. Papa a peut-être été instable dans sa vie privée, mais je ne crois pas qu'il l'ait jamais été sur le plan professionnel.

— Tu veux dire que Victor aurait menti ? » Catherine avait l'air atterré.

« Le mensonge eût été sans risque. L'heure de l'appel depuis la voiture de papa concordait à la minute près et pouvait être vérifiée. Maman, Victor était à l'agence depuis plus d'un mois lorsque la lettre de recommandation concernant Petrovic est parvenue à la clinique Manning. Il aurait pu l'envoyer lui-même, il travaillait directement sous les ordres de papa.

— Phillip ne l'a jamais aimé, murmura Catherine. Mais, Meg, nous n'avons aucune preuve. Et la même question se pose : pourquoi ? Pour quelle raison Victor aurait-il recruté Helene Petrovic pour ce laboratoire ? Quel avantage en aurait-il retiré ?

— Je l'ignore encore. Mais une chose est certaine, aussi longtemps que la police croira papa en vie, elle n'examinera pas sérieusement d'autres explications possibles au meurtre d'Helene Petrovic. »

Le téléphone sonna. « Je te parie que c'est Phillip qui veut te parler », dit Meg en décrochant. C'était Kyle.

« Nous avons de la compagnie pour dîner, annonça-t-elle en raccrochant. J'espère que ton poulet aux champignons sera suffisant pour quatre.

— Mac et Kyle ?

— Oui.

— Bon. » Catherine se leva. « Meg, je voudrais retenir toutes ces hypothèses avec autant d'enthousiasme que toi. Tu as une théorie et c'est un bon argument pour la défense de ton père. Mais ça n'ira peut-être pas plus loin. »

Meg lui tendit une feuille de papier. « Voici la facture

du téléphone de la voiture de papa. Regarde le décompte du dernier appel. Victor et lui se sont entretenus pendant huit minutes. On n'a pas besoin de huit minutes pour convenir d'un rendez-vous, non ?

— Meg, la lettre de recommandation adressée à la clinique Manning portait la signature de ton père. Les experts l'ont authentifiée.

Après le dîner, Mac suggéra à Kyle d'aider Catherine à débarrasser la table. Seul avec Meghan dans le living-room, il la mit au courant de la relation qui existait entre le Dr Williams et le centre Dowling et de ses rapports éventuels avec Helene.

« Le Dr Williams ! » Meghan le regarda d'un air effaré. « Mac, il a formellement nié avoir connu Helene Petrovic avant la clinique Manning. La réceptionniste de Manning les a vus au restaurant ensemble. Lorsque j'en ai parlé à Williams, il m'a déclaré qu'il invitait toujours les nouveaux membres de l'équipe médicale à dîner avec lui en signe de bienvenue. »

Mac la mit en garde. « Meg, je pense que nous sommes sur une piste, mais rien ne prouve pour l'instant que c'était Helene Petrovic qui accompagnait Williams lorsqu'il rendait visite à sa femme.

— Mac, tout concorde. Williams et Helene avaient sans doute une liaison. Nous savons qu'elle se passionnait pour les travaux de laboratoire. Il était le mieux placé pour l'aider à falsifier son curriculum vitae et la guider quand elle a débuté à la clinique Manning.

— Mais Williams a quitté Manning six mois après l'arrivée d'Helene. Pourquoi aurait-il agi ainsi s'il avait eu une liaison avec elle ?

— Elle habitait dans le New Jersey, non loin de Philadelphie. Sa nièce a dit qu'elle s'absentait souvent de longues heures d'affilée le samedi et le dimanche. Elle passait probablement la plus grande partie de ce temps avec lui.

— Dans ce cas, comment expliques-tu la lettre de recommandation de ton père ? C'est lui qui a fait entrer Williams à la clinique Manning. Pour quelle raison aurait-il aidé Helene Petrovic à y trouver un poste ?

— J'ai une théorie à ce sujet, et elle met en cause Victor Orsini. Tous les éléments commencent à concorder. »

Elle lui adressa un sourire, un vrai sourire comme il n'en avait pas vu sur ses lèvres depuis longtemps.

Ils étaient debout devant la cheminée. Mac l'entoura de ses bras. Meghan se raidit immédiatement, cherchant à s'écarter de lui. Mais il la retint, l'obligea à tourner son regard vers lui.

« Mets-toi bien ça dans la tête, Meghan. C'est toi qui avais raison il y a neuf ans. Je regrette seulement de ne pas l'avoir compris alors. » Il s'interrompit un instant. « Toi seule comptes pour moi. Je le sais aujourd'hui, et toi aussi. Nous avons suffisamment perdu de temps. »

Il l'embrassa avec fougue, puis la relâcha, reculant d'un pas. « Je ne te laisserai pas me repousser. Une fois le calme revenu dans ta vie, c'est de *nous* que nous parlerons. »

Kyle supplia qu'on lui permît de projeter le reportage de Meg. « Ça ne dure que trois minutes, papa. Je veux montrer à Meg que je sais enregistrer les programmes, maintenant.

— Tu cherches à donner le change, lui dit Mac. A propos, la mère de Danny m'a téléphoné à la maison pendant que je lisais le billet de Mme Dileo. Tu es puni. Tu peux montrer à Meg la cassette, mais ensuite, plus question de regarder la télévision pendant une semaine.

— Que vas-tu faire ? demanda Meg dans un murmure lorsque Kyle s'assit à côté d'elle.

— Je te le dirai tout à l'heure. Regarde, te voilà. »

Le film se déroula. « Tu t'es très bien débrouillé », le félicita Meg.

Cette nuit-là, Meghan resta étendue dans son lit pendant longtemps, incapable de s'endormir. L'esprit en ébullition, elle passa en revue tous les faits nouveaux, la relation entre le Dr Williams et Helene Petrovic, ses soupçons concernant Victor Orsini, Mac. J'ai dit à la police que s'ils cessaient de se concentrer sur papa, ils finiraient par trouver la vérité. Mais Mac ? Elle ne voulait pas se laisser aller à penser à lui en ce moment.

Il y avait autre chose. Quelque chose qui lui échappait, quelque chose de terriblement important. Quoi ? Cela avait un rapport avec son reportage au centre Franklin. Je demanderai à Kyle de rapporter la cassette demain, décida-t-elle. Il faut que je la revoie.

La journée de vendredi parut longue à Bernie. Il avait dormi jusqu'à sept heures et demie, ce qui était très tard pour lui. Il craignit d'avoir manqué Meghan, qu'elle fût partie tôt. Ses stores étaient levés, et il vit que son lit était fait.

Il fallait qu'il appelle maman. Elle lui avait fait promettre de téléphoner, mais il avait peur. Si jamais elle se doutait qu'il n'était pas à Chicago, elle piquerait une colère noire. Elle l'obligerait à rentrer à la maison.

Il resta assis près de la fenêtre toute la journée, surveillant la maison de Meghan, attendant son retour. Il tira le téléphone le plus près possible de son poste d'observation, pour ne pas perdre la maison de vue pendant qu'il commanderait le petit déjeuner et le déjeuner.

Il allait ôter le verrou, et au moment où il entendrait le garçon d'étage frapper, Bernie se précipiterait dans le lit et crierait : « Entrez. » Il s'angoissait à l'idée de manquer Meghan encore une fois pendant que le garçon déposerait le plateau.

Lorsque la femme de chambre tapa à la porte et voulut ouvrir avec son passe, elle fut bloquée par la chaîne. Bernie savait qu'elle ne pouvait rien voir à l'intérieur.

« Puis-je changer les serviettes de toilette ? » demanda-t-elle.

Il réfléchit qu'il valait mieux la laisser faire. Il ne voulait pas qu'elle se méfiât de quelque chose.

Pourtant, quand elle passa devant lui, il remarqua qu'elle le dévisageait d'un air bizarre. Bernie se força à lui sourire, prit son ton le plus sincère en la remerciant.

Il était tard dans l'après-midi lorsque la Mustang blanche de Meghan s'engagea dans l'allée. Bernie écrasa son nez contre la vitre, cherchant à la voir parcourir à pied les quelques mètres qui conduisaient à la maison. La regarder l'emplissait de bonheur.

Vers cinq heures et demie, il vit quelqu'un déposer le gosse devant la maison de Meghan. Sans ce maudit môme, Bernie aurait pu se cacher dans le bois. Il aurait pu s'approcher davantage de Meg. La filmer de manière à l'avoir pour lui seul. La contempler, être avec elle chaque fois qu'il le désirait. S'il n'y avait pas eu ce petit imbécile. Il le haïssait.

Il oublia de commander son dîner. Il n'avait pas faim. Finalement, à dix heures et demie, son attente fut récompensée. Meghan alluma la lumière dans sa chambre et se déshabilla.

Dieu qu'elle était belle!

A quatre heures le vendredi après-midi, Phillip demanda à Jackie : « Où est Orsini ?

— Il avait un rendez-vous à l'extérieur, monsieur Carter. Il a dit qu'il serait de retour vers seize heures trente. »

Debout dans le bureau de Phillip, Jackie ne parvenait pas à se décider. Quand M. Carter était contrarié, il était un peu intimidant. M. Collins se montrait toujours d'humeur égale.

Mais M. Carter était le patron désormais, et la veille au soir son mari, Bob, lui avait dit qu'elle devait le prévenir que Victor Orsini fouillait la nuit dans les dossiers.

« Mais c'est peut-être M. Carter qui vient fouiller, avait-elle suggéré.

— Si c'est lui, il te saura gré de ton souci. N'oublie pas, s'il y a le moindre problème entre eux deux, c'est Orsini qui partira, pas Carter. »

Bob avait raison. Aussi Jackie dit-elle d'un ton ferme : « Monsieur Carter, je me mêle peut-être de ce qui ne me regarde pas, mais je suis pratiquement sûre que M. Orsini vient ici la nuit et examine tous les dossiers. »

Phillip Carter resta silencieux pendant une longue minute, puis son visage se durcit. « Merci, Jackie. Voulez-vous prier M. Orsini de venir me voir dès son retour ? »

Je n'aimerais pas être à la place de M. Orsini, pensa-t-elle.

278

Vingt minutes plus tard, elle et Milly écoutèrent ouvertement ce qui filtrait à travers la porte fermée du bureau de Phillip Carter, dont la voix forte tançait Victor Orsini.

« Cela fait longtemps que je vous soupçonne de collaborer avec Downes et Rosen, disait-il. L'agence a des ennuis en ce moment, et vous vous préparez une porte de sortie en travaillant avec eux. Mais vous semblez oublier que vous avez signé un contrat vous interdisant de prospecter nos clients. A présent, sortez et ne vous donnez pas la peine d'emporter vos affaires. Vous avez sûrement déjà pris un bon nombre de nos dossiers. Nous vous ferons parvenir vos documents personnels.

— Voilà donc ce qu'il fabriquait, chuchota Jackie. C'est drôlement moche. » Ni Milly ni elle ne levèrent la tête lorsque Orsini passa devant leurs bureaux en sortant, sinon, elles auraient vu son visage blême de fureur.

Samedi, Catherine se rendit à Drumdoe tôt dans la matinée. Elle parcourut son courrier et s'enquit des messages téléphoniques, puis elle eut une longue conversation avec Virginia. Ayant décidé de ne pas rester pour le service du déjeuner, elle retourna chez elle à onze heures. Elle trouva Meg installée dans le bureau de son père, en train d'examiner minutieusement ses dossiers, un par un.

« La salle à manger est dans un tel désordre que je n'arrive pas à me concentrer, expliqua-t-elle. Victor cherchait quelque chose d'important, c'est l'arbre qui nous cache la forêt. »

Catherine observa sa fille. Meg portait un chemisier de soie à carreaux et un pantalon de toile. Ses cheveux châtains lui arrivaient aux épaules à présent, et elle les portait rejetés en arrière. C'est ça, pensa Catherine. Ses cheveux sont un peu plus longs. La photo d'Annie Collins publiée dans les journaux de la veille lui revint en mémoire.

« Meg, j'ai bien réfléchi. Je vais accepter cette offre pour Drumdoe.

— Tu vas *quoi*?

— Virginia est de mon avis. Les frais sont trop élevés. Je ne veux pas voir l'auberge vendue un jour à la criée.

— Maman, papa est le fondateur de Collins et Carter, et même dans les circonstances actuelles, il y a sûrement un moyen d'en tirer quelque chose.

— Meg, si nous pouvions produire un certificat de décès, nous toucherions l'assurance de la société. Avec les actions en justice qui sont en cours, les affaires vont mettre longtemps à reprendre.

— Qu'en dit Phillip ? Au fait, on l'a beaucoup vu par ici ces derniers temps, dit Meg, plus que pendant toutes les années où il a travaillé avec papa.

— Il fait preuve de beaucoup de gentillesse, et je lui en suis reconnaissante.

— Uniquement de gentillesse ?

— J'espère que oui. Sinon il ferait fausse route. J'ai trop à faire pour m'intéresser à qui que ce soit dans ce domaine. Mais ce n'est pas ton cas, ajouta-t-elle doucement.

— Qu'est-ce que tu insinues ?

— J'insinue que Kyle n'est pas le plus stylé des boys. Il vous observait, et m'a rapporté avec grande satisfaction que Mac t'a embrassée.

— Je ne suis pas intéressée...

— Arrête, Meg », ordonna Catherine. Elle fit le tour du bureau, ouvrit le tiroir du bas, en sortit une demi-douzaine de lettres et les jeta sous son nez. « Ne sois pas comme ton père, un invalide sentimental parce qu'il n'a pas pu pardonner qu'on l'ait abandonné.

— Il avait toutes les raisons de ne pas pardonner à sa mère !

— Comme enfant, oui. Pas lorsqu'il est devenu un adulte entouré d'une famille qui l'aimait. Peut-être n'aurait-il pas eu besoin de Scottsdale s'il était allé à Philadelphie se réconcilier avec elle. »

Meg haussa les sourcils. « Tu peux jouer les dures, semble-t-il.

— Et comment ! Meg, tu aimes Mac. Tu l'as toujours aimé. Kyle a besoin de toi. Pour l'amour du ciel, raisonne-toi et cesse de penser que Mac pourrait être assez stupide pour renouer avec Ginger si jamais elle réapparaissait dans sa vie.

— Papa t'appelait Superwoman. » Meg sentit les larmes lui brûler les yeux.

« C'est exact. Dès que je retournerai à Drumdoe, je téléphonerai à l'agence immobilière. Je peux te promettre une chose, je ferai monter les prix jusqu'à ce qu'ils demandent grâce. »

A une heure et demie, avant de repartir, Catherine passa la tête dans le bureau. « Meg, te souviens-tu m'avoir entendue dire que la maroquinerie Palomino me rappelait quelque chose ? Il me semble que la mère d'Annie avait laissé le même message sur notre répondeur à l'intention de ton père. Probablement vers la mi-mars, il y a sept ans. Si ça me revient avec autant de précision, c'est que j'étais tellement furieuse qu'il n'ait pas assisté à l'anniversaire de tes vingt et un ans que lorsqu'il est revenu à la maison avec un sac en cuir pour toi, j'ai failli le lui jeter à la tête. »

Le samedi, la mère de Bernie ne cessa d'éternuer. Elle avait mal aux sinus, la gorge irritée. Ça ne pouvait plus durer.

Bernard avait dû laisser la poussière s'accumuler dans la cave, elle en était certaine. Pas de doute, il ne pouvait y avoir d'autre raison. Et maintenant la poussière remontait dans la maison.

Elle sentit l'impatience et l'irritation grandir en elle, de minute en minute. Finalement, à deux heures, elle n'y tint plus. Il fallait qu'elle descende faire le ménage.

En premier, elle balança le balai, la pelle et la brosse dans l'escalier qui menait au sous-sol. Puis elle mit des chiffons et une bouteille de détergent dans un sac plastique qu'elle lança également à bas de l'escalier. Il atterrit sur le balai.

Pour finir, elle noua son tablier. Elle saisit la rampe. Elle ne branlait pas tellement. Elle tiendrait bon. Il lui fallait descendre lentement, un pas après l'autre, et tâter du pied chaque marche avant de s'y appuyer. Elle se demanda comment elle avait pu faire une telle chute dix ans plus tôt. Elle avait commencé à descendre l'escalier, et une minute plus tard elle s'était retrouvée dans une ambulance.

Marche après marche, avec d'infinies précautions, elle parvint à descendre. Eh bien, j'y suis arrivée, pensa-t-elle en posant le pied sur le sol. La pointe de sa chaussure se prit dans le sac de chiffons et elle tomba lourdement sur le côté, le pied gauche tordu sous son corps.

Le craquement de sa cheville résonna dans le sous-sol humide.

55

Après que sa mère fut retournée à l'auberge, Meghan téléphona à Phillip chez lui. « Je suis contente de vous joindre, lui dit-elle lorsqu'il répondit. Je craignais que vous ne soyez à New York ou à une vente aux enchères.

— La semaine n'a pas été de tout repos. J'ai dû renvoyer Victor hier après-midi.

— Pourquoi ? » demanda Meg, inquiète devant cette tournure imprévue des événements. Elle avait besoin d'avoir Victor sous la main pendant qu'elle tentait de découvrir un lien entre lui et la lettre recommandant Helene Petrovic. Et si jamais il quittait la ville ? Jusqu'à présent elle n'avait aucune preuve et ne pouvait se présenter à la police munie de simples présomptions. Il lui fallait du temps.

« C'est un escroc, Meg. Il a détourné certains de nos clients. Franchement, d'après deux ou trois remarques qu'avait faites votre père avant de disparaître, je crois qu'il soupçonnait Victor d'être mêlé à quelque chose de louche.

— Moi aussi, lui dit Meg. C'est pourquoi je vous appelle. Je me demande si ce n'est pas lui qui a envoyé la lettre concernant Helene Petrovic pendant l'absence de papa. Phillip, je n'ai pas le calendrier de papa portant la liste de ses rendez-vous. Est-ce qu'il est resté au bureau ?

— Il devrait se trouver avec les dossiers que vous avez emportés.

— C'est ce que je pensais, mais il n'y est pas. Phillip, j'essaie de joindre la mère d'Annie. Comme une sotte je n'ai pas noté son numéro de téléphone quand j'étais là-bas. C'est la maroquinerie Palomino qui l'avait appelée et m'avait indiqué comment me rendre chez elle. J'ai l'intuition que papa n'était pas au bureau le jour où cette fameuse lettre a été postée pour la clinique Manning. Elle est datée du 21 mars, n'est-ce pas ?

— Je crois.

— Alors, je tiens peut-être un indice. La mère d'Annie pourra le vérifier. J'ai appelé l'avocat qui l'a accompagnée. Il n'a pas voulu me communiquer son numéro, mais il va la contacter pour moi. »

Elle se tut un instant et poursuivit : « Phillip, il y a autre chose. Je crois que le Dr Williams et Helene Petrovic avaient une liaison, certainement à l'époque où ils travaillaient ensemble et peut-être même avant. Et dans ce cas, c'est peut-être lui que la voisine d'Helene a vu lui rendre visite dans son appartement.

— Meg, c'est incroyable. Avez-vous une preuve ?

— Pas encore, mais je pense que je l'obtiendrai sans mal.

— Faites attention, l'avertit Phillip Carter. Williams jouit d'une réputation excellente dans les milieux médicaux. Évitez de citer son nom avant d'être certaine de pouvoir prouver ce que vous avancez. »

Frances Grolier appela à trois heures moins le quart. « Vous désiriez me parler, Meghan ?

— Oui. Vous m'avez dit l'autre jour avoir utilisé le code Palomino deux ou trois autres fois durant toutes ces années. Avez-vous jamais laissé ce message sur le répondeur de la maison ? »

Frances Grolier ne demanda pas à Meg pourquoi elle lui posait cette question. « Si, en effet. C'était il y a sept ans, le 10 mars. Annie avait été victime d'un accident de voiture et ses jours étaient en danger. J'avais essayé de laisser un message sur le répondeur du bureau mais, comme je l'ai appris par la suite, il avait été débranché par erreur. Je savais qu'Edwin se trouvait chez lui dans le Connecticut, et je devais absolument le joindre. Il a pris l'avion cette nuit-là et est resté avec nous pendant deux semaines jusqu'à ce qu'Annie soit hors de danger. »

Meg se rappela le 18 mars, sept ans auparavant, le jour de son vingt et unième anniversaire. Le dîner dansant à Drumdoe. L'appel téléphonique de son père dans l'après-midi. Il avait attrapé un virus et était trop malade pour prendre l'avion. Deux cents invités. Mac avec Ginger, montrant des photos de Kyle.

Toute la soirée, elle s'était efforcée de sourire, de ne pas montrer combien elle était triste et déçue de ne pas avoir son père à ses côtés pour cette grande occasion.

« Meghan ? » La voix contenue de Frances Grolier avait un accent interrogateur.

« Je suis désolée. Désolée pour tout. Ce que vous venez de me dire est terriblement important. C'est si étroitement lié à ce qui est arrivé. »

Meghan raccrocha, mais garda sa main posée sur le combiné pendant une ou deux minutes. Puis elle composa le numéro de Phillip. « Je viens d'avoir la confirmation. » En quelques mots, elle résuma ce que Frances Grolier venait de lui dire.

« Meg, vous êtes géniale !

— Phillip, j'entends sonner. Ça doit être Kyle. Mac vient de le déposer. Je lui ai demandé de m'apporter quelque chose.

— Allez-y. Et, Meg, ne dites rien de tout ça avant que nous n'ayons un tableau complet à présenter à Dwyer.

— Je ne dirai rien. De toute façon, le substitut du procureur et son équipe ne me croient pas. Je vous rappellerai. »

Kyle arriva le sourire aux lèvres.

Meghan se pencha pour l'embrasser.

« Surtout, ne fais jamais ça devant mes amis.

— Pourquoi ?

— La mère de Jimmy l'attend sur le trottoir et elle l'embrasse quand il descend du bus. Tu ne trouves pas ça dégoûtant ?

— Pourquoi m'as-tu laissée t'embrasser ?

— Ça va en privé. Personne ne nous a vus. Tu as embrassé papa hier soir.

— C'est lui qui m'a embrassée.

— Tu as trouvé ça agréable ? »

Meg réfléchit. « Disons que ce n'était pas dégoûtant. Tu veux des biscuits et du lait ?

— Oui, s'il te plaît. J'ai apporté la cassette comme tu me l'as demandé. Pourquoi veux-tu la revoir ?

— Je ne sais pas exactement.

— Bon. Papa a dit qu'il reviendrait dans une heure environ. Il avait des trucs à acheter au supermarché. »

Meghan apporta les biscuits et les verres de lait dans le petit salon. Kyle s'installa par terre à ses pieds, appuya sur la télécommande et passa à nouveau l'enregistrement du reportage sur le centre Franklin. Le cœur de Meg se mit à battre. Qu'avait-elle vu sur cette bande ?

A la fin de la dernière séquence filmée dans le bureau du Dr Williams, au moment où la caméra prenait une vue panoramique des photos de tous ces enfants nés grâce à la fécondation in vitro, Meg trouva enfin ce qu'elle cherchait. Elle s'empara de la télécommande et pressa vivement sur le bouton « pause ».

« Meg, c'est presque fini », protesta Kyle.

Meg contempla la photo du petit garçon et de la petite fille vêtus de sweaters identiques. Elle avait vu la même photo au mur du salon d'Helene Petrovic à Lawrenceville. « C'est bon, Kyle. Je sais pourquoi je voulais revoir le film. »

Le téléphone sonna. « Je reviens tout de suite, lui dit-elle.

— Je vais rembobiner. Je sais comment on fait. »

C'était Phillip Carter. « Meg, vous êtes seule ?

— Phillip ! Je viens juste d'avoir la confirmation qu'Helene Petrovic connaissait le Dr Williams. Je crois savoir ce qu'elle faisait à la clinique Manning. »

On eût dit qu'il ne l'avait pas entendue. « Est-ce que vous êtes seule ? répéta-t-il.

— Kyle est dans le petit salon.

— Pouvez-vous le reconduire chez lui ? » Sa voix était basse, tendue.

« Mac est sorti. Je peux le laisser à Drumdoe. Maman est là-bas. Phillip, que se passe-t-il ? »

Phillip prit soudain un ton incrédule, voisin de l'hystérie. « Je viens d'avoir des nouvelles d'Edwin! Il veut nous voir tous les deux. Il hésite à se rendre à la police. Meg, il est à bout. Ne dites rien de tout ceci avant que nous ayons pu lui parler.

— Papa? Papa vous a téléphoné? » Meg poussa un cri étouffé. Abasourdie, elle agrippa l'angle du bureau pour ne pas tomber. D'une voix si bouleversée qu'elle n'était qu'un murmure, elle implora : « Où est-il? Il faut que je le voie. »

56

Lorsqu'elle reprit connaissance, la mère de Bernie tenta d'appeler à l'aide, mais elle savait qu'aucun de ses voisins ne pourrait l'entendre. Elle n'arriverait jamais à atteindre l'escalier. Il lui fallut se traîner jusqu'au coin où se trouvait le téléphone, près de la télévision. Tout ça était la faute de Bernie, parce qu'il n'avait pas nettoyé cet endroit. Sa cheville la faisait terriblement souffrir. Elle avait des élancements dans toute la jambe. Elle ouvrit la bouche et prit une longue inspiration. Ramper sur le sol de ciment rugueux et sale était un véritable calvaire.

Elle parvint enfin à l'alcôve aménagée par Bernie pour son usage personnel. Oubliant sa douleur, maman écarquilla les yeux de stupeur. Cette énorme télévision! Ces radios! A quoi pensait Bernie pour dépenser une fortune dans tous ces appareils!

Le téléphone était posé sur la vieille table de cuisine qu'il avait rapportée à la maison lorsqu'un de leurs voisins l'avait abandonnée sur le trottoir. Incapable de l'attraper, elle le tira vers elle par le fil. Il fit un bruit métallique en tombant.

Espérant ne pas l'avoir cassé, la mère de Bernie composa le 911. En entendant la voix réconfortante de l'opératrice, elle murmura : « Envoyez-moi une ambulance. »

Elle put lui donner son nom, son adresse et raconter ce qui était arrivé avant de s'évanouir à nouveau.

« Kyle, dit Meg précipitamment, je vais devoir te laisser à l'auberge. Je mettrai un mot sur la porte pour ton père. Dis seulement à ma mère qu'il y a eu du nouveau, et que j'ai dû partir immédiatement. Reste avec elle. Ne sors pas, d'accord ?

— Pourquoi es-tu si préoccupée, Meg ?

— Je ne suis pas préoccupée. Il s'est passé quelque chose d'important et on m'a chargée d'aller sur place faire un reportage.

— Ah, formidable ! »

A l'auberge, Meg regarda Kyle courir jusqu'à la porte d'entrée. Il lui fit un geste de la main avant d'entrer et elle le lui rendit, se forçant à sourire. Puis elle appuya sur l'accélérateur.

Phillip lui avait dit de le retrouver à un croisement dans West Redding, à une trentaine de kilomètres de Newton. « Vous me suivrez à partir de là, avait-il expliqué rapidement. Ensuite, ce n'est pas loin, mais vous ne pourriez trouver l'endroit toute seule. »

Meg ne savait plus où elle en était. Les pensées et les émotions les plus contradictoires se bousculaient dans sa tête. Elle avait la bouche sèche, la gorge douloureusement nouée. *Papa était en vie et il était aux abois !* Pourquoi ? Certainement pas parce qu'il était l'auteur du meurtre d'Helene Petrovic. Pitié, mon Dieu, tout mais pas ça !

Au croisement de deux routes de campagne, la Cadillac noire de Phillip l'attendait. Il n'y avait pas d'autre voiture en vue.

Il ne prit pas le temps de lui parler, leva la main et lui fit signe de le suivre. Huit cents mètres plus loin, il tourna à angle droit dans un chemin de terre. Cinquante mètres après, le chemin se mit à serpenter à travers les bois et la voiture de Meghan disparut de la vue des quelques automobilistes qui auraient pu passer par là.

Victor Orsini n'avait pas été surpris par son affrontement avec Phillip Carter le vendredi matin. La question depuis des mois n'avait jamais été de savoir *s'il* aurait lieu mais *quand*.

Du moins avait-il trouvé ce qu'il cherchait avant que l'accès du bureau ne lui fût interdit. En quittant Carter, il s'était directement rendu chez lui à Candlewood Lake, s'était préparé un martini dry et, assis face au lac, avait réfléchi à ce qu'il devait faire.

La preuve qu'il détenait n'avait pas de valeur, prise isolément, et si rien ne la corroborait elle ne ferait pas le poids devant un tribunal. En outre, que pourrait-il leur révéler sans se mettre lui-même en difficulté ?

Il était resté chez Carter et Collins pendant près de sept ans, et soudain seul comptait ce maudit premier mois. C'était le point de départ de tous les événements récents.

Victor avait passé la soirée de vendredi à peser le pour et le contre d'une démarche auprès du substitut du procureur. Devait-il aller lui exposer sa version des faits ?

Le lendemain, il fit son jogging matinal autour du lac pendant une heure, une longue course revigorante qui lui éclaircit les idées et renforça sa détermination.

Finalement, à deux heures et demie le samedi après-midi, il composa le numéro que l'inspecteur en chef Marron lui avait donné. Il n'était pas certain de le trouver à son bureau un samedi, mais Marron répondit instantanément.

Victor se présenta. De la voix calme et assurée qui inspirait confiance à ses clients comme aux candidats, il demanda : « Puis-je passer vous voir dans une demi-heure ? Je crois savoir qui a tué Helene Petrovic... »

Depuis la porte d'entrée de Drumdoe, Kyle vit Meghan s'éloigner dans sa voiture. Elle allait faire un reportage. Super. Il aurait bien voulu partir avec elle. Avant, il voulait devenir médecin comme son père quand il serait grand, mais maintenant, il avait décidé que le métier de journaliste était beaucoup plus amusant.

Un instant plus tard, une voiture démarra en trombe depuis le parking, une Chevrolet verte. C'est le type qui a évité Jake, pensa Kyle. Il regrettait de ne pas avoir pu lui parler et le remercier. Il regarda la Chevrolet s'engager sur la route dans la direction que Meg avait prise.

Kyle pénétra dans le hall et aperçut la mère de Meg et Mme Murphy derrière le bureau. Elles avaient l'air grave. Il s'approcha d'elles.

« Kyle, qu'est-ce que tu fabriques ici ? » C'était une drôle de façon de dire bonjour à un petit garçon, pensa Catherine. Elle lui ébouriffa les cheveux. « Je veux dire, es-tu venu avec Meg manger une glace ou quelque chose de ce genre ?

— Meg m'a déposé. Elle m'a dit de rester avec vous. Elle est partie en reportage.

— Oh, son patron l'a appelée ?

— Quelqu'un lui a téléphoné et elle a dit qu'elle devait partir tout de suite.

— Ce serait excellent pour son moral si elle recommençait à travailler, fit remarquer Catherine à Virginia.

— Sûrement. Maintenant, que faire avec le client de la chambre 3A, à votre avis ? Franchement, Catherine, ce type me paraît louche.

— On avait vraiment besoin de ça !

— Vous connaissez beaucoup de gens qui ne bougent pas de leur chambre pendant trois jours et qui se précipitent dehors au risque de bousculer tout le monde sur leur passage ? Vous ne l'avez pas vu, mais je peux vous dire que ce M. Heffernan n'a pas l'air du tout malade. Il a descendu quatre à quatre les escaliers et a traversé le hall, une caméra vidéo à la main.

— Allons voir dans sa chambre, dit Catherine. Viens avec nous, Kyle. »

La 3A sentait le renfermé. « Est-ce qu'on a nettoyé cette chambre depuis qu'il est arrivé ?

— Non. Betty a dit qu'il la laissait entrer uniquement pour changer les serviettes de toilette et qu'il l'a presque fichue dehors le jour où elle a voulu faire le ménage.

— Il est sûrement sorti de son lit de temps à autre. Regarde cette chaise tirée près de la fenêtre, fit remarquer Catherine. Attends ! », s'écria-t-elle. Elle traversa la pièce, s'assit sur la chaise et regarda à l'extérieur. « Mon Dieu !

— Qu'y a-t-il ?

— D'ici, on plonge directement dans la chambre de

Meg. » Catherine courut vers le téléphone, jeta un coup d'œil sur les numéros d'urgence inscrits sur le combiné et appuya sur les touches.

« Police. Inspecteur Thorne à l'appareil.

— Catherine Collins à l'appareil, de l'auberge Drumdoe à Newtown. Je crois qu'un homme résidant à l'hôtel a espionné notre maison. Il est resté enfermé dans sa chambre plusieurs jours et vient de partir en trombe au volant de sa voiture. » Elle porta la main à sa bouche. « Kyle, au moment où Meg t'a déposé, as-tu vu si une voiture la suivait ? »

Kyle se rendit compte que quelque chose clochait, mais ça ne pouvait pas être à cause de ce chic type qui était si bon conducteur. « Vous en faites pas. Le type dans la Chevrolet verte est très sympa. C'est lui qui a évité Jake quand il est passé devant chez nous la semaine dernière. »

Au désespoir, Catherine cria dans l'appareil : « Inspecteur, il est en train de suivre ma fille en ce moment. Elle conduit une Mustang blanche. Il a une Chevrolet verte. *Trouvez-la ! Il faut que vous la trouviez !* »

57

La voiture de police stoppa devant la bicoque délabrée de Jackson Heights, et deux policiers en sortirent précipitamment. Le hurlement perçant d'une ambulance couvrit le grincement des freins du métro aérien qui entrait dans la gare toute proche.

Les policiers coururent jusqu'à la porte de derrière, la forcèrent et descendirent quatre à quatre au sous-sol. Une marche pourrie céda sous le poids du plus jeune qui se rattrapa à la rampe pour ne pas tomber. Le sergent buta sur le balai au bas de l'escalier.

« Pas étonnant qu'elle se soit fichue par terre, marmonna-t-il. Cet endroit est plein de chausse-trapes. »

Des gémissements sourds provenant d'un recoin les attirèrent vers l'alcôve de Bernie. Là, les policiers découvrirent une vieille femme étendue sur le sol, le téléphone à ses côtés. Elle gisait au pied d'une table branlante dont le plateau de Formica était surchargé d'annuaires téléphoniques. Une chaise longue usagée recouverte de plastique était placée devant un poste de télévision à grand écran. Une radio à ondes courtes, un scanner permettant d'écouter les fréquences de la police, un télécopieur encombraient le dessus d'un vieux buffet.

Le plus jeune des policiers s'agenouilla près de la blessée. « Je suis l'officier de police David Guzman, madame Heffernan, dit-il d'un ton rassurant. On va apporter une civière pour vous conduire à l'hôpital. »

La mère de Bernie essaya de parler. « Mon fils ne voulait faire aucun mal. » Elle put à peine prononcer ces paroles. Elle ferma les yeux, incapable de continuer.

« Dave, regarde un peu ça ! »

Guzman se redressa. « Qu'est-ce que c'est, sergent ? »

L'annuaire téléphonique de Queens était grand ouvert. Sur les pages visibles, neuf noms étaient entourés d'un cercle. Le sergent les désigna. « Ils ne te rappellent rien ? Durant ces dernières semaines, tous ces gens se sont plaints d'avoir reçu des menaces par téléphone. »

Ils entendirent les ambulanciers. Guzman courut au pied de l'escalier. « Faites attention à ne pas vous casser la figure en descendant », les avertit-il.

En moins de cinq minutes, la mère de Bernie, à demi inconsciente, fut installée sur la civière et transportée dans l'ambulance.

Les policiers restèrent sur place. « On a quelques raisons de jeter un coup d'œil plus approfondi », fit observer le sergent. Il ramassa des papiers à côté du télécopieur et commença à les feuilleter.

L'officier de police Guzman ouvrit le tiroir sans poignée de la table et aperçut un magnifique portefeuille en cuir. « On dirait que Bernie se livrait à quelques petites agressions en supplément », fit-il.

Pendant que Guzman contemplait la photo d'Annie

Collins sur son permis de conduire, le sergent trouva l'original du fax. Il le lut à voix haute. « Erreur Annie était une erreur. »

Guzman saisit le téléphone qui était resté sur le sol. « Sergent, dit-il, vous feriez mieux d'avertir le chef que nous avons découvert un assassin. »

Même le conducteur chevronné qu'était Bernie avait du mal à rouler suffisamment loin de la voiture de Meghan pour rester inaperçu. A distance, il la vit suivre la berline foncée. Il faillit perdre de vue les deux voitures après le croisement. Elles semblaient avoir brusquement disparu. Il se dit qu'elles avaient dû tourner quelque part et repartit en arrière. Le chemin de terre qui s'enfonçait dans les bois était la seule voie qu'ils aient pu prendre. Il s'y engagea avec prudence.

Il arrivait maintenant à une clairière. La voiture blanche de Meghan et la voiture sombre cahotaient sur le sol sillonné d'ornières. Bernie attendit pour les suivre qu'elles aient dépassé la clairière et soient entrées dans une nouvelle zone boisée.

Le second boqueteau n'était pas aussi dense que le premier. Bernie dut freiner brusquement pour éviter d'être vu lorsque l'étroit chemin traversa à nouveau une étendue de champs. Maintenant, la route menait droit à une maison et à une grange un peu plus loin. Les deux voitures se dirigeaient vers elles.

Bernie saisit sa caméra. Avec son zoom, il lui fut possible de les suivre jusqu'à ce qu'elles contournent la grange.

Il resta assis tranquillement, réfléchissant à ce qu'il devait faire. Il y avait un bouquet de conifères près de la maison. Peut-être pourrait-il y dissimuler sa Chevrolet. Il allait tenter le coup.

Il était seize heures passées, et de gros nuages obscurcissaient le soleil déclinant. Meg suivait la voiture de Phillip le long du chemin sinueux et défoncé. Ils sortirent du bois, traversèrent un champ, puis un autre bosquet d'arbres. La route devenait plus rectiligne. Plus loin, Meg aperçut deux bâtiments, une maison et une grange.

Est-ce ici, dans ce coin perdu, que se trouve papa ? se demanda Meg. Lorsqu'elle serait face à lui, fasse le ciel qu'elle trouve les mots qui conviennent.

Je t'aime, papa, voulait crier l'enfant qui était en elle.

Papa, que t'est-il arrivé ? Papa, pourquoi ? reprochait l'adulte blessée.

Papa, tu m'as manqué. Que puis-je faire pour toi ?

Quelle était la meilleure façon de commencer ?

Elle suivit la voiture de Phillip derrière les bâtiments délabrés. Il s'arrêta, sortit de la berline et, s'approchant de la voiture de Meg, ouvrit la portière.

Meg leva les yeux vers lui. « Où est papa ? » Elle humecta ses lèvres, soudain sèches et gercées.

« Il n'est pas loin. » Les yeux de Phillip étaient rivés aux siens.

Ce fut sa réponse abrupte qui éveilla son attention. Il est aussi nerveux que moi, pensa-t-elle en sortant de la voiture.

Victor Orsini avait rendez-vous à quinze heures dans le bureau de John Dwyer au tribunal de Danbury. Les deux inspecteurs Weiss et Marron étaient déjà là lorsqu'il arriva. Une heure plus tard, à voir leurs visages impassibles, il ne savait toujours pas s'ils ajoutaient un crédit quelconque à ce qu'il leur révélait.

« Reprenons depuis le début, dit Dwyer.

— Je vous ai déjà tout raconté une douzaine de fois, s'irrita Victor.

— Je veux l'entendre à nouveau.

— Bien. Edwin Collins m'a téléphoné de sa voiture le soir du 28 janvier. Nous nous sommes entretenus pendant environ huit minutes jusqu'à ce qu'il interrompe la conversation parce qu'il arrivait sur la rampe d'accès du Tappan Zee et que la chaussée était très glissante.

— Quand vous déciderez-vous à nous rapporter en détail ce que vous avez dit à ce moment-là? De quoi avez-vous pu parler pendant huit minutes? »

C'est cette partie-là de l'histoire que Victor avait pensé maquiller, mais il comprit qu'à moins de dire intégralement la vérité, on ne le croirait pas. « Ed avait appris un ou deux jours auparavant que j'avais renseigné un de nos concurrents sur des postes que certains de nos gros clients cherchaient à pourvoir. Il était indigné et m'a intimé l'ordre de me rendre à son bureau dès le lendemain matin.

— Et vous ne l'avez jamais revu?

— Le 29 janvier, je l'attendais au bureau à huit heures. Je savais qu'Ed allait me virer, mais je ne voulais pas lui laisser croire que j'avais mis indûment de l'argent de la société dans ma poche. Il menaça de me poursuivre en justice si jamais il apprenait que j'avais détourné des commissions. J'ai alors cru qu'il parlait de pots-de-vin. Aujourd'hui, je suis convaincu qu'il avait en tête l'affaire Petrovic. Je pense qu'il ne savait rien au début à son sujet, puis qu'il avait fini par découvrir la vérité et me soupçonnait de vouloir le rouler.

— Nous savons que la commission concernant ce recrutement a été créditée au compte de l'agence, dit Marron.

— Il est probable qu'il l'ignorait. Je me suis aperçu qu'elle avait été délibérément intégrée dans les honoraires perçus pour le recrutement du Dr Williams. Visiblement, quelqu'un espérait qu'Edwin ne découvrirait jamais ce qui s'était passé avec Helene Petrovic.

— Alors, qui a recommandé Helene Petrovic à la clinique Manning? demanda Dwyer.

— Phillip Carter. Ça ne peut être que lui. Lorsque la lettre accompagnant le curriculum vitae d'Helene Petrovic a été postée à la clinique Manning, le 21 mars, il y a bientôt sept ans, je n'étais entré chez Collins et Carter que depuis peu de temps. Je n'ai jamais entendu mentionner le nom de cette femme avant qu'elle ne soit assassinée, il y a deux semaines. Et je vous parie ce que vous voudrez qu'Ed non plus. Il était en voyage à la fin mars, cette année-là, y compris le 21. »

Il s'interrompit. « Comme je vous l'ai dit, quand j'ai vu le journal avec la reproduction de la lettre soi-disant signée de sa main, j'ai su qu'il s'agissait d'un coup monté. »

Orsini désigna la liasse de papiers qu'il avait remise à Dwyer. « Avec son ancienne secrétaire, qui était une perle, Ed laissait toujours des feuilles de papier à en-tête déjà signées qu'elle pouvait utiliser s'il désirait lui dicter une lettre au téléphone. Il avait une totale confiance en elle. Elle a pris sa retraite et Ed se montra moins satisfait de sa remplaçante, Jackie. Je me souviens de l'avoir vu déchirer cette liasse de feuilles, déclarant que dorénavant il voulait vérifier tout le courrier qui serait posté. Sur les lettres en blanc il signait toujours à la même place, là où son ancienne secrétaire faisait une légère marque au crayon : trente-cinq lignes en bas de page, à la hauteur du cinquantième signe. Vous en avez un modèle en main.

« J'ai fouillé dans les dossiers d'Edwin, espérant y trouver d'autres lettres à en-tête signées qui n'auraient pas été utilisées. J'ai trouvé celle que vous avez entre les mains dans le bureau de Phillip Carter. Un serrurier m'a fabriqué une clé. J'imagine que Carter la conservait au cas où il aurait eu besoin de produire un autre document signé d'Edwin Collins.

« Vous pouvez me croire ou non, continua Orsini, mais en me remémorant ce matin du 29 janvier, où j'attendais dans le bureau d'Edwin, j'ai eu la nette impression qu'il y était passé récemment. Le tiroir contenant les dossiers de H à O était ouvert. J'aurais juré qu'il avait compulsé le dossier Manning pour y rechercher des indications concernant Helene Petrovic.

« Pendant que je l'attendais, Catherine Collins a téléphoné. Elle s'inquiétait parce que Edwin n'était pas rentré. Elle avait assisté à une réunion à Hartford la veille au soir et trouvé la maison vide à son retour. Elle m'a demandé si nous avions de ses nouvelles au bureau. Je lui ai dit que je lui avais parlé la veille, au moment où il s'apprêtait à s'engager sur le pont de Tappan Zee. Je ne savais encore rien de l'accident. Ce fut elle qui suggéra qu'Ed faisait peut-être partie des victimes.

« C'était possible, naturellement. Juste avant de raccrocher, Ed m'avait dit que la rampe était une vraie patinoire, et nous savons que l'accident s'est produit moins d'une minute plus tard. Après avoir parlé à Catherine, j'ai essayé de joindre Phillip. Sa ligne était occupée, et comme il habite à dix minutes du bureau, je me suis rendu chez lui en voiture. J'avais l'intention d'aller jusqu'au pont et de voir s'ils repêchaient les victimes.

« Au moment où je suis arrivé chez lui, Phillip était dans le garage, prêt à monter dans sa voiture. Sa jeep aussi était garée là. Il m'a précisé qu'il l'avait ramenée pour la faire réviser. Je savais qu'il avait une jeep dans sa maison de campagne. Il s'y rendait avec sa berline, mais c'était la voiture qu'il utilisait sur place.

« A l'époque, je n'y vis rien d'anormal. Mais ces derniers jours, je me suis dit que si Ed n'avait pas disparu dans cet accident, s'il s'était rendu au bureau et avait découvert quelque chose qui l'avait conduit à se rendre chez Carter, alors c'était de ce côté-là qu'il fallait chercher ce qui lui était arrivé. Carter a pu emmener Ed dans sa propre voiture et le cacher quelque part. Ed disait toujours que Carter possédait plusieurs propriétés à la campagne. »

Orsini contempla le visage impassible de ses interlocuteurs. J'ai fait ce que je devais faire, pensa-t-il. S'ils ne me croient pas, du moins aurai-je fait de mon mieux.

Dwyer dit d'un ton neutre : « Votre déclaration peut nous être utile. Merci, monsieur Orsini. Nous vous ferons signe. »

Dès qu'Orsini fut parti, le substitut du procureur dit à Weiss et à Marron : « Ça colle. Et ça explique les découvertes du laboratoire d'expertise. » Ils venaient d'apprendre que des prélèvements faits sur la voiture d'Edwin Collins avaient permis de découvrir des traces de sang dans le coffre.

59

Il était presque cinq heures de l'après-midi lorsque Mac termina ses derniers achats et reprit le chemin de la maison. La viande, le pain, les bougies. Il était allé chez son coiffeur, chez le teinturier et s'était arrêté au supermarché. Mme Dileo ne serait peut-être pas rentrée lundi pour faire les courses habituelles.

Mac se sentait heureux. Kyle était revenu enthousiaste de sa visite chez Meg. Il n'y aurait certainement aucun problème du côté de son fils, s'il parvenait à faire revivre les sentiments que Meg lui portait autrefois. Meggie, tu n'as aucune chance, se promit-il. Pas question que tu m'échappes, maintenant.

Il faisait froid, le temps était couvert, mais Mac n'y prêta pas attention en tournant dans Bayberry Road. Il revoyait l'espoir qui était apparu sur le visage de Meg lorsqu'ils avaient parlé de l'éventuelle liaison d'Helene Petrovic avec le Dr Williams et de la possibilité que Victor Orsini ait imité la signature d'Edwin sur la lettre de recommandation destinée à la clinique Manning. Elle avait alors réalisé que son père pourrait être innocenté dans l'affaire Petrovic et le scandale de la clinique.

Rien ne peut changer le fait qu'Ed a mené une double vie pendant toutes ces années, pensa Mac. Mais si son nom est lavé de toute accusation de meurtre et de fraude, les choses deviendront infiniment plus faciles pour Meg et pour Catherine.

Il s'aperçut qu'il se passait quelque chose d'anormal en arrivant aux abords de Drumdoe. Il y avait plusieurs voitures de police dans l'allée, et l'entrée du parking était bloquée. Un hélicoptère de la police était en train d'atterrir. Un deuxième appareil, portant le sigle d'une station de télévision de New Haven, était déjà posé au sol. Il arrêta sa voiture sur la pelouse et courut en direction de l'hôtel.

La porte s'ouvrit brusquement et Kyle sortit en courant. « Papa, ce n'est pas le patron de Meg qui l'a appelée pour un reportage, dit-il en sanglotant. Et le type qui a évité Jake est l'homme qui espionnait Meg. Il l'a suivie en voiture. »

Meg! Pendant un bref instant la vision de Mac se brouilla. Il se revit à la morgue, en train de regarder le visage mort d'Annie Collins, la demi-sœur de Meg.

Kyle saisit le bras de son père. « Les policiers sont là. Ils envoient des hélicoptères pour retrouver la voiture de Meg et la voiture verte de l'homme. Mme Collins pleure. » La voix de Kyle se brisa. « Papa, il ne faut pas qu'il arrive quelque chose à Meg. »

En suivant Meghan qui s'enfonçait de plus en plus profondément dans les bois derrière la Cadillac, Bernie sentit une colère sourde l'envahir. Il l'avait suivie avec l'intention d'être seul avec elle, sans personne d'autre dans les parages. Puis il s'était rendu compte qu'elle avait rendez-vous avec cette autre voiture. Et si cet homme qui était avec Meg lui cherchait des ennuis ? Bernie tâta sa poche. Il se sentit rassuré. Il ne se souvenait jamais s'il l'avait ou non sur lui. Il était censé ne pas l'emporter, et il avait même essayé de le laisser à la maison. Mais quand il rencontrait une fille qui lui plaisait et qu'il se mettait à penser à elle, il devenait nerveux et les choses étaient soudain différentes.

Bernie laissa sa voiture derrière le bosquet de conifères, prit sa caméra et s'approcha prudemment des bâtiments délabrés. Maintenant qu'il était plus près, il constata que la ferme était plus petite qu'il ne l'avait cru en la voyant de loin. Ce qu'il avait pris pour une galerie n'était en fait qu'une remise. A côté se dressait la grange. Il y avait juste suffisamment d'espace pour qu'il puisse se glisser de biais entre la maison et la remise.

Le passage était sombre et humide, mais c'était une excellente cachette. Et de là, il entendait distinctement leurs voix. C'était comme la fenêtre de sa chambre à l'hôtel, un bon emplacement pour regarder sans être vu.

Arrivé à l'extrémité du passage, il jeta un coup d'œil pour voir ce qui se passait.

Meghan était avec un homme que Bernie n'avait jamais vu auparavant. Ils se trouvaient à une vingtaine de mètres de distance, près de ce qui ressemblait à un vieux puits. Ils se faisaient face et avaient l'air de discuter. La Cadillac était garée entre eux et l'endroit d'où Bernie les épiait, si bien qu'en rampant au ras du sol il put s'avancer lentement, à l'abri de la voiture. Puis il s'arrêta, pointa sa caméra et commença à filmer.

60

« Phillip, je voudrais vous dire une chose avant que papa n'arrive : je crois connaître la raison qui a amené Helene Petrovic à la clinique Manning.

— Vraiment, Meg ? »

Elle ne releva pas le ton étrangement détaché de sa voix. « Hier, j'ai visité la maison d'Helene et j'y ai vu des photos de jeunes enfants dans son bureau. Certaines étaient les mêmes que celles qui ornaient le mur du Dr Williams au centre Franklin, à Philadelphie. Phillip, ces enfants ne sont pas nés grâce à la fécondation in vitro pratiquée à la clinique Manning, et je devine leur relation avec Helene. Elle n'égarait pas ces embryons par négligence. Je pense qu'elle les volait et les remettait au Dr Williams qui les utilisait dans son programme d'aide à la fécondation à la clinique Franklin. »

Pourquoi Phillip la regardait-il avec cette expression ? Ne la croyait-il pas ? « Songez à cette possibilité, Phillip, continua-t-elle avec insistance. Helene a travaillé pendant six mois sous la direction du Dr Williams. Trois ans avant cela, lorsqu'elle était secrétaire à Dowling, elle passait son temps au laboratoire. Nous savons aujourd'hui qu'elle était liée à Williams à cette même époque. »

Phillip paraissait détendu maintenant. « Meg, tout concorde parfaitement. Et vous pensez que c'est Victor, et non votre père, qui a adressé à la clinique Manning la lettre de recommandation d'Helene Petrovic ?

— Absolument. Papa se trouvait alors à Scottsdale. Annie avait eu un accident et était entre la vie et la mort. Nous pouvons prouver que papa n'était pas au bureau le jour où cette lettre a été envoyée.

— C'est tout à fait possible. »

Phillip Carter avait appelé le Dr Henry Williams le samedi à quinze heures quinze. Il avait exigé que l'on dérange Williams au milieu d'une consultation. La conversation avait été brève et glaciale.

« Meghan Collins a fait le rapprochement entre Helene Petrovic et vous, avait annoncé Carter. Toutefois, elle croit que c'est Orsini qui a envoyé la lettre de recommandation. Par ailleurs, je sais qu'Orsini manigance quelque chose et qu'il a peut-être des soupçons. Nous pouvons encore nous en tirer, mais quoi qu'il arrive ne dites pas un mot. Refusez de répondre à toutes les questions. »

Henry Williams parvint avec difficulté à expédier le reste de ses rendez-vous. Le dernier s'acheva à seize heures trente. C'était l'heure où le centre Franklin fermait ses portes le samedi.

Sa secrétaire passa la tête dans son bureau. « Docteur Williams, puis-je encore faire quelque chose pour vous ? »

Personne ne peut rien pour moi, songea-t-il. Il se força à sourire. « Non, rien. Merci, Eva.

— Docteur, tout va bien ? Vous n'avez pas l'air dans votre assiette.

— Ne vous tracassez pas. Je suis seulement un peu las. »

Un quart d'heure plus tard, tout le personnel avait quitté les lieux et Williams se retrouva seul. Il prit la photo de sa femme entre ses mains, s'enfonça dans son fauteuil et la contempla. « Marie, murmura-t-il, je ne savais pas dans quoi je m'embarquais. J'étais persuadé d'agir pour le bien de tous. Et Helene aussi le croyait. »

Il remit la photo à sa place, croisa les mains sous son menton et regarda fixement devant lui. Il ne remarqua pas les ombres qui s'allongeaient au-dehors.

Carter avait perdu la tête. Il fallait l'arrêter.

Williams pensa à son fils et à sa fille. Henry Junior était gynécologue à Seattle, Barbara endocrinologue à San Francisco. Seraient-ils affectés par ce scandale, surtout si le procès traînait en longueur ?

La vérité allait éclater. C'était inévitable. Il en était sûr maintenant.

Il songea à Meghan Collins, aux questions qu'elle lui avait posées. Avait-elle deviné qu'il lui mentait ?

Et son père ? C'était déjà suffisamment terrifiant de savoir avec certitude que Carter avait assassiné Helene pour la réduire au silence. Était-il aussi responsable de la disparition d'Edwin Collins ? Et devait-on accuser Edwin Collins d'actes accomplis par d'autres que lui ?

Devait-on accuser Helene de fautes qu'elle n'avait pas commises ?

Henry Williams prit un bloc-notes dans son bureau et commença à écrire. Il devait tout expliquer, mettre les choses au clair, tenter de réparer le mal qu'il avait fait.

Lorsqu'il eut terminé, il mit les pages qu'il venait d'écrire sous enveloppe. C'était à Meghan que revenait le droit de dévoiler ces aveux aux autorités. Il lui avait causé un immense préjudice, ainsi qu'à sa famille.

Elle avait laissé sa carte. Williams la retrouva, lui adressa l'enveloppe à Channel 3 et la timbra soigneusement.

Il s'arrêta de longues minutes pour contempler les photos des enfants qui étaient nés grâce à sa clinique.

Pendant un instant la vue de leurs jeunes visages adoucit la tristesse qui lui étreignait le cœur.

Henry Williams éteignit la lumière en quittant son bureau pour la dernière fois.

Il emporta l'enveloppe en montant dans sa voiture, s'arrêta à la première boîte aux lettres et la posta. Meghan Collins la recevrait mardi.

Mais tout cela ne le concernerait plus.

Le soleil baissait sur l'horizon. Un vent sec courbait le tapis d'herbe jaunie. Meghan frissonna. Elle avait à peine pris le temps d'enfiler son Burberry en sortant de la maison, oubliant dans sa précipitation qu'elle en avait retiré la doublure lorsqu'elle était partie pour Scottsdale.

Phillip Carter portait un jean et une grosse veste d'hiver. Les mains enfouies dans ses vastes poches, il s'appuyait contre la margelle du puits.

« Croyez-vous que Victor ait tué Helene Petrovic parce qu'elle avait décidé de tout laisser tomber? demanda-t-il.

— Victor ou le Dr Williams. Williams s'est peut-être affolé. Petrovic en savait trop. Elle aurait pu les envoyer tous les deux en prison pour des années si elle s'était mise à parler. Le prêtre de sa paroisse m'a dit qu'elle semblait extrêmement préoccupée. »

Meg se mit à trembler. Était-ce l'angoisse ou le froid? « Je vais m'asseoir dans la voiture en attendant l'arrivée de papa. Est-ce qu'il est loin d'ici?

— Pas très loin, Meg. A dire vrai, il est tout près. » Phillip sortit ses mains de ses poches. La droite tenait un revolver. Il désigna le puits. « Votre voyante avait raison, Meg. Votre père est au fond de l'eau. Et il est mort depuis longtemps. »

Faites qu'il n'arrive rien à Meg! priait Mac en lui-même au moment où Kyle et lui entrèrent dans l'auberge. A l'intérieur, le hall de réception grouillait de policiers et de journalistes. Agglutinés dans les embrasures de portes, les employés et les clients regardaient la scène. Dans le salon contigu à l'entrée, Catherine était assise sur le bord d'un petit divan, le dos droit, Virginia Murphy à ses côtés. Son visage était couleur de cendre.

En voyant Mac s'avancer vers elle, elle tendit les bras et lui prit les mains. « Mac, Victor Orsini a parlé à la police. C'est Phillip qui a tout manigancé. C'est incroyable, non? Je lui faisais totalement confiance. On pense que c'est lui qui a appelé Meg en se faisant passer pour Edwin. Et il y a un autre homme qui la suit, un individu dangereux, connu pour s'attacher de façon obsessionnelle à des femmes sans méfiance. C'est probablement lui qui a terrorisé Kyle le soir de Halloween. La police de New York a prévenu John Dwyer à son sujet. Et maintenant, Meghan est partie, et nous ne savons ni ou ni pourquoi. J'ai tellement peur, Mac. Je ne veux pas la perdre. Je ne le supporterais pas. »

Arlene Weiss entra en coup de vent dans la pièce. Mac la reconnut. « Madame Collins, un hélicoptère de la police routière croit avoir repéré une voiture verte près d'une ferme du côté de West Redding. Nous leur avons dit de ne pas survoler cette zone. Nous y serons dans moins de dix minutes. »

Mac prit Catherine dans ses bras, cherchant à la rassurer. « Je vais retrouver Meg, lui promit-il. Tout se passera bien. »

Puis il s'élança au-dehors. Le reporter et le cameraman de New Haven se précipitaient vers leur hélicoptère. Mac les suivit, se hissa tant bien que mal à leur suite dans l'appareil. « Hé, vous ne pouvez pas monter là-dedans, lui cria le gros journaliste au milieu du rugissement des rotors tournant à plein régime avant le décollage.

— Si, dit fermement Mac. Je suis médecin, on peut avoir besoin de moi.

— Ferme la porte, hurla le reporter au pilote. Et grouille-toi de décoller avec ton engin. »

Meghan le fixait, bouleversée. « Phillip... Je ne comprends pas, bégaya-t-elle. Le corps de mon père est dans ce puits ? » Elle s'avança d'un pas, posa les mains sur la margelle rugueuse. Ses doigts épousèrent la courbe du puits, sentant l'humidité glacée de la pierre. Elle avait oublié Phillip et le revolver qu'il braquait sur elle, elle ne voyait plus l'étendue de champs désolés derrière lui, ne sentait plus le vent froid et mordant.

Elle plongea son regard dans la cavité béante, en proie à une horreur paralysante, imaginant le corps de son père qui gisait tout au fond.

« Vous ne pouvez pas le voir, Meg. Le puits contient peu d'eau depuis des années, mais suffisamment pour le recouvrir. Il était mort lorsque je l'y ai poussé, si cela peut vous consoler. Je l'ai tué d'un coup de revolver la nuit de la catastrophe du pont. »

Meg se retourna brusquement vers lui. « Comment avez-vous pu faire ça ? Papa était votre ami, votre associé. Comment avez-vous pu faire ça à Helene et à Annie ?

— Vous m'en attribuez trop. Je n'ai rien à voir avec la mort d'Annie.

— Vous vouliez me tuer. Vous m'avez envoyé ce fax disant que la mort d'Annie était une erreur. » Meg regarda désespérément autour d'elle. Parviendrait-elle jusqu'à sa voiture ? Non, il l'abattrait avant qu'elle ait pu faire un pas.

« Meghan, *c'est vous* qui m'avez parlé du fax. Une véritable aubaine ! J'avais besoin de faire croire qu'Ed était encore en vie, et vous m'en avez fourni le moyen.

— Qu'avez-vous fait à mon père ?

— Ed m'avait appelé du bureau le soir de l'accident. Il était sous le choc. Il m'a raconté qu'il avait échappé d'un cheveu à la mort. Il avait appris qu'Orsini nous escroquait. Que la clinique Manning disait avoir recruté une embryologiste du nom d'Helene Petrovic dont il n'avait jamais entendu parler. Il s'était rendu directement au bureau et avait examiné le dossier Manning sans y trouver la moindre référence à cette femme. Il soupçonnait Orsini d'avoir tout combiné.

« Meghan, tâchez de comprendre. Nous aurions pu en rester là. Je lui ai proposé de venir me rejoindre chez moi, pour que nous discutions du moyen de confondre Orsini le lendemain. Mais au moment où il a franchi ma porte, il était prêt à m'accuser. Il avait tout compris. Votre père était très intelligent. Je n'avais pas le choix. Je savais ce qu'il me restait à faire. »

J'ai si froid, songea Meghan, si froid.

« Tout alla bien pendant un temps, continua Phillip. Puis Helene Petrovic donna sa démission, après avoir prévenu la clinique Manning qu'elle avait commis une erreur dont les conséquences risquaient d'être désastreuses. Je ne pouvais pas prendre le risque qu'elle raconte tout en détail, n'est-ce pas ? Le jour où vous êtes venue au bureau et m'avez parlé de cette jeune fille qui avait été poignardée et de sa ressemblance avec vous, vous m'avez également mis au courant du fax. Je savais que votre père avait une aventure quelque part dans l'Ouest. Il pouvait très bien avoir eu une fille là-bas. Cela m'a paru le moment rêvé pour le faire réapparaître.

— Ce n'est peut-être pas vous qui avez envoyé le fax, mais vous êtes l'auteur du coup de téléphone qui a envoyé maman à l'hôpital. C'est vous qui avez commandé les roses, et vous étiez assis auprès d'elle lorsqu'elles sont arrivées. Comment avez-vous pu agir ainsi ! »

Hier à peine, se rappela Meghan, le père Radzin lui avait dit de chercher le mobile.

« Meghan, j'ai perdu beaucoup d'argent dans mon divorce. J'ai payé une fortune une propriété que j'essaie de conserver. J'ai eu une enfance misérable. Nous vivions à dix enfants dans trois pièces. Je ne serai plus jamais pauvre. Williams et moi avions découvert un moyen de gagner de l'argent sans faire de mal à personne. Et Helene Petrovic passait à la caisse elle aussi.

— En volant des embryons pour le programme d'aide à la fécondation du centre Franklin ?

— Vous êtes moins perspicace que je ne le pensais, Meghan. C'est une affaire beaucoup plus vaste. Les embryons ne sont qu'une bricole. »

Il leva son revolver. Elle vit le canon pointé en direction de son cœur, le doigt de Phillip se crisper sur la détente, elle l'entendit dire : « J'ai gardé la voiture d'Edwin dans la grange jusqu'à la semaine dernière. Je la remplacerai par la vôtre. Et vous irez le rejoindre. »

Dans un réflexe, Meghan se jeta sur le côté.

La première balle passa au-dessus de sa tête. La seconde la toucha à l'épaule.

Avant qu'il ait le temps de tirer à nouveau, une silhouette surgit soudain comme une apparition, une forme massive qui s'avança le bras tendu. Le poing serré et la lame brillante du couteau ne faisaient qu'un, comme une épée vengeresse qui chercha Phillip et trouva sa gorge.

Meghan sentit une douleur cuisante à l'épaule gauche. L'obscurité l'engloutit.

61

Lorsqu'elle reprit connaissance, elle était étendue sur le sol, la tête sur les genoux d'un inconnu. Elle se força à ouvrir les paupières, leva les yeux et aperçut le sourire angélique de Bernie Heffernan, puis elle sentit des baisers moites couvrir ses joues, ses lèvres, son cou.

On entendait le grondement sourd d'un moteur au loin. Un avion ? Un hélicoptère. Le bruit diminua et s'évanouit.

« Je suis heureux de vous avoir sauvée, Meghan. On a le droit d'utiliser un couteau pour sauver quelqu'un, n'est-ce pas ? demanda Bernie. Je ne fais jamais du mal exprès. Je ne voulais pas faire de mal à Annie cette nuit-là. Ce fut une erreur. » Il répéta doucement, comme un enfant : « Annie a été une erreur. »

Mac écoutait les échanges radio entre l'hélicoptère de la police et les voitures de patrouille qui fonçaient vers l'endroit indiqué. Ils coordonnaient leur stratégie.

Meg est avec deux tueurs, réalisa-t-il soudain — le cinglé qui rôdait dans le bois dimanche soir, et Phillip Carter.

Phillip Carter, qui avait trahi et assassiné son associé, et s'était ensuite posé en protecteur de sa femme et de sa fille, apprenant de la bouche même de Meghan chaque étape de ses recherches pour découvrir la vérité. *Meghan, Meghan.*

Ils survolaient une zone rurale. Les hélicoptères commencèrent à descendre. Mac chercha en vain à voir le sol. Il ferait nuit dans un quart d'heure. Comment pourraient-ils repérer une voiture dans cette obscurité ?

« Nous atteignons les abords de West Redding, annonça le pilote, pointant le doigt devant lui. Nous sommes à quelques minutes de l'endroit où ils ont repéré la Chevrolet verte. »

Il est fou, pensa Meghan. Ainsi c'était Bernie, le gentil gardien de parking qui lui parlait souvent de sa mère avec laquelle il vivait. Comment s'était-il trouvé là ? Pourquoi la suivait-il ? Et il disait qu'il avait tué Annie. Grands dieux, il avait tué Annie !

Elle voulut se redresser.

« Vous ne voulez pas rester dans mes bras, Meg ? Je ne vous ferai jamais de mal.

— Je sais. » Elle devait le prendre par la douceur, le calmer. « Mais le sol est si froid.

— Pardonnez-moi. J'aurais dû m'en rendre compte.
Je vais vous aider. » Laissant son bras passé autour
d'elle, il l'aida maladroitement à se remettre debout,
sans cesser de la serrer contre lui.

La pression du bras de Bernie sur son épaule rendait
sa blessure encore plus douloureuse. Mais elle ne devait
pas le contrarier. « Bernie, pourriez-vous ne pas... »
Elle allait s'évanouir à nouveau. « Bernie, implora-
t-elle, mon épaule me fait si mal. »

Elle aperçut par terre le couteau qu'il avait utilisé
pour tuer Phillip. Était-ce celui avec lequel il avait poi-
gnardé Annie ?

La main de Phillip étreignait toujours son revolver.

« Oh, je suis désolé. Je peux vous porter, si vous voulez. » Il effleura ses cheveux de ses lèvres. « Mais auparavant, je voudrais faire une prise de vues. Vous voyez
ma caméra ? »

Sa caméra. Bien sûr. C'était lui le cameraman caché
dans les bois qui avait failli étrangler Kyle. Elle
s'appuya contre le puits pendant qu'il la filmait et le
regarda tourner autour du corps de Phillip, le filmant à
son tour.

Puis Bernie posa sa caméra et s'approcha d'elle.
« Meghan, je suis un héros », dit-il avec emphase. Ses
yeux brillaient comme deux billes bleues.

« Oui, vous êtes un héros.

— Je vous ai sauvé la vie.

— Oui.

— Mais je n'ai pas le droit de porter une arme. Un
couteau est une arme. Ils m'enfermeront encore une
fois dans l'hôpital de la prison. Je déteste cet endroit.

— Je leur parlerai.

— Non, Meghan. Je vais vous dire pourquoi j'ai été
obligé de tuer Annie. Elle s'était mise à crier. Tout ce
que j'ai fait ce soir-là, ç'a été de la suivre et de lui dire :
"Cette rue est dangereuse. Je vais vous protéger."

— Vous lui avez dit ça ?

— Je croyais que c'était vous, Meghan. Vous auriez
été contente que je prenne soin de vous, n'est-ce pas ?

— Naturellement.

— Je n'ai pas eu le temps d'expliquer. Il y avait une

voiture de police qui arrivait. Je ne voulais pas lui faire de mal. Je ne savais même pas que j'avais le couteau cette nuit-là. Parfois, j'oublie que je l'ai.

— Je suis heureuse que vous l'ayez eu avec vous ce soir. » La voiture, pensa Meg. Mes clés sont dessus. C'est ma seule chance. « Mais Bernie, vous ne devriez pas laisser votre couteau ici, la police risque de le découvrir. »

Il regarda par-dessus son épaule. « Oh, merci Meghan.

— Et n'oubliez pas votre caméra non plus. »

Si elle n'était pas assez rapide, il la rattraperait, se doutant qu'elle tentait de s'enfuir. Et il aurait le couteau à la main. Dès qu'il se détourna d'elle pour s'avancer vers le corps de Phillip, Meghan se précipita dans la direction opposée, trébuchant dans sa précipitation, les jambes flageolantes. Elle ouvrit d'un coup la porte de la voiture et se glissa derrière le volant.

« Meghan, qu'est-ce que vous faites ? » s'écria Bernie. Ses mains saisirent la poignée de la portière au moment où Meghan la verrouillait. Il resta agrippé tandis qu'elle manœuvrait le changement de vitesse et enfonçait l'accélérateur.

La voiture fit un bond en avant. Bernie continua à se cramponner pendant cinq mètres, puis lâcha prise et tomba. Meg contourna la maison en virant sur les chapeaux de roues. Il sortait de l'étroit passage entre la maison et la remise lorsqu'elle s'engagea dans le chemin de terre à travers champs.

Elle n'avait pas atteint le couvert des bois quand elle vit dans son rétroviseur la voiture de Bernie s'élancer à sa poursuite.

Ils traversaient une zone boisée. L'hélicoptère de la police leur montrait la voie. Le reporter et le cameraman s'efforçaient de distinguer quelque chose.

« Regardez ! s'exclama le pilote. Voilà la ferme. »

Mac ne sut jamais ce qui lui fit regarder derrière lui à ce moment-là. « Faites demi-tour ! cria-t-il. Faites demi-tour, bon Dieu ! »

La Mustang blanche de Meg apparut à l'orée du bois,

suivie à quelques centimètres par une grosse voiture verte, qui la percutait à coups répétés par l'arrière. Mac vit la Chevrolet se porter à la hauteur de la Mustang et la heurter violemment sur le côté, cherchant à la faire sortir de la route.

« Descendez, cria Mac. Vous ne voyez pas qu'il essaie de la tuer! »

La Mustang de Meghan était plus rapide, mais Bernie était meilleur pilote. Elle était parvenue à le devancer au début, mais maintenant elle ne pouvait plus lui échapper. Elle le vit lancer sa voiture contre la portière de son côté. Sous le choc, le corps de Meghan fut projeté en avant, et le ballon de sécurité du volant se gonfla. Elle n'y vit plus rien pendant un instant, mais garda le pied sur l'accélérateur et la voiture partit à travers champs, zigzaguant sous les coups répétés de Bernie.

Meg sentit la portière lui broyer l'épaule au moment où la Mustang se soulevait et se retournait. Quelques secondes plus tard, des flammes sortirent du capot.

Bernie voulait regarder brûler la voiture de Meghan, mais la police arrivait. Le hurlement des sirènes se rapprochait. Au-dessus de sa tête, il entendait le vacarme assourdissant d'un hélicoptère. Il fallait battre en retraite.

Un jour tu t'attaqueras à quelqu'un, Bernie, c'est ce qui nous inquiète. C'était ce que lui avait dit le psychiatre. Mais s'il rentrait à la maison pour retrouver maman, elle s'occuperait de lui. Il chercherait un autre emploi dans un parking, et resterait tous les soirs avec elle. A partir d'aujourd'hui, il se contenterait de téléphoner aux femmes, sans que personne puisse jamais le soupçonner.

Le visage de Meghan s'effaçait de sa mémoire. Il l'oublierait, comme il avait oublié toutes les autres femmes qui lui avaient plu. *Je n'avais jamais fait de mal à personne auparavant, et je ne voulais pas en faire à Annie,* pensa-t-il en fonçant dans l'obscurité grandissante. *Si jamais ils me trouvent, peut-être me croiront-ils.*

Il traversa le second boqueteau et atteignit la route qu'ils avaient quittée précédemment pour s'engager dans le chemin de terre. Soudain, des phares s'allumèrent devant lui. Une voix cria dans un haut-parleur : « Police. Tu sais ce qu'il te reste à faire, Bernie. Sors de la voiture les mains en l'air. »

Bernie se mit à pleurer. « Maman, maman », sanglota-t-il en sortant les bras levés.

La voiture était renversée sur le côté. La porte enfoncée la comprimait horriblement. Meghan essaya désespérément de dégrafer sa ceinture de sécurité, mais en vain. Elle ne trouvait plus aucun bouton.

Elle sentit une odeur âcre. La fumée commençait à se répandre par les bouches de ventilation. Oh, mon Dieu ! pensa-t-elle. Je n'arriverai jamais à m'en sortir.

Des vagues de chaleur commencèrent à l'atteindre. La fumée emplit ses poumons. Elle voulut crier mais ne put émettre aucun son.

Mac mit pied à terre le premier et, suivi de près par les trois autres, courut à toutes jambes depuis l'hélicoptère jusqu'à la voiture de Meghan. Les flammes qui s'échappaient du capot jaillirent plus haut au moment où ils l'atteignirent. Mac aperçut Meg à l'intérieur, s'efforçant désespérément de se libérer, son corps éclairé par le rougeoiement du feu. « Il faut la sortir par la porte du passager ! », cria-t-il.

D'un même geste, le pilote, le reporter, le cameraman et lui-même prirent à pleines mains le toit brûlant de la Mustang et poussèrent de toutes leurs forces, cherchant à faire basculer la voiture, puis poussèrent encore.

« Allons-y ! » hurla Marc. Avec un grognement, ils s'arc-boutèrent de tout leur corps contre la carrosserie, les paumes en feu.

Et la voiture se mit à bouger, lentement, péniblement, jusqu'au moment où elle n'opposa plus de résistance et retomba bruyamment sur ses pneus.

La chaleur devenait intenable. Comme dans un rêve, Meghan distingua le visage de Mac et parvint à tendre le bras pour déverrouiller la porte avant de s'évanouir.

62

L'hélicoptère atterrit devant l'hôpital de Danbury. Hébétée, aveuglée par la douleur, Meghan sentit qu'on la prenait des bras de Mac pour l'installer sur une civière.

Une autre civière. Annie transportée dans la salle des urgences. Non. Non !

« Mac ?

— Je suis là, Meggie. »

Des spots l'aveuglaient. Elle était dans une salle d'opération. On lui mettait un masque sur le visage. *Le masque qu'on avait retiré du visage d'Annie à l'hôpital Roosevelt.* « Mac. »

Une main se pose sur la sienne. « Je suis là, Meggie. »

Elle se réveilla dans la salle de réanimation, prit conscience de l'épais bandage qui lui maintenait l'épaule, de la présence d'une infirmière à ses côtés. « Tout va bien. »

Plus tard, ils la conduisirent en fauteuil roulant jusqu'à une chambre. Sa mère. Mac. Kyle. Ils l'attendaient tous.

Le visage de sa mère, si paisible lorsque leurs yeux se rencontrèrent. On aurait dit qu'elle devinait ses pensées : « Meg, ils ont retrouvé le corps de ton père. »

Le bras de Mac autour de sa mère. Ses mains bandées. Mac, sa force tranquille, son amour.

Le visage en larmes de Kyle près du sien. « Tu peux m'embrasser devant tout le monde si tu veux, Meg. »

Le dimanche soir, le corps du Dr Henry Williams fut découvert dans sa voiture aux abords de Pittsburgh, en Pennsylvanie, dans le quartier paisible où sa femme et lui avaient grandi et s'étaient rencontrés adolescents. Il avait absorbé une dose mortelle de somnifères. Des lettres adressées à son fils et à sa fille contenaient des messages d'affection et imploraient leur pardon.

Meghan put quitter l'hôpital dès le lundi matin. Elle avait le bras en écharpe et une douleur sourde et lancinante à l'épaule. A part ça, elle se remettait rapidement.

Son premier geste en rentrant à la maison fut de monter dans sa chambre pour enfiler une tenue confortable. Elle commença à se déshabiller, puis hésita, alla à la fenêtre et ferma soigneusement les rideaux. J'espère que je perdrai cette habitude, pensa-t-elle. Mais elle savait qu'il lui faudrait longtemps pour effacer le souvenir de Bernie la suivant comme son ombre.

Catherine terminait une conversation au téléphone. « Je viens d'annuler la vente de Drumdoe, dit-elle. Le certificat de décès de ton père a été établi, cela signifie que je peux disposer à nouveau de tous les actifs que nous détenions en commun. Les assureurs sont en train de procéder au paiement de ses polices personnelles et de celles de la société. Cela représente de grosses sommes, Meg. »

Meg embrassa sa mère. « Je suis heureuse pour toi. Tu aurais été désespérée s'il avait fallu vendre Drumdoe. » Tout en buvant un café et un jus d'orange, elle parcourut les journaux du matin. A l'hôpital, elle avait appris le suicide de Williams en regardant les actualités à la télévision.

« Meg, c'est affreux pour ces gens qui avaient des embryons congelés à la clinique et se demandent aujourd'hui si une inconnue n'a pas mis au monde leur enfant biologique, dit Catherine. Tout l'argent du monde suffirait-il à expliquer un tel acte ?

— Apparemment, oui. Phillip Carter m'a avoué qu'il avait de gros besoins d'argent. Mais, maman, lorsque je lui ai demandé si Helene Petrovic volait des embryons pour le programme du centre Franklin, il m'a répondu que je n'étais pas aussi perspicace qu'il le croyait. Il y avait autre chose de plus important. J'espère le découvrir dans les dossiers du centre. »

Lorsque Mac arriva, un peu plus tard, Meg le prévint que l'enterrement d'Edwin aurait lieu le surlendemain. « Il faudrait avertir Frances Grolier et lui expliquer les circonstances de la mort de papa, mais je n'ose pas lui téléphoner. »

Les bras de Mac autour d'elle. Pendant toutes ces années, elle avait attendu cet instant.

« Je peux m'en occuper, si tu veux. »

Ils parlèrent longtemps. « Mac, nous ne savons pas tout. Le Dr Williams était notre dernier espoir de comprendre ce que voulait dire Phillip. »

Le mardi à neuf heures du matin, Tom Weicker téléphona. Cette fois-ci, il ne lui dit pas comme la veille : « Alors, Meg, toujours prête à reprendre le boulot ? »

Il ne lui demanda pas non plus comment elle se sentait. Elle sentit tout de suite la différence dans son intonation. « Meg, nous tenons peut-être quelque chose d'important.

— De quoi s'agit-il ?

— Une enveloppe marquée "Personnel et confidentiel" est arrivée ici à votre nom. Elle provient du Dr Williams.

— Le Dr Williams ! Ouvrez-la et lisez-la-moi.

— Vous en êtes sûre ?

— Tom, ouvrez-la ! »

Il y eut un silence. Elle l'imagina déchirant l'enveloppe, retirant la lettre.

« Tom ?

— Meg, ce sont les aveux de Williams.

— Lisez-les-moi.

— Non. Avez-vous le fax que vous aviez emporté du bureau ?

— Oui.

— Redonnez-moi le numéro. Je vais vous envoyer le texte. Nous le lirons ensemble. »

Meghan lui communiqua le numéro et descendit en courant au rez-de-chaussée. Au moment où elle pénétrait dans le bureau, le bruit aigu de l'appareil lui indiqua que le message était déjà en route. La première page de la déclaration du Dr Williams émergea sur le papier glacé.

Elle comportait cinq pages. Meghan les relut plusieurs fois. Puis la journaliste en elle commença à relever les paragraphes essentiels.

Le téléphone sonna. Elle savait que c'était Tom Weicker. « Qu'en pensez-vous, Meghan ?

— Tout y est. Il avait besoin d'argent pour payer les

313

frais occasionnés par la longue maladie de sa femme. Helene Petrovic avait des dons naturels pour la médecine. Elle ne supportait pas de voir détruire des embryons congelés. A ses yeux, ils représentaient des enfants susceptibles de combler l'existence de couples stériles. Pour Williams, ils étaient des enfants dont l'adoption pouvait être chèrement monnayée. Il s'en ouvrit auprès de Carter, qui recommanda Petrovic à la clinique Manning, en utilisant la signature de mon père.

— Ils avaient tout prévu, dit Weicker. Une maison isolée où ils amenaient des immigrées en situation irrégulière qui acceptaient de devenir mères porteuses en échange de dix mille dollars et d'une fausse carte verte. C'était peu payé si vous pensez que Williams et Carter vendaient les bébés pour un minimum de cent mille dollars chacun. Pendant six ans, poursuivit-il, ils ont placé plus de deux cents bébés et ils projetaient d'ouvrir d'autres centres.

— Puis Helene démissionna, dit Meghan, prétendant avoir commis une erreur qui allait apparaître au grand jour. Dès le départ d'Helene, le Dr Manning appela le Dr Williams et le mit au courant. Manning avait confiance en Williams et ressentait le besoin de se confier à quelqu'un. Il était horrifié à l'idée que la clinique puisse perdre sa réputation. Il raconta à Williams qu'Helene Petrovic était bouleversée, qu'elle croyait avoir détruit le jumeau Anderson en trébuchant dans le laboratoire. Williams a prévenu Carter, qui a été pris de panique. Phillip avait une clé de l'appartement d'Helene dans le Connecticut. Ils n'étaient pas intimement liés, mais il lui arrivait d'avoir un besoin urgent d'embryons qu'elle lui apportait de la clinique dès leur fécondation avant de les congeler. Phillip les emportait en Pennsylvanie pour qu'ils soient implantés dans l'utérus d'une mère porteuse.

— Carter prit peur et la tua, dit à son tour Weicker. Meg, le Dr Williams vous avait-il donné l'adresse de l'endroit où lui et Carter logeaient ces femmes ? Nous sommes obligés de communiquer ces informations aux autorités, mais nous exigerons d'être présents lorsque la police arrivera. Êtes-vous prête à y aller ?

— Et comment! Tom, pouvez-vous m'envoyer un hélico? Un gros modèle de préférence. Vous avez négligé quelque chose d'important dans la déclaration de Williams. C'est lui qu'avait contacté Stephanie Petrovic quand elle avait eu besoin d'aide. Il lui avait implanté un embryon. Elle est sur le point d'accoucher maintenant. Si une chose peut le racheter, c'est d'avoir tu à Carter qu'il avait caché Stephanie Petrovic. S'il ne l'avait pas fait, la vie de la jeune femme n'aurait pas valu un sou. »

Tom promit d'envoyer un hélicoptère à Drumdoe dans l'heure qui suivait. Meghan passa deux coups de téléphone. L'un à Mac : « Peux-tu te libérer? J'aimerais que tu sois avec moi là-bas. » Le second fut pour une nouvelle maman : « Pouvez-vous venir me retrouver avec votre mari d'ici une heure? »

La résidence que le Dr Williams avait décrite dans sa lettre d'aveux était située à une soixantaine de kilomètres de Philadelphie. Tom Weicker et l'équipe de Channel 3 se trouvaient déjà sur place lorsque l'hélicoptère transportant Meghan, Mac et les Anderson se posa dans un champ voisin.

Une demi-douzaine de voitures de police étaient garées à proximité.

« J'ai conclu un accord qui nous autorise à entrer en même temps que la police, leur dit Tom.

— Pourquoi sommes-nous ici, Meghan? demanda Dina Anderson en montant dans une voiture de Channel 3.

— Si j'en étais sûre, je vous le dirais », répondit Meghan. Instinctivement, elle avait la conviction d'avoir deviné la vérité. Dans sa confession, Williams avait écrit : « Je ne me doutais pas, le jour où Helene m'amena Stephanie et me demanda de lui transplanter un embryon, que si sa nièce menait sa grossesse à terme, Helene avait l'intention d'élever le bébé comme son propre enfant. »

Il y avait plusieurs jeunes femmes à l'intérieur de la vieille maison, toutes à des stades divers de leur grossesse. Meghan vit l'angoisse se refléter sur leurs visages à la vue des officiers de police. « Je vous en prie, vous n'allez pas me renvoyer chez moi, n'est-ce pas ? implora l'une d'elles. J'ai fait tout ce que j'avais promis. On va me payer comme convenu lorsque le bébé sera né ? »

« Des mères porteuses, chuchota Mac à Meghan. Williams a-t-il signalé l'existence d'une liste indiquant l'origine de ces fœtus ?

— Dans ses aveux, il précise que tous les embryons provenaient de la clinique Manning, répondit Meghan. Helene Petrovic venait régulièrement s'assurer que l'on prenait bien soin de ces jeunes femmes. Elle voulait que chaque embryon ait une chance de voir le jour. »

Stephanie Petrovic n'était pas dans l'établissement. Une infirmière auxiliaire en larmes expliqua : « Elle est à l'hôpital municipal. C'est là qu'accouchent toutes nos patientes. Le travail a commencé. »

« Pourquoi sommes-nous ici ? » demanda à nouveau Dina Anderson une heure plus tard, lorsque Meghan réapparut dans le hall d'accueil de l'hôpital.

Meghan avait obtenu l'autorisation de rester auprès de Stephanie jusqu'au dernier moment avant l'accouchement.

« Nous allons voir le bébé de Stephanie dans quelques minutes, dit-elle. C'est Helene qui avait tout arrangé. »

Mac attira Meg à l'écart. « Ce que je crois deviner est-il possible ? »

Elle ne répondit pas. Vingt minutes plus tard, l'obstétricien qui avait accouché Stephanie sortit de l'ascenseur et leur fit signe. « Vous pouvez monter maintenant », dit-il.

Dina Anderson chercha la main de son mari. Trop émue pour parler, elle aussi se demandait : Est-ce possible ?

Tom Weicker et le cameraman les accompagnèrent et commencèrent à filmer l'infirmière qui apportait en souriant le nouveau-né emmitouflé dans une couverture et l'élevait devant leurs yeux derrière la vitre de la nursery.

Un cri échappa à Dina Anderson « C'est Ryan ! »

Le lendemain, à l'issue d'une messe célébrée dans l'intimité à Saint-Paul, la dépouille mortelle d'Edwin Richard Collins fut ensevelie. Mac se tenait au bord de la tombe aux côtés de Meg et de Catherine.

J'ai versé tant de larmes pour toi, papa, qu'il ne m'en reste plus, pensa Meg. Puis elle murmura tout doucement, sans que personne puisse l'entendre : « Je t'aime, papa. »

Catherine revoyait le jour où la sonnette de la porte avait retenti et où Edwin Collins était apparu devant elle, si beau, le visage éclairé du sourire vif qu'elle aimait tant, une douzaine de roses à la main. *J'ai décidé de vous faire la cour, Catherine.*

Un jour, je ne me souviendrai que des moments heureux, se promit-elle.

Main dans la main, tous trois se dirigèrent vers la voiture qui les attendait.

IMPRIMÉ EN FRANCE PAR BRODARD ET TAUPIN
Usine de La Flèche (Sarthe).
LIBRAIRIE GÉNÉRALE FRANÇAISE - 43, quai de Grenelle - 75015 Paris.

ISBN : 2 - 253 - 07659 - 7 ◈ 30/7659/3